春天
破壳而出

汤素兰　主编

湖南文艺出版社 · 长沙

图书在版编目（CIP）数据

春天破壳而出 / 汤素兰主编. -- 长沙：湖南文艺
出版社，2024. 11. -- ISBN 978-7-5726-2159-8

Ⅰ. I247.7

中国国家版本馆CIP数据核字第2024HF1584号

春天破壳而出
CHUNTIAN POKE'ERCHU

主　　编：汤素兰
出 版 人：陈新文
责任编辑：徐　晶
封面设计：嘉泽文化
内文排版：刘晓霞
出版发行：湖南文艺出版社
　　　　　（长沙市雨花区东二环一段508号　邮编：410014）
印　　刷：湖南志翔印务有限公司
开　　本：880 mm×1230 mm　1/32
印　　张：13.5
字　　数：285千字
版　　次：2024年11月第1版
印　　次：2024年11月第1次印刷
书　　号：ISBN 978-7-5726-2159-8
定　　价：68.00元
　　　　　（如有印装质量问题，请直接与本社出版科联系调换）

序

张森

　　这部取名为《春天破壳而出》的作品集，是创意写作硕士班几位同学的小说、童话合集。"破壳而出"，意味着他们走向更为广阔的天地；而"春天"，既指他们写作的春天，又与他们不约而同地选择的"青春"主题相吻合。石胜振的《Amen》《落不下的雪》《俏郎君》，王子健的《玉朗拖在胡志明市》《小披头的恋情》《巴丹吉林遗书》，张浪的《都会好起来的》《去威海看雪》，周彦君的《达瓦更扎》《暴力阳光》等，都是关于青春的写作，且几乎都集中在"青春情感"这一话题。

　　回顾百年来的中国文学，有关青年的经验、成长，一直是文学史中重要的组成部分。从五四新文学中的婚恋叙事，革命文学中的"革命加恋爱"主题，到巴金的"激流三部曲"，路翎的《财主底儿女们》，再到 20 世纪 50 年代《青春之歌》，直至 80 年代文学中"一代人"的呼声，无不是以青年的成长、情感为核心展开。当下文学中青年写作依旧繁荣，但文本中青年的情感结构却已发生巨大改变。五四新文学中的青年恋爱与人性解放、反传统伦理道德紧密结合，融入了启蒙文学的滚滚洪流中；"革命加恋爱"小说，尽管主题已由人性解放转到阶级解放，但"革命"中依旧显露出青春的激情和热血，而爱情则须与革命结合才具有正义性；杨沫的《青春之歌》亦是有关青年成长的叙事，林道静每一步的精神蜕变都伴随着主人公的爱情选择，两者密不可分，爱情并不具有独立性，而需要依附于革命才有意义。以往文学史上有关青年的书写，往往将青年的情感、生存、成长深深嵌入时代洪流中，其形象也主要是积极的、进步的，是引领时代，走在时代前列的"光明"形象。然而，90年代以来，这一类"光明向上""引领时代"的青年形象逐渐消失在文学作品中。这几乎成为当下大多评论者的共识。"青年消失""失败青年"是对90年代之后青年书写症候的描述。这一看法并不必然地蕴含着对当下青年生态和青年书写的失望，因为"青年"的现实境遇并不仅仅因"青年"自身所致，青年不再成为时代的先锋者，而是被时代所裹挟、被边缘，与90年代之后整个社会的变迁有着深刻的关联。

与此相关的是，90年代之后文学逐渐走向个人化。如果说早年韩东、朱文、陈染、林白等人的写作，从以往的集体性经验转向个人日常经验，而这一对日常经验的重视，是有意对抗以往神圣化叙事，以现实的琐碎、荒诞去反抗抽象化理想，用原生态的日常生活去消解宏大的历史叙事，而其根本，并不止于揭示人物的日常经验。如韩东的《扎根》《知青变形记》《爱与生》等，在借日常生活去抗击某种"神圣"的同时，也试图从琐碎的日常及事物的表象中审视人与人、人与物、物与物之间隐匿的悖谬关系，并以此揭示生活的本质和真实。而80后的青春写作登场，情况开始发生变化，尽管依旧以青春、爱情为主体，但有关个人的书写开始变得平平无奇。与爱欲相关的身体书写既不带有郁达夫的《沉沦》中的国家民族的象征义，也不再作为抵御宏大叙事的武器，身体仅与欲望画等号，与消费社会、网络传媒等社会空间互为生发。而青年的空间也一再往个人世界收缩，感伤、颓废、孤独的情感依然可触，但这一情感中不再有叛逆和质疑，取而代之的是在努力顺应时代并在无法顺应时的自怜、自伤甚至自弃。

无疑，90年代以来的青春书写，构成了当下青年，也包括本书几位青年作者的写作前景。将他们有关青春的书写置于这一文学主题变迁史中，可清晰地看到他们在作品中延续了有关青年情感的迷惘、忧伤、失落、孤独，呈现了青年向自我世界不断收缩的精神特征。在这几位青年作者笔下，故事的主人公们向往爱情，却又时时感到爱情的稀缺，以及爱情面对现实的无力。石胜振的《Amen》中的女主人公在爱情与现实冲突时，毫不犹豫地选择顺应现实，心甘情愿被规训，这是一个"物欲战胜感情"的故事，但女主人公在婚后又不满足既有的婚姻生活，试图在婚姻之外寻找曾经的"爱情"。讽刺的是，女主人公对婚姻的背叛，并不具有"反抗""反思"的意味，她不过是在接受现实规则后又选择沉沦于现实。象征青春的爱情不仅消失了，连"青春"本身也消失了，置换成仅仅满足个人私欲的欲望性叙事。小说以"谁都无药可救"结束，而实际上这里的"救"并不存在，因为人物本身缺乏对自我欲望和行为的反思机制。

　　王子健三部作品也都以爱情为主题，她试图一再让主人公寻找逝去的爱情，但主人公不是因为面包放弃爱情，而是深陷在对爱情的坚守与遗忘的冲突间，这是一场爱情与时间的较量。小说《巴丹吉林遗书》开篇以《追忆似水年华》中的一段话为引子，"我"恪守着对楠米子的爱，又因自卑而放弃楠米子，"我"的内心始终住着楠米子，而楠米子并未兑现当初的承诺，——给她的女儿取名"忆"。在那一刻，"我"选择结束生命，也是对逝去爱情的祭奠。《玉朗拖在胡志明市》和《小披头的恋情》也是如此，小说同时展开两条线索："我"的爱情与玉朗拖的爱情，"我"的爱情与小披头的爱情，小说中回忆与现实相交织，也是爱情中的遗忘与坚守相对照，玉朗拖、小披头以及"渡渡鸟"对爱至死不渝，他们的"爱情"姿态，同时也是对"我"的洗礼。有意味的是，《巴丹吉林遗书》《小披头的恋情》中的主人公，在坚守爱情的同时，又都选择为爱死去，这似乎是一个关于爱情的悖论，坚定不移的爱恋并不适宜存在于这个变幻的世界，永恒的爱情始终带着死亡的阴影，而现实的爱情则流于琐碎贫乏。王子健笔下的爱情，看似与社会、与现实无涉，但却曲折地体现出现代社会中爱情难觅的时代情感症候，这一叙述带有鲜明的青春印记。事实上，90年代以来小说中屡屡出现对爱情神话的解构，但王子健试图重构爱情的理想，同时他又清晰地意识到这一理想与现实的距离，其作品流淌的忧伤感正是由此而来。不过，这几部小说仅仅是由爱情到爱情，还未以此反思爱情的本质，由个体日常爱情掘进人的内在心灵，并以此揭示人性的丰富与存在的悖谬。在爱情易逝的日常世相背后，亦深藏着现代文明中人的存在困境。

这几位作家笔下的青春情感，还在青年与社会、与他人的关系中展开，这一关系多是沮丧的，如《落不下的雪》中女画家与男人无疾而终的关系，《暴力阳光》中朱亚最终选择离开梁东，而《俏郎君》中的胖子任帆与世界始终未能和解。但同时可以看到的是，个体在各种关系中不断受挫，并不意味着主人公就是"失败青年"，其中交织着青年在走向社会过程中，不断适应、对抗、收缩的复杂状态，并在这一关系中形塑和丰富了新世纪文学中的青年形象。不同于80后青春写作中青年主体与现实日益呈现出合谋关系，青年更多是顺应现实，将自己嵌入现实结构中。这部作品集中的青年主体，与周遭环境、与他人是疏离的甚至是紧张的，他们主动或被动地隔绝于周围环境，又在不断尝试中试图寻找与世界、与他人的联结。石胜振《落不下的雪》中的肖云纪是一位孤傲的女画家，她在活动中认识了一位叫邵刚的男性，在最初的排斥后她慢慢接受他的好意，艺术上的共鸣让她产生"知音"之感。她似乎即将开启封闭的内心，而结局出人意料，邵刚人没了，身份亦是已婚人士，肖云纪将再次遁入与社会的隔绝中。小说中的"雪"，似乎是爱情浪漫虚无的指向，然而更是悖论式反讽存在，当主体试图重建与他人的关系，这一支点却依赖于虚无缥缈的爱情，看似难得的美好爱情，却从未真正进入现实。在这里，主体的情感以及主体与社会的关系，都是模糊的、阴性的、无力的。石胜振的另一篇小说《俏郎君》则是写胖子任帆在自救与自弃之间的来回奔走，其聚焦点依旧在自我与他人的关系。任帆被社会歧视、被边缘化，他与社会、与他人的关系显然是紧张的，他时时感受到世界对胖子的恶意，内心深处有着无法化解的孤独。个体在顺应社会成为一个瘦子，还是放任自己成为胖子之间不断拉扯，他对面试官"羞辱"的回击，对他人"恶意"的反抗，都显示出他试图以一己之力对抗社会成见。任帆的自救也始终与他人捆绑，如他的同学、他的教练，这导致其自救缺乏源自自我的根本性力量。周彦君的《暴力阳光》则通过一对恋人的关系探讨青年的精神成长。主人公朱亚在工作中认识了梁东，当她与梁东恋爱后，她才发现梁东是一个不能见阳光的人，在迷恋梁东后她最终选择离开，她要搬去"能照进太阳的房子"。"不能见阳光"更像是一个隐喻，映射着当下青年与外在社会隔绝而日益走向封闭的内心，而朱亚的坚决离开，意味着她要重建自我与社会、与他人的关联。作品集中的青年，精神世界虽然围于个体一隅，但并未完全封闭，他们总在试图以各种途径重建与外界的关联，尽管这一行动常以失败告终，但他们在这一困境中的抗争、反叛，表明当下青年并未走向"躺平"，也远未与现实和解，他们的焦虑与无力，痛苦与希望，都体现了当下青年情感中更为丰富的面向。

青春主题之外，作品集中另一主要类型即是童话写作。如果说集中的青年写作体现了当下青年在现实中的孤独、忧伤、疲惫，那么童话写作则体现了这些青年作者对理想世界的建构。胡天意的《温室里的烟花》《狐狸的玉米地》《月亮雨》等都以童话的形式构建一个个充满温暖、希望的纯净世界。在胡天意的小说中，不难窥见安徒生童话、《小王子》的影响，作者想象力丰富，情感细腻，语言具有诗意且略带忧伤，她在作品中成功地构筑起一个由孩童的眼光生成的诗性世界。《温室里的烟花》中的小男孩，为了让女孩实现烟花的梦想，为了让女孩不被众人嘲笑，他让自己的身体随烟花一起飞向天空，男孩与女孩都怀抱着对世界的纯净理想，他们相信，只要自己真心实意地做一件事，整个世界都会来帮你。小女孩的深信不疑，小男孩的自我牺牲，众多烟花的努力配合，是这个世界之所以美好的源泉。《狐狸的玉米地》则是写一只兔子搭乘南方号火车去寻找失去的狐狸。可爱的狐狸因为众人误会被迫离开，冻死在南方号火车上。而始终相信他的那只兔子，又乘上这列火车，火车上的乘务员猫，给兔子留下善意的谎言，也给了兔子未来的希望。《月亮雨》中的美人鱼同样不顾众人的眼光和父亲的反对，哪怕别人认为她疯了，她依然执着地往海的最深处寻找母亲的灵魂。在这些小说中，不难看到主人公为了寻找自己的梦想不顾世俗眼光，甚至为此牺牲也心甘情愿。

童话从来不是专给儿童看的，而是以儿童的视角思考和述说世界。这一视角值得珍视的缘由就在于，它恢复了人类原初生命中对自然、对世界、对他人最纯真的感受，重新用一颗"赤子之心"去打量世界。这也使得在童话的建构中，始终隐现着与之相对峙的成人世界。胡天意的小说，在建构童话世界的同时都没有回避现实的复杂，小说可贵之处就在于，主人公洞悉成人世界的虚伪、成见与傲慢，他们也许无力对抗、扭转，但依然以一己之力执着于对美与爱的追寻。小说以孩童的纯净去消弭成人世界的种种不完美，尽管其结局往往悲伤，如小男孩飞向空中、狐狸的死去、巫师的消失，但他们对美好的执着行为，又是对这个不完美世界的灵魂净化，他们以自我的牺牲去唤醒沉睡的爱，唤醒沉沦的世人。沈从文多次感叹："美丽总是使人愁的"，他慨叹美好的东西不易长存，然而他一生又从未放弃对美与爱的追求。这几部作品弥散出的"美丽的忧伤"，也正是源于对这一"爱与美"理想的现实遭遇的清醒认知。童话总是在诠释着什么是人类真正的爱，爱不是获取，而是付出、牺牲和责任，就像王尔德笔下的"快乐王子"，埃克苏佩里笔下的"小王子"，胡天意笔下的放烟花的男孩与小美人鱼，都生动地诠释了这一"爱"的真谛。这使得这些作品从一开始就跳出了儿童文学之"仅仅为儿童"的拘囿，而在更深邃、更广泛的哲学层面观照人的心灵世界，不仅是对儿童内心的探索，更是普遍意义上对人类存在的反思和探寻。

张浪的《都会好起来的》《去威海看雪》等同样是描写当代青年人的生活与爱情。《都会好起来的》围绕"我"与女友养猫展开叙述，逼仄的出租屋、窘迫的经济条件，都没能阻止女友对猫的渴望，生活似乎也因猫咪多多的到来好起来，"可是生活嘛，就是这样，总是在你以为胜券在握的时候给你当头一棒"。后来，多多死去，"我"和女友的生活依旧在磕绊中前行。与青年人生活困顿相伴随的，是精神的迷茫与虚无，小说中写道："我那时想起女友和多多，就只能看见一片虚无的空白，不是纯黑，也不是纯白，而是一抹粗糙的灰，像水泥，也像大海的底。"如果说养猫意味着生活的调剂，那么生存压力让主人公无暇顾及生活，当生存压力袭来时，养猫反而成为生存的负累，虚无感油然而生。小说中"都会好起来的"的希望与生活陷入困顿的失望反复交织，这正是当下部分青年人的生活写照。如果说《都会好起来的》刻画的是青年人日常生活的无奈，那么《去威海看雪》描写的则是青年人爱情的无奈。互相喜欢的两个人从校园到社会，感情反反复复，甚至身处异地时还相约一年一度去威海看雪，但爱情终究无法敌过现实的考量，两个青年人最终选择分手。与五四时期为自由恋爱而义无反顾地走出旧家庭的爱情书写相比，当下情感书写呈现出一种"反向"性，即为了现实的稳定、生存而放弃爱情，他们更愿意选择与现实合流，而爱情愈加虚无缥缈，这无疑是对现实中青年人情感的真实反映。

阅读完集子中的作品，我欣喜地感受到这些青年作者的创造力。他们对爱情理想的向往与失望，在痛苦与孤独中的挣扎，都表明当下青年对外部世界并不漠然，也并未都陷入保守，他们尝试着介入外部世界，尽管这一介入依然是个人性的；集子中的童话小说则想象力成熟，对"童话"与"现实"之间张力的把握也恰到好处，体现了童话写作的高起点。他们的作品当然不乏稚嫩之处，但春天已破壳而出，是的，希望"破壳而出"的他们，在未来的写作中可以将笔触深入更为广阔的世界中，不再沉溺于青年情感的表达，而是将青春更深地嵌入时代与社会中，在更丰富广阔的人生情感中，重建"我"与世界、与时代的关联，由此进入对存在、对人性更深层的思索，并最终导向一种美学上的创新。

（本文作者系湖南师范大学文学院教授）

目　录
Contents

石胜振小辑

Amen ··003

落不下的雪 ··································027

俏郎君 ··047

胡天意小辑

温室里的烟花 ································085

狐狸的玉米地 ································106

镜子刺 ··115

月亮雨 ··128

王子健小辑

玉朗拖在胡志明市 …………………………… 145

小披头的恋情 ………………………………… 168

巴丹吉林遗书 ………………………………… 196

塔克拉玛干沙漠里的游吟诗人 ……………… 219

张浪小辑

在那姆河岸寻鹿 ……………………………… 241

孩子 …………………………………………… 263

都会好起来的 ………………………………… 287

去威海看雪 …………………………………… 307

周彦君小辑

达瓦更扎 ……………………………………… 339

小偷艺术家 …………………………………… 350

暴力阳光 ……………………………………… 376

石胜振小辑

石胜振，1993 年生，湖南师范大学创意写作专业硕士。曾获首届"泰山·中国大学生中文创意诗歌大赛"三等奖，作品散见于《诗刊》《创作》《青春》《微型小说月报》等刊物。

Amen

今天出来见面吧。她说。不是商量。我答应了，下午三点，灵文花店对面的卡纳西咖啡馆见。

两点十分的时候我就提前到了。今天是个阴雨天，上午还好，在家里整理书柜的时候还有那么点所剩不多的光。不像现在，天黑得像是撑不到明天清晨。我还记得几年前，那时候我在广州的一家保险公司工作，我称之为传销。那是个阴天，我刚刚接到上司的电话，他劈头盖脸地骂了我一顿，我没有杀了他的家人或者抢了他的房产证，我只是两个月没有卖出一单而已。她打电话过来的时候还笑我拿着两千的基本工资在广州等于领救济金，她的嘲讽听着像是从外太空的飞船里传过来，我愣愣地俯瞰着地面，开过去的豪车，看上去像一只只钢铁蚂蚁。这些车子像毫无秩序的蚁群，见缝就爬。他们在路面上画出一道道痕迹，连着有些可见的尾气，白色的排出队形来，是个 L 或者 T？好像红色的不太多，对面马路边上停着的应该是保时捷，但隔远了看，是什么也不重要。它只是 H 右边的一部分。也只是世界的一部分。

我在那家公司待了几年，时间说长不长，说短也不短，当时只觉得每天都很难熬，再也没什么记忆深刻的了——等等，还有。我对面的女同事小林每天都浓妆艳抹地来上班，但她不用出去跑业务，每天等在办公室里，来找她咨询的人少得可怜。有一次她穿了双金光闪闪的恨天高，还没走进来就已经听到她高跟鞋撞击地面的尖叫声。她挽着一个 Prada 的新款包——这个包有个让人匪夷所思的后续故事，用她那像涂了一层血似的指甲拈着椅背，拉开我对面的椅子坐下。她坐下之后没多久，我就意外地在我的小腿上被迫看清她亮晶晶的鞋尖。我告诉她这件事后，她没说什么，但表示理解。与之相对的是我的不解。

也是这样的雨天，她说想吃百花甜品，我们就在店外排了几十分钟的队，只为了一碗看起来平平无奇的陈皮绿豆沙。后面的人都拿着伞一个个贴成肉饼形状，怕自己玩手机的时候没注意被别人插了队又要多等几分钟。斜对角的明记甜品已经座无虚席，眼睛好使的人大概都能数得出有多少桌点了杨枝甘露刨冰。

我把车停到了灵文花店旁边的地下停车场，转进去找空位都花了十分钟。天气闷热，尤其在地下，外面还下着暴雨，雨和我都得了躁郁症。我决定上去，在雨里看着来往的车辆也许心情会好些，地下闷得像是六月的梦境。六月份不开空调和电扇，躺在棉质床单上睡午觉的感觉就是这样，汗里的盐比致幻物效果更猛烈，热得像是快高潮时眼前出现的重影。梦会永远停滞在清醒的前一秒，我不会。

马路对面就是卡纳西咖啡馆，它的样子是她爱的那样，这是我选择它的原因，至少确保她不会在见到我的第一时间情绪崩溃，在这么符合她审美的建筑里她不舍得用眼泪打破氛围。这是出于她对美的恻隐之心，不是对我。她贪恋美好事物带给她的错觉，绝不当杀害它们的凶手。圆顶的白色建筑如她钟爱的泰姬陵，她会克制自己的。

路过的 18 路公交车上有一个小女孩正隔着玻璃看我，当然，也有可能是我背后的花，在雨里摆动的紫丁香比我更有诗意。我不喜欢孩子的眼睛是因为我总在他们那看似纯洁的瞳孔里找到满身污泥的我，每当看到这样的眼睛，我内心里就会有一个凶残的怪物在嘶吼着，从枝繁叶茂的密林深处，那泥土盖着的树枝上生发。这是一种仇恨，同样也是一种无能。没错，我正视自己的无能，这是一场无休止的拷问，这种痛苦会随时让我的心被打乱，燃起的怒火会让我身体受损，什么美丽，什么友情爱情，什么幸福健康——都变得和我一样无能。

那小孩和我眼神相交的瞬间我看到了神迹，女性的样子，是阴性的上帝意志。

我转过身，推开花店的门。时间还早，她向来不太守时。时间对于她好像根本就花不完，她也不愿意选择自杀的方式来处理掉对她来说太过富余的时间。这世界上很多东西都是奢侈的，比如风，又比如雨。

店门还没推开，一阵让人眩晕的香气就如同猛虎扑了过来，等我反应过来自己被包围的时候就已经被拉进了花的世界。紫丁香、康乃馨、粉玫瑰、满天星——啊，多可爱，我说的是女店员。我之前来过几次都没见过她，她皮肤是粉白的，如果你看过日本艺伎脸上的粉大概能理解。她看起来没有那么热情，她正凝神地看着自己的指甲，或许她刚刚用它解决掉一条虫子卑贱的生命，天使的面容做着恶魔的行径才更加引人入胜。她的眼睛里没有我，只有她的指甲。这根手指曾经指着天空飞过的彩色鸟群，抚摸过男人的胸膛，撩过自己的头发，掐断过向日葵的根茎，还敲过孩子的头。她的手指真是灵活，怪不得她看得这么入迷。

我挑了几株半开的黄玫瑰，走到收银台叫她结账，我这时也被她那闪着塑料光芒的手指吸引。她食指和中指的第一指节微微泛黄，应该是常年吸烟所致。我看见她躺在床边，身边是熟睡的男人，男人的肌肉线条在被子下依旧隐隐可见。窗外的月亮照在她现在依旧精致的脸上，让她的秘密都被照得一览无遗。她是担心过自己留不住这个男人的，她应该是爱他的，可细想又开始不确定。她记得他说过让她最感动的一句话是，你今天比所有的花都美。她那天是忘记化妆的。她什么都记得，就是不记得怎么爱一个人。

她将所有的花打包好，还顺带送了我一些满天星，为了让整束花更好看。她以为我要送人，问我要不要写卡片。我自己并没有什么事值得用一张卡片的篇幅来浪费。想想作罢。她随口和我聊了几句，北方口音，刚毕业没多久，牙齿挺干净，可能不久前才洗过牙，是为了掩饰抽烟的痕迹，这是我对她为数不多的了解。我看了看手表，快三点了，外面的雨越来越大，我心里开始隐隐有些忐忑，以为下雨她不会来。我转身准备去咖啡馆，她叫住我，从桌子下面偷偷拿了几个砂糖橘给我。

卡纳西的内部装潢好像从开业到现在都没变过，白色的墙壁上画着蓝色的竖条纹，不论哪个角度看起来都和病号服一样。清一色的玻璃桌子，但听说从来没碎过。每一桌上都会有一枝鲜花，至于是什么就看店主心情而定。我曾对店员说过，放永生花比鲜花要更省事。店员也觉得如此，但不敢跟老板说。直到我在店里看到一本上面有下划线和随感的《第四夜的枯叶》，不知道是谁的杰作。

毁灭的瞬间比永恒更神圣，唯有如此我们才能更接近世界的真实。

我先点了一壶手冲耶加雪菲，咖啡液浅棕明亮，与热水刚接触的瞬间鼓起的小泡带着惹人心碎的美。水泡爆裂的时候一股茉莉混着柠檬的味道弥散，很少人会喜欢耶加雪菲的酸味，我既不讨厌也不喜欢，只是觉得这个时候不该喝更苦的了，等下见到她，她一定会说你这咖啡还不如我的生活来得苦。依照惯例，她会反复说她最近遇到的麻烦，像是偶尔遇到的老太太有说不完的人生阅历。

我把咖啡倒入略显小巧的玻璃杯里，叫服务生帮忙拿了几块冰。卡纳西的冰块也不像寻常咖啡馆一样是方形的，还特地做成了圆形，看上去像是一个个小玻璃珠。刚把冰块丢进去没多久它们就已经迫不及待地消融了，咖啡看上去色泽更淡了些，想必等下喝起来不会酸到难以入喉。墙上挂钟的指针已经交叠，像是在这样连时针都重合的瞬间已经再也分不出你与我的差别，也分不出世界上每一个人之间的差别。世界的一切就浓缩在咖啡里，一滴滴往更暗处坠。

酸。是带着苦的酸。这一口下去让我想起了和她在广州街头喝的凉茶，那天晚上我们在上下九的街口各买了一瓶黄振龙凉茶，风吹得人心口如火烧，凉茶倒是应景。盖子一打开就闻到了中草药的味道，光是闻就让她退避三舍。我知道她少年时得过大病，开始她父母偏信中医，找了那些所谓的名医开了极多中药，说什么西药治标中药治本，喝了一个星期反而越来越严重，喝得她差点在床上就魂飞魄散，后来还是去医院动手术输液才算捡回一条命，花了一个月才调理好。从那之后她对中药就有了阴影，更对中医充满了不信任。至于对父母，她那时已读初中，懂了些事理，知道父母也是救女心切，谈不上恨，只是对父母的偏执实在心有怨气——当然，不止这件事。

我看她犹豫不决，只能大义凛然地灌了下去，做一个完美的示范。我知道她的为难，让她稍微等等，我去旁边的便利店买了一包奶糖，向她走去的时候，如果忽略身高的话，我大概像一个哄小孩喝药的父亲。事实也确是如此，我承包了她一切无从安放的难言之隐，她像是拼命把我往她最深处塞，试图用我来填满别的男人填不到的秘密洞穴。我不太好形容我们之间的关系，如果仅仅用"好友"这样的词或许不够，她给予了我比她亲人还多的信任，但即使这样我也不该背负这样深重的责任。她对我的友爱近乎一种看不见的剥削，当她需要的时候我必须接她的电话，当她难过时我必须随时待命等待传召，她对我的依赖已经远远超过对她生命中任何一位男性，甚至可能包括她的父亲。我要在她面前像上帝一样包容她一切难以启齿的想法，对别人的嫌恶、对自身黑暗念头的剖析、对亲近之人的怨怼——其中也包括我。她从不会考虑这样对我来说是不是太难，我就该是这样一个男人，比神更可靠。为此我不知该觉得是福气还是灾难。

我将头放在我叠在桌面的小臂之上，以一个卑微的角度仰视着玻璃花樽里的康乃馨，它粉色的花瓣里有一个看不到尽头的宇宙，在一刹那间放大了无数倍，我整个身体都被裹挟进去。一个巨大的迷宫，周围什么都没有，头顶是看不尽的粉红星空。突然，我的天空被一片黄白夹杂的云遮得没有一丝空隙。她今天穿的是一条全新的鹅黄色小碎花连衣裙，手上还是我熟悉的那个金镯子和钻石戒指。她取下茶色墨镜，把她那亮得刺眼的红色皮包放在椅子上，指甲涂得格外精致，我没见过她用绿色的指甲油，看起来像是鬼魂。从这一身行头看来，她为了见我做了两个小时的准备。我让她先去点咖啡，她告诉我她进门就点过了，只是我没看到她进来而已，然后用略带责备的语气抱怨我对她的忽视。

服务生端着她的咖啡送到了桌边。拿铁加三份糖。她还是老样子，怕苦。这生活的苦她还没吃到千分之一，先怕起咖啡的苦来。和我的玻璃杯不同，她的是描金线的骨瓷杯，经常看那些国外电视剧的人一定熟悉。她先试探性抿了一口，像一只不知道该不该动的老鼠，等发现前面是蜜糖之后才放心。我静静看着她放下杯子，等着她开口。

汪铭回来了。她说。

我投过去一个质疑的眼神，她知道我的意思，点了点头。

我的记忆飘回了那个飞着大雪的上午十一点。那时候汪铭还是她名正言顺的男朋友，他们俩的孽缘始于她上一任男朋友黄浩去杭州找工作的时候，他们俩是在一次联谊会上认识的。汪铭黑黑的，个子高挑，大概一米八三，虽然算不得特别俊俏，但好在一高遮百丑，正是夏天，裸露的手臂上全是带着汗珠的肌肉，一块块格外扎眼。她明知黄浩只是去杭州找工作，却还在联谊会后主动要了汪铭的联系方式，甚至约他去看凌晨档的电影。她不知道他喜欢什么电影，按着黄浩的喜好挑了一部科幻片，心想男生大都差不多。细细算来她都没有陪黄浩在电影院看过一部科幻片，每次黄浩兴起，她都会以各种理由推脱，黄浩只能在电脑上下载，他看他的电影，她读她的书，活得像不在一个空间。

汪铭自然赴了她的约。电影散场已经快凌晨三点了，她说已经太晚了，回不去了，不如就在附近找个旅馆将就一夜。汪铭年纪比她要大几岁，这样的暗示过于明显。第二天早上是黄浩的电话把她吵醒的，她开始在迷糊中挂断了几次，直到第八次电话她才接通。黄浩问她为什么一直挂断，她说昨晚看书熬夜了，睡得晚自然起得晚。她一边应付着黄浩的质疑，一边用手抚摸着汪铭大腿上的肌肉。她让这样的美妙经历在第一时间就通过电波冲进了我的耳朵，并拒绝让我做任何评价。

黄浩从杭州回来的原因是想知道她为什么要提出分手，当然，他也不会放弃从我这里得到真相的可能性。她的每一任男友都在我的通讯录里躺着，像是珍藏着一份份盖棺论定的犯罪记录，虽然几乎都不会联系，也没有特别的备注，有时还会要想半天这个人到底是谁，不知道的还以为是我的前任。黄浩对我一直有隐隐的敌意，或者说不仅是他，是她所有谈过的男朋友，除了汪铭。没有一个男人会容忍自己的女朋友有一个比她的父亲还让她依赖的年轻男人，这让我也承受了如此多来自同类生物的不满。他对真相的求知欲已经压倒了对我的愤恨，可惜依然没有从我这里得到他想要的，我不是哆啦A梦，要什么都能从百宝袋里翻出来。当然，这句话我也想送给她。我没有帮她隐瞒的义务，这只是我多年养成的习惯。我知道对不起黄浩，可事情不是我做的，该做检讨的那个人正沉迷于她新生的爱欲之火。

汪铭和她在一起之后的第二个星期，她就休了年假，带着他来广州找我，迫不及待分享她新找到的情感寄托。她挽着汪铭的手走出高铁南站的时候我就把他和她描述给我的形象对应了起来，严丝合缝。不得不说她在人物描述上的精妙度真是令人瞠目结舌，做个画家才是她最好的职业发展方向。她介绍两个男人认识之后，左右手各挽住一个，看上去像是三个人有不正当关系。她为了让新晋男友放心，告诉他我对女人没有兴趣，同时用指尖在我掌心掐了几下。也正是她这套说辞，让汪铭成了她历任男友中唯一的异数。她也没有感激我的配合，大概是觉得为了她我应该什么都能做，除了上床。

我们约好在前年元旦的时候去南京玩。我在十二月三十一号的上午十点到了禄口机场，她发了个定位，在大行宫站，说是去科巷找美食。我去了很多次南京，但这是唯一一次雪天。雪是十点多下起来的，那时候我在地铁上，听着旁边的年轻女生兴奋地叫起来，告知她的女伴正在下一场暴雪。我对雪景有着南方人特有的执着，从小看过的雪并不多，对这场所谓的暴雪既有怀疑也有期待。

事实证明，不是每个人都擅长撒谎的。还没走出地铁口，就已经有大片的雪花砸到了我的脸上，冰凉的痛感。我加快脚步，从电梯上飞快地向上爬，像快要溺死的海难者。越往上走，天空中密集的雪花就越显得白，甚至有些让人眩晕，风特别大，刮出来的音符像是圣歌。那个时刻我感觉自己离天国只有一条围巾的距离。

出了地铁口就看到他们两个站在风雪中等着我，虽说是等我，但他们完全没有注意到我，世界上其他的人都吸引不了他们的注意，眼里只有彼此冻得发红的脸，还有从心底里跳出的笑。和其他男人在一起的时候，我几乎很少看见她有这么开心的时候。汪铭用粗大的指节来回抚摸着她的脸，让她的脸更加发烫，在这漫天白色里红得像壁炉中的火光。她像是从约翰·威廉·戈德沃德的画中穿过了一百多年思潮更迭的时光，来到现在，依然散发着触目惊心的美。浪漫不死，她就不会死。

汪铭对她一直都特别好，从我认识他开始，他几乎就以她贴身秘书的形象出现，她的鞋带散了他会俯下身帮她系上一个接近完美的蝴蝶结，出去旅行的时候她永远不用担心身后出现什么她无法预知的状况，他会在她发现之前就把一切摆平。她一直都对我强调这是她最满意的男友，没有之一，各方面都能充分满足她对完美男人的憧憬——当然，她不会忘记在最后补充说明，在她心里我比汪铭更重要——我真希望这句话不要出现。但奇怪的是有很长一段时间她没有跟我提起汪铭，我以为她是因为恋爱的日常太过平淡才没什么好跟我分享，直到她有天深夜一点给我打电话，很平静地通知我：我决定和汪铭分手了。

原因呢？

电话里一时半刻说不清，别怜悯我，也不要对我做评判，你有权比他更早知道我的决定。她说的时候带着细微的颤音，如果不是这难以发觉的情绪波动，我以为她在说某部爱情文艺片的最后镜头。

维持一分零八秒的沉默。这样的沉默就像卡在喉咙里的半个鸡蛋，吞也不是，吐也不对。找不到合适的话说，我也不想在这个黑云遮月的深夜对这样莫名其妙的事情盘根问底，我知道她经常会在这样的夜里生出很多让人费解的心思，我会怀疑到底是她精神出了问题还是黑夜本身就是煽动人心的妖魔。

她突然就挂了电话，我再打过去的时候已经无人接听，我的猜测更倾向于她没有睡着。我无法帮她对幸福下一个更精准的定义，也许更像是墙角的那只蜘蛛，网中最好的永远是下一只猎物。她一边追求着新鲜感，一边又在不停地告诉我，她渴望安定，维稳是终极目标。她说这话的时候像极了那些挂着撒旦画像说请求上帝宽恕的伪卫道士。我不认为她能真正明白生活赋予她的意义。

如我所料，她两天后就来广州找我了。大概率她会告诉我这只是她一时的气话，原因是汪铭把她新买的耳环盒子当垃圾扔了或者是他不记得把昨天洗完的衣服晾出去。她做这样的事信手拈来。当一件事情成了常态化，人是有足够的智慧进行预测的。我去机场接她的时候问她为什么这次不坐高铁了，她说，听说如果人飞在空中，烦恼就会被气流带走。我不合时宜地笑了。不知道谁看起来更愚蠢。

这一路上我都小心翼翼，不敢对她提起关于汪铭的一切，像在玩一个语言游戏，和汪铭沾边的都被下了禁言令。她也没有主动触发。我接下来的几天除了上班就是陪她到处觅食，她似乎已经忘记了来找我的初衷。

她回去那天是星期天。那时她在一家外资企业上班，所以不敢请假太久，答应老板下周一按时到岗。她叫我陪她去莲香楼吃早茶，等满满一桌点心上来之后，她却迟迟不动筷子。

"我下午就回去了，这一顿你请我当送别怎么样？"她没头没脑的话语让我愣了一会儿。我当然会同意，至少这是该有的社交礼节，无论关系亲疏。

她喝了一口还冒着热气的茉莉花茶，说："还是你更好。如果这种要求我对汪铭提出来，首先我会自己过不去这一关。"

终于切入正题。

我等着她继续说。她果然到了最后才肯吐露真相："我之所以想和他分手，是因为我陪他回了一趟他家。他父母人也很好，只是他家条件很不好。父母是农民，没有正经的工作，以后养老的担子都在他身上。现在我看上了一个新的手提包，两万多，是他三个月的工资。他知道我想要，甚至还打算自作主张买下来送给我。但我发现之后就拒绝了。我能买得起，我父亲会转账给我，或者我母亲会帮我预订好。但对他来说这礼物太贵重了，我不想欠他那么多。两万多也许是未来某一天他父母的救命钱。对他来说每一分钱都来得不容易。

"但其实我心里是想要他买下来送给我的，这让我成了一个自己都看不懂的矛盾体。他送给我，我于心有愧；他不送我，我对他有怨气。久而久之，我会把怨气发泄在他身上，我知道是我不对，可我要的生活他给不起。也许他能满足爱我的一切条件，但爱我不代表我就要陪他过苦日子，这种交换不对等。

"他最近一直在暗示我要不要跟他结婚。我装作听不懂，不给他任何回应，但这已经是我的回应。他爱我，我明白，我也爱他，可我不能为了他降低我的生活品质。结婚之后面对的一切都是现实问题，这时的浪漫和一往情深在婚后看来只是年轻时的笑话。他父母养老的问题，生病住院的问题，留在农村还是搬来城市一起生活的问题，这些问题在领完结婚证的那一刻就同样成了压在我身上的问题。这样一顿饭，价格稍微高点我都不好意思让他请我吃，但我从没考虑过未来会有连这种事都要考虑的情况。我没有做好准备陪他应对这些本来就不该我考虑的事情。爱情和面包，从他身上我看到了，两者无法兼有。

"如果真的嫁给他，我已经想到了我未来的样子，穿着围裙切菜、炒菜、洗碗，油烟给我上妆，我的粉底、香水都成了彻头彻尾的收藏品，而不是日用品。甚至……甚至可能只在语言词汇的层面生效。这真是太可怕了！这样的日子对我来说光是想想就毛骨悚然。我可不想和你那个同事一样惹出 Prada 事件，我丢不起这个人，可我觉得一旦和他结婚，这样该死的事情就会应验在我身上。"

她说的就是那个用高跟鞋勾我小腿的女同事，那个 Prada 的包其实是假货，她有一天背着这个包去见客户，对方是真正的贵妇，她为了彰显自己的品位足以匹配这样的优质客户，在客户面前炫耀了一番，还特地说起自己在专柜挑选了很久，最后才敲定了这个新款。客户看了一眼内标，R 印成了 P，只一眼就看穿了她的赝品身份，好心地提醒了她："你包里是不是印错了，我没听过 Ppada 这个品牌，我跟 Prada 的专柜主管很熟，如果你需要找他们售后我可以帮你。"自然，她也不好意思再和这位贵妇有业务往来，而那个包也被她当作正品卖掉了，还从中捞了一把。与此同时，她的名字在单位上就和假货画了等号。

我突然觉得我从来没有认识过真正的她。她第一次把权衡利弊、计算人心的手段展现在我面前，而在她天平上称着重量的是对她掏心挖肺的汪铭。此时的我在她心中不知道又能值几斤几两。我涌起一股对汪铭的同情，对她以前那些男友的同情，也包括我自己。可我什么都不能对汪铭说，我刚刚听到的这一切我相信在他听来只会觉得是对他的侮辱。作为同病相怜的战友，这让我有了前所未有的负罪感。我甚至觉得我该死，并且死后只能进地狱。

例行公事，在最后我还是劝她三思而后行，虽然我也知道一顿饭的时间不够她重新审视汪铭对她的意义。她告诉我已经来不及了，就在刚刚吃饭的时候她已经跟他正式提了分手，隔着距离用现代人的常用方法解决了这个困扰她这么多日夜的问题。把一切告诉我之后她反而觉得她的心理负担消失了，所以伤人的话说出口之后，再疼也是疼在别人身上。正如她所说，我无需对她同情，也不便做评判。

她回去之后主动减少了联系我的次数，这么多年来她首次放松了对我的钳制。我无限次的配合才让她有机会把我们绑在一起，她此时已经顾不上我的死活，我得趁机多呼吸几口新鲜空气。那段时间我们聊天都会避开各自的情感生活，无关紧要的谈话总是无疾而终。这种状况维持到几个月后，她通知我去参加她的订婚宴。

新郎叫杨信，父亲是人事局的局长，母亲是身家过亿的实业家。我是不认识他的，但她跟我说这个男人喜欢她很久了，她认识他在汪铭之前，当时他知道她有男友，没有任何逾矩的行为。这次是他偶然知道她恢复了单身，便主动约她出去，前段时间问她愿不愿意嫁给他，并再三强调他并不强迫，他知道婚姻是人生大事，给了她一段思考的时间。意外的是，她三天之后就同意了他的求婚。在此之前，他们甚至连情侣都不是。可见人生很多事情，按部就班是没有用的。

我没有责备她对我的隐瞒，也不劝阻她的意气用事，我相信这对她来说是多方考量后最好的结果，不论她说多少遍我对她有多重要，也只是在她需要我的时候会匀出几分真心这样想。这样看来我们所谓的友情不过是各取所需，她需要我回应她一切需求，我需要她证明我存在的社会性。像是两只背靠背的蟋蟀，对着相反的方向唱着相和的歌。

我在订婚宴三天前回到了 C 城。和广州一样是钢铁丛林，小时候穿过的那些巷子现在已经扩建成宽阔些的街道，两边也少了些店铺，只有到晚上的时候才会有稍微大些的吆喝声，以前那些人烟都跟着日月转了一圈又一圈，等他们慢慢散在空气中，连味道都没剩下，太阳和月亮还是老样子，听上去是残忍的慈悲。我打电话告诉她我回来了，她说邀请我去她家，她父母都出差了，家里只有她一个人。我挂掉电话就叫了辆出租车直奔她家。

按响门铃之后迟迟没人开门，因为是白天，无法从门缝里透出的光判断情况，我以为她又一次耍了我，只是热衷于在一边欣赏我为她赴汤蹈火的样子。我刚准备打电话质问她，门开了。

此时的她看起来像个正常的疯子。明明还没结婚，迫不及待穿上了一身拖地的白婚纱，脸上却没有与之匹配的精致妆容，反倒是用她平时不怎么用的夸张颜色把自己弄成了一幅人形涂鸦。嘴唇是黑色的，脸颊上闪着亮晶晶的紫色粉末，眼线粗到让她的眼睛看起来都是画出来的，额头上用赤红色画了些不明意义的符号（后来问她才知道是随手乱画的，没有实际意义），看上去像古代关在囚牢里的死刑犯，又像女巫和小丑的结合体，更像是在某种邪恶仪式上被献祭的祭品，配上白纱有种说不出的诡异，却又是她从未有过的凄美。

我低头换鞋的时候才发现她今天涂的是红色指甲油，可能还涂了几层，红得像是受了酷刑被拔掉了指甲之后血流如注的样子。她赤脚踩在木地板上，带着我进了她的房间。一进门我就看到她那架打开着的钢琴，和琴身上睡着的灰尘。

"又见你的阿门。"我的声音带些喟叹和讽刺，不针对任何人。

她转过头对我一笑，脸上层次分明的油彩让她看起来比哭更惨，尽管她的妆容如此浓艳，比起上次我见她时仍是肉眼可见地憔悴了。她走到钢琴前，缓缓地坐了下来。婚纱皱在一起垂下来，像五月盛开的紫藤花一样密集。她说："我更希望你用英文叫它 Amen，至少有重音，听上去没那么平淡。"

这钢琴是她那在国外病逝的外婆送给她的，她老人家在活着的时候是虔诚的基督教徒，外公还在世的时候他们就没过上什么特别好的日子，先是做些小生意维持生计，勉强度日，好不容易苦尽甘来，家里一天比一天富有，外公却被确诊了不治之症，没撑过三个月就走了。此后她外婆就皈依了基督教，坚定地认为她这辈子的苦就是因为此前对上帝的不敬。每次吃饭之前都会按照书上讲的祈祷仪式来做，先将左手放在胸前，然后用她开始干瘦的右手在自己的额头、前胸和双肩各点一下，双手合十，以示庄重。这架钢琴是老人家出国之前送给她的，她说现在家里拥有的一切都是上帝赐予的，所以这架钢琴就叫Amen，以此来代表全家都感恩上帝的慷慨。也不知道是不是她太虔诚，竟然在睡梦中走了，还是第二天保姆打扫房间的时候才发现人已经凉透了，脸上的表情如痴似醉，是一种惹人羡慕的幸运。

Amen 上随着她指尖流出的曲子是我没听过的，音虽然很轻，但听了开头就知道是压抑着的悲伤，像是在黑暗的夜里点起一盏昏黄的孤灯当作隐去一半的月亮。听出是一首降 E 大调，她弹得绝望而坚定。紧接着她敲击得越来越用力，似乎想把自己的指骨连着一起敲碎，节奏越来越快，有两行延绵不绝的眼泪将她紫色的腮红冲击成了幽幽的河流，她的灵魂在这个时候释放，在空中凝成实体起舞，白婚纱被她狂乱的舞步旋成了一朵飞速转动的昙花。突然节奏断了下来，花朵也必然堕地。整个空间凝固了几秒后，琴声再次响起，舒缓、轻柔，但声音由大到弱，最终气绝。

演奏家恢复了平静，抽了一张纸，擦去脸上过于湿润的痕迹。然后她转过身来看着我，我报以同样沉静的一眼。我知道她想说的已经全部在琴声里了。

"养尊处优的罪人啊，你不配拥有自由，你将在无人宽恕的悬崖上过完你无意义的一生，受更大的苦难。"那样子像极了临终忏悔的信徒，用白纱的圣洁遮蔽她早已被愧疚咬烂的心。这样的她激起了我的怜悯。不，不只是怜悯，我之前对她的一切不满都消弭了，仿佛她之前做的一切都值得被理解被原谅。此刻我们跪在了神像前，我想拥抱她，亲吻她，将她与我都脱得干干净净，不再受人间任何事的负累，摆脱被社会强加的桎梏，尽情地、如受洗一般做爱。

我并不爱她，她的内心关于我也没有任何爱情的火花燃起过，但这并不妨碍我们在这充满负罪感的时刻用最原始的方式来解脱。我清楚她很快就要嫁给杨信了，但杨信从某种意义上来说还必须感谢我，是我在这样的时刻陪着她一起释放内心的悔意与不安，从此她的婚后生活必定过得比现在要安心。杨信没有资格嫉妒我，这样圣洁的时刻用"嫉妒"这个词本身就是对神的挑衅。正当我准备有所行动时，她的手机响了起来，尖锐的铃声把我们从神的空间带回了人的宇宙。她把手机扔在一边没有接，坦然地在我面前脱下了婚纱。

她的订婚宴如期举行，我看到了杨信，看起来是个老实人，我有预感这会是她的好选择。她拉着杨信来到我面前，把我介绍给他认识，我也尽量像普通朋友一样不显尴尬地应和着。酒过三巡之后，我有些心跳加速，一瞬间我几乎压抑不住想吐的冲动，突然就站起身往卫生间跑去，冲入隔间就开始剧烈呕吐，一堆不堪入目的食物残渣带走了我汹涌的不安。我听见隔壁也在冲水，好像在掩埋我呕出的秘密。我整理了一下衣角，脸上的表情变得淡定，打开门走了出去。隔壁也打开了门，我从没想到会在这样的情形下遇见汪铭。

他看见我也愣了一下，但很快就管理好了他的眼神。他只对我做了一个噤声的手势，眼神里乞求和悲伤交织着，像失去了珍藏多年的胡萝卜的兔子。我瞬间明白了他的意思，点了点头，给他们三个人都留下了最后的尊严。他感激地看着我，从口袋里找出了一张纸。我用它擦去了嘴角的污秽和酒气，随手丢进了垃圾桶。已经从生命中消失的东西就不用再留恋了。全程我和汪铭没有说一句话，但在最后出门之前我给了他一个用力的拥抱。

正如我所期望的，她的婚后生活也确实让人安心，换言之，平淡得像住进了坟墓。她的丈夫也一直在恪尽职守，变着各种花样讨她欢心，有时我见了那样子都觉得他是一只人形的狗，在对主人摇着断了半截的尾巴。杨信对她的好比起汪铭只多不少，但她并不屑于接受这样的好意。她享受着家里富足的条件，要什么就有什么，以至于她对大多数的事情都日渐兴致缺缺，也不会再和我分享以前经历过的人事，像是要让她的记忆烂在我的脑髓里，谁都不提才最安全。

我从汪铭发的朋友圈中知道他去了新疆找工作。我没有去过那么远的地方，对于新疆的一切只能靠互联网稍做了解。汪铭似乎很热爱当地的生活，我刷到他开车在一望无垠的戈壁滩上飞驰的照片，也看到他边烤羊肉边唱歌的视频，大概是当地的民谣，我没听过，却意外地很适合他的嗓音，沙沙的，直往人心里去。他的眉眼间没有难过的痕迹。我不知道她是否还保留着他的通信方式，如果她见到他这副模样是不是会感到遗憾或是庆幸。

她的婆家对她也是百般宽容，杨信的父母都是知书达礼的人，把她当自家女儿，杨信更是对她不错，她觉得自己做了正确的决定。直到汪铭这次回来，让她开始质疑、开始动摇、开始犹豫，所以她才会找我，她也许不需要我做什么，只需要我在。恰好我休了年假，从广州回了C城，似乎一切都是在之前就安排好了，没人能摸透其中关窍。

"他前两天突然联系我，说他回来了。我没有留下他的电话，可是那个号码他一直没换，对我来说就很神奇，你明白的，在那一瞬间我的大脑就被激活了，明知道是他的号码却还是接了起来。我当时脑子里闪过一种可能，是别人偷了他的手机，随机拨了一个号码，而我就成了受害者。当他声音传过来的时候，我问自己是不是不该和杨信结婚。你一直都知道，我已经老了，没有资本再任性下去了，既然和他不会有结果，不如趁早选择一个爱我的人结婚，前提是那个人的家庭条件必须比我好，最差也要和我家的经济实力持平。杨信出现在那个时候，我没有理由拒绝他。我担心自己嫁不出去，哪怕守着家产也无法让我心安，我需要人爱我，但同时我也爱钱。杨信和我理想中的丈夫相去甚远，他的每一次讨好都无法再让我有任何成就感。这对于这段本就速成的婚姻是致命的。我尽力扮演着一个好的妻子，可现在的我也很累，这些累我没有办法跟你说，你不能理解，你可能会指责我，说我不知餍足，但我接受不了你的背叛，你必须无条件和我在一起，就算是下地狱你也要陪我一起被魔鬼分尸。

"昨天他约我在我们以前常去的那家餐馆见面，我没有任何原则地就答应了，我对自己的意志力很有信心。但盲目的自信没有任何作用。正如你所想，我们上床了。他和以前一样勇猛，只是这次他握住我的手和以前有了区别。以前我们两手空空，总以为握住了对方就像把这个世界的运转法则捏在了手中，现在才知道当时真是奢侈，我们游离在世界以外，我的左手无名指和他的右手无名指都多了一个钢圈。两枚戒指挤在一起的时候，心尖上的肉都被碾烂了。"

我看着她没有丝毫愧疚地说出这番话，她背后的时钟划过了两个数字，8，9，瞧，这是时间的指令，不救。

她说完之后，我端起了咖啡。我的咖啡早已经变成了常温，口感也没有最开始的苦和酸，反而顺滑了起来。人生也不过如此，最初的刺激到后来都是会慢慢消退的，生活最大的宽容就是平淡，它可以包容一切你觉得正常或者不正常的，最后融在一起，是非对错都不重要，谁也不比谁干净，不论什么感情都切记一条——不要睁开双眼。

我将自己的杯子递给了她，示意她喝一口，她喝下去之后并没有觉得有任何异样，只是说没她的甜，然后自作主张，从她的杯中倒了些出来，和我的咖啡混在了一起，以此感激我此时此地又一次听她说起我本不想知道的秘密。

没过多久，她接到了一个电话，脸上的表情瞬息万变，从纠结、抗拒到喜笑颜开只花了几句话的时间，不知道她听到了什么，但能猜到是他的电话，最后她说了一句"我不回家了，马上就来，你准备好"就匆匆挂断了电话，飞快地把手机放进了手提包里。

"他这时在酒店里等我，我现在去找他。我打算跟他去新疆了，放心，我只是去旅行，很快就会回来。如果杨信找你，你知道该怎么说，我伟大的同谋。"她此时脸上的表情像是少女，语气却如同女王。听到这话，我眉头皱了起来，我不介意让杨信知道真相，结果如何与我无关。

她也意识到自己这样的说话方式和行为让我不满，便马上改口说保证只是一次旅行，不是私奔，回来会给我惊喜，让我尽量不要去找杨信，如果杨信找上门来记得帮她圆谎。说完就起身准备离开了。我叫住了她，让她等等。她用疑惑的眼神看着我，我把刚买的黄玫瑰递给了她，让她带给汪铭，顺口说了一句真衬你今天的裙子。

我看着她抱着花走出了咖啡馆，从始至终没有回过头。外面的雨又开始继续了，手机中传来一条新闻推送，暴雨蓝色预警。我无法预知世界会不会被淹没，但我知道我不配拥有挪亚方舟的船票。

谁都无药可救。

（作于 2022 年 5 月）

落不下的雪

　　远处连绵起伏的山体像少妇浑圆的双乳，这让肖云纪生出一种奇异的认同感。她住的地方相对幽静，从高铁站开车过来要四十分钟。当初她的朋友劝她买离市区比较近的房子，她怎么说也不愿屈服。她认为只有在安静的地方作画才能出好作品，这是她一贯的人生信条。与其让她在繁华的春熙路感受当代中国的灯红酒绿，不如让她去应天寺感受佛法无边。肖云纪是一个可以为了画一幅称心的晚霞从下午四点开始就坐在画板前等着日落的人，她始终觉得美是不会辜负她的，什么都不会永恒，唯有艺术。这一身艺术至上的孤傲气质让她看上去和这个光怪陆离的现代都市隔着整条银河的距离，但同时又如同摘不到的星辰在昏黑的夜里散发着无穷尽的光。

　　去年五月的时候，肖云纪受老师的邀请去上海参加一个私人的艺术展，她开始的时候还想着拒绝，但后来老师说艺术展是他和一些好友联合开的，不对外公开，只私下邀请各自认识的人，所以不会太吵闹。肖云纪心里是知道的，老师懂她性子沉静，也明白老师是想借这次机会让她多认识些人，她当年离婚之后便没再和男人有过亲密接触，老师一直为她操心。话都说到这份上了，她也不好拂了老师的面子。虽然老师是当世有名的画家，但这次的展览并不单纯只有画作，还有一些雕塑、瓷器之类的艺术品，甚至还有些是这些艺术家的私人藏品，这让肖云纪多了几分好奇。

五月十二号的时候肖云纪就坐上了前往上海的夜间高铁，到达上海已经是第二天清晨的事了。成都到上海对她这个不太愿意出门的人来说无异于跋山涉水，但不知为何这一次的出行总给她一种异于往常的预感，这让她潜意识里有些抗拒，当下生了逃脱的念头，但这预感也给了她一些隐约的期待。更何况她已经答应了老师要参加这一次的集会，临时爽约也不好跟老师交代。她上车之后发现人很多，这不是她想看到的。虽然她并不怕跟生人接触，但还是会有一种原发的距离感。不过所幸她坐在一个靠窗的位置，旁边是没有人的。

肖云纪坐下来之后，用稍显警惕的眼神扫视了周围的情况，发现没有人注意到她——尽管这是理所当然的事，她突然就松了一口气。列车发动之后她看着窗外黑成一片墨的夜色，这团墨里时不时闪过的灯光像是海上粼粼的幽火，让她想起以前去日本熊本县的时候。她曾经在移居熊本的中学好友贺佳纯口中听说过关于不知火的诡谲传说，相传景行天皇征讨九州南部的熊袭，到达熊本八代海一带时海风狂啸，周边漆黑一片，那时的夜空就好像一个吞噬一切的妖魔，翻涌着的海浪如同他蠕动着的胃壁，只等将这一群蝼蚁在腹中慢慢消化。也许是命不该绝，景行天皇敏锐地观察到在他肉眼可见的地方有一处火光，在几个呼吸间愈渐明晰，绵延成千里火线，顺着狂风沸腾了整片海域。天皇下令全速朝着火光追去，火光凭空消散，但他们已经在不觉间到达了陆地，上岸之后天皇探访得知此时他们已经来到了熊本的八代郡，此后熊本县也被称为火之国，熊本到名古屋之间的夜间高速巴士也被命名为不知火号。肖云纪没有坐过不知火号，可是却在此时好像看见了不知火。

夜渐深了，肖云纪显得有些疲惫，将头抵在玻璃上侧视着周边。车窗上映出了坐在过道那边的一对母子，或者说可能是母子，也有可能是姨母和侄子之类的。那个孩子是那个女性的什么人她自然是不知道的，这样的情况就像是如果一个女人像母亲一样照顾同行的男人，不管真实情况如何总是会被看成夫妻的。她没有孩子，也无法想象如果是自己带着孩子坐在这深夜列车上会是什么状态。那孩子明显是困极了，周边环绕的列车广播和列车员的报站声都无法让他有任何醒转的迹象，按理说这七八岁的孩子是精力无限的，现在却沉睡得像是一尊雕像。而他旁边的女子脱下自己的绿色风衣盖在男孩身上，在玻璃窗上看起来就像是男孩被埋在了一片初春的草地里。

肖云纪仿佛在无意识状态下被激活了画家的本能，用手指在玻璃窗上描画那个熟睡的孩子的面容，她的视网膜里一切都成了模糊不清的状态。不知怎么，孩子的眼睛竟清晰地亮了起来，她心下大惊，连忙定神一看，车窗上什么也没有。天气已经开始往夏季走了，晚上的温度也不低，自然是不会出现雾气的，所以她画出来的东西一定是不会留下任何痕迹的。她再凝神往玻璃上看去，沉眠的孩子刚刚侧了一下身子，在她这边的玻璃上只能映出半边脸孔，这样看不真切的情形反而显得他更加可爱了。列车外的灯光在飞速地后移，这灯光和玻璃上的人影在晃动中重合，一时间竟分不出哪个才是真实的了，好像融在了一起，成了一个独立的世界。当那灯火映照在玻璃镜子的人面上，一种摄人心魄的美感让肖云纪的心都为之颤动，再多一分就要落下泪来。

十三号肖云纪醒来的时候车已经快到上海了。她去卫生间里简单洗漱了下，拿出随身带的镜子化了个淡妆，哪怕她再讨厌多余的社交，但基本的社交礼仪她还是有的。她看着镜子里稍显苍白的自己，感觉像是古典诗歌里走出来的女人。因为老师的郑重邀请，她特地穿了一件浅蓝色刺绣长裙，只不过这蓝色在窗外照进来的阳光下反射出冷冰冰的光泽，颇有些把黎明时的天空穿在身上的感觉。

这次出行前她先查了交通线路，得知聚会地点两公里外有一个地铁站，便下了高铁就坐上了地铁。下了地铁之后她选择步行过去，虽说上海的交通发达程度在国内是首屈一指的。她是向来不太喜欢自己开车的，也不喜欢坐车，除非实在不得已，她对这种时刻有把控不住的风险的东西表现出一如既往的抵触。她期盼着沿路遇见不一样的人或风景可以顺手画下来，同样也是她多年来养成的习惯，哪怕现在可以用智能手机将好看的瞬间储存下来，她却坚持用手绘，用她自己的话说这是画家日常的练手，免得技巧生疏，但她其实也知道有些人在私下里说她太过守旧，讲究些无用的仪式感。她懒得反驳这些话，和不理解自己的人再如何沟通都只是浪费彼此的时间。

差不多上午十一点的时候，肖云纪如约来到老师所说的地点。是一座典型的江南式庭院，大门是圆形的，在阳光下看上去是个巨大的冰凉的镂空大理石雕。门口都是些常见的盆栽，最精巧的是入门前就可以看到的，好像要溢出门外的紫藤。这时节恰好紫藤花盛开，那些紫藤就密密麻麻附在入门之后的通道上方的藤萝架上，它们原是为客人们躲避烈日用的，现如今绵软地垂了下来，落在了每位宾客脸上，就好像死神落下了优雅的影子。肖云纪是听说过上海有个嘉定紫藤园的，每年四月下旬，紫藤就开得汪洋恣肆的，要是还有没谢的樱花，还以为来到了京都。既然来了，若是不远就去看看，肖云纪想。

正当肖云纪低头拿出手机查询去紫藤园的路线时，迎面走来了一位老人，他刚从门里走出来，眼角的皱纹泄露了他年纪的秘密，皮肤已经松弛，但并不特别暗沉，头发染得一头黑，一身藏青色正装倒显得人的气质还是卓尔不凡的，好像年轻了几岁。那人喊了一句云儿，肖云纪便立马抬起了头，快步走了上去。她走到老人面前，恭恭敬敬地鞠了个躬。

两人正亲近地叙着旧，一位工作人员前来报信，说是有人请王老前去有要事相商。肖云纪不好强留老师，便跟老师道别之后独自四处看看。一路上她见到了几个圈内的熟人，稍微聊了几句就借故离开了，找了个安静的角落坐了下来。大概是在火车上奔波劳顿的原因，她的神色显得有点疲惫，省了与旁人无用的接触。她坐在椅子上，眼神渐渐放空，身边走过的人就像昨晚她在玻璃上看到的闪光，连影子都来不及留下。这个小规模的展览本身也没有太多人，所以并不喧闹，肖云纪在走神的时候也不会被打扰。

她休息了一段时间，又重新站起身来，向前继续观赏这难得的展览。这次展出的都是各位艺术家的私人藏品，有的也许并不价值连城，但真的格外精美。就比如刚刚她看过的一个青花瓷盘，上面的游鱼异常生动，有着细密的鳞片和突出的眼珠，就像是粘在盘子上的标本，说是宣德年间被某位二品大员收藏过的藏品，有些自诩画家的人甚至还画不出这么精妙的作品。不得不说她开始慢慢认同了这些物件主人的审美眼光。

虽然是白天，但展品都是在避光的室内，灯光也是十分昏暗。相仿的藏品让肖云纪慢慢有了些审美疲劳。突然，她的目光被一尊康熙年间的美人醉柳叶瓶牢牢吸引了，无法移开。说是美人醉，其实准确地说应该算是桃花片。她曾经见过美人醉菊瓣瓶，美人醉中的红是带着灰色的，所以看上去会多一些大气沉稳，但这尊柳叶瓶则很明显地与之不同，它显露出桃花的红色，这是当年灼烧工艺的不同导致的，这一类在豇豆红釉瓷器中被称为桃花片或娃娃面。它在橱窗里有专门的小直射灯映着，光洁的釉面反射出一片亮眼的桃红，宛若昏暗壁橱里的另一盏明灯，又好像是在一块黑色的画布上涂上了粉色的唇釉，在灯光的照射下艳丽得近乎透着一股妖气。它的器身细长，形似柳叶，瓶颈稍短却有着丰肩，肩下瘦削至足，观者目光随着瓶身从头到尾游移，就如同在欣赏一位体态匀称的旗袍美人。

正在肖云纪为这瓶子目眩神迷之际，她的老师正和一个中年男人一边聊着一边朝她走过来。直到两人走到她旁边，她才意识到有人靠近。当她看到老师的身边有一个同样身着西装的陌生男人之时，她连忙拨弄了一下头发，用以掩饰自己的失态。

"老师，您来了，不好意思，刚刚我看得太入神，没有察觉到您过来。"

老人忙摆了摆手，她抿了抿嘴，这是她从小就有的习惯，要是有什么尴尬的事，她都会下意识抿嘴唇，老师是再清楚不过的了，他主动开口缓解她的不自在。

"看得这么仔细，是想把它画下来吗?"

肖云纪犹豫了一会儿，摇了摇头，说："老师，这物件太过精美，若是只能对着它研究这一时半刻，我怕画出来的东西空有躯壳。没有神魂，这画也就毁了，我又何必造个残次品出来呢?"

"小姐要是想画这瓶子，拿去就是。"陌生的中年男人一开口，就吸引了肖云纪的注意。男人高大，眼神犀利得像一只豹，眼神里有着优越感和隐藏着的一丝征服欲。不知是不是长年在工作上打拼，养成了这样一副神情。尽管他的话说得很大气也很诚恳，但莫名给人一种来者不善的错觉。

肖云纪礼貌地谢绝了男人的好意，她不可能就这么堂而皇之地接受一个陌生男人的示好，她甚至连对方姓甚名谁都不清楚。

老师告诉她这男人叫邵刚，是沈阳一家大公司的董事长，也是展览主办人之一。老师说到邵刚的审美能力不错的时候，她不免对他多了些好奇：一个开公司的，在美术上竟然也被老师如此夸奖，那必定有他的过人之处。

两人互相额首招呼过后，邵刚表示他是这瓶子的主人，愿意将瓶子借给肖云纪作画，但无论他说得再恳切，肖云纪都不接受这突如其来的好意，她总觉得无事献殷勤非奸即盗，尤其是对方还是商界精英，她知道经商的人向来算盘打得精。她担心对方另有所求，凡事先防一手是她的处世准则。

肖云纪不愿再就这件事过多谈论，便转移话题问起这边还有什么出挑的展品，其实她也差不多看完了，就算再有些别的，她私心里也是觉得比不过这柳叶瓶的。其实她的心思也不在这展览上了，她想着找个时间去紫藤园看看。正好老师让她这两天陪他在上海到处看看，她便应允了下来。邵刚听到两人要在上海玩赏几天，竟向老人进言可以前往嘉定紫藤园，并表示自己愿意陪两人前往，可以让自己的私人司机接送两位，行程会更加方便。肖云纪没想到邵刚竟然知道她心中所想，尽管她知道对方也只是恰好说中，但有的时候巧合会带着令人惊喜的力量击中人们期待的内心，然后不自觉地会把命运赏赐的礼物转化为对另一方的好感，这大概和信教的人会将好运都归结于神灵从而进入更深层次的信仰是一个道理。肖云纪不自觉地扫了一眼邵刚，对方是稍显冷淡的表情，这让她暗自确定了这的确只是一场巧合。

话都说到这份上了，谁也抹不开面子拒绝邵刚的好意，便只能由着他了。第二天早晨，邵刚便叫司机开车来接着师徒二人往紫藤园去了。老人倒是玩得开心，看到这满园的紫藤花忍不住惊叹："紫藤缘木而上，条蔓纤结，与树连理，瞻彼屈曲蜿蜒之伏，有若蛟龙出没于波涛间。仲春开花，披垂摇曳，宛如璎珞坐卧其下，浑可忘世。"肖云纪显得稍微心不在焉，她并没有什么挂心的事，只是还惦念着昨日那柳叶瓶，加上邵刚陪着老师的样子实在过于亲近，这让她多了一分跟陌生人同游的尴尬。但她也并未多说什么，好好地陪老师逛完了这紫藤园。邵刚在出园之后接了个电话，要中途离开，便吩咐司机务必把二人安全送到，自己打了个出租车去办事了。接下来两天他也没有再出现，这让肖云纪的心情蓦然变好了。三天之后她安心地与老师告别，还答应了老师明年一定去他家看望师母。

日子在她回到成都之后并没有什么异常，这让肖云纪内心感觉到莫名的安稳，她并不喜欢所谓的意外。有天下午，在从私人画室回家的路上，她接到快递小哥的电话，说有她的快递，已经送到她门口了。她让快递员放下就好，但对方坚持一定要当面签收，她狐疑了一会儿，麻烦快递员先在门口等她十五分钟。她挂断电话之后立即翻了自己最近的网购记录，应该是新买的咖啡机到了。她时常会沉迷于咖啡诱人的香气，液面上的拉花让她感到了另一种易逝的美感，她一直认为不能永恒的都称不上艺术，但这世界上美的不只有艺术，还有生活本身。

肖云纪一上到五楼就看到了等在门口的快递员，天气已经渐渐变热，她一路赶回来，额头上已经有了细密的汗珠，快递员在门口等了有近二十分钟，她实在觉得羞赧，连声致歉。快递员也是个性情温和的小伙子，二十五岁上下，看到女主人这么客气，他即使有脾气也不好发作。他轻轻把包裹放到了地上，递给了肖云纪一把裁纸刀，让她拆开快递检查货品是否完好。她也连忙接过，她知道他还有其他单要派送，不好意思再耽搁他的时间，蹲下身去划开了快递盒上的胶带。

透过盒子的缝隙，肖云纪看到了里面的东西，一瞬间就像有一把锤子击中了肖云纪的后脑，让她心神剧震，一时之间失语。她原本平稳划开胶带的手开始不自觉地颤抖，瞳孔迅速地收缩，像看到了让人恐惧的东西。快递员看她剧变的神色，顿时觉得有异，忙问她发生了什么。他也开始恐慌，他生怕自己是派送了什么恐怖分子寄给她的威胁快递，比如血字卡片甚至人体器官之类的，怕自己在不知情的情况下做了别人的刀。此时围绕着这个快递生成了一个磁场，两个素昧平生的人为了没有拆完的快递感到了同等的战栗，频率异常地协调。这本身就是不常见的事，在这算不得宽敞的楼道里就更加让人觉得诡谲。

肖云纪回了神，看到年轻男人的脸上有着焦灼和担忧，她以为对方是在担心自己的安危，这让她觉得莫名地有些温暖。来自陌生人的关心稍稍安定了她百感交集的内心。她告诉他自己没事，然后当着他的面打开了这个纸箱。里面安静地躺着一尊粉红色的柳叶瓶，很明显，这东西在半个月前曾出现在她的眼前。当盒子里的东西彻底展现在男人面前的时候，他也放下了心。他同样也震慑于这瓶子的美，但出于职业道德，他并没有询问任何有关这件东西的信息，只提醒收件人要检查好物品的完整性之后再签收。肖云纪也没有多耽搁，稍稍检查了一下瓶子的表面就签收了。她在快递员下楼的时候还道了声谢，他没有回头，只背对着她，少年气地挥了挥手。

肖云纪抱起箱子进了门。她把箱子放在了餐桌上，没有把瓶子从里面拿出来，而是先找到快递单上寄件人的电话拨了过去。几声拨号声过去之后，对方接了电话。那头是十分淡然的男声，好像这一切都在他掌控之中。他甚至都没有隐藏自己的电话号码，就是在暗示她该给他打过去了。男人低沉的声音带着磁性，让肖云纪听出了一种像是下一秒就要邀请她去参加晚宴的感觉。

肖云纪猜到邵刚是从老师处得知自己的联系方式和通信地址，她明确表示自己不认为任何一位男性用这样的方式接近一位女性是礼貌的，尤其给陌生女性寄这样令人费解的快递，这会对女性造成非常大的恐慌和不适。而邵刚在平静地致歉之后询问肖云纪为何对他一直有偏见，既保留了双方的体面，又将问题转移到了女画家身上，以求得自己想要的答案。这话中到底有多少歉意，肖云纪听到几分便是几分。

肖云纪直言她讨厌他这样粗暴地介入她的生活，这让她感觉自己的生活好像在往一个她不可控的轨道偏离。电话那头传来低低的笑声，这声音突然像一条爬虫从传声筒里蠕动着，顺着耳朵爬进了肖云纪的血液里，让她感觉到一阵从内心传来的酥麻。她一时火起，控制不住内心的情绪，也顾不得社交礼仪，直接挂掉了电话。她无法理解邵刚莫名其妙的行径，无法用常人的思维去对他的语言和行动作出合理性的判断。她在混乱的情况下，竟然在潜意识里相信了邵刚所说的，他没有任何恶意。

肖云纪低下头，伸手将纸箱里的泡沫拿掉，将那价值连城的柳叶瓶轻轻地捧了出来。除掉邵刚这个着实不讨喜的因素之外，她的确沉迷于这瓶子难以掩藏的美。它触手生凉，她忍不住缓慢而轻柔地来回抚摸这瓶子，如同抚摸着一位贵妇美妙的胴体，眼神渐渐地变得迷狂，这种美就是她想画下的，传世的不朽的光艳。

她将这桃花片放在了卧室中一眼可见的地方，恨不得能把它融入自己的骨血，让它的气息浸染自己，这样日夜相对，相信用不了多久她就能把它的灵魂囚禁在画纸上。肖云纪此时已经顾不得想起自己对瓶子主人的厌烦，只有这美丽耀眼的造物让她如痴如醉。下午四点半，太阳开始偏西，初夏的日光足够，从窗户泼进来，就像一片金红的瀑布，光线在空中被灰尘划成细密的冰纹，如同潮水席卷了整个瓶身，温度似乎想将粉色重铸成金色，这金粉让她想到化妆盒里久未启用的胭脂。

肖云纪花了很久让自己的目光从这宝物上移开，她想占有它更多，对艺术的渴求，旁人不及她万一。一方面她想对它做尽可能的挽留，但另一方面她不想和它的主人打交道，这让她十分为难，明知是陷阱还必须往里跳的感觉让她如同热锅上的蚂蚁。她决定给自己一个缓冲的时间。她突然笑了起来，这和那些明知不交作业终将面对老师的狂风暴雨，却还想把作业拖到最后一刻的孩子并没有本质区别。她躺在床上，微信里弹出一条好友申请，她闭着眼睛都能猜到是邵刚。果然，头像就是穿着正装的他，和展览那天穿的只是有颜色上的不同。她瞟了一眼他的微信名称，九牧。

肖云纪由于柳叶瓶的缘故，心情像是坐了过山车，现在那柳叶瓶还在她可见之处闪着让她欣喜的光，她觉得只有下厨做几个好吃的菜才不辜负自己。她收拾了一下，拿出最近都没用过的南瓜色口红来与这夕照下的瓶子相映成趣，甚至还扑了扑粉，只是为了下楼去超市买菜。她买了些平时懒得做的菜，回家之后做了个宫保鸡丁和水煮鱼，还烤了一个芝士焗南瓜。她喜爱甜食，很多时候甜品看上去就能让她心情舒畅。

舒服地吃完饭后，她才重新打开微信，点击了好友申请第一条，选择了通过。她并不想主动去向他开口，请求让他把花瓶多借她一段时日，但邵刚也没有主动找话题，这就陷入了一种无声的角力，两个人同时抓住了绳子，但谁都在用力，等对方先服软。她想到这种奇怪的比喻，就有种莫名的心烦意乱，只有把手机丢到一边，什么都不想，更加不可以想这个可恶的男人，就是他的突如其来打乱了她本该古井无波的生活。她此时倒有些像为爱烦恼的少女，这种念头让她险些认为自己疯了。

第二天上午，邵刚发了一条消息给她："瓶子尽管用，等你完成画作再还也不迟。邵留。"明明是微信聊天，却被这刻板的男人硬生生弄成了字条留言，这让她哑然失笑。既然对方开口，她便却之不恭了。这倒是省了她主动的尴尬。接下来的几天，她几乎将所有时间都花在了观察这柳叶瓶上。她把自己锁在房间内，除了解决最基本的生理需求，她要保证自己呼吸和这瓶子同一空间内的空气，试图与其神魂相连。她数不清已经把这个瓶子翻转了多少次，每个角度她都观察过了，像医生在动手术之前找准下刀的位置。连瓶底都没有逃过她的法眼，但始终找不到落笔的最佳时机。地上已经丢了几十张废稿，都是刚画了没几笔，纸上的形状都没确定，就已经注定达不到她想要的水准。她像一个在沙漠里拼死寻觅绿洲的旅人，精疲力竭也没有放弃生的希望。

精神上的困顿让一切都蒙上了一层悲观的灰，肖云纪接下来几天也没有找到出路。她知道这只是暂时的，追求艺术哪有康庄大道可以走。但人的精力是有限的，有天中午她吃完午饭之后就像往常一样去床上小憩。她午睡向来不会超过半个小时，但这天她是被玻璃窗的呼救声吵醒的。

原本属于太阳的天空此时已经成了乌云的根据地，夏季的暴雨来得就像是少年人赶不及送出的情书，来得凶猛，倾泻如注，但不长情。狂风卷着暴雨直挺挺地砸在玻璃上，就像是一首 presto（急板），肖云纪还没睁眼就听到这台风袭击的声音，她最先感应到的就是维瓦尔第《夏》的第三乐章，雨滴就像是小提琴家的手指，疯狂地在一弦上换着把位。她被这突如其来的风雨声吵醒，眼睛微微睁开，似乎还有沉沉的睡意在压着她。在这恍惚间她终于找到了她想要的东西。

她半清醒的眼睛瞟到了桌子上的花瓶，外面黑压压的天空中不带一丝光明，但瓶子在这房间内却显得它自己就是个光源了，虽然并不很亮，但那桃红反倒更像是那天在展览中初见的模样了。不对，甚至和那天也有不同，那天小直射灯的光被它反射出了魅惑的感觉，但此时的它是在黑暗中挣扎着的姿态，不再那么完美，风雨中的它有种琉璃易碎的美，这就像一个本身很完美的女性在陷入无助之后表现出的软弱更加惹人心疼。

肖云纪顿时清醒，这就是她在找的灵魂。她立刻起身，走到画板前，不再那么精细地一笔笔描绘这瓶子本身，只将它绘出了个十之七八，剩下的精力便将背景绘成一片黑灰。要将初夏的恶劣天气画在纸上并不容易，从调色到线条都要显出层次，所幸整幅画完成的时候，窗外的模特还没退场，让她有足够的时间将这一切还原。当她放下笔之后审视这幅画，她突然想起老师说的，在还原真实之上还要有属于自己的创造，这幅画才有足够的自我价值。那一瞬间就好像是被操控了一般，她鬼使神差地又拿起笔，在瓶身中央添上了一条细碎的裂纹。当她画完才意识到自己干了什么。但她为这神来一笔的美所屈服，就像伊贺烧的杯子中间多了一条经年累月使用过的磨损，主人依旧以之为傲。

肖云纪将这幅画拍下来传给老师看，老师以为她是把那天展览的背景换成了夏日风雨，看样子他并不知道邵刚后来做的事。肖云纪本以为老师会像以前一样指出她这画中的不足，但他却说这幅画已经够好，不需要再多做改动，多一丝少一毫都没了味道。这让肖云纪颇感讶异，老师向来对她要求十分严格，哪怕她在圈子里已经是有了名气的画家，他依旧会像小时候一样要求她把每一幅画都画到他觉得满意为止，她知道这是老师对艺术毕生的追求，也包含着他希望她可以有一天超越他的期待。但老师对这幅画只有赞赏，她感觉像是小时候得到了师母给她作为奖励的棒棒糖，充满了孩童般最原始的满足。

她想了想，还是把这幅画的照片发给了邵刚，她认为他有权看到这幅《雨中桃花》。简讯传过去之后迟迟没有得到回复，肖云纪倒显得有些焦急，她迫切需要那个男人的认可，尽管原因不明。她每隔十分钟就看一眼手机，几个小时过去了，天空已经正式地不因乌云而黑了下来，可她的手机却还是没有因为她想看到的消息亮起。

大概十一点多，她躺在床上正在读《厄舍府的倒塌》，微信提示她收到了一条新信息。她点开看，是邵刚的回复。

"画得极美，越是脆弱的东西在风雨中挣扎就越有强悍的力量。裂纹是整幅画最传神的，我在里面看到了艺术的精巧。看来我的确做了个正确的决定。晚安。"

他并没有问瓶子是否真的裂开，只夸赞了她的画作。她的心口涌上一阵奇异的错觉，在那一瞬间她觉得他能懂她内心的真实想法，她几乎要被这种不合时宜的幻想刺激到叫出声来。原来他竟是她的知音！他看懂了这裂痕的美！她感觉一阵巨大的幸福让她快要眩晕过去，心脏似乎要跳出喉头，有一种灼烧的痛感。还有那句晚安，带着一种越了边界的隐秘性，像一根羽毛卡在她的喉咙。离奇的痒爬动在她的血液里。

一夜无眠。

第二天上午肖云纪发消息给邵刚，询问他的地址，说要将瓶子完璧归赵。邵刚也没有过多废话，发了自己的地址给她，她便叫了快递员下午四点上门取件。那差不多是她收到瓶子的时间，她的仪式感再度出现在这些细碎的地方。她在送走这瓶子之前反复抚摸着它，倒不是因为即将失去这瓶子而感到失落，她很清楚这瓶子最美的时刻已经被她留了下来，更多的是，她清楚知道，从这瓶子被送还回去的那一刻开始，邵刚便不会再与她有任何交集。

果然，如她所想，邵刚在收到瓶子之后给她发了一句收到，之后就很少主动给她发过消息了。只是会偶尔聊起彼此近况，说起来他们并不太熟，甚至如果没有这瓶子他们在展览之后都不会再有联络的可能。但就是这样的距离，才让肖云纪变得更加期待下一次的交谈。

但邵刚还是会偶尔给肖云纪买些小东西，双方互相知道地址就已经是很私密的事了。比如他给肖云纪订过一束向日葵。她收到花的时候正在电脑上查着最近在四川博物馆展出的丝绸展览票务信息。她把向日葵规整地插在玻璃花樽里，回到电脑前她拿起手机，点开了与邵刚的聊天界面。她先例行客套地表达了谢意，之后才是她真正想问的，为什么要送她向日葵。这次没过几分钟他就回了她一句希望她能像向日葵一样向阳生长，她也不好再问下去，没再回复。电脑屏幕上的字让她沉默许久。

"向日葵的花语：沉默的爱。"

九月底十月初的时候，肖云纪收到宁波那边一家艺术馆的邀请，说请她过去筹备一次个人画展，她想着闲来没事就应了下来，承诺在十月底前赶到浙江。她将这个消息告诉了她想邀请的亲友，其中也包括了邵刚。邵刚表示了他的祝福，并表示届时一定到场。他问她大概是什么时候正式开展，她估算了一下，如果按时完工的话次年五月可以展出。

十月下旬她如约赶到了美术馆，那边的主要负责人表示除了她之前优秀的作品自选展出之外，还需要在这段时间创作一些本地风物的画。正好她也想画一些以前没画过的江南水乡图，对她来说艺术上有新挑战比生活轨迹发生变动要容易接受多了。

十一月初的时候，肖云纪收到了邵刚发来的一张照片。是今年沈阳的初雪。雪下得十分绵密，路边的车身都覆盖了一层厚厚的雪，拍摄的时候雪正在空中打着旋，显然是有风的，看样子是在办公室或者家中拍的。这让她一个从小生活在南方的人难掩艳羡，她是喜欢雪的，可惜很少有机会见到真正的雪。如果可以给她个机会，比起坐在窗前画雪景，她更想去雪地里好好地打个滚，哪怕没有把这天地大美描摹下来都可以。邵刚还附上了一句话，有机会请你来东北看真正的漫天大雪。肖云纪十分欣喜，在聊天框中输入了很长一段，犹豫了一下还是全部删掉，重新输入。

一言为定。

很长一段时间邵刚都没有再提起邀请她去看雪的事，大概是知道她今年为了忙画展没有空闲时间去东北。肖云纪也没有主动提起这件事，她打算等邵刚下一次正式邀约的时候接受他的请求。邵刚可能并不懂她内心这些小心思，也可能是不想戳破。两人就在安全距离内偶尔说着近期发生的事。有几天邵刚一条消息也没有给她发过，她知道这才是交往的常态，没有人必须为她时刻待命，她本身性子也冷，倒只是会偶尔因为邵刚乱了方寸。这让她开始讨厌自己。

第二年的三月份，江浙的桃花也开了。她外出采风，看到盛放的桃花就心下欢喜，将画出的一树树山间的桃花图拍给了邵刚看，附上了一句话：你看有几分像那瓶子？邵刚只回了一句：桃之夭夭，灼灼其华。肖云纪想到了什么，脸颊飞上一抹红晕，竟比起这明艳桃花分毫不逊。

之后几天邵刚也没有再联系肖云纪，好像就在默默地等她通知他去参加这次筹备了半年的画展，他甚至好像知道肖云纪会让这桃花图上展。肖云纪忙于展览的事，也没有和邵刚说上一句。那天她正在美术馆大厅，工作人员在挂她已经确定的作品，手机突然响了起来，是老师的电话，她沿着阶梯走到门外接听了起来。但老师带来的消息让她突然丧失了语言能力，脑子里陷入一片混沌。

"云儿，你还记得邵刚吗？就是去年办展览的那个孩子。他的葬礼你去吗？真是可惜了，才48岁，天妒英才啊。"

肖云纪好像被抽空了力气，一下子摔在了地上。她感觉不到疼痛。老人听见这边重物坠地的声音，向学生表示了关切。

"没事，老师，这是什么时候的事？我跟他不熟，没怎么联系。"

"就是前两天的事，心肌梗死走的，在办公室被人发现的时候已经凉了。人生真是无常，谁又能敌得过命啊。阎王叫你三更死，谁敢留人到五更。他老婆有通知你参加下个月的葬礼吗？"

"原来他有妻室了……"肖云纪极轻声地说，好像都只是一句叹息，风一吹就散了。

"老师，我就不去了，我并没有收到消息，贸然前去也是失了礼数。您代我转达心意就好了，只说朋友就好，我怕引起不必要的误会，人都走了还惹得不安宁。"肖云纪勉强用仍在发颤的手撑在台阶上，将身子直立起来，让自己看上去不那么狼狈。老人没有听出任何异样，放心地挂断了电话。

肖云纪抬起头，看了眼门外还在风中摇晃的桃花，默不作声地站了起来。

一位姓肖的女画家此生再没画过雪。

（作于2022年3月，
发表于《创作》2022年第3期）

俏郎君

一

任帆是个胖子，他清楚。准确地说，他比任何人都清楚。

胖似乎成了他这二十多年平凡无奇的生命里抹不去的烙印，带着火一般的灼热，让他人生的底色都多了一丝红。最开始有人说他胖的时候他会不好意思地涨红了脸，恨不得找个地洞钻进去，到后来也不知为何，说这话的人越来越多，也越来越不避讳他本人，更有甚者会故意彰显自己的恶意，呼朋引伴来到他面前，他们口里冷嘲热讽的话就像在标榜军功，在他们看来任帆急红的双眼就是他们此行最大的收获，然后心满意足地结伴离去，丢下可怜的胖子在原地消化这个世界的不公。

他并不是从小就这么胖的。任帆是奶奶带大的，小的时候任帆出落得标致，一张白净的瓜子脸上长着一对灵动的眼睛，胸前的玉佩是奶奶为了保佑他平安长大从寺庙里求来的，每次被奶奶带出门去，总有人会夸他好看，像小时候的宝二爷。那时他不懂这些，但从大人们的语气和表情中读得懂是在夸奖他，不论认不认识对方，他都会甜甜地说上一句谢谢。这样的他更惹人宠爱，像精巧的瓷娃娃。很多跟奶奶相熟的人会忍不住往他头顶爱怜地揉上几下，但他并不喜欢这样的方式，因为他看见小区里的崔阿姨就是这样摸着她家狗的头。

小时候任帆被送去学钢琴，当他第一次伸手碰到冰凉的琴键，他感受到了一种和自身相合的气息。那时候他才五岁，稚嫩的手按动琴键还稍微有点吃力，当他用两根手指并作一根按下去之后，琴身随着跳出的声音一起颤抖，带着神秘力量从指尖传到任帆的大脑，他有种冒险的预感，就像他在童话书里看到过的王子历险记那样。当钢琴老师坐上琴凳，弹了一曲《秋日私语》之后问他感受到了什么，他说像在秋天里听别人读了一篇忧伤的童话，又像躺在床上盖着被子，看外面的落叶被秋风抱着跳舞。老师震惊于他的天赋，并暗自下决心要把他培养成下一个钢琴王子。但任帆没有告诉老师，他知道这首曲子的名字，他曾经问过楼下学钢琴的姐姐。他的童年就伴着钢琴的乐声安静地流了过去。他后来甚至都记不起自己的儿童时代有什么奇闻逸事，除了钢琴。

命运的手在他十三岁的时候调整了时针的走向。当他身边的男孩子们开始长高，喉结开始突出，身上很多地方开始涌出黑色的毛发，他仍然白净得像一块不化的雪，甚至还稍显瘦弱，看上去更加弱不禁风。还好他会弹钢琴，身上的艺术气质加上出挑的容貌倒也为他赚了不少同龄人的好感。初中时他是住校的，有个室友叫靳江，是他在中学时代最要好的友人。靳江本身大他一岁，个子虽算不得最高，但由于素日里喜爱运动，肌肉十分明显，黝黑的面颊上立着挺拔的鼻梁，下颌坚实得像是服役的军人，眼神也比同龄人更有力量，肌肉撑着制服，站在那里就能感受到充满全身那奔流的热血。任帆暗暗嫉妒甚至迷恋这种生命带来的原始力量，有时候在寝室看到靳江只穿背心的上身会感到隐秘的刺激，这是他对谁都不能说的秘密。所以他开始期待夏天。

四月的一个夜晚，只有他们两人在宿舍。靳江正在浴室洗澡，任帆被一阵生命带来的迷狂裹挟着，胡乱找了个借口问他能不能一起洗。靳江打开了浴室的门。呈现在任帆眼前的是一具已经成熟的男性肉体，暖白色的灯光混着氤氲的水汽，看起来让靳江的桀骜多了一分圣洁。他胸口滚落的水珠沾湿了胸前茂密的黑色丛林，肌肉线条在流水的冲击下显示出一种强烈的对抗感，水花飞到任帆的身体上似乎都能灼烧出一个个洞孔。生命力，庞大的生命力压倒了这瘦弱的少年，在暧昧不明的浴室里随着热浪渗入任帆的肉体，占领他，突破他。他看到了被解放双手的圣塞巴斯蒂安。这是钢琴无法给予他的，灼热而霸道的生命力让任帆有了尴尬的应激。

靳江并没有过多地取笑他，假装若无其事地扫了一眼，这睿智的洞察者便让出了淋浴位，站到一旁不紧不慢地擦干身体，并没有刻意遮挡。他穿好衣服走到离神的任帆身边，拍了拍他的肩，说再不洗会着凉，便打开门走了出去，像中世纪健硕的骑士。任帆飞快地把门锁上，站到靳江刚刚站过的地方，打开似乎还留有余温的水龙头，感觉到热水一浪接一浪地从头顶泼下来，他像身处夏日的海面，温热的潮汐将他淹没，沉溺，在自然最原始的力量之中消融。任帆感觉自己并不存在，一种渎神的欢欣摇荡着他，他的血液终于开始奔涌不息，灵魂也开始鼓胀，指引他通往圣洁的道路。没有恶魔暗中教唆，手只有行动起来才有创造的意义。他的内部有一种晦暗杂糅着辉煌的东西在顷刻之间占领了他的灵魂，只恍惚了下，就迸发了持续片刻的眩晕。他看着一团胶状物质在强烈的水流下挣扎，最终还是滚落进更肮脏的下水道，他感觉自己的一部分被谁取走了，但实际上是生命力被添加到了他的肉体中，这感觉异常奇怪，因为没人跟他说起过童年之死是什么样子。

他洗完之后走出浴室，靳江正坐在窗边，天空中残破的月亮漏下来的乳白色正覆盖着靳江，就像那只刚刚在水中挣扎着的、被他生命源泉裹住的小虫子。靳江回过头来，对着任帆会心一笑，任帆明白他看穿了一切，这让他的秘密显得更加卑微。他同样回敬了一个释怀的笑，他没有秘密了，但他也破除了对靳江身上那股生命力的迷信。任帆并不期待会有人理解他的痴狂，取而代之的是一种说不清的孤独，这孤独本身就被生命捆绑着，它与空虚不完全相同，但这和海洋一样浩瀚的孤独提示着他可以不带任何邪念地与靳江交往了。他走了过去，抱了抱结实的靳江，从对方手臂上突出的血管中跳起的脉动让他隐隐地感觉到接下来的人生会有来自生命本身的惩罚。

二

没过多久，他体内的雄性激素开始涌动，雪白的身上开始
出现细草芽一样的毛发，身高也在不断上升，当他发现这变化
的时候，他想终于可以像靳江一样了，这让他感觉到一种涌出
胸腔的快慰，他恨不得向头顶无垠的天空发出胜利的怒吼。但
就从这时开始，他的食量开始陡然增大。最开始的时候他只吃
一碗饭就够饱，慢慢地他需要吃更多，经常在吃完两碗面之后
再给自己加上一杯奶茶和一包薯片。他从来没有想过控制自
己，因为他在书上看到这是青春期的正常需求，他相信自己可
以代谢掉这些多余的热量。靳江也劝过他很多次，但他知道自
己是在成长，吃下去的每一口都是在给他成长为一个成熟男人
的路上提供养料。他的体重本来只有八十四斤，在同龄人中是
偏瘦的，就像一夜之间被下了诅咒，三个月下来涨到了一百零
八斤，以前穿在他身上空荡荡的衣服全部被撑得快被撕裂，走
近都能听到布料的哀嚎。他的皮肤与衣服之间不再有供人呼吸
的间隙。

他的父母在他放暑假那天去接他，当他出现在他们眼前的
时候，他们都不敢相信，他母亲甚至揉了揉眼睛。此时的任帆
像一个雪白蓬松的面包，看上去就足够让人有食欲——如果吃
人不犯法的话。任帆忽略了父母眼神里的震惊，走到他们面

前，打开车门坐了上去。当他上车的时候，他们在车外都感觉到了车身狠狠往下沉了沉。上车之后他父母都不知道从什么地方开始抒发自己的观后感，任帆倒是先开口说是自己最近在长身体，吃得有些多了。母亲得知情况之后，叮嘱他一定要运动，多吃点也好，保证健康，以前吃不胖的样子让她也曾经担忧过。但当她回家看到任帆展现出的食量，她想收回自己说过的话。任帆吃了两大碗饭之后喝了两碗排骨汤，之后就到茶几下面翻找各种零食，不管是牛肉干还是辣条，没有什么可以逃过他的眼睛。但凡能被他发现的几乎全部被卷进了他的胃中。

一切没有随着任帆的设想行进。接下来的两年他以吹气球的速度开始发酵，迅速膨胀，肚子就像丰盈的棉花糖，用手一捏都是绵软的脂肪层，他圆润的脸上肉多到找不到合适的位置，皮都似乎不够用。任帆同样也为自己肚子上的赘肉感到纠结，一方面他觉得自己全身都被一层肥油裹了起来，不只是肚子，他的四肢、骨骼、内脏都被塞满了，肚子格外明显，似乎并不太雅致。但另一方面他觉得这是他活着的表征，他从吸收的每一丝热量感受到生命的延续，他的脂肪每多一层，他体内存活的孤独就少一平米的居所，这向外挺出的腹部是他渴求的生命力给他的最终礼赞，如同怀孕的女性子宫里酝酿着的新生。

他的父母并没有实际可行的方法解决这个棘手的问题。到他家来的亲戚已经从最开始的震惊到现在习以为常，最开始还会说孩子你怎么又胖了，但渐渐地已经不会再问了，成人大都知情识趣，冷嘲热讽也不会当着他的面，假装问他轻了几斤倒不如大大方方问他是不是又重了。他们都想不通为什么任帆会胖得和从前判若两人。任帆最开始还能直视他们刨根究底的目光，到后来他觉得应付这些远道而来的亲戚还不如躺在床上拆一包烧烤味的乐事薯片来得舒服。很多时候他只打过招呼就走进自己的房间，把门锁上，故意把零食包装拆得很大声，而为了配合他，外面的交谈声也逐渐变得鬼祟起来，是不是关于他并不重要，他只要享受食物带来的快感就足够了。

初中三年下来，他已经肿到像一座移动的肉山，校园里不是没有其他胖子，但他属实是最独特的那一个。这得益于之前的校园歌手大赛，和他关系还不错的一个女生请他去给她伴奏，决赛的时候几乎全校师生都来观看，他就在聚光灯下穿着一身紧身西服出现在舞台左侧，他一时间分不清这逼人的热度是来自舞台上的灯光还是场下的目光。手碰到钢琴的时候，他忘掉了自己在什么地方，他似乎在此时找到了跟钢琴相融的关窍，一曲下来行云流水，直到结束他才发现自己的眼泪已经在衣袖上烫下了疤痕。他站起来和女生一起鞠躬退位，看起来像落幕的悲剧，任帆突然有一阵涌上心头的难过，他预感自己的人生艳得像一朵限时展出的花，无论掌声再盛，终要被移出展台，在无人知晓的地方慢慢凋谢，他只愿自己懂得下台的美丽，按标准流程鞠躬退位，至少离开前可以拥有观众的敬礼。

正是这次比赛让任帆被更多师生知晓，很多人在结束之后都记住了他的名字，但总有些人不愿意一本正经地和他打招呼。他记得最深的是有一次，隔壁班的一个男生在路上遇到了他，对着他吹起了口哨，故意很大声地跟身边的伙伴说了一句：看，这就是那个把自己弹哭的死胖子。

任帆的手在口袋里握紧，眼睛微微眯了起来，脸上的肉抖了几下，像急遽起伏的海浪，转眼又平静下来，当作没听见地走了过去。不知道这件事被谁知道了，传到了靳江的耳朵里，他狠狠地教训了那个出言不逊的小子，成功把他打进了医院。当然，他本人也挂了彩，还因打架斗殴吃了一记处分。任帆一边给躺在床上的靳江上药，一边看着他身上的瘀青，有什么话哽在喉中，只吐出一句不值。靳江摇了摇头，什么也没说，眼神像闪动的星。

高中的时候靳江转学了，因为他家要搬去另一个城市，他临走之前送了任帆一个随身听，那个年代随身听已经算是时代的眼泪了，很多人都开始用智能手机听歌了，所以当靳江拿出这个随身听的时候，任帆是有点吃惊的。他告诉任帆这里面的歌是他自己录的，等他走了才能打开。任帆信守诺言，在他转学一个星期后才拿出来听。他知道靳江唱歌五音不全，为了练好这首歌一定花了挺久时间。他的声音有些沙哑，唱出来的歌算不得好听，放在歌唱比赛中初赛就能被淘汰的水准。但任帆记住了一句歌词。谁人如何激进，亦不及我为你那么勇。

靳江离开之后，任帆再也没有碰过钢琴。

三

听到的闲言碎语愈发刺耳，任帆在高中三年有意或无意听到的旁人关于他身材的评论越来越出格，他终于无法再容忍，他独自承受这一切已经很久了。他开始实行一个尚未成形的减肥计划，而其中最主要的步骤就是——节食。他开始疯了一样地节食，第一天就只吃了一个鸡蛋和一根黄瓜，他几乎饿得快要站不稳，没有人关心他发生了什么。饿的时候他就喝水，他在书上见过，多喝水可以代谢掉脂肪。但更多的是为了用冰凉的水安抚他躁动的胃。他体内活着一个恶魔，它用甜美的声音说，再吃一口吧，我要，你也要。这声音带着奶油蛋糕的香气，在他脑海中勾勒成炸鸡的形状，呼一口气之后又变成了红油火锅，氤氲起离奇的烟。他拿起刀子朝那声音来处刺去，挣扎半天只把自己折腾到精疲力竭。

后来几天他依旧按这种方法与脂肪进行搏斗，全靠意志力在支撑着，到第五天的时候他闻到食堂里蒸腾起的热气会不自觉地恶心，他从那味道里看见了漂浮着各种食物残渣的地沟油包裹着老鼠的尸体，还有一块块的腐肉在吸引着蝇群前来开餐，小指长度的蟑螂扑腾着还没完全展开的翅膀在上面畅泳，浑浊的红油有着地狱般凌乱的美感，像是没有生人摆渡的冥河，又像染了色的胃液。任帆在里面看到了一个全新的世界，无序又有着难言的吸引力。

他强忍着反胃的冲动，过去看了一眼，菜盆里装着的是红烧鱼块，炸得金黄的鱼块上沾着大块红色的辣椒和焦黑的花椒粒，还有绿色的葱花点缀在上面。各种色彩在他眼里拼合成了一条黑色的完整的鱼，它吐着不规则的气泡，双鳍开始拼命拍动，眼神里是一片深不见底的惊恐，一道寒光如同雷电劈上了它巨大的身体，它的头颅和身躯应声分开，从那切口中看去，粉嫩的肉还在抽搐，肌肉神经正在痉挛，脊柱像一个实心的吸管，正有汩汩的鲜血排着长队从里面溢出。生命力！这就是任帆为之痴迷的生命力！流出的血越来越多，渐渐淹没了鱼身，没过多久出血量应该已经超过了一个成年人体内的血量，但仍然没有止住的趋势。血变成了一条扭动的蛇，蜿蜒到了任帆的脚边，和他纯白的鞋尖接了个缠绵的舌吻之后，就向他的鞋面开始攻城略地。

血越来越多，血的腥味和鱼的腥味混杂在一起，调制成了一瓶难得的香薰。被斩下的鱼头漂在水面，一双眼睛死盯着任帆，让他感到由心底而发的恐慌。这是什么样的眼神，他难以说清，里面包含着怨恨、不解、遗憾，各种复杂的情绪交融成两根银针直抵任帆的灵魂深处，似乎在对他进行一场未知的拷问。突然猩红占据了任帆的全部视野，从漫无边际的血红里生出了无数鱼头，成千上万一模一样的鱼眼全方位包围了他，鱼唇也开始上下开合，像是在悼念随躯体分离出去的生命力。任帆就在这片鱼头的海洋里径直沉了下去。

他再醒来的时候是在医院的病床上，睁开眼就看到父母的脸，眼神一转，看到了自己头顶悬着的吊瓶。听母亲的讲述，他们是被校方通知来的，他是晕倒在食堂被人发现之后送到了医院。医生说是节食过度导致的应激，没有大碍，住几天院就好了，并叮嘱任帆不可以用非科学的方法减肥。这件事过了之后，他的父母再也不敢要求他减肥，读高中还能及时赶到，如果去外地读大学的时候再遇到这样的事他们可能都来不及见孩子最后一面。而任帆也心有余悸，他意识到每一个生命都比悬在空中的风筝脆弱得多，这让他觉得自己的生命力还远远不够，他需要吸收更强大的能量来对抗这个世界的不安。他开始吃得甚至比节食之前还要多。

四

任帆去了一千多公里以外的 C 城，就读于国内某知名高校的某冷门专业，这让他有了一种被边缘的安全感，他不希望别人过多地注意到他，由此关注他比高中更加臃肿的身材。尽管如此，他还是能在人群中被轻易区别出来，就是他，历史学院的任胖子。

他在大二的时候交了个女朋友，这是他意料之外的事。女孩叫裴月，是他同院不同专业的同学，小他一岁，看上去是个乖乖女，平时爱穿着各种小碎花裙，扎个小辫子倒也显得清爽可人，加上是个娃娃脸，更加招人喜欢，很多男生也会搭讪她，她却主动追求了任帆，这让追她的男生们开始质疑她的审美。任帆也问过她追他的原因，她说是因为他看上去老实憨厚，不会出轨，至少能让她放心，没有那么多花花肠子的男人会让她有安全感。听上去确实有可信度，但想说服他还不够力度。

他们第一次上床是在交往半年之后，那天晚上裴月叫任帆出来看凌晨场的电影，具体叫什么任帆已经忘了，他对这部片子唯一的印象就是狗血的爱情片，只记得裴月在旁边哭得快断气了，还好是午夜场，整个放映厅里不超过十个人，她抽泣的声音也不会太引人关注，运气好的话还能遇上志同道合的女生一起为失忆的女主角哭得死去活来。电影结束的时候已经快凌晨两点，学校是回不去了，任帆只能就近在一家酒店里开了房。为了表示尊重，他提前问了裴月需不需要开两个单间，她什么都没说，只竖起手指比了个"一"。前台的接待员用明白一切的眼神扫视了两人，给了一间在走廊尽头的房间。

走进房间之后，裴月将门上锁，用左手拉住任帆，右手搭上他浑圆的肚子，指尖隔着衣服在他肚脐上画着圈，随后像弹钢琴一般弹跳着向下游移，最终停在他私密的前端，用食指的指甲轻轻地抠了三下。任帆像触电一样望向她，震惊于她从未展露的另一面，他从没想过会以这种形式收到她无声的邀约，她好像成了另一个他不认识的人，让人不得不重新审视她的全貌。直到浴室里的水声响起他才缓过神来。

　　任帆醒来的时候已经是上午十一点，裴月还在旁边熟睡。他就这么迷糊地长成了真正的男人。他看到地上那几个被遗弃的安全套，里面盛满的精液让他回想起夜里的疯狂，她用各种方式迎合他每一次探知，到后来她掌握了主动权，让任帆仰视她、膜拜她，十足像个女王。两个人都在倾泻年轻的生命力，肉体的狂欢可以暂时麻痹任帆敏感的神经。任帆从她给出暗示的时候开始就已猜到她经验十足，尤其床第之间那变化多端的表情，和素日里她清纯的模样简直判若两人，一面是还没吃下禁果的夏娃，而另一面已经是出逃的莉莉丝。任帆并不想知道她以前经历过什么，自然也不会责备她有所隐瞒，他心里也有足够多的秘密，不论是她平日的陪伴还是在床上共同释放的狂野，都不能磨灭他最深处的孤寂。那种等同于偏执的孤独感像一颗埋在沙下的钻石，无法破坏，无法消除，只要把表面充当保护层的粗糙沙砾拨开，它就在那里闪着光，提醒他这孤独只属于他自己，不要试图分享。

　　奇怪的是接下来几个月里他们做爱的次数屈指可数。除了第一次是裴月主动，其余每次都是任帆提出的，裴月总是会拒绝一两次后半推半就地应允一次，但任帆在这件事上从不强迫她。有次她不耐烦地问他为什么总是需求这么旺盛，还质问他和她在一起是不是就为了做爱，她那时的神情就好像已经忘掉了她才是始作俑者。任帆只能给出在她眼中无力的辩解。他内心汹涌浩瀚的食欲有一部分已经转化成蓬勃的性欲，有关欲望的连通请恕他无法坦白相告。他并不真的需要靠交融来实现内在情绪的传递，他靠自己也能一天纾解两次，在他看来这样的自渎才更像自我朝圣，他能在过程中更好地感觉到内心每一丝欲念的渴求，他处于一个万物噤声的空间，什么都不再重要，他只需要考虑自己最真实的感受。这时的他反而更自在，用灵魂去碰触宇宙本质中属于创生的魔力，他是唯一的中心，又像是自身并不存在，没有什么比他更真实，也没有什么比他更虚幻。他非常享受这种活在他人凝视之外的时间，裴月的缺席甚至更暗合他的心思。

他与裴月这莫名其妙开始的恋情注定比昙花只长一个眨眼的时间。说是无疾而终也不够确切，一方面是因为两人戴着面具交往让彼此都心力交瘁，另一方面确实有了一条隐秘的导火索。最后一个晚上，例行公事之后，裴月洗完澡便睡下了，任帆却怎样都睡不着，他转过头看着裴月熟悉又陌生的脸，突然有了源自内心深处的抗拒，他在那一瞬间深刻地认识到他的内心并没有真正地接受过她，而她也无法让他感觉到他们之间有继续下去的可能。既然如此，勉强下去没有意义。任帆看着裴月长得像窗外弯月的睫毛，有了一秒钟的心软。他躺进被子，向右侧了身，从身后环抱住裴月，给她，或者给自己最后的怜悯。他半硬的性器不小心抵住了裴月的尾椎骨，她在半梦半醒间挣扎了几下，他手臂稍微用了点力，这力道压出了她一句拒绝的话。

别碰我，你硬了还没你肚子突出。

任帆松开了她。很快她就睡熟了，呼吸起伏得自由。

再见。

就在这时，他开始不可抑制地想起了靳江。窗外那一弯锋利的月像他当年离开时的下颌。

任帆等裴月醒来之后，陪她吃了顿有仪式感的早餐。吃完之后，任帆没有犹疑，通知她这个平淡的故事到此为止。裴月喝咖啡的动作停顿了一瞬，马上又仰起头吞下了一口，她不由得皱起了眉。她把杯子用双手叠握的方式抓紧在手中，双眼直视任帆，而任帆也以坦荡的目光回敬她，看上去像一场商业谈判。她突然舒了一口气。

"谢谢你解放我。"

"求之不得。"

五

任帆恢复独身之后开始回归自己的生活节奏，他和裴月对于彼此就像死了一样，即使见面也会有意识地避开，有一次擦肩而过，他听见她的女伴在问她为什么不和任帆打招呼，她说的是，别提了，晦气。任帆飞快地离开了，像一头失控的非洲象。任帆再一次听到裴月的消息是因为她被计算机学院的一个女生打了，原因是她勾引对方的男朋友上床，在床上被捉奸成功，听说被夺门而入的时候裴月和那个男生正在行事。后来裴月又被曝出跟很多男生都有过不正当关系，而且都被偷拍到了照片，还有人不知从哪里查到了开房记录。那些照片在学校的贴吧里被疯狂转载，短短几天时间，大家都知道了历史学院有个叫裴月的荡妇专门勾引有对象的男生，一时之间裴月跟不知廉耻画上了等号。

任帆听到之后也好奇地浏览了相关帖子，他感觉好像从虚拟的网络中看到的才是真正的裴月，每一张照片里的她都不一样，活脱脱一个千面娇娃。他推算了时间，裴月跟那些男人发生关系的时候正在和他交往，他明白了裴月为什么会一次次地拒绝他。体内堆积的脂肪是他愤怒的燃料，让他的怒火无穷尽。他试图当面质问裴月，对方只是避而不见，他发消息问她，她也只是已读不回。一来二去，哪怕没有结果，也慢慢消解了他对裴月的怨恨，他也不再那么执着，只是再听到她的名字会本能地觉得恶心，如同嫌弃一堆不成形的排泄物。他听到这个名字的时候，眼前会浮现裴月那张迷惑人间的脸，倏忽化成一摊烂泥，眼珠、鼻梁骨、嘴唇都混在一起，像是车祸中被车轮碾烂的头颅。有好事者深挖裴月，就必定会关注到任帆，哪怕他们并没有当面问他，但任帆依旧感觉到被冒犯，那些带着窥私欲的目光落在他身上的时候，他觉得这份恶意不仅仅是因为裴月和他那一段让人反胃的过去，还有一部分原因是他肥硕的身躯似乎给了那些人想要的答案。

他从没有像现在这样讨厌自己，他就像橱窗里的人体模特没有拒绝凝视的权利，他对此无能为力，外界的攻击是基于他的外形，就像是他亲手把匕首递给了别人，对方涂上了剧毒之后再用力地还给他。他突然意识到只要他活在这个世界上就一定会面对别人带有恶意的审视和揣测，此时他不仅觉得自己糟透了，更觉得这个世界糟透了。自己像住在一个巨大的烂苹果里，从芯开始就腐坏得无可救药。他要反击，用自己的方式对抗一切不友好。

任帆找了个口碑不错的私教工作室前去咨询减肥事宜。他进门之后店长十分亲切地带他参观场地，任帆腰间晃动的肥肉此时在她眼里比黄金的单价都高。她带他在店里环游了一番之后，立刻把他带到了签约区，先是倒水再是拿纸让他擦汗。任帆提出想自己一个人再到各个场地仔细看看，她犹豫了一下还是答应了他的请求。他走过器械区的时候，正好有几个肌肉大汉在拼命操练着那些沉重的铁块。那些汗水淋漓的肌肉对他有巨大的吸引力，他穿过那青筋虬结的肉疙瘩看到了奔涌的血液，那时刻血里混着雄性激素在向外挣扎，那些神情痛苦却有着渴求眼神的男人让他想到了介错时的日本武士。五台跑步机这时都是闲置的，任帆跨步走了上去，他站在跑步机上，想起以前靳江会拖着他在操场上夜跑，当时他已经重达一百三十斤，跑个一两圈就说什么都不肯再跑，像一摊肉泥瘫软在橡胶跑道上。靳江就会停下来，站在他面前，等他看起来没那么煎熬的时候伸出手将他从地上拉起。月光罩在靳江身上，像是神的救赎。

任帆这次已经下定决心要瘦下来，一次性办了年卡。店长给他指派了一位叫秦逸的主教练，在正式见面之前店长已经给任帆做了个大致介绍，说秦教练是整个工作室里减脂最厉害的，是北京体育大学毕业的高才生，专业性极强。任帆看她说得天花乱坠，也知道是为了让他安心，就顺着她的话说，双方达成了合作愉快的共识。

任帆在几天后才真正见到店长口中只应天上有的秦教练。是个看上去就很年轻的男生，从他微青的胡茬和稍显拘谨的神态就知道应该刚毕业没多久。尤其当秦逸戴上金丝边框眼镜后，如果忽略掉他鼓起的腱子肉，白净的皮肤和一张俊俏的瓜子脸真的不会想到他竟然是健身教练。开始两个人在课上除了动作和要点教学以外没有任何闲聊，的确像极了工作上的搭档。但时间久了总需要聊上几句。多年肥胖已经让他的身体机能大打折扣，尽管他还年轻，但有着几十斤肉的负重，哪怕是入门课他都上到精疲力竭。秦逸为了让他放松，有一搭没一搭地开始和他闲聊，任帆才知道秦逸是刚刚从北体毕业的硕士，学的是运动人体科学，这一方向是纯理论研究，他这身肌肉都得感谢自己喜欢锻炼，所以才会选择做健身教练，既能专业对口，又能在没有学员的时候名正言顺地用上这些器材。

当他说起自己热爱锻炼的时候，任帆正在旁边做着平板支撑，这场面似乎感觉太不合拍。任帆感到的只有烧心灼喉的痛苦，他感觉到自己的肉正服从于地心引力努力下坠，他的手臂已经撑不起他的重量，全身开始剧烈颤抖，有一瞬他闪过了放弃的想法，但咬了咬牙依旧坚持着，豆大的汗珠沿着他前额的头发径直砸在灰色的瑜伽垫上，像一场突如其来的大雨，而他忘记带伞，被淋得全身湿透。就在他快要崩溃的时候，一双有力的手固定住了他两侧的腰，又让他借力多撑了三秒。

任帆瘫软在瑜伽垫上，偏着头看着身边朝他微笑的秦逸，忍不住开口问他。

"我什么时候才能感受到你说的运动的快乐，或者说，我什么时候可以摆脱这么痛苦的训练？"

秦逸的表情瞬间变得故作高深，带着一脸值得玩味的表情告诉他，一切都不可说。任帆看着秦逸的手心全是自己腰上渗出的汗，顿时觉得羞赧难当，把头快速扭了过去。秦逸看着他像只鸵鸟一样把头埋进瑜伽垫，心中既疑惑不解又觉得莫名可爱。

六

每次上课的时候都会聊些课外话题，努力让课程变得有趣确实是拉近距离的绝佳方式。仅仅一个多月的时间，两个人就从商业合作伙伴的关系转变成了朋友。后来，他们会在秦逸放假的时候约着出去吃饭。秦逸从一开始就一直叮嘱任帆"七分吃，三分练"的口诀，每次都是秦逸挑饭馆，他会细致地考虑到什么东西任帆不可以吃。每当任帆想点高热量食物的时候，秦逸会第一时间阻止，并且开玩笑说他不建议再续卡，同时无视任帆略带抱怨的眼神。任帆太久没有这样轻松地和人交往了，因为他身材的原因很多人都不愿意跟他接触，自然朋友就更少，他和室友的关系也不轻松，他与他们并没有什么共同话题，很多时候在寝室也是安静无声。裴月的事他们也知道，也都开导过任帆，这让他对他们是有感激的。但感激并不等于能做成朋友。友情是建立在互相需要之上的，这是一种需要深度情感联结的关系，同样也就意味着它是一种比青花瓷还贵重的奢侈品。

但秦逸于他而言是不一样的，他第一次见到秦逸就从对方眼里看到了善意又带着腼腆的眼神，他见识过足够多带有恶意的眼光，但当秦逸第一次见到他的时候，金边眼镜下闪动的眼色流转着一种想要接近又被收敛的情绪，像是躲在一角又不敢上前的小布偶猫。作为教练在自己的主场却看起来还没有学员放松，这让任帆生了想捉弄他的恶趣味。刚接触时他不清楚对方的底线，这么多年他都是习惯被动等待别人向他抛出橄榄枝，无论恋爱还是交友都是如此。现在任帆回想起来，其实当时他和秦逸都是在互相试探，就像两只伸出触手稍稍碰触又马上分开的八爪鱼。

秦逸坦诚地告诉任帆，他是他带的第一个学生，他也没有把握自己可以把任帆改造成什么样，如果担心他的能力不够可以告诉店长换个教练。任帆笑出了声，望着秦逸快速地摇了头。秦逸也跟着他笑了起来。

"你不担心我这个新手会拿你这个小白鼠开刀吗？"

"天注定我是你的第一个学生，我要是忤逆天意，说不定就再也瘦不下来了。"

秦逸用筷子打掉了任帆想趁他不注意偷偷夹走的那块五花肉。

器械课是任帆在训练中唯一有期待的课程。这么说是由于基础的有氧心肺训练让他苦不堪言，无论秦逸在旁边如何帮他调整，但这痛苦无法被分担，即使他知道这是必经之路，但只要他看到战绳和瑜伽垫还是会本能抗拒，像极了马上要被执行枪决的死刑犯被求生欲支配着在做最后的挣扎。而器械课虽然也让他精疲力尽，至少在内容上相对更能激发他的兴趣。在正式使用器械之前，秦逸跟他说肌肉就是在这样的负重训练下一次次撕裂之后又再生，日后的训练也会逐步加大运动量。当任帆做好安全措施准备开始挥汗如雨的时候，秦逸给他加了十五斤的重量。任帆拼命拉动这沉重的负累，仿佛拖着全世界在向前走。他用力之后发现难以为继，惯性想取代他自身的力量使他返回原点，抹杀他努力过的证明。他竭力稳住双臂，闭上眼睛，深吸了一口气直入腹腔，随着呼吸将机器拉到极限。在反复推拉的过程中他没有睁开双眼，用每一寸感知去探索身体的发力点，他的思绪下沉到了每一块肌肉之中，用内视镜清楚地见证到每一个细胞的分裂、融合、重生，但同时他心头涌上一股不能对人言说的悲哀，他觉得自己的人生却不像此时的身体一样，只有撕裂没有重生。

四个月下来，任帆瘦了三十斤，虽然还是比较胖，却明显看得出比以前小了一圈。这段日子除了运动，最重要的是他压制住了内心那个引诱他的恶魔，他会尽量控制自己的食量，并且再也不碰甜食。虽说他本身并不特别嗜甜，但有时会忍不住想吃些甜的来调节心情。自从减肥以来，他下定决心与甜食决裂，哪怕走过奶茶店时里面飘出的香气让他味蕾瞬间起了反应，他依旧只是从门口经过，绝不踏入深渊。秦逸会刻意在他面前说带他去吃这些用以考验他的定力，他也会故意答应，但接下来不管路过多少家奶茶店炸鸡铺，他们都会心照不宣地加快脚步离开。

一转眼就到了大四上学期，任帆并没有准备考研，他打定主意早点进入社会工作，虽然家里是想要他继续深造的，劝他说历史系只有一路读到博士才有可能找到一份稍微满意的工作，但他自己却没有这个意愿，他想早日经济独立，让自己的人生重新归于自己的掌控。九月开始他就向各大公司投去了简历，绝大多数都以专业不合为由拒绝了他。他知道历史系就业面窄，也知道这种冷门专业不受社会待见，但没有想到已经难到这样的境地。他只好去找那些不限专业的岗位，愿意给他面试机会的绝大多数是一些小公司，有的刚成立一两个月，他不太敢去这样的公司，这种地方太没有保障，他至少需要一份相对稳定的工作，体面与否还在其次。这个世界变故太多，他不清楚自己到底能握住什么，自己都不知道什么才能让他可以稍微安心。很多时候他想装作糊涂，爱思索的人注定福薄。

任帆终于挑中一家稍显正规的公司，是一家中等规模的网络公司，主营业务是游戏和网络直播，他知道最近这些很火，但时代浪潮的红利一过去谁又能预知这家公司能撑到几时？他心底总是有些担忧的，但别无他法，这已经是通知他面试的公司里最靠谱的一家了，哪怕这家公司也只成立了一年多。他必须抓住这根稻草，他没有考研，如果这个公司面试不上的话，下一个合适的机会也不知道要等到什么时候。

面试当天他特地换上了新买的浅灰色西装和圆头皮鞋，他去查了色彩心理学，书上说浅灰色配粉色会给面试官留下好印象，他便买了一件粉色衬衣穿在里面，还配上了一根藏蓝色镶金线的领带，在领带的下端还有一把剑和一朵玫瑰交缠，看上去有种残忍的美感。穿戴整齐之后他特地在镜子前好好审视了自己一番才出门前往面试地点。在过去的路上他觉得自己从来没有如此自信过，这种自信一直延续到他抵达会议室。这是一栋位于闹市区的写字楼，从外面看去像是一个几十米高的玻璃囚笼，他按要求来到十四楼，接待他的是一位年轻女子，看得出女孩本身就挺眉清目秀，略施粉黛就足够给公司撑起门面。他表明自己是来求职的，女孩让他在门口先坐下等等，她去人力资源部通告一声。他从进门后就开始各方面考量这家公司，至少到目前为止，办公环境还是令他满意的，尤其是楼下美食林立，这一点就让他好感倍增。过了好一会儿女孩才回来，领着他前往会议室。他在门上轻轻用食指的指节敲了三声，像是间谍在用声音传递情报。

进来吧。里面传来的是一个男人的声音，听上去大概四十岁上下，带着一丝冷漠和威严。他推开门进去之后，一个穿得很随意的中年男人正在转椅上抽着烟等他，房间里缭绕的烟带起一阵不适感。有一些烟灰落在了桌上也无人擦掉，像是被遗弃的孤儿。男人用夹着烟的食指和中指往他对面的椅子指了一下，示意任帆坐下。任帆心里已经对这个面试官生了不满之心，但还是不急不缓地走到面试官对面，拉开椅子，坐在他面前，尽可能露出看上去和善的微笑。面试官问了他几个不痛不痒的问题，和他的专业不相关，他也没有起疑，他这次是来应聘文员的，没有专业限制的职位并不需要太难为彼此。

双方交流的时间并不长，面试官在任帆应答时再点燃了一根烟，一边抽烟一边不知道在想些什么，看上去很敷衍。他最后抛出一个问题：你觉得今天接待你的女生好看吗？任帆一时摸不准这个问题的暗含指向，稍微沉思了一会儿觉得应该顺从内心的审美，便实话实说。男人把眼睛眯了起来，将烟头往烟灰缸里用力摁灭，双手撑住桌边，上身向前倾倒，像一个马上要吞噬人的怪兽。他笑了，露出被尼古丁浸染到发黑的一口黄牙，笑得意味深长。

"漂亮就对了，她就是文员岗位的。你明白了吗？"

男人带着嫌弃的眼神像把刚磨好的剪刀，一丝一缕地破坏掉任帆精心准备的衣服，丈量着任帆身上每一克在他眼里多余的肉，像是不带任何怜悯的恶医，又像一个多方挑剔还不知餍足的老练嫖客。或许在他看来，性工作者比任帆要高尚太多，至少他们会为了生计管理自己的外形。

任帆从他眼中接收到了羞辱，他已经不想向这种人掩饰自己的嫌恶。

"我明白了，我也不想和恶心的蛆虫待在一起，我怕自己也会变得又脏又臭。"

说完他同样地用眼神暗示了对面脸色已经阴沉下来的面试官，没有回头径直离开了这装潢优良的公司，丢下一群大惊失色的人面对被他挑起的疾风骤雨。

在那一瞬间，他雄壮的背影像个凯旋的将领。

七

任帆不懂为什么这个世界对胖子有如此多的恶意，他不过吃得多了一些，世界上空气那么多，谁敢说他体积稍宽就会让氧气加速耗光。他不明白为什么胖就成了原罪，凭什么胖子就不配得到美好的东西，就因为他的外形否定了他一切优点。他身上的脂肪凝成一滴橙黄色的油墨，混着香气落在了他的眉心，将他身心的池塘染得油光锃亮，从此几乎无人懂得欣赏他原本洁净的水质。这个社会真的坏掉了，坏到每个细胞都在散发着让人反胃的味道。没人有闲心同情他，他只能靠自己收拾已经破烂的今天，为的是让明天看起来不那么破烂。

任帆此时只想用什么方式将内心的狂躁和愤懑发泄出去，他想到了运动。运动是放松的绝佳方式，虽然过程并不是那么舒适，但至少比现在要好过，更何况还有秦逸在，他可以大胆地向秦逸宣泄他今日所蒙受的一切冤屈，最初他觉得煎熬的健身房如今成了他现在的避难所，世事多么无常。

今天健身房里的人比平日里要多些，任帆还没进门就透过玻璃看到了店长在接待几个体型和他很接近的男人，彼此之间有说有笑，看样子是一起来的。他在想这些男人一定也是和他经历了同样的歧视才会来减肥的，像是怀孕几个月的啤酒肚在昭示着他们在酒场上的得意，但会喝酒不一定能得到重用，这之间并不能画上等号。

他推门走了进去，想在旁边窃听这几个男人的谈话，像是潜入房间的特务。可惜他一进门就被店长发现了。不知道是不是今天的任帆格外敏感，她果然没有以前那么热情了。

他往训练区走去，看见秦逸正在带一个女学员上课。秦逸也同样瞧见了他，转过头跟身边的女学员说了几句什么，女生点了点头，秦逸就往他这边快步走了过来。秦逸问他今天临时过来是发生了什么，他说等下再说，让秦逸先回去上课，他先到跑步机上跑一会儿。他把跑步机调到自己从没有尝试过的速度，很快他就跑到汗流浃背，每呼出一口气就像有刀在肺里来回翻搅，喉咙里的疼痛说明他正在承受多剧烈的痛苦。任帆差点坚持不住，但只有这样的强度才可以让他没有精力去思考自己今天遭受的羞辱。

正当他快到极限的时候，一只白皙的手帮他按下了暂停键。秦逸一眼就看出任帆今天跟往常不一样，他看着任帆在跑步机上紧闭双眼，那副呼吸困难的样子让他隐约感觉危险。他不准任帆再跑，让他在原地缓缓走动休整，任帆也不再乱动。秦逸去休息区打了杯温水过来让任帆小口喝下，用带着询问的眼神看向他。任帆摇了摇头，现在只想让朋友安静地陪他待一会儿，此刻他要的只是恰到好处的陪伴，过一会儿他自然会说的。

任帆用手指了指休息室的方向，秦逸立刻心领神会。这个并不狭小的空间现在只有他们两个，显得更加宽敞，这让他感到莫名心安，靠在椅子上慢慢享受这份安静。秦逸等了半天看任帆还没说话，就先开了口。

"我辞职了，很快你就会有新教练了，放心，我走之前会给你安排妥当的。"

任帆如遭雷击，从椅背上瞬间直起了身子，甚至向前弯曲匍匐，像是一头受惊的小兽进入了防御姿态。他的眼神里有震惊有不解也有难过，秦逸第一次拒绝回应。

"为什么？"

"我打算去国外深造，基本准备好了，签证前段时间也弄好了。放心，我会回来看你的，到时候你可要给我个惊喜，你瘦了一定很好看。"

任帆从嘴角挤出一丝尴尬的笑，没再说话。死寂的房间连空气都不动了。

对坐了十分钟之后，任帆站了起来，整了整自己的衣服。

"我回去了，你记得帮我把接下来的课程安排好，秦教练。"任帆的声音听上去恢复了正常。

秦逸也跟着站了起来，问他今天白天发生了什么，他还是摇头。秦逸看着他走了出去，直到他背影消失，像是一场漫长的告别。

任帆并不责怪秦逸的离开，天下无不散之筵席，他比大多数人都清楚，因为他的外形他失去过很多。况且他身体深处的孤独从来都没有被化解过，他没有寄希望于他生命中出现过的任何一份亲密关系，无论是血脉至亲还是难得的情人或朋友。有时他希望活得长些，这是他一直追求的生命力，也是他怕死的根源。但有的时候他又想早点死掉，这样他就可以让自己的人生终止在自己能控制的那一刻，他不用再经历更多的不如意，他希望死得像个王子一般体面。

他是责备秦逸的，他要的只是被提前告知的权利，他想证明自己对秦逸来说是和他大多数朋友都不一样的，这样重大的事他是有参与权和商量权的，他是被信任的。他已经被忽略了太久，但他没想到最后会被秦逸忽略。任帆这才算是真正明白每份感情中的不对等才是致命的，有的时候一克的砝码就够让看似完美的镜子碎得很好看。

八

任帆闻到一阵香气，只需要一秒他就能分辨出来是麻辣香锅。他毫不犹豫地走进了店里，拿起塑料盆夹了五十多块钱的肉菜，素菜几乎直接被他跳过，他想好好地放纵一次，他压抑自己太久了。不爱吃的就不吃，首先就是让自己吃得顺心。只有自己才会爱自己。他叮嘱老板放特辣，越刺激越好。他在等菜的时候满怀期待。会不会长胖？谁又在乎呢？他已经不打算再去健身房了，剩下的钱就当他给过去的自己付了殡葬费。

一锅看上去就红火的菜端了上来，他问老板要了两碗米饭，开始了一个人的风卷残云。整锅菜不到一刻钟就已经全部吃光，只剩下大片油乎乎的辣椒段。无所顾忌的他彻底不再压抑那折磨自己多年的食欲，反正在其他人的眼里他的胖就是毫无节制造成的。老板按他的要求放了特别多的辣椒，他一边吃一边掉眼泪，没人知道他是不是被辣哭的，没人会对一个在吃饭的时候痛哭的胖子感兴趣，这个世界的审美向来如此。

今天生活让他吃到了苦头，他就用蜜当胶水来填补心里的缺口。他轻车熟路地找到了一家奶茶店，每次去健身房都会经过，但之前从没进去喝过，现在正是时候了。他去点单区的时候前面只有两三个人，很快就到他了。他点了一杯招牌奶茶和一杯椰香奶绿。他终于再一次感受到了奶茶自由的快乐。椰香奶绿刚入口的时候他就想到了某个遥远的夏天。多巴胺已经麻醉了他，香甜就是最简单的欢愉。

喝完奶茶之后他路过了一家金陵灌汤包子铺，买了一笼蟹粉小笼包，吮吸汤汁的时候差点被烫得口腔起泡。地铁站附近有卖烧烤的，白天也一样开门，他又进去买了十串羊肉串，在店里胡吃海塞一通就全入了他的肚子。这一路只算路程不过八百米，他却把平日里想进又不敢进的店吃了个遍。他最后还在地铁口旁边的肯德基买了一份大薯条，没有蘸番茄酱，不过两三分钟，就仰起头倒进了口中。

下了地铁口的扶梯还得走很长一截地下通道才能看到检票口。任帆在地下通道左侧的点心铺子买了三个现烤的鲜花饼，两个玫瑰馅的，一个茉莉馅的。没到检票的时候他就已经全部解决掉了。哪怕吃了这么多，他依旧觉得自己的胃里还是一片空虚，刚吃下去的东西似乎都被精卫用来填海了。

晚上六点半的地铁正是人最多的时候，任帆上车的时候都差点挤不进去，里面的人还在拼命蠕动，像一条条蛆虫在烂水果里寻找着每一寸赖以栖身的空隙。他上车之后很多人明显变得不悦，尤其是靠在门边的。他的加入让整个车厢的拥挤程度陡然上升。他像一块柔软的海绵，被旁边的人蛮横地按捏挤压，没有人在意他的苦楚，最多会在意他衣服上汗被风干后的酸味。有人还故意把手上提着的食物离他远些，本人却不遗余力地靠向这壮硕的肉山。

任帆觉得快要窒息，他开始想念他少年时一个人在房间里默默吃下几人份的零食，那是他与世界最和平共处的时间之一。还有他自慰时对自我的彻底释放，也是他的内在与外显握手言和的方式。他的绝望和不安总是交缠着欲望，但欲望被满足之后随之而来的就是下一波欲望。崩坏的世界只有这样才能被暂时弥合，然后再崩裂。他也许会越来越胖，甚至比以前更加庞大，剩下的就交给父母慢慢计划吧。说不定两年之后他已经胖到连房门都挤不出去，连去客厅都是奢望，除了送饭进来，父母也不会过多地打扰他，说是不打扰，不如说是放弃。但这样也好，他就可以用大量的脂肪慢慢包裹并消化自己的孤独，如同一只饥饿的蜘蛛。

然而此时地铁里密不透风，已经让他感到有些不适。他知道有些人正在斜着眼睛打量他，但他已经麻木。他感觉四面八方都是别人在故意用身体正面或侧面压缩他的生存空间，就像平时一样，那些纸片人都爱用自己瘦骨嶙峋的四肢当武器驱赶这些体积过大的原住民，好像整个世界都是属于精干结实的瘦子，胖子是他们眼里的耻辱，不配存活在这个光怪陆离的现代都市。他站在原地却被旁边的人推来推去，别人的错却让他来承担，这并不公平。但他已经承受了太多的不公，再多一点也无妨，上天并不会怜惜。

过了几站，地铁上的人也并未见少，甚至越来越密集。任帆从靠近车门的地方已经被推到了某节车厢的中间，就像他的生活也很难被自己左右。本来空出几个座位，他想过去坐着，几个竹竿一样的年轻男女凭借身体优势在人堆里见缝插针，抢先几步占满了所有的空位。瞧，这个世界就是这样，连坐个地铁都充斥着对胖子的歧视。

他突然闻到一阵浓到熏人的香气，不是食物而是香水，这香水的味道他很熟悉，裴月以前经常用，他还曾经说过这香水太过甜腻，闻着熏人，让她以后不要再用，裴月当时对他的话嗤之以鼻，还嘲笑他这个土包子不懂欣赏，这可是她花了大价

钱买来的国际大牌香氛，几百块才那么一小瓶。明知他不喜欢
却还偏要用，很难界定是她的任性还是挑衅。此刻他又一次闻
到这股香味，在这样密闭的车厢内，很容易就让人喘不过气，
呼吸一次就像是喝了一大口廉价的化工糖精，让人嗓子发疼
发紧。

　　他像条猎犬耸动着自己的鼻子，想要找出这源头。很快他
就锁定了元凶。就是坐在他面前的两位年轻女孩中的一位。这
两个女孩子还手牵着手，看上去就是关系很亲密的姐妹。那个
穿白裙子的女生比较瘦弱，她身上的味道更加浓烈，应该就是
她。她突然凑到旁边女生的耳旁说了些悄悄话，她一说完两个
人都笑了，而且笑得很大声。她说完之后眼神还不经意扫过了
任帆，被他精准地捕捉到。在他看来，她的话和笑都是冲着他
来的，他们素昧平生，他想不通为什么她要伤害他。如果是为
了取乐，他不认为现在的自己有什么值得供她们调笑，如果他
只是因为胖而成为她们之间的调味品，他也不觉得自己会比马
戏团的小丑更滑稽。他注意到两个女生背着的帆布包上都印着
他学校的校徽，很有可能这两个女生也是在当年裴月的事情里
看热闹的观众，他更确信了她们的讥笑由此而来。正是她们认
出了他，他再一次成了众矢之的。

　　地铁不知道出了什么故障，暂停了一会儿又重新运行。再
次发动的时候，车厢剧烈地向前冲，连带着站着的乘客都跟着
打了个趔趄。还好任帆够稳，抓住了扶手没有摔倒，但也让他
一阵恶心。就在他还没有彻底站直身子的时候，他低头闻到了

自己身上的汗臭味，酸腐难当，混着那股腻人的香气，像重重一拳打在了他的鼻腔，随后这拳头如一根纤细的钩子从鼻孔捅到他的胃里开始翻搅，像一个登门入室的强盗。恍惚之间他的眼睛开始模糊，那个白裙女变成了一直避着他的裴月。他顿时急火攻心，忍不住想控诉她做过的一切，究竟对他的人生产生了多么恶劣的影响。

就在这时地铁马上要停靠下一站了，里面要下车的人拼命往门边冲，不知道谁用力推了任帆一把，他再也不想忍耐。他松开手向前扑去，直接用手撑住玻璃窗，张开口就呕了出来。包子皮和饼皮已经成了一小团一小团的面团，黏腻湿润地跟各种半碎的肉糜混合在了一起，咖啡色奶茶和胃液混搭着薯条融在了一起，隐隐还散发着凋零的玫瑰和茉莉味，上面还涌动着一些细碎的红色，看得出是最先入腹的辣椒。这场流动的盛宴就像黄果树瀑布一般从白裙女的头发上带着不可阻挡的气势淋了下去，给她来了场全身沐浴，连她身边的人也一同出席这样难得的仪式，看上去和耶稣受洗没什么区别。如果达·芬奇还活着，他一定会为此创作出一幅更美的作品。此时她的白裙已经变得五彩斑斓，头发上挂着各种肉，像富足的中东王妃，脸上流淌下来的是圣水，多美的人啊！裴月又怎配与之相提并论，都不到她的万一。

一切发生在电光石火之间，谁都没有反应过来。等反应过来的时候就是一声足以刺穿地面的尖叫，整个车厢瞬间乱作一团，周围的人都像身在监狱，拼命拍打着车门，希望列车长能以最快的速度将他们刑满释放。车门打开之后无数人向外挤着，生怕自己落于人后，白裙女的朋友在拼命帮她擦着身上的污垢，她本来用力拽着任帆的手也被人潮冲散，尽管那些人全都竭力避开她，但这群失去了控制和理智的人只顾着仓皇逃命，数不清的手仍然在任帆背后推着他往门外去。任帆终于跟着人群也混了下去，在他身后的车厢门轰然关上，只留下了里面被这股奇异而复杂的味道推到悬崖边上的人慢慢享受窒息的绝望。他看着白裙女的身影跟着这一班香氛地铁一同消失在视野尽处，只感到前所未有的舒服，他在其中感受到了自己的新生，当他吐出今天吞咽下的所有，他感觉自己变得越来越俊美，如同蛇蜕。他抬起手摸了摸自己的脸。

走出站台的时候，他让自己混在人堆里，别的车厢出来的人并不知道刚刚在四号车厢具体发生了什么，他尽力让自己看起来从容不迫。外面已经天黑，一轮肥胖的月亮明晃晃地挂在不远处教堂的塔尖上，像一个岌岌可危的昏黄气球随时可能被戳破。为什么人们宁可去美化臃肿的月亮也不肯接纳肥大的同类，这真是一个世纪难题。在这个世界上胖子是不被需要的，他们只会侵占别人的氧气，而瘦子就可以堂而皇之地踩在胖子们的头顶去成就他们的快乐，只留下一个个在原地被踩得血肉模糊的胖子化成这世界的烂泥，成为维持社会运转的工具。

任帆的手机突然响起，是短信铃声。如果你想要来我家，我会给你留一片钥匙。他看完就关掉了手机。已读不回的技巧他现在也学会了，过两天还得去健身房好好减肥呢，他变瘦了之后也一定会将他这些年承受过的传递给下一个人，下一个无辜的胖子。当然，瘦子也一样有资格拥有这份礼物。他从口袋里掏出了纸巾，擦了擦嘴边的污秽后将它丢进了附近的垃圾桶，快速地被吞没在浓重的夜色中，像是一颗熠熠生辉的星。

（作于 2022 年 6 月）

胡
天
意
小
辑

胡天意，湖南长沙人，1999 年出生。
喜爱创作童话和诗歌。湖南师范大学
创意写作专业硕士。曾获第八届陈伯
吹儿童文学创作大赛优秀奖。作品散
见于《青春》《中国校园文学》《创
作》《微型小说月报》《胶东文学》等
刊物。

温室里的烟花

一

凌晨的时候，手艺人窗外传来噼里啪啦的巨响。

"什么声音？"被吵醒的手工艺人"哗"的一声拉开了窗帘，原本泛着微光的黎明，此刻却像迎来了白昼。

手工艺人十分迷惘，用力地拍了拍自己的脸。

"这竟然不是梦呀，真美的烟花。"手工艺人说。这个手工艺人有些迟钝。实际上，天空上正在放的，正是他家花瓶里插着的烟花呢。

但是他一点也没意识到，这是他一直快乐的原因。

二

故事的开头，还得从一个玻璃罩说起。

手工艺人的家里，有一个玻璃罩。玻璃罩里呢，有俩小人，一个男孩和一个女孩，女孩的名字叫烟花。

除了这两个孩子外，玻璃罩里还有两棵樱桃树。红红胖胖的樱桃果儿结在枝头，樱桃树头顶是三团轻棉花做的白云。男孩和女孩正坐在一张老木枝藤蔓织成的长椅上，粉色的玫瑰花盛开在他们周围。

现在正是这座城市的十二月，玻璃罩上氤氲起漫漫的白色水雾。今天，女孩醒来的时候，发现玻璃罩上画上了一个巨大的白色烟花。

女孩从未见过烟花。

原来，男孩趁女孩睡着时，用樱桃树的一根树枝，在弥漫雾气的玻璃罩上画了一晚上烟花。

"我喜欢你。"男孩说。

从未有人如此这样对待过女孩，女孩的泪水盈满了眼眶。

"谢谢你！因为你为我做的这一切，我也喜欢你！"女孩说。

美丽的雪花滑过窗棂，露出开心的微笑。即使是在十二月的寒冬里，他们也丝毫感觉不到寒冷。他们坐得更加靠近了一点，成为彼此的初恋。

三

女孩和男孩开始聊天。

"你叫什么呀？"女孩问。

"我还没有名字。"男孩说。

"那我给你取一个名字，但是……我也还没想好，等一会吧，等一会吧！我们的时间还有很多，可以慢慢想。"女孩说。

"好呀。"男孩说。

"你什么时候开始喜欢我的呢？"女孩问。

"从我第一次见到你的时候！你去过外面的世界吗？"男孩说。

"从未。"女孩说。

"嗯……你和外面的世界不太一样，你像另一个世界。一个摇一摇就会有许多雪花落下来的世界，大地、屋顶、大树的枝丫和花朵的身上都沾满了来自你的世界里的雪花。那个世界纯洁无瑕。"男孩说。

女孩听不太懂男孩在说什么，但是她一直在笑着。

"你看过烟花吗？"男孩问。

"没有，上次放烟花都是很久之前的事了，那天我生病了，只听到窗外有轰隆隆的响声，像有巨大的车轮滚过。我的许多朋友都跑出去看了那场烟花，听他们说呀，特好看。从那天起，我就给自己起了个名字，叫烟花。你呢，你看过烟花吗?"

"看过呀，不然我怎么画出来的!"男孩说。

"也是! 现在，我也有属于我自己的烟花了!"女孩指着玻璃罩上的烟花开心地说。

尽管飞舞的雾气已经悄无声息地开始将烟花填充起来。

"我告诉你哦，我有一个秘密!"女孩凑近男孩的耳边，悄悄地说。

"什么秘密?"男孩好奇地问。

"就是……"女孩还没说完，就被旁边偷听的粉色玫瑰花打断了。

"她的秘密就是她觉得全世界是绕着她转的!"粉色的玫瑰花们笑得前仰后合，叽叽喳喳地说。

"这是真的!"女孩生气得跺了跺脚。

"为什么你这么觉得呢?"男孩说。

"因为，每当我想要什么，世界上就会恰好出现什么，我总能预测出这个世界的大事! 除了我有一种巨大的魔力能让世界绕着我转，就没有别的道理可解释了。比如，当我祈祷明天下雪时，第二天就真的下雪了，当我祈祷我能看一回烟花时，我的世界就会真的出现烟花，比如今天! 还有……"烟花激动地说。

"烟花吹牛皮，真把自己吹成第一。真人不露相，露相披羊皮! 烟花把自己吹成世界一等一，装门面，磨嘴皮，她的牛皮响遍世界准没问题!"粉色的玫瑰花们忍不住了，噗嗤一声笑出来，齐声唱起这首歌。

"你们别这样。"红红胖胖的樱桃果儿有意见起来。

"耐心地等人家把话说完，好吗？"年龄最大的樱桃树也看不下去了，低声斥责了粉色的玫瑰花们。

粉色玫瑰花们一下子噤声了，除了一朵最倔强的粉色玫瑰花。

"你也相信她说的鬼话吗？"那朵倔强的粉色玫瑰花高昂着头，骄傲地问樱桃树。

"这不是最重要的。重要的是，在别人说话时，无论你多么不认可，也要听别人说完，不要去打断她。这是一个叫做'尊重'的东西。"

"知道了。"粉色的玫瑰花们嘟囔着，翘着嘴巴说。

"另外，我对烟花说的一点很认可。这个世界是具有魔力的。不相信这个世界有魔力的人，生活一定无聊透顶。至于这个世界有什么样的魔力，谁赋予你的魔力，就得你们用漫长人生去探索了。"樱桃树说。

"既然你觉得地球会绕着你转，那我问问你，明天会发生什么大事呢？"那朵倔强的玫瑰花依旧不太服气。

"你等一下哦，我让我的大脑和世界形成共振，感受一下。"女孩认真地低着头，用手指扶着太阳穴，闭着眼睛沉思。

粉色的玫瑰花们都拼命忍着不出声，正憋着笑呢。

"好了，世界在我脑海里形成共振的时候，我隐约看到烟花的形状。所以，明天的黎明一到来，就会有真正的烟花绽放在天空里!"女孩认真地说。

"要是没有,可怎么办?如果明天黎明没有烟花绽放,以后你的名字就改成——牛皮大王!烟花这个美丽的名字应该属于更值得的人!"那朵倔强的玫瑰花双手叉着腰,咄咄逼人地看向烟花。

"好,要是没有的话,我的名字就改成牛皮大王。不仅这样,我还要走出这里,好好看看这个世界,我要亲自去问问它的主人,这世界到底是不是围着我转的!"

男孩看到女孩的手抓紧了衣角。

男孩离女孩又近了一点。

"烟花,你离我近一点。别让那些骄傲的玫瑰花再听见了,我想和你说些悄悄话。"

女孩的脸微微有点红,但她说不上为什么。她慢吞吞地靠近了一点男孩。

"你有把握吗?"男孩小声地说。

"有什么把握?"女孩说。

"嘘!小声一点!别再让那些玫瑰花听见了。"男孩捂住女孩的嘴巴。

烟花把男孩的手用力地拿开。

"你也不相信我吗?"女孩生气地说。

"相信你什么?"男孩哑然失笑。

"相信世界是围着我转的呀!"女孩说。

这个男孩的阅历比女孩丰富得多,这是一个喜欢物理和自然科学的男孩。他是一个坚定的唯物主义者，相信世界不会依附人的想法而存在。他与女孩不同，他并不是一直在玻璃罩里长大的。他曾是一名旅行家包上的挂件，通过两根穿过耳朵的线和旅行家相连。

男孩和旅行家一起走过了世界许多地方。

他去过只有夏天这一种季节的海岛，那片岛是爱心形状的，白云簇拥在那片岛的天空。每当到了黄昏的时刻，天上就像出现了最厉害的纺织家，时时刻刻都在翻转变幻着最美丽的颜色，首先是红色和橘色交织，晚一点又变成了蓝色和紫色缠绕在一起，忠诚的椰子树们伫立在海边，浅灰的海鸥正在撒着金子的海面上旋转着翻飞。

这个世界有许多美好的地方，男孩想。

但同时，当男孩跟着那位旅行家旅行的时候，也遇到过其他事。

在那片爱心形状的海岛上，旅行家夜晚归家时，曾路过一条阴暗的小巷。有三个讲当地语的男人醉醺醺的，正拿着酒瓶躺在地上。男孩感觉到旅行家的脚步加快了许多，男孩也随着旅行家着急的步伐左右晃荡着，男孩有点害怕，因为他正感觉到自己摇摇欲坠。他的耳朵上本有两根线连着旅行家包上的拉链。但昨晚有一根断了。而恰巧昨晚他又太困了，就睡着了。迷迷糊糊中他想着下次再把另一根线系好。这是一个拖沓的男孩，总喜欢把什么事儿都往后推。

"啪"的一声，男孩掉到了水泥地上。那些流浪汉以为听到了钱币落地的声音，好奇地用手抓住摔下来的男孩。

瘦弱的旅行家背着包，回头看到了被流浪汉抓在手里的男孩。又看了看那三个拿着酒瓶的流浪汉，愣了几秒便抬脚跑了过去。他想找流浪汉们要回男孩雕像，但是瘦弱的旅行家怎么能讲得过三个流浪汉呢？这些醉醺醺的流浪汉哈哈大笑，骂旅行家是蠢蛋。他们夺走了旅行家手中斜挎的包和戴在脖子上的相机，将旅行家打得鼻青脸肿后，大摇大摆地走了。男孩被流浪汉攥紧在手上，他回头看向旅行家，旅行家正倒在地上，他的眼睛里溢满了眼泪。

男孩感觉很难过，他不知道会不会有人发现旅行家，去扶他起来。他也想哭，但是雕像不拥有眼泪。悲伤的时候，哭不出来是一种惩罚。

在今天以前，男孩都以为直到旅行家的斜挎包掉色，相机坏掉，头发变成白色，他都会和旅行家待在一起。可此刻就像骤然停止的过山车，眼前的轨道在一瞬间就像断掉的线，全消失了。他觉得是他害得旅行家这样，他后悔昨晚没有系好那根松了的线。

男孩很快就被那些流浪汉扔在地上，他们一哄而上分着那些他们认为最珍贵的东西，可惜旅行家背包里都是一些照片，流浪汉丢下包，将照片撕碎，骂骂咧咧地走了。

男孩也试图去找过旅行家，但是他的脚实在是太小了，他走的步伐又实在是太慢。他在这座爱心形的小岛上走了很多天，也没有找到旅行家。他不知道旅行家现在在哪儿，是否还活着。他十分想念他。他甚至羡慕每一个能和旅行家擦肩而过的人。

唯一值得庆幸的是，男孩知道旅行家习惯把自己的戒指放到包的内侧，于是男孩钻进包里面，把旅行家剩下的这枚戒指戴到了脖子上。

直到有一天，男孩被一名来这里旅游的手艺人捡起来，放进口袋里，带回了家。

"多么奇特的男孩啊，脖子上有一个这么精致美丽的戒指。这么美丽的小雕塑，熙熙攘攘的世人却视而不见。"手艺人赞叹道。

这是一个有点融不进这个世界的手艺人，他最喜欢的事情就是收集世界上各种奇妙的东西，无论它们的价格高昂或者低廉，他都会将它们制作成在脑海里闪现的样子。

他的父母常常为他担心，具体也说不出在担心什么。当手艺人做这份工作刚刚起步时，父母担心他养活不了自己。当他做了许多年的手艺人后，父母担心他做这份工作找不到一个固定的伴侣。总之，不管他遇到什么际遇，父母总是有许多莫名其妙的担心，但是手艺人却觉得他做这份工作比周围其他许多人都要快乐，他在为自己忠诚的内心工作，这还不是世界上最好的工作吗？

于是，男孩被手艺人带回了家。因此，他认识了女孩，樱桃树，和粉色玫瑰花们。和他们一起住进了玻璃罩的世界里。

男孩开始了新生活，他在玻璃罩里的世界很平静，但是他还是时常想起旅行家，想起和他一起周游世界的时光。男孩知道他再也不能回到那样的时光了，但是每次想起，他的脸上都会泛起微笑。

虽然从来都没有和女孩说过话，但是他在第一次看见女孩时，就喜欢上了她。

男孩认识女孩时，樱桃树上的果儿还是绿色，像瘪瘪绿绿的小疙瘩。那时，那些最骄傲的玫瑰花每天最爱做的事情就是嘲笑那些绿色的樱桃果儿，她们叽叽喳喳地称她们为青春痘。那些玫瑰花实在是太多了，嘲笑的次数又是那么频繁。一开始，绿色的樱桃果儿还会去争辩一下，说多了后，绿色的樱桃果儿干脆低下头，装作没听见。

但是不管多少次，玫瑰花们冷嘲热讽樱桃果儿时，女孩都会和玫瑰花们争吵起来，这是毫无用处的事儿，因为你知道的——女孩本可以不管这件事，而且那些玫瑰花总是有那么多嘴巴。

不过，女孩好像不觉得累。不善言辞的男孩总会被这样的女孩吸引。她常常使男孩回忆起旅行家。他意识到这一点吓了一大跳，因为除了他，大概世界上再也不会有第二个人能把女孩和旅行家联系起来。这看起来是多么南辕北辙的两个人哇！

但只有他明白，他们两个人只不过是经历了不同的事情，他们的心是一模一样的。

女孩是没有出去旅行过的旅行家。

四

"随便你相不相信，只要我自己是相信这个世界是围着我转的就够了！那这么看来，你和那些讨厌的玫瑰花也并没有什么差别！你都不相信我，为什么要喜欢我呢？算了，这不重要！反正，如果明天世界里没有烟花，我就出去好好看看这个世界，直到找到这个世界的主人，我一定要去问问他这到底是怎么一回事！"女孩面红耳赤地喋喋不休着。

即使是玻璃罩里的男孩，他也和人类世界与恋人争辩时的男孩并没有什么区别。他屈服了，即使是表面的屈服。

"我相信，我相信。"男孩举双手投降。

"哼，这还差不多！"女孩斜睨男孩一眼，点了点头。

男孩知道，第二天一定不会有烟花出现，他见过这个世界太多令人失望的事情了，就像月球总是有黑暗的另一面。

而如果明天没有烟花出现，女孩就再也不会拥有"烟花"这个名字。但是，在男孩的心底，没有人比女孩更适合烟花这个美丽的名字。男孩并不希望女孩走出这个玻璃罩的世界。一个飘着雪花的纯白的世界其实是不太能融进这个五光十色的世界的，就像倒在地上的旅行家那样。

男孩想起了为了抢回他而和流浪汉打起来的旅行家。他垂下了脑袋，他好像总是那个给这些勇敢的人带来厄运的男孩。

男孩不希望女孩出去旅行。

男孩做了一个决定。

黑夜降临了，女孩渐渐闭上了眼睛，纤长的睫毛垂了下来，樱桃树的叶子卷了起来，粉色的玫瑰花垂下了脑袋，娇嫩的花瓣也合上了。他们都渐渐睡去，耳边是他们均匀的呼吸声。

男孩看着安心熟睡的女孩，他轻手轻脚地动了起来。

"你要去哪儿，小男孩？"樱桃树年龄大了，睡眠质量不太好，尽管男孩的动作很轻，他还是一下子被惊醒了。

"嘘！"男孩说。

"好的，你要去给女孩放烟花吗？"樱桃树轻声地说。

"你怎么知道？"男孩大惊失色，他以为没人会猜到这一切。

"我活了许多年了，长得也很高，什么样的事没见过？尽管人间的事这么多，但是那些具有魔力的事依旧非常难得。我还是最爱看这些事。所以我十分珍视这样的时刻。但是笨蛋太多了，总有人觉得这是咕噜咕噜冒着傻气的事，也许是因为他们大部分人的生活就是平庸无聊的吧。爱是最勇敢的魔法，你快去吧，时间不多了。"樱桃树说。

"谢谢。"男孩说。

"在玫瑰花们的正背后，旋转 37 度，走 12 步，你就可以看到那儿有一个裂缝，你可以从裂缝那儿钻出去。"樱桃树说。

"谢谢！"男孩感激地看着樱桃树，他本来打算用樱桃枝把玻璃罩戳一个口子，但那就很难不被那些骄傲的玫瑰花发现。

"没关系，当你真心实意想做一件事情的时候，全世界都会来帮助你。"樱桃树朝男孩眨眨眼，狡黠地说。

男孩走向玫瑰花们的正背后，旋转了 37 度，走了 12 步，发现了这儿果然有一个樱桃树所说的裂缝，刚好够他钻出去。

男孩轻轻钻出去，一出去后，从窗边钻进来凛冽的寒风，冷暖夹杂着灌入男孩的鼻子里，男孩早就在玻璃罩里的时候悄悄打量过外面的世界了，在手艺人的材料桌上，有一个手艺人的火柴盒，他打算先去火柴盒那里打听一下。

"火柴盒，你好。我是来自玻璃罩里的男孩，我想要向你借一根火柴。"男孩敲了敲火柴盒，彬彬有礼地说。

火柴盒妹妹懒懒地翻了一下身子，打量了一下男孩。

"你好呀，小家伙，我是火柴盒妹妹，我只有一根火柴了。你不要误会，我平时可一点也不吝啬。但如果我把自己唯一一根火柴给你，就会出现很多问题。最先出现的问题，是我都不知道该怎么称呼我自己啦！我们火柴盒是最表里如一的，随着最后一根火柴的离开，我是不是该改名叫盒妹妹了呢？这可没那么好听。我可以问问你为什么要找我借火柴吗？"火柴盒妹妹说。

于是男孩慢慢地把原因说了。

"噢，真是令人感动。虽然我只剩下一根火柴了，还得改名叫盒妹妹，但是，我愿意把它给你。用我的最后一根火柴去照亮你喜欢的女孩的梦吧！你真是个浪漫的男孩。"火柴盒妹妹是一个多愁善感的女孩，知道原来男孩是为了让女孩相信世界是围着她转的，所以来找她借火柴，她眼泪即将泛滥。

"别哭！别哭！亲爱的火柴盒妹妹，你一哭，等会儿就点不燃了。"男孩着急地说。

"那好吧。"火柴盒妹妹用力地吸了吸鼻子，努力地控制了情绪。

"我跟你一块去窗边，在窗边从左往右数第三个花瓶那儿，有一束插在花瓶里的烟花，但那是我们的主人在很多年前插上去的，我们试试她们还能不能点燃。"

"好。"男孩答应了，于是他们一起从桌子走向窗边。

五

"你们好。"男孩走向了插在花瓶里的烟花们。

"你好哇。"烟花们揉了揉惺忪的睡眼，说。

"我想点燃你们，让你们在黎明的时候绽放在天空中。"

"点燃我们?!"烟花们互相看了看，咯咯笑着。

"怎么了？你们笑什么？"男孩奇怪地说。

"我们已经被主人无意地插在花瓶里许多许多日子了，多到我们已经数不过来了，我们都快忘记自己是烟花了！当习惯了这种日子后，我们竟然真的觉得我们就和其他花瓶里的花也没什么不同，这样度过人生其实也挺好的，我们被其他烟花称作'被圈养的烟花'。虽然一开始听起来有点难听，但是我们努力不在乎！过了这么久，我们现在已经真的不在乎我们是否有像正常的烟花一样盛开的能力了。"烟花们皱着眉头看向男孩说。

"那就让我试一试呀！"男孩说。

烟花们沉默了一下，互相对望着。

"不要！"

"对，才不要！"烟花们七嘴八舌地说。

"为什么呢？"火柴盒妹妹奇怪地问。

"因为，如果我们插在花瓶里，从没能点燃成为一根真正的烟花，我们可以说是主人的错！毕竟是他让我们在这儿成为被圈养的烟花。但是如果点燃了我们，我们却不能在天空中绽放出来，那错就得归在我们的头上了！那我们就是一群无能的烟花——其他的烟花知道了，一定会嘲笑我们的！"最巧舌如簧的烟花连珠炮似的说。

"可是……"男孩沮丧地滑坐在了烟花的旁边，他是一个嘴笨的男孩。他向来不擅长反驳、说服别人，他想说什么，却有点儿说不出来，他感到很难过。

"你们真该听听这个男孩为什么想要点燃你们！"火柴盒妹妹跺了跺脚。

"为什么呀？"烟花们确实挺好奇，毕竟，很多年都没有人来拜访过她们了。

其实，这个火柴盒呀，也是手艺人制作的。但是，连手艺人自己都不知道她的秘密！她的封面是来自全世界最会讲故事的人——安徒生先生的一张稿纸，因此，火柴盒妹妹既是一个感性的小姑娘，又能说会道。她绘声绘色地把男孩为了女孩来点燃烟花的事讲了一遍。

烟花们听完都开始抹起了眼泪。

"啊，别哭，别哭！一哭你们就真的成了不能放的烟花了！"男孩大惊失色地站起来，着急地挥舞着手臂。

"我们知道了。你真是一个伟大的男孩。"烟花们赶紧昂着头，命令眼泪立马回去。

"为自己喜欢的人做这些事，不是很正常吗？"男孩奇怪地说。

烟花们如同被风吹着的麦穗疯狂地摇摆着脑袋。

"不正常，不正常。你还太小了。我们在窗边，每天望着这个世界，这样的事，越大的人越少做。"烟花们说。

"那是因为长大了的人都比较笨吗？"男孩虽然去过很多地方，但是他也搞不懂。

"恰恰相反，他们自以为很聪明。我在这儿的时间也待够啦，你知道的，作为美丽的烟花，我多少都有点浪漫主义，我愿意为你试一试！"最善良的那个烟花开口了。

"我也愿意！"

"我也愿意！"

烟花们纷纷点头。连最巧舌如簧的那根烟花都答应了。

"太好了，谢谢你们！那我们就开始吧！"男孩跳了起来，高兴地说。

六

天空已经露出了鱼肚白。

"首先，你要把我们身上的绳子扎个结，捆在一起。"站在最前面的那根烟花挺着笔直的腰杆说。

男孩绕着烟花转了一大圈。

"在哪儿呢？"男孩奇怪地说。

"呃……因为我们太久没有做烟花了，所以可能比较隐蔽。"烟花们不好意思地说。

"是不是这个？"男孩从烟花身上扯出一根灰灰的、鞋带似的绳子说。

"是的！是的！你知道的，我们烟花就像脑袋瓜一样，太久没用，就会生锈。"烟花们一个个不好意思地低下了头。

男孩费力地把烟花身上的绳子捆在一起，烟花们紧紧地簇拥在一起。

"接下来，就是我发挥作用的时刻了。你把我身体里头的最后一根火柴抽出来，然后在我身上用力地划开。等到火柴上有火焰的时候，你就去点燃最前面那根烟花的引线。"火柴盒妹妹抖擞了一下身子说。

"你每次被别人划过的时候，都会痛吗？"男孩一边抽出唯一剩下的火柴一边问。

"会，不过要产生火花，就要伴随着痛苦。"火柴盒妹妹说。

"那我尽量轻一点。"男孩说。

"谢谢，你真是一个温柔的男孩，我还是第一次被别人问这个问题呢。"火柴盒妹妹说。

男孩取出了火柴，在火柴盒妹妹身上温柔地划了一下。

一束微小的火焰跳上了火柴头。

"快点燃我们，快点燃我们，就快要天亮啦！"

"我还真有点激动和紧张呢！这么久没有点燃过，不知道我们能不能飞上天空。"

"我也是，如果点燃了我们，而我们没飞上天空，我是没脸在这儿待下去了，不如就彻底钻进泥土里，和那些种子生活在一起算了！"

"现在哪有空想这些呀，你们想想，我们如果飞上了天空，女孩该多开心！"

烟花们七嘴八舌。

男孩爬上了最前面那根烟花的顶上，颤颤巍巍地用火柴点燃她的引线。

烟花们和男孩全都安静下来，聚精会神地看着那根引线上燃烧的火焰。

"7，6，5……"火柴盒妹妹倒数着。

"喂！你忘记下来了！"最机灵的烟花突然大叫。

烟花们面面相觑，骚动了起来。

"快……快把火焰踩掉。"火柴盒妹妹和烟花们着急地说。

"你跳下来就可以踩掉了！"载着男孩的最前面那根烟花着急地说。

"可是只有这一根火柴了呀。"男孩说。

太阳的金光已经从云朵的缝隙中钻了出来，阳光正洒在窗台上。

"下次也可以，时间还很长呢，我们再继续想办法嘛。"火柴盒妹妹着急地说。

"不，不能下次，现在就是最好的时机。不然，烟花就不会再叫烟花了。她会倒在爱心形岛屿的地上的！"火柴盒妹妹没有听清男孩说的最后几个字，因为他已经随着烟花往上飞去了。

火柴盒妹妹大哭起来，现在她不用再顾忌什么了，因为她已经没有了最后一根火柴。

"砰！砰！砰！"

这栋楼所有的居民都被吵醒了，玻璃罩里的小居民们也都醒了。

粉色的玫瑰花花瓣舒展开来，最先舒展的那个瞪大了眼睛，她们一个个戳醒了旁边那个，嘴巴张得大大的。最倔强的那朵玫瑰花嘴巴张得最大。樱桃树也醒了，眯着眼睛看着窗外，露出了了然于胸的笑容。

女孩在惊呼声中惊醒，她看向窗外。黎明刚刚到来，橙色的云朵缀在上头，一束束烟花像掉落的金粉色花瓣和雨丝那样坠入浅蓝色天空。她们在天空中绽放，又消失。

她揉了揉眼睛，以为自己看花眼了。因为她好像在天空中看到了男孩的身影。

"你看，真的有烟花吧！我没有骗你，这世界果然是围着我转的！我想好了你的名字，你就叫天空吧——因为，烟花常常绽放在天空里！"女孩笑着转过头，却发现男孩不见了。

"哎，多可惜呀！他怎么像我上次那样倒霉，恰好在放烟花的时候错过了。"女孩说。

男孩呢，他和烟花一起飞向天空。随着第一束烟花的盛开而裂开来，分为了许多碎片，散落在这个城市的大地、房屋屋顶、大树的枝丫和花朵的身上。

七

"妈妈，我今天坐在窗边听课，有一个小东西突然从窗外飞到我课桌前的地面上！下课后我捡起来一看，竟然是一枚戒指。"小女孩推开门，对着沙发上的母亲说。

"哇，真是一件奇妙的事情。是什么样的戒指呀？拿来给我看看。"母亲笑眯眯地看着她的女儿，她是一个童话作家，什么奇妙的事她都相信。

"你们又在说什么呢？"旅行家端着已经做好的香喷喷的菜从厨房里走出来。

"我捡到了一枚戒指！爸爸，你快来看看，我觉得它可漂亮了呢！"小女孩兴奋地跑到了旅行家面前。

柴火跳跃在火炉里，水壶咕噜噜冒着泡泡，雪花飞舞在结满雾气的窗外，新的一年就快到了，而这个小房间在外面看起来——就像飘满雪花的玻璃球那样纯洁无瑕。

（作于 2022 年 2 月，
获第八届陈伯吹儿童文学创作大赛优秀奖）

狐狸的玉米地

一

我是南方号火车上的一名售票员。

平时南方号火车总是空荡荡的，不过每当偶尔有乘客上车时，我都会从我的售票员房间里拿出煮得咕噜噜冒泡泡的玉米汁，一杯杯分给他们。

"喝了这个，即使是冬天，也不会感到寒冷喔。"我说。

"谢谢你，猫。"乘客们总这么说。

每到过春节的时候，平时空落落的南方号火车，会坐满了各种各样回家探亲的动物。我见过许多乘客，但我印象最深刻的，是在今年春节遇见的一只兔子。

"咚咚咚，咚咚咚。"

门口传来轻轻的敲门声。

"你好，猫。听说你这儿有玉米汁，可以给我来一份吗？"

我推开门，一只耳朵上还沾有几片雪花的兔子，正站在我面前。

"当然可以。"我说。

我从咕噜噜正冒着泡泡的烧壶中倒出两杯香喷喷的玉米汁，一杯给她，一杯给自己。

兔子用她冻得发红的手握住玉米汁，轻轻抿了一口。

"好暖和噢，喝了这个，即使是在冬天，也不会感到寒冷呢。"兔子说。

"谢谢你，猫。"兔子坐了下来。

二

"我原来有个好朋友也喜欢喝玉米汁，他是一只狐狸。"兔子说。

热腾腾的玉米汁雾气氤氲在房间里。我望向火车窗外，白色雾气弥漫在窗玻璃上。昏黄温暖的信号灯飞驰而过，白皑皑的积雪像暖和的黄色大棉被盖在大地上。

"我是在去年的冬天遇见他的。第一次遇到他的时候，他正奄奄一息地躺在我家的门口，他金黄色的皮毛都被冬天的雪淋得湿漉漉的，我急忙把他带进我的家里。

"一开始，我的爸爸妈妈和弟弟都反对他的到来。

"'那可是一只狐狸啊。'

"'狐狸永远是狐狸。'他们坚定不移地说。

"但是他太厉害啦，他总能在寒冷的冬天里找到木柴，他来了之后，我们家成了兔子村里最温暖的家，火苗跳跃在火炉中，就像狐狸金黄色的毛发在阳光下那样闪烁着。自从狐狸来到我们家后，每天晚上我都伴着温暖的炉火入睡，而我的梦也从黑色变成了金灿灿的，我再也没做过噩梦啦。兔子村的其他居民每次都眼巴巴地在窗外嫉妒地望着，羡慕我们家有这样一只厉害的狐狸。

"狐狸还有一个绝活，就是能在冬天的雪地里找到玉米。兔子村里的人都不知道他在哪里找到、怎么找到的。他将找到的玉米带回家，在火炉上翻转着烤两下，'嗞嗞嗞'，玉米粒变得软糯起来，又香又甜，暖呼呼的玉米，可比胡萝卜好吃多啦！有一次，他还给我们熬了玉米汁，他熬的玉米汁，我们全家都爱喝。

"'喝了玉米汁，即使是在冬天，也不会感到寒冷呢！'我们都这么感叹。

"但那一次，玉米没那么多了，他坐在一旁，笑呵呵地说自己不想喝，肚子却发出咕咕的声音，真是个笨狐狸。

"那天晚上，我们坐在门口聊天，雪花在黑色的夜空中旋转着跳舞，轻轻地落在我们的周围。

"'狐狸，你这么厉害，以后想做什么呢？'我说。

"'我呀，想等这个冬天过去了，就乘上南方号火车，去往四季如春的地方。这里什么都好，就是冬天太难度过啦！我想拥有一个属于自己的玉米场，这样，就再也不愁玉米不够吃了。到时候，你可一定要来找我玩哦！我们在阳光明媚的日子里，一起从山坡上抱着滚下去，滚到我的玉米场里！爱笑的兔子，你到时候一定会咯咯笑个不停！'狐狸微笑着说道，眼里闪烁着和天上星星一样的光芒。"

三

"但是，发生了一件事。"兔子轻轻地说，眼神渐渐黯淡，像是一片还没着地就融化了的雪花。

"狐狸被赶走了。那一天，我是在父母的争吵中醒来的。

"'肯定是你，狐狸果然永远都是狐狸！江山易改，本性难移，狐狸从来就只会把兔心当驴肝肺！'

"母亲刺耳的声音传入我的耳里。早上一起来，母亲发现弟弟不见了。母亲认为一定是昨晚上没吃饱肚子的狐狸把弟弟吃掉了，吃得连骨头都不剩。

"兔子村的所有村民都觉得是狐狸搞的鬼，愤怒和嫉妒的火焰是比病毒更可怕的东西，很快就像一束火那样蔓延到了整个村庄。

"我起初不觉得是狐狸，想在南方开玉米场的狐狸，怎么会做这种事情呢？但是大家都是如此坚定，好像前一晚一个个都没有睡觉，而是跑到狐狸的床底下看到了这一切，大家口里的故事，比兔子村雪花落下的速度还要快地传播开来，比任何真理听起来都真。它迅速进入每一个人的家。我也犹豫了。"

"我真该相信他的。"兔子叹了口气。

"狐狸一下子疲惫了很多，他看起来像经历了一场比第一天见到他时还要大的雪。他默默收拾好行李，耷拉着耳朵，在众人唾弃的眼光和骂声中，承受着不断袭来的臭鸡蛋和烂胡萝卜汁液，走出了家门。

"我好像听到他说了一句：'这儿可真冷啊。'他的背影就在窗户外消失了，那是我最后一次见到狐狸。

"后来，弟弟在那天的黄昏时跑回家了，他的身上都是雪花，就像一个雪人。

"'我本来想给你们一个惊喜！我想学狐狸哥哥去找玉米，可是我找了一天玉米，什么也没找到，只找到几根木柴！'弟弟兴奋地说。

"爸爸妈妈面面相觑。

"我盯着弟弟带回来沾着雪花的灰黑色木柴，脑海里全都是狐狸走向雪地无精打采的背影。"兔子说着，泪珠也从她眼睛里冒了出来。

火车继续向南方开着，兔子沉默了，我也没有说话。车厢里安静得连火车压过地上积雪的声音都听得清楚。窗外变得一片漆黑，火车正在通过隧道。我握紧了手中的杯子，低头看向玉米汁，玉米汁已经渐渐冷却，像平静的湖面一样。

"从那天起，我再也没有做过金灿灿的梦了。我总觉得狐狸走的那一天，我也是砸在他身上的一片雪花。

"如果我找不到狐狸，我永远没有办法原谅自己。

"我终于下定决心上路，开始去寻找狐狸。

"我想，狐狸最可能去的就是南方，所以我坐上了这趟火车。

"猫，你有见过这样的一只狐狸吗？"兔子抬起头，眼睛红红地看着我。

四

"我……"我犹豫着，握紧了杯子，看向兔子亮晶晶的眼睛。

"我……见过这只狐狸。"我说。

"他是在一个雪下得很大的冬日下午闯入了这趟火车，当时火车空落落的，一个动物也没有。

"'猫，你好。我没有买票。但是我有一根玉米，你可以用它烤成金黄的玉米粒，或者熬成香喷喷的玉米汁，喝了这个玉米汁，即使是在冬天，也不会感到寒冷。请问，我把玉米给你，你可不可以让我坐上这趟火车？'狐狸举起手中还沾着雪花的玉米，朝我说。

"他看上去很疲惫，浑身湿漉漉的，还有一些臭臭的味道从他身上散发出来，他一直在打寒战。眼里没有任何光泽。我实在是担心他，于是让他上了车。

"'谢谢你的玉米，欢迎乘坐南方号火车。'我说。

"'谢谢。等我到了南方后，我会拥有一整片的玉米地，欢迎你到时候来玩。我的玉米将永远为你免费提供。'狐狸说，他找到一个窗边的座位坐下。

"'没问题。'我笑着说。

"我回到房间，将玉米捣鼓着，带着雪花的玉米被熬成了浓稠的玉米汁，黄色的泡泡争先恐后地冒出来。

"我闻了一口，'真香呀。'

"'狐狸，来喝一杯热腾腾的玉米汁吧。'我走向狐狸。

"狐狸的头靠着窗户，他闭着眼睛，夕阳的余晖洒在他柔顺的毛发上，融化的雪花化成露珠，沾在他的睫毛上。阳光像是一只大手包裹住了他。他湿漉漉的金色毛发在此刻已经全都蓬松地立起来。

"狐狸被我的声音叫醒，惊讶地抬头看向我：'你好，猫，这是你给我的玉米汁吗？'

"我点点头。

"'谢谢你，亲爱的猫。还有多久到南方？'狐狸问我。

"'明天就到啦！'我说。

"狐狸的眼睛焕发出光彩，开心地接过玉米汁，金黄的阳光和他融为一体，他像是光的孩子。"

"然后呢？"兔子急切地问我。

"第二天，狐狸就在南方的第一站下车了，至于他后面去了哪里，我就不知道啦。"我说。

"太好了，太好了，我明天就去找狐狸！他一定在南方的哪个玉米场，正当着农场主呢！"兔子咧开嘴笑了。

"好呀。"我说。

"谢谢你！猫。"兔子朝我鞠了一躬，激动地推门出去。

五

我看向窗外，火车不知道什么时候已经出了隧道，星星在夜空中流转，路上的信号灯像天上的月亮一样，为前方指明。其实，我那天拿着玉米汁去给狐狸时，狐狸并没有醒来。因为狐狸的身体早已经变得冰凉。

从此之后，我每经过南方一个玉米农场，总会买一麻袋玉米，煮成玉米汁，分给车厢里的乘客。而我每次都会留下一根胖胖的玉米。在我心中，那是属于狐狸的玉米。

窗外飞驰而过的田地，在暖黄的信号灯照耀下，像是丰收的玉米场，这本应当是一个温暖的冬天。

我叹了口气，狐狸，请你原谅我对兔子撒的这个谎吧。

兔子以后大概不会再做黑色的梦了，她的梦里，说不定会出现，在落叶飘落的秋天，狐狸在农场里收获漫山遍野黄澄澄的玉米，又或者，有一天，狐狸遇到了一只小狐狸，小狐狸作为他的帮手，帮他收玉米。

说不定，她今晚会梦到，在明天到达南方后的第一个玉米场，就遇到了在玉米场山坡上干活的狐狸。

她飞奔向狐狸，把狐狸吓了一大跳，于是，他们相拥着从山坡顶上滚下去，南方的青草茂盛地生长着，他们一点都不疼。

他们滚入玉米地，抬头看着天空。

"你现在就像，天空中那朵像棉花糖一样的云。"狐狸说着，看向兔子，兔子看向狐狸。

突然兔子捂嘴笑起来。

"笑什么呢？"狐狸拍拍兔子。

"狐狸，你……哈哈哈！"兔子笑个不停。

"你好像一根……玉米呀！"兔子咯咯笑着。

阳光洒在他们身上，狐狸的橙色的毛发在温暖的太阳下蓬松又柔软，还有一根毛发掉了出来，掉到了兔子的脸上——让兔子打了一个好大好大的喷嚏。这一定是一个金灿灿的梦。

（作于 2021 年 12 月，
发表于《创作》2022 年第 1 期）

镜子刺

一

"你这根臭刺！都怪你，我才留在这里，被贴上这个打折促销的标签！"木镜子生气地嘟囔，人类生气时，脸颊会变得红彤彤的。而木镜子生气时呢，镜面就会银光闪闪。

如果现在有人经过镜子店橱窗门口，一定会被吓得走不动路。因为这面木镜子正像是闹海啸的破碎海面呢，谁要是在镜子生气时去照镜子呀，那镜子里头的脸，也是破碎的。

故事从头开始说起的话，是在有一天的清晨，木镜子从后背的疼痛中醒来——这可是一面漂亮的镜子，而一根蓝色的刺正扎进木镜子后背正中央。

"喂！你是谁？为什么突然闯进了我的身体里？"木镜子说。

"我是从很高的地方掉落下来的，但是我忘记是哪儿了。我只记得我原来待的地方很黑，但是那地儿安安静静的，我想，那地儿应该比这里要好。"刺说。

"那地儿比这里要好，你怎么还来到这里了哇！你倒是回去呀。"木镜子撇撇嘴，不屑地说。木镜子讲话从来都口无遮拦。

"我也好想好想回去呀，可是我不知道我来自哪儿，怎么回去！"刺说。

"好了，你先给我再塞进去一点藏着。免得到时来人了，不愿意把我买走，那我就得一辈子待在这里面了！"木镜子大声说。

刺也不太高兴，但是他不再说话了。他咬咬牙，用力憋住气，把身体勉强压缩了一点，然后往镜子里钻。

"好啦！好啦！疼死了。"木镜子说。

但遗憾的是，即使是这样，这面木镜子也不受顾客青睐。许多顾客走了又来，来了又走。有的人盯着木镜子看了半天，最后，挑了木镜子旁边那面红镜子。

上次，有个人把木镜子举起来仔细端详，木镜子屏气凝神，收腹挺腰，想摆出最好的状态。刚摆好，就听到那个人在嘟囔："多好的木镜子，就是不知道怎么，感觉没那么平滑，后背有什么磕磕绊绊的东西似的。"气得木镜子闪出一道银光，吓得那个人手一滑，差点把木镜子摔到地上。

那天晚上关门的时候，老板慢慢走向木镜子，把她从原本的位置上取下来，挂在了"打折促销"那一堆商品里。

木镜子十分委屈，心情很低落。因为在那里的镜子，都不大受镜子店里的其他镜子待见。

"哟，这不是平时最趾高气扬目中无人的木镜子吗，怎么现在也和我们这些缺斤少两的镜子待在一块啦？我们可都是一群有缺陷的镜子，是被淘汰了的镜子，是没人肯要的镜子哇！"那颜色涂抹得不均匀的镜子笑嘻嘻地说。因为颜色不均匀的缘故，在木镜子的眼里，她就像镜子界里分不清轻重的蹩脚化妆新手。

"镜子的一生，总有低谷的时候。用自己平时的状况来嘲笑低谷时的镜子，才是永远待在低谷里的镜子。"木镜子冷嗤一声说。

"甭理他，某些镜子呀，出口伤人的力气倒是比谁都大，有这个力气给自己多做点美容，但凡有个顾客喜欢他的话，也不至于到这个境地里！说白了，你还别不爱听，我们这里，每一面镜子要么是这里有缺陷，要么是那儿有缺陷，所以才被扔在这个没人要的地方。听老镜子们说，人类世界里没钱的人，就叫做有缺陷的人。我们就等着一群在人类世界有缺陷的人，来买走我们啰，或者，倒霉的话，就一辈子都待在这里了，真可怜，因为我们的缺陷，我们永远都不能行使一面正常镜子的职责。"少了一角的镜子有气无力地说。

木镜子想说什么反驳他，却觉得有东西堵在了喉咙里，让她说不出话。她发现，有时，有些话哪怕用有气无力的声音说出来，但是它伤一面镜子心的功夫，却一点都没少。

"你别听他们那么说，不是这样的。"蓝刺一直在默默听着，敲了敲镜子的心房。

那天晚上，木镜子没有睡好，她在心里默默地想，是不是如同少了角的镜子所说，如果我更好一点，再好一点点，是否早已有了归宿，而不是归在这该死的特价促销区，我是不是真的是不正常的镜子呢？

第二天，有一个清秀的女孩突然来到了这家店子里，在打折促销这一面墙边站了很久。木镜子看着这女孩，觉得她也不是有气无力的镜子所描述的有缺陷的人类嘛，这女孩干干净净的。于是，信心重新在木镜子心里燃烧起来，她在心中呼喊着："快买走我，买走我！我想和你回家！我一定是一面好镜子，能将你漂亮的家里照耀得闪闪发光！"

女孩犹豫了半个小时，攥紧了手中的零钱，买下了这面闪着期待光芒的木镜子。

木镜子十分高兴，刺也松了一大口气，她终于不再是一面没人要的镜子了，而他也终于不是一个害镜子成为"滞销商品"的刺。他们即将前往一个崭新的世界，那几天，木镜子对刺说话的语气都好了很多呢。

二

那个女孩有时候不在家，只剩下木镜子和刺。让这面木镜子没想到的是，女孩家里并不是镜子原本想象的主人家那样——暖黄色的吊顶大灯，光洁的木质地板砖，宽敞的大床，满屋子的人类与他们的欢声笑语——这是她听一些老镜子讲述的。

女孩的家只有一个房间，她的一张小小的床，被放在房间的一个角落里，房里有一张靠窗的桌子，一盏白色的小台灯会在夜晚来临时打开。但即使是这样，房间也昏暗无比，就像是一个不知道目的地的白帆船航行在漫长的黑黢黢海面上。木镜子的倾诉者只有刺。

于是，木镜子去和刺搭话。

"喂，刺，你觉得这里好吗？"木镜子说。

"还不错，有点像我原来待的地方呢。"刺说。

"你再给我仔细描述描述你曾经待的地方。"木镜子说。

"好吧。"刺说。

"那里的环境虽然也经常黑黢黢的，但是我却一点都不感觉孤单，因为我在那儿有许多朋友。他们都和我一样是蓝色的，就像你和你的镜子朋友那样，你们是同一类型的东西，大家只会排斥和自己不同的东西。所以，没有人因为我是一根蓝刺而想让我离开。"刺说。

木镜子心里有奇怪的感觉升起来，这是一面敏感又嘴硬的镜子。在听到她不想听到的话的时候，她第一反应是否认。

"我没有嫌弃你，只是你知道的，整个镜子店，当我的朋友都一个个离开——只剩下我一面镜子时，像一面没人要的镜子那样待在那里，总归是有一点不好受的。特别是最后，我还被归类于打折促销区里，和一些有缺陷的镜子待在一起。一般镜子遭遇这些，总会从自己身上找原因。我是一面如此漂亮的木镜子，而你又是那么——那么明显的一根刺。"木镜子着急地说。

"但这就应当怪我吗？我也是不知道为什么才来到这里，扎根到了你身上。我也想早点回到我的家。"刺眼里盈满了泪水，轻轻地说。

"那我呢，我还是一天早上起来，没有做错任何超过一面镜子本分的事情，可就迎来了一根莫名其妙的刺，而就是因为这根刺——人们不买下我，让我孤零零地留在货架台上，看着我的朋友一个个离开，我又应该怪谁呢？"木镜子喘着粗气，大声地说。

"你为什么不把它想成一场奇妙的相遇呢？世界上有那么多镜子，那么多刺，但偏偏是我，碰到了你，谁也无法代替此刻的我和此刻的你。即使你面对了许多朋友的离开，面对了除了你之外都被挑选走的痛苦，但至少我们彼此一直陪伴着对方，无论是在商品区还是促销区。比如现在，我们也一起待在这个女孩的房间里——哪怕她的房间黑黢黢的。而我们的主人每次照你的时候都是充满笑容，这是一个幸福的地方，这是多么特别而又多么难遇的一连串的事啊！我打赌，世界上肯定没有第二件这样的事发生！"刺说。

"一派胡言！刺就刺啰，少给自己脸上添光，幸福的家不是这样，幸福的家有暖黄色的吊顶大灯、光洁的木质地板、宽敞的大床,而不是现在这样黑黢黢的,与此相比,幸福的笑容又有什么用呢!"骄傲的镜子大声嚷嚷。窗外吹来一阵晚风。

"你真愚蠢。"刺有点生气了。

镜子冷笑一声,在镜子的世界里,他们从来都不会好好说话,特别是当他们面对温柔的声音时,常常是用自己本能的暴戾反应来打断。这是镜子的保护膜,因为他们内心太容易被影响了,所以他们需要用这种外在的粗暴方法去维护内心的平衡。不信你去他们跟前看看,谁一待在镜子面前,镜子的身体里就全都充斥着谁的模样了。

不过,不知道为什么,尽管木镜子觉得是刺在撒谎。但也许是刺在她的心里待久了吧,她渐渐觉得——心里好像有哪一块地方松动了一点。她越来越喜欢找刺说话,即使她说的话依旧是带刺的,当然,据这面骄傲的镜子解释,这怎么能怪她呢?有根刺插在她身体里,她说话当然带刺了,要怨也怨那根插在她身上的蓝刺。

三

木镜子从女孩的窗边往下看,可以看到斜对面的一楼一户人家,那户人家的窗前有一棵桂花树,浓密的黄色桂花花瓣遮挡了一半的窗。但即使这样,也止不住镜子对那户人家的遐想。每当夜色降临的时候,女孩家里总是只有一盏台灯亮起,而那户人家亮堂堂的，远看着就像在黑夜里一个金灿灿的太阳。镜子努力地侧着身子，看向那儿。镜子常常想，这户人家是不是就是之前我幻想的"家"的样子呢？

"要是我再漂亮一点，是不是就会属于那一家呢？"镜子情不自禁地说出了这样一句话。

"什么？"刺说。

"没什么。"镜子说。

"我听到啦！"刺嘿嘿一笑，说。

"我对原来的地方也有一点记忆，我记得我们原来每一根刺都是一样的——飘浮着。但渐渐有的棕色的刺呢，会往下坠落，一直往下坠着，成为悬崖上的一根树枝；有的粉色的刺呢，会掀起海里的涟漪，在海里生根——长出漂亮的珊瑚礁；而我们蓝色的刺，我也记不清了——我们会成为什么？但是每一根刺去往哪里都自有它的道理。我们刺之间从来都不会比较，这才是我们都很轻盈，能坚定不移地成为任何事物的原因吧。我们太小了，小到只能关注自己的人生。即使是在最人迹稀少的悬崖边上的那根刺——他也会感激每天能陪伴他的鸟儿，在那儿快乐地度过他的一生，听说他有一次，甚至还救了一只差点从悬崖摔下去的淘气的灰兔子呢。"刺说。

"其实——即使你是最后被买走的那面镜子，这也并不能证明什么。你有独属于自己的刻在你身后的小鸟雕花，你有特别健康的浅棕色皮肤，而你是镜子，你审视过无数的人，如果一个人不喜欢自己，就算再漂亮，也总是得不到满足。哭丧着脸，那是最可怜的人。而当一个人喜欢自己时，总是笑盈盈地看着镜子里的自己——就像我们的主人一样，即使她只有一个房间，一张床，一盏台灯，但她是世界上最幸福的人。我从来都不认可当时在打折促销区那一群镜子说的话，什么叫做'缺陷'呢？在我看来，每一个缺陷反过来想想，都可能是很美好的东西。同样，看起来很美好的东西，一定就那么完美无缺吗？反正，在我心里，我从来不觉得我们的主人是人类世界里像他们所说的有缺陷的人类，相反！我觉得我们主人是很幸福的人类。

"所以，从现在开始！你要开始对自己每天喃喃自语，我是世界上最好看的一面镜子！"刺大声地说。

"什么呀，你说的也许有几分道理，但更重要的是，你这根刺是不是在替你自己开脱呢！如果没有你，说不定我就会美丽许多。毕竟，我就可以有更多的力气给自己做美容了，而不是将你维持在我的身体里，那样的话，也许，我就会被一楼那样的人家买走呢，而不是像现在一样，待在狭窄而又黑黢黢的房间里。"镜子噘着嘴说。

即使这面木镜子竟然有一点点觉得感动，但是她总是觉得无比别扭。而每当镜子觉得别扭时，她总是会讲一些麻花的话出来，很难形容这种感觉，仿佛只有讲了这句麻花的话出来，她才能舒服。（噢，在镜子的世界里，他们称口是心非为麻花。他们说麻花的话，却心里暗暗期待着对方能够懂他们。）

"信不信由你，但是你记住我说的话，真正使任何事物充盈和幸福的东西，不需要花费任何钱，来自心灵的东西才能让他们幸福。"刺说。

"我是世界上最好看的一面镜子。"镜子正在心里，用刺听不到的音量轻轻地说。

四

几声轰隆隆的雷声在城市的远处响起。

突然，一阵大风从窗边席卷而来，镜子还没反应过来，就被这阵风吹了起来。镜子大惊失色地惊叫起来，看到高楼下的水泥地面，这砸下去可有多疼啊！她紧紧地闭上了眼睛，突然，一股有力的力量握住了镜子后背。

木镜子颤颤巍巍地睁开眼，发现原来是那根刺紧紧地扎进了窗子前的窗帘上。幸亏有这根刺，她才没掉下去。

"谢谢你，刺。"木镜子犹豫了一下，开口说道。这次，她终于不再麻花了，毕竟，刺可是救了她的命呀！

"没关系。只要你以后讲话不要那么伤人就好了，虽然我是一根坚硬的刺，但其实，我也偶尔感觉到疼痛的。"刺说。

"我讲话就是这样子的。要是你不喜欢，你走就好了。我还可以从窗帘这里，飞到一楼那户人家里去，成为一楼那户人家的镜子。"这个木镜子不喜欢别人说她的不是，所以，她只要一听到不爱听的话，一下子，就变回原来的模样，气鼓鼓起来。并且她在生气的时候，毫不在意她的言语会怎样伤害到别人。镜面正银光闪闪，如果她的记性再好一点，她就会发现，此刻的她和当时觉得伤人的那面有气无力的镜子，什么差别都没有。

窗外开始下起大雨，浑圆的雨珠一颗颗重重地打在玻璃窗上，在闪着银光的镜子里，整座城市陷入蓝色的光影中。

"人类有个词语叫对牛弹琴，我想应该改成对镜弹琴。"刺也生气了，他说出这样一句话，但是被风冲淡到雨天里。

晚上女孩回家后，发现镜子不知怎么靠在了窗帘上。女孩看着镜子里的自己笑了，心想，镜子放在这里也挺好。

镜子靠在一甩一甩的窗帘上看向远方，窗外的景色就像一条即将远航的船驶向晶莹而又飘渺的远方。她管不住自己的眼睛，忍不住向下瞥去——在朦胧的蓝色雨景中，那一户人家好像更加温暖了，就像在沙漠里的一束红色火炬。淅淅沥沥的雨水落下来，金黄色的桂花落了一地，桂花香混杂着咸咸的雨水的味道朝镜子扑过来，镜子闭上眼睛，随着风一荡一荡时，情不自禁地幻想，如果——我说假设——我被挂在一楼那儿的窗户上的话，是不是这种感觉呢？每天都能闻着甘甜的桂花香，啊，生活是这样美好！

女孩点亮了台灯，不知因为什么事情咯咯笑了起来，刺打了个嗝，继续坚硬地挺着身子将镜子扎在窗帘上。

此刻，有一只聒噪的小鸟飞过，它说："镜子，镜子，在你晃动的镜面里，怎么只有一楼那户人家的倒影哇！"

五

夜空中有一颗蓝色的星星眨着眼睛，看向大地。最近他的眼睛十分不舒服，因为有一根睫毛不见了。每颗星星都很珍视他们的每一根睫毛，对他们来说，每根睫毛都是独一无二的，他们每只眼睛只有 9 根睫毛。

"一定是上次午觉后，用银河叔叔递给我的布擦眼睛，把那根睫毛弄掉了。"这颗蓝色的星星喃喃自语。

这颗蓝色的星星从丢掉睫毛那天开始，便一天也不休息，将自己的星光每晚洒向人间，去寻找那根不见了的睫毛。

月亮轮转，皎洁的月光洒在镜子身上，镜子身上闪烁着晶莹的光芒。突然，那根刺动了动。一股来自银河的暖风将刺轻柔地裹起来，从镜子身上抽离了出来。

那根刺在暖风裹住的一瞬间，忽然什么都想起来了，他本来就从未属于过这里，他属于温暖的银河，他也不必当一根坚硬的刺，因为他原本是一颗蓝色星星上柔软的睫毛。

"你好，我的睫毛，现在我来带你离开这星球，回家咯！"星星暖洋洋的声音夹杂在风中，旋转着说道。

刺还是犹豫了那么一下的，他此刻终于是站在镜子面前，而不是在她身后了。但是当刺站在镜子面前时，他望向镜子，想和她好好告个别，却发现，即使在此刻，镜面里也只是波光粼粼地闪烁着二楼那一户人家的光景。

"也许，我们没必要告别了。"刺默默地想。

他闭上眼睛，随着那阵来自天空的风，回到了属于他的家。而当那阵来自银河的风离去时，这面镜子最初最期盼的事终于完成了，坚硬的刺离开了她，但是与她当时想象的不同，她觉得背后变得空落落的，心里也突然安静了许多。

这面镜子从窗帘上摔了下去。

"哪家这么没素质，在这儿高空抛物！"一楼那户桂花遮掩的窗户里，探出一个愤怒的脑袋，朝着楼上大吼。水泥地板上那面破碎的银色镜子，正颤抖着倒映出破碎的一楼房间。

请注意，这是一个真实的故事，所以当你路过一面碎在地上的镜子时，请把它捡起来扔进垃圾桶吧——当然，注意别被它锋利的边角划到了手。

（作于 2022 年 1 月，

发表于《中国校园文学》6 月少年号第 659 期）

月亮雨

一

"瞧哟，小美人鱼公主又在和镜子花说话了。"两条胖胖的灯笼鱼扭着尾巴互相嘀咕，从蔚蓝的海底一闪而过。明亮的星星在夜空里轻轻闪烁，银白色的光芒照进苍蓝的深海，月影和星光在海面上卷起的波浪中流淌。

自从美人鱼王国的王后去世后，海底世界里就开始出现了这样的传言：小美人鱼公主总是独自一人坐在她的花园里，对着她的镜子花喃喃自语，有时候甚至念着念着就哭了起来。

大家都说小美人鱼公主疯了。

二

小美人鱼公主从她的花园望向天空的时候，可以看到屋顶的芦苇草旖旎地在晶莹的月光倒影中摇摆着，将月影揉碎成许多金色的碎片，散开在海洋中。漫天的星星缀在深不见底的夜空里。夜空是深蓝色的，但是今天有一束向日葵色的光迹穿过浩瀚天际，打破了它原本的平静。夜空中的星星有大颗有小颗，如果在这里停留时，仔细地看着它们，会发现这些星星悄悄地在夜空中流转。

"母亲，我觉得大家都在淡忘你，大家的生活像是没有受到任何影响，每天依旧和从前一样，同一时刻起床，同一时刻睡觉，同一时刻吃饭，甚至吃得一粒都不少。即使是父王也是这样！

"为什么大家觉得我疯了呢？明明是他们疯了。"小美人鱼坐在她的花园里，对着镜子花说道。

镜子花是小美人鱼最喜欢的花，镜子花的外侧是明黄色的，而花瓣的内侧是一面面精致的镜子，明亮得能将月亮和太阳都反射在它的花瓣里。

自从王后去世后，小美人鱼公主感觉世界明显变吵了很多，而她最喜欢坐在镜子花面前，因为她总能在里面听到母亲的声音。

三

"亲爱的宝贝，大家并没有忘记我。只是大家的生活还要继续下去，没有人会永远停留在原地，智慧的人都是向前看的。"母亲温柔的声音从镜子花里传来。

"我不要！我不要当什么智慧的人！我只想跟你在一起，我不想你走！"小美人鱼大声喊道，哭了起来。

"自从你走后，再也没有人陪我看星星了。"小美人鱼说。

一声淡淡的叹息从镜子花里传出。突然，一束银色的光芒从镜子花花瓣里闪烁而过，照亮了小美人鱼公主的脸庞。小美人鱼抬头看向镜子花，原来是镜子花反射了她身后的光芒。

小美人鱼公主回头看，这束银色的光芒掉入皇宫的后山，消失在起伏的山脊之间。

小美人鱼感到奇怪，问道："那是什么？"

镜子花里传来母亲温柔的声音："孩子，去那儿看看吧，你不能永远沉湎于过去。去那儿看看吧。"

四

皇宫的后山很少有人来，哪怕是珊瑚节的花车巡游都会绕开这里。小美人鱼公主翻过山顶精心修筑的栅栏，便看到了山那一边的谷渠。山谷并不很大，但像是刻意摆设的，由花岗岩碎片铺满了整个谷底。

在山谷的正中央，躺着一艘人类世界的沉船。小美人鱼公主隐约地记得听海底世界的鱼儿谈论过它。黑色的沉船像一头战败的巨兽，颓丧地趴在山谷中，月光温柔地洒在沉船的身上。小美人鱼公主从船的一扇阴暗小木门轻轻溜进去，穿过一楼的木板地。一束银色的光芒从走廊尽头延伸而来，闪烁在小美人鱼的尾巴上。

小美人鱼公主游向前，原来这个银色的光芒是来自一颗银色的星星，它坠落在沉船走廊的尽头，发出微弱的光芒。小美人鱼公主上前用手指轻轻将这颗星星托起来。

微弱的声音突然从手中的星星传来，它在颤抖。小美人鱼公主将耳朵靠近星星，听到它在轻轻地吟唱：

> 自从大地女神在混沌中苏醒，陆地之外变成了两个地方
> 在那无垠的星空之上，也是与此同源的海洋
> 神灵展开自己的臂膀，创造了挂在夜空中的月亮
> 它静静地悬浮在那里，天空和海洋自此分界
> 一个预言就此落下，月光的天平终将倒向
> 天河中的十二宫殿，是承载生命灵魂的地方
> 公主早逝的慈母，也被那温柔的月光滋养
> 陆上的人露出贪婪，无尽地掠夺这美丽的大洋
> 日夜和星辰即将黯淡，母亲的灵魂归向虚无何方
> 你是否找到那对的人，将这歌谣轻轻地唱
> 当你出口唱出这首歌谣，预言仪式的门将会开放
> 你是否愿失去所有，换来长伴母亲身旁

　　星星唱完最后一句，彻底黯淡了下去。小美人鱼公主震惊地看向手中已经失去了所有光芒的星星，它渐渐变得很小很小，最后缩小成了一块灰黑色的小石头，躺在了她的掌心，和满地的花岗岩碎片没有任何区别。

五

　　"你知不知道?！现在王国里都在传我们国家的公主疯了，就因为你每天就在花园里待着，把那朵破花当作你的母亲，还对着它自言自语！你根本没顾及作为一个公主对国家的影响。现在竟然还和我说你听到一首不知为何物的歌谣，还说让我因此去救星星，我看你是真的疯了！"美人鱼国王愤怒地把手中的权杖砸向皇宫的大理石地面，宫殿里窗帘帘尾的贝壳珍珠一阵阵颤抖瑟缩，天花板的水母灯也害怕得忽明忽暗了起来。

　　"国王陛下，您别动怒，小公主是因为思念母亲过于深切，才做出这样的行为的，情有可原，情有可原。"小美人鱼公主的奶妈从宫殿门口飞快地游进来，将小美人鱼公主护在身后，说道。

　　"我是疯了，可是你呢？你还记得母亲吗？一块小石头扔进水面还能发出阵阵涟漪，而你的生活就像没有任何变化的平静水面。她在你心中甚至还不如权杖上的一颗宝石重要！"小美人鱼公主从奶妈的身后游出，大声喊道。

"你竟然敢这么跟我说话？你是不是忘了我还是你的父亲！我看是那朵破镜子花让你变得像现在这样疯癫，你给我把它交出来，我现在就让人把它砸了！"美人鱼国王的话语像几万根沉重的权杖同时狠狠敲击着小美人鱼的心脏，将它震成碎片。

"你该砸的是你手中的权杖，你已经不是原来那个父亲了，你只是这个权杖的奴隶而已！"小美人鱼公主的眼眶霎时间变得像海底的茑萝一样红，泪水从小美人鱼公主的眼睛里滚落出来，她从国王的大殿飞快地游走，头也不回地离开了皇宫。

六

"公主，公主。"一阵微弱的声音从小美人鱼公主的身后传来。

"奶妈？"小美人鱼公主像一块柔软的丝绸，卷着鱼尾静静地蜷缩在她花园的石凳上，镜子花静静地在小公主旁边伫立着，冰冷的月光在镜子花的花瓣上流淌，将花瓣内侧的镜子映得闪闪发光。小公主的眼泪已经染湿了她石桌的一小块角落。

"你父王是担心你。"奶妈温暖的手掌覆上了小美人鱼公主的肩膀。

"奶妈，我没有疯掉。"小美人鱼公主抬起头，静静地看着奶妈。

"我知道。"奶妈微笑着，眼角出现淡淡的鱼尾纹路。

"在我还是孩子的时候，我曾听闻有人和你说过同样的话。她说，每一个离开我们的亲人，都会变成天上的一颗星星。也许，你可以去找她谈一谈。"奶妈说。

"她在哪儿?"小美人鱼说。

"在海的最深处。"奶妈轻轻地说。

七

奶妈说的是巫师居住的地方。

那里是海洋的最深处，深到很少有人去过，也从未有阳光或者月光能照耀进去，是整个美人鱼王国最阴冷的地方。那里寸草不生，但居住在那里的巫师却了解美人鱼王国大大小小所有的事情。据说这个巫师曾经也在美人鱼王国的腹地生活，但后来她钻研妖教，被驱逐到了海底最深的地方。在那之后，每个来到巫师这里的人，必定是有很强烈的欲望，想求一些凭借一己之力无法获得的东西。

"这是谁来啦?"门后面响起巫师尖厉的声音。

小美人鱼公主推开巫师嘎吱作响的门，突然看到五条海草蛇吊挂在天花板上，她大惊失色地惊叫出声，想要转身游走。

巫师见状，对着海草蛇摆了摆手说："回来!"

海草蛇突然像是变回了乖巧的海草，扭转着尾巴游到巫师黑色魔法帽上盘旋着。

"原来是你啊，可爱的小美人鱼公主，你来找我是什么事呀？你可真美啊，和我年轻的时候简直长得一模一样！"巫师拨弄开她眼前的几缕干枯的银灰色头发，睁大她的浑浊双眼，紧紧地盯着小美人鱼公主。巫师咧开嘴笑着，伸出老树枝一样的手来，想要触摸公主金色的秀发。

小美人鱼公主惊魂未定，急忙后退一步，戒备地对巫师说："我捡到了一颗星星。这颗星星唱了一首歌谣，我隐约听到了它在向我求救，但听不太懂具体的意思，你可以给我解答一下吗？"

"当然可以，把歌谣唱给我听。"巫师听到"歌谣"两个字，短暂地愣了一下。而后她歪着头，抚摸着自己的下巴，眯着眼睛看着小美人鱼公主。

小美人鱼清澈的声音响起，嘴里吐出的一个个音符在海里流荡，连巫师头顶帽子上的海草蛇都安静下来，静静地听着。

> 自从大地女神在混沌中苏醒，陆地之外变成了两个地方
> 在那无垠的星空之上，也是与此同源的海洋
> 神灵展开自己的臂膀，创造了挂在夜空中的月亮
> 它静静地悬浮在那里，天空和海洋自此分界
> 一个预言就此落下，月光的天平终将倒向
> 天河中的十二宫殿，是承载生命灵魂的地方
> 公主早逝的慈母，也被那温柔的月光滋养
> 陆上的人露出贪婪，无尽地掠夺这美丽的大洋

日夜和星辰即将黯淡，母亲的灵魂归向虚无何方

你是否找到那对的人，将这歌谣轻轻地唱

当你出口唱出这首歌谣，预言仪式的门将会开放

你是否愿失去所有，换来长伴母亲身旁

　　小美人鱼公主唱完了歌谣，巫师的房间里陷入了长久的沉默。公主看到巫师拿着法杖的手微微地颤抖，但她没敢继续开口询问。

　　巫师身后的坩埚沸腾着，发出咕嘟嘟的声音，成为这段漫长时间中唯一的发言。

　　"预言成真了。"沉默了很久之后，巫师终于说道。

　　"什么预言？"小美人鱼公主问。

　　"预言说，当银色的星星砸下来的时候，就是银河出现麻烦的时候。我年轻时曾经研究过很多古籍。其实，银河也是一条广袤无垠的大河，比海洋还要大，不过它的河流流向是逆时针的，从不掉头逆流。银河中的星星里睡着一个个我们思念的灵魂。而月亮，就是众神创造用以维持银河和大海平衡的纽扣。但是，在最近的一百年里，因为人类的贪婪，无休止地破坏掠夺海洋，月亮渐渐失去了对大海和银河的控制力。平衡被打破，星星的生存也因此受到了威胁，它们正在一点点破碎，砸向地面。如果不救它们，你母亲的那颗星星也会砸下来，她的灵魂将会永远消逝。"巫师说。

　　"什么？母亲的灵魂也会消逝？难道没有什么别的办法了

吗？"小美人鱼公主急切地问道。

"有，预言里确实提到了一个办法。那就是歌谣中的仪式。当美人鱼王国里最年轻的公主，也就是你，唱出这首歌谣的时刻，仪式将会开启。而当你有甘心失去现在所有的一切的决心，愿意成为银河里的月亮时，仪式的条件将会满足。"巫师说。

"那这个仪式是什么呢？"小美人鱼问。

"这个仪式发生的时候，美人鱼王国里的一位公主将会飞往银河，成为银河里的月亮公主。她将再也不能回到大海，只能陪伴在银河里世世代代逝去的灵魂身旁。当她飞向银河后，原本的月亮会破碎，变成一片片碎片，散落到人间。而大海与人间的平衡将被重新建立。你愿意失去现在的一切，换到你母亲灵魂所在的银河里去吗，我亲爱的小美人鱼？"巫师说。

小美人鱼公主望向巫师窗外湛蓝的海水，尽管在如此深的地方，海水依旧是那么美丽温柔，如同哺育她的母亲。海水仿佛已经预感到她的选择，咕噜咕噜地向上冒着泡泡，这是她深爱着的地方，是她从小到大生活的地方。但是母亲的离开，好像把这里一切的灵魂都抽走了。在那之后，一切的声音都是噪声，她的世界都是灰色的。

她无法阻止母亲的离开，她无法苛责命运的残酷，却也无法抑制自己的想念。她甚至无法谴责周围人的冷漠与指指点点。他们的生活能继续，但她不行。她唯一能做的，就是付出一切——她所有的一切，只为了让母亲的灵魂长存。

一颗巨大的、反射着七彩光辉的泡泡从窗外飘过。啪的一声，泡泡破了。

"你想好了吗？"巫师的声音响起。

小美人鱼轻轻闭上眼睛。

"我愿意。"

巫师闭上眼睛，嘴巴飞速地默念着什么，她握住小美人鱼公主纤细的双手，一股巨大的力量突然被注入小美人鱼公主的身体里。一束银色的光芒从房间里迸发而出，巫师的脸庞微微泛青，她的身体也同时变得透明起来。

小美人鱼公主往后退了两步，诧异地看向眼前的巫师，巫师开始变得年轻，她银色的头发泛上金色，皱纹渐渐被抚平，枯树般的手掌也渐渐变得如同绸缎一样光滑。她微微笑着，脖子上突然出现了一串金黄色的印记，这是只有小美人鱼王国的公主才拥有的印记。

"我说了我们很像。"巫师的声音变小了很多，"其实，我也是美人鱼王国里的公主，不过我的辈分也许是你的老奶奶的奶奶了。"

"我曾和你一样，在一次意外中失去了母亲。如果问那时候的我付出什么能让她回来，我的答案会是任何事物，包括我的生命，就像现在的你一样。不，我甚至比现在的你更加走火入魔，我翻阅遍了美人鱼世界里所有能找到的古老典籍，用尽了所有的古老方法，将我的花园变成了我的实验室。当我得知星星上住着离去的灵魂时，我多么希望银河的水能够倒流，将母亲的灵魂带回我的身边。我每天做实验，我的妹妹太担心我，来花园里陪我。"尽管巫师的身体变得越来越透明，小美人鱼公主仍能看到她苦笑了一下。

"在一次实验中，我的妹妹因为我的失误，也离开了我。"巫师说。

小美人鱼公主惊呼了一声。

巫师已经变成了一个小姑娘，她的头发很长很长，是金黄色的，和天上的月亮一样的金黄色。她已经飘在了半空中，在小美人鱼公主面前，她几乎是透明的了。

"你就像那时的我，但是你要知道，生命就像银河一样，一去不返。值得欣慰的是，银河也许无法倒流，但只要我们记住我们爱的人，她就会变成我们世界里永远明亮的星星。

"你可以看着星星，每当星星眨一次眼睛，就是天上的亲人思念我们一次。

"我花了几乎大半辈子才明白这个道理，但是大概也没有别的办法赎罪了。反正也一把老骨头了，人人都说我是只会看利益的商人，是疯癫了、走火入魔的巫师。不如，就做我人生中最后的一次交易，代替你去完成一个公主的宿命。这样也好，我终于可以去月亮上与我的母亲和妹妹见面了。

"我的生命所剩无几，但你，年轻的公主，你还有大把的时间，还有时间去珍惜你身边的那些还能触碰到的人。"巫师的声音越来越小，这句话说完后，几乎看不见的巫师用她的手指朝着小美人鱼公主点了点，一眨眼，小美人鱼公主回到了自己的花园里。

八

花园里的镜子花前站了一个人。

他用一只手轻轻地抚摸着镜子花的花瓣，另一只手慢慢地在花瓣上画圈。国王低低的声音在小美人鱼公主的花园里响起。

"我已经失去了你，现在难道还要失去她吗？你走后的每一天，我都在想你，你告诉我，我该怎么办，好不好？"美人鱼国王说。

美人鱼国王没有带他的权杖，也没有穿他串满了珍珠贝壳的袍子，他用双手重重地拍打了一下脑袋，灰白色的头发像海底的杂草一样凌乱，他颓丧地放下双手，垂下头，坐在石凳上。在广阔的花园里，灰黑色的芦苇草轻轻地在屋顶上舞动，小美人鱼公主抬头看，深蓝色的银河缓慢地在头顶流动，美人鱼国王就像一颗被宇宙抛弃的灰黑色陨石。

"爸爸。"小美人鱼公主上前，轻轻地呼唤着父亲。

美人鱼国王朝女儿望去，他看到一束渐变的绀桔梗色和靛青色缠绕着的光芒正从遥远的天空中穿透而来，将整条银河都点亮了。小美人鱼的脸被照得红彤彤的，她金黄色的头发仿佛燃烧了起来，变成了黑夜里最大的那束火把。她微微笑着，就像一座完美的古希腊美人雕像。她头顶的云层被燃烧成果园里熟透的橘子颜色，大片而绵密地铺展开来。美人鱼国王以为自己看花了眼，因为他看到一轮月亮散成了碎片消逝了。但就在同一瞬间，一轮圆月又升了起来。

（作于 2021 年 10 月，

发表于《创作》2021 年第 4 期）

王子健小辑

王子健，1999 年出生，陕西咸阳人，湖南师范大学创意写作专业硕士，湖南省作协会员。作品散见于《青年文学》《作品》《长江文艺·好小说》《青春》《湘江文艺》《湖南文学》《黄河》等刊物。

玉朗拖在胡志明市

"我有时会觉得，他这个人太普通了，除了我还会有谁喜欢呢？有时又暗暗承认，他这个人真是不凡啊，我可要牢牢抓在手里，不然就便宜了别人。"玉朗拖说过的这段话，我后来每次在人生里遇到喜欢的人，都会想起来。我只见过玉朗拖两次，那是我大四上学期在五华区文化巷一家叫"萨尔瓦多"的西餐厅做兼职时的事，距今已有十几年了，那时，离耸人听闻的"马加爵事件"发生还有三年呢。

当时我们大学还没建新校区，外国语学院设在老校区里，我学的是法语，同专业的朋友经常自嘲，在祖国西南边陲的高校学习法语，真是一件"精致又无用"的事。我们专业最出名的校友大概就是时佩璞了，如果你不知道他是谁，你至少听说过黄哲伦的《蝴蝶君》，时佩璞就是里面那个唱京剧的宋丽玲的原型——当然，这是上个世纪的故事了。开始学习法语，有时背不下动词变位，我就会想象当年时佩璞一定也像我一样，痛苦地背过这些变来变去的动词，不知道为什么，他的故事特别打动我——也许是因为他最后不仅掌握了法语，还让一个法国男人爱上了他。现在想想，也许我当时那么努力学习法语，也是因为我总是喜欢这样的事吧：喜欢人们通过语言建立联结，产生爱。

当然，并不是说我爱上了玉朗拖。我说过，我就见过她两次，而且我和玉朗拖都是女人（虽然同性也可以相爱，就像时佩璞和那个法国男人；我只是在此表明我和玉朗拖都是直女），但我们确实是通过法语建立的联结。事实上，现在我这里还有一件当时她留给我的礼物—— 一本法语书呢。

我们也就是通过这本法语书认识的。

啊，十几年前的萨尔瓦多！我去年还问过一位在昆明的朋友，文化巷的萨尔瓦多还在吗，虽然我知道我可以在网上查到。她后来给我拍了照片，我不敢说和我记忆里一模一样，毕竟自然和人工都在岁月里对它动过手脚，但我还是一眼就知道是它，就像她拍给我的我们大学的校门一样。十几年前的那天，我端过菜，回头就看见了一个浓妆艳抹的女人坐在我刚收拾好的、靠窗的小圆桌前，抽着烟。那就是我第一次见到玉朗拖。她金色的卷发像刚洗过，有一绺依然�着，像只金丝雀站在打开着的、冒着烟的金色笼子上；我还看到了她蓝色的眼影，比她裙子的蓝色要淡些，淡得像窗外昆明五华区的天空。我上菜时还在看她，我看她从挎在左肩的那个难看的紫橙双色印花包里掏出了一本白底蓝字的书，放在了桌上，那蓝字看起来比她裙子的蓝色要深些。我好奇这个女人在读什么书。我上完菜，先我同事走到她桌前，给她点菜。除了香烟味，我还闻到了一股馥郁的橙花香味，好闻，但有点呛人；现在回想起来都觉得呛。这时我看清了那本书上的字，L'AMANT。啊，是玛格丽特·杜拉斯的《情人》。

我那时在和英语系的一个立早章谈恋爱，但我心里其实一直住着另一个中文系的弓长张。我和弓长张分分合合好几次，当时舍友们都看不过去了，纷纷劝我："他这个人太普通了，有什么好呢？与其一次次回头找他，不如换一个谈谈，也许就能忘了他了。"舍友劝我时，我正和弓长张置气，索性就又和他分了手；为了让他明白，这次我不会再当孬种，不会再回头找他了，我马上就找到了之前就对我表白过的立早章，和他在一起。弓长张古代文学和现当代文学都学得很差，也许还没我知道得多，但他外国小说读得真不少，杜拉斯的《情人》也是他推荐我看的，"写得特别好！王道乾翻得也好。"我当时瞪了他一眼，"你又没学过法语，怎么知道他翻得好不好？""王小波说好。"弓长张想亲我一口，被我避开了。"哎呀，管他翻得好不好，"弓长张又来亲我，"我读着美，我感觉意思到了就好。"我温柔地把他推开了。

啊，所以认出那是本法文版的《情人》时，我心里是五味杂陈的。我和弓长张分手后，也把《情人》推荐给了立早章，但立早章那时正为毕业论文焦头烂额（尽管《情人》比他要写的《押沙龙！押沙龙！》不知短多少）。有时，特别是在年轻的时候，人们总把自己的爱记挂在具体的物件上，比如一条亲手织就的围巾，一件精挑细选的生日或者圣诞礼物，一本和喜欢的人一起读过的书，即使我们和过去的人分开了，我们依然会从这些物件中得到慰藉，因而把它们保留下来，有时甚至会把它们带到下一段关系里，带到未来的人身边去。也许是因为我们心里还对过去的人有着不能告诉别人的、暧昧的感情，也许是因为我们渴望这些物件可以让我们接下来的关系变得和过去一样令人难忘、令人回味。这样的物件就会打上只属于我们自己的、隐秘的烙印，变成信物。但不可否认的是，围巾这种亲手织就的东西还好，像精品店里售卖的礼物和市面上比较有名的书，无论我们当初如何精挑细选，在世上它们都是有成千上万件的。我们明知道这个事实，但看到和我们的信物一样的东西时，心弦还是会被撩拨到。我想这也是那天我看到玉朗拖桌上那本《情人》会如此感动的原因，而且它还是法文版的！那一刻它仿佛在对我说："看啊，你还是爱他的，看啊，爱得那么纯粹，就像我一样，是'原汁原味'的'情人'。看啊，你还是没能忘掉他。"

我想我当时一定是站在那里看着那本书痴想了好久，直到我听到了：

"Tu connais ce livre?"（"你知道这本书？"）

"Oui, c'est mon livre préféré."（"嗯，这是我最爱的书。"）

啊，别怪我在这里把我们当时说的法语记下来！我想这两句话也解释了为什么我和玉朗拖的关系接下来马上就变得那么好：她第一次见我，就用了熟人才喜欢用的 tu（你），而不是陌生人第一次见面时最常用的 vous（您）。而且我当时脱口就告诉了她那是我最爱的书。尽管我那时最爱的书可能是夏洛蒂·勃朗特的《简·爱》。我们两句话就拉近了彼此的距离，这是我一直以来学习外语的心愿。当时有那么一瞬间我想到了时佩璞，我和他都是中国人。但我又看着面前这个女人，尽管她一头金发，但她确确实实是东亚人长相，或者说，是典型的东南亚人长相，所以她为什么在说法语呢？我把中英双语的菜单递给她，突然不确定她能不能看懂，便试图用法语给她介绍菜单上的菜品。她这时好像也看出了我的困惑。

"啊，谢谢。"她眨着眼睛看着我，微笑道，"我会说中文，也看得懂。"啊，那一刻我一下知道了两件事：一、这个女人似乎和我有一种天然的默契，她第一句法语拉近了我们的距离，第二句中文消除了我心里的疑虑；二、她一定来自东南亚，她的中文听起来有些蹩脚。这时我又想起她刚刚说的法语，也有股东南亚风味，但要比她的中文听起来和谐些。我也微笑着，又看了一眼她桌上的《情人》，看了一眼她刚刚挎在左肩、现在卸在一边的紫橙双色印花包，我等她点餐，她指给我菜单上的三道菜品。

"你是昆明人吗？"烟在珐琅烟灰缸里掐灭了，她的蓝色眼影像一只光明女神蝶，这只光明女神蝶扑棱着翅膀。

"嗯。"我接过菜单。一杯黑咖，一份奶油意面，一份朗姆酒冰淇淋，确认过菜品，但我没急着走。她听见我是昆明的，似乎很开心。

她从裙子口袋里掏出一包宝蓝色纸烟，小心翼翼捏住一根，放在左手心里，递给我，我不抽烟，但我当时还是接过了。如果不接，我在心里想，我以后是会后悔的。我接过烟，这时她感慨似的说了一句："啊，我马上就要二十四岁了。现在我终于到了这里。"

"啊，你比我大两岁，姐姐。"我把烟放进嘴里，她听到我叫她"姐姐"，似乎很开心。她从印花包里掏出一只描着金色佩斯利花纹、通体宝蓝的漂亮打火机，站起身，打火机里也蹿出一簇佩斯利花纹一样的火焰，她把我嘴里的烟点着了。我叼着那根烟，拿着菜单朝身后挥了一下，示意她我要先把菜品报过去。她对我笑着点点头，那绺金丝雀一样的头发也微微晃动。"等你回来，陪我聊会天。"她也给自己点了一根烟。那就是我第一次见到玉朗拖。

老板当时看见我从嘴里取下烟，夹在指间，把菜品报给后厨，是多么震惊啊！我也顾不上其他客人，转身径直走向她的小圆桌（当时我已经快下班了），在她对面坐下来。那真是难忘的一天。那是我生平第一次抽烟，可我拿捏得很好，因为我已经无数次见过弓长张抽烟了。橙花香味和香烟的味道糅在一起，我舒了长长一口气，和玉朗拖隔着芬芳的烟雾对看。她像只顶着金丝雀、淋了雨的狮子，看起来感伤又滑稽。不过，她真的美极了，我想，被这样的女人喜欢上，会是一件多么幸福的事啊。我又深深吸了一口烟。抽完烟，她也舒了口气。过一会，菜也备好了，她对前来上菜的我的同事笑了一下，然后又看向我，和我聊了起来。

　　啊，她真是个美人，她一直在用左手摆弄自己金色的卷发（一直没抓到那只金丝雀），右手一开始指菜让我吃，后来抓住身后的椅背，像要对窗外的人和面前的我展示她婀娜的体态。菜没动，朗姆酒冰淇淋化了，奶油意面坨了，黑咖晾温了。她一直和我聊啊，聊啊，我就那样伏在桌上听。她让我叫她玉朗拖，她说她是越南人，在西贡唱歌，玉朗拖是她的艺名，从她给自己取的法语艺名 Ulantoi 音译过来的。我问她 Ulantoi 是什么意思，她笑着告诉我，没什么意思，就是觉得好听，就像她的越南语艺名 Nguyệt Lang 一样。我又问她为什么要取个法语艺名，她告诉我，因为她现在唱得最多的就是法语歌，艾迪丝·皮雅芙的歌她最拿手。她笑着告诉我——脸上因为自豪和激动，也因为窗外的阳光，显得光彩照人——她刚刚从巴黎开了一场演唱会回来，是的，她被邀请去巴黎唱歌，然后赚了很多钱，她告诉我，她这才有钱来中国。"什么时候来西贡听我唱歌？"她问我。"啊，我是说，来胡志明市。"她努努嘴，示意我看桌上那本白底蓝字的《情人》。"我们还是习惯叫它'西贡'，杜拉斯在的时候，它就叫那个名字。"

　　我好奇她为什么会说中文，为什么来昆明。

　　听见我问她，玉朗拖自豪的神色变得落寞了，她用小巧的金色勺子搅了搅那杯温的黑咖。"爸爸是越南人，现在在河内；妈妈是这里人，我六岁时她走了。"我当时以为她是说她妈妈去世了。"我爸爸那时告诉我，她抛下我们，回到昆明了。我一直想找她，但我一直没钱来。"玉朗拖从印花包里掏出一面精致的紫色化妆镜，拿在手里照啊照。"啊，我一直赚不够钱，也一直存不住钱，这次不一样啦，我从巴黎赚了好多钱。"她好像又开心了一些，看见我在看她的那面小化妆镜。"哈哈，这是我以前喜欢的人给我的，不过我们已经分手了，漂亮不？"她又对我挥了挥那面紫色的小镜子，我点点头："你呢，你有喜欢的人吗？"

　　我一直很想和别人聊聊我和弓长张的事，但我舍友已经被我烦得不想再听了，我也不能和我当时的男友立早章谈他，而玉朗拖是个多么富有魅力的陌生人啊！我当时好想告诉她，但不知道为什么，我突然在"萨尔瓦多"里觉得不好意思起来，也许是因为它离我们学校太近了吧。"姐姐，你一会还有事吗？"我把声音压低了些。"没有，我后天就要回胡志明市了，这两天都没事。"她也把头凑近我，"我找了好多依稀记得的、以前妈妈提过的地方，都没什么，唉！"她叹了口气，但语调并不特别悲伤，"也许找不到了吧，不过没关系，也算完成了小时候的一个心愿。就是想等有钱的时候能来这里找找她，找不找得到，好像也无所谓。"她舒了一口气，我说："那……姐姐，我们一会要不要去翠湖公园走走？我可以和你聊聊我！明天我没课，我们可以一起在昆明逛逛。"我怕她没被我打动，所以我又加了一句："而且我也可以陪你一起找妈妈。""啊！"玉朗拖很开心听见我这样说，我猜她当时一个人身在异国，也是很寂寞的吧。"好啊，好啊。"她把黑咖喝了，我们走出"萨尔瓦多"，走向午后的翠湖公园。我在路上问她："姐姐，你妈妈长什么样？""哈，我记得她走前和我现在很像，长发，波浪，金色，当然，"她笑着看着我，"波浪是烫的，金色是染的，我爸爸一直说我长得很像我妈妈，但他说我没我妈妈那么好看，我的嘴唇太厚了！"说完她咯咯地笑了起来，她又取了一根烟。

那天我们在翠湖公园聊了一下午。我和她聊了好多我和弓长张的事，我还和她说了，我现在和立早章在一起，但我还是无法忘了他。我还告诉她当时我看到那本杜拉斯的《情人》就有一种预感：我会对她说我和弓长张的事。我讲到好笑的事，她也会咯咯地笑起来，好像当时她也在场；有时我讲到难过的事，她会默不作声，好像完全沉浸在了我的悲伤里。最后讲完时，我看到她的眼睛红着，蓝色的眼影让她眼睛红得格外突出。"你知道吗，听你讲了这么多，我觉得，你还是爱之前那个人啊。唉，我想到了我自己的事，你知道吗？"她看着我，"我们真像啊，我现在也和一个人在一起，但我觉得我和你一样：还是爱之前那个人。"我被玉朗拖的眼泪震撼到了：我之前的舍友听完我讲的事，无不劝我放弃对弓长张的爱，其他的朋友也对我们的事表示不理解，只有玉朗拖和我一样。我们沉默了一会。

玉朗拖又抽了一根烟，她开始和我讲她的爱情。

"妈妈走了以后，爸爸在河内又找了女人。我辍了学，来西贡打工。女孩子，除了唱歌什么都不会，唱歌也不专业，好几次去不正经的酒吧卖唱，差点把自己卖了。"玉朗拖擦了擦眼泪，一道蓝色的眼影被抹在手背上，像光明女神蝶抖落的蓝粉。"抽烟就是那个时候学会的，那时我还没到'三更'——我现在驻唱的那间酒吧。还没遇到我现在的恋人陈勇。事实上，就是他把我安置在'三更'酒吧，让我在那里安安稳稳地唱歌赚钱的。这次去巴黎唱歌的机会也是他帮我争取到的。而且他特别温柔，从来不强迫我，哪怕我最后和他相爱，也不是他强迫我的，而是我觉得亏欠他，自愿爱上他的。但我心里一直住着一个坏小子，叫阮文凯。"

玉朗拖的声音听起来伤心极了。"之前有一次就是他把我带到了一个不正经的酒吧，让我唱歌的。但他发觉那个酒吧不正经后，马上把我救走了。他还被那群人打了一顿，眼睛肿了好久呢。"玉朗拖用手给我比画阮文凯的眼眶肿得有多大。"我们跑出来，跑到湄公河边，他肿着眼睛看着我，拉着我，手在流血。他突然趁势把我搂在怀里，就那样亲了我一口，就在湄公河边。"我和玉朗拖站在翠湖边，她好像在回味她和阮文凯在湄公河边的那个吻，她说："啊，虽然我很早辍了学，但之前妈妈教了我中文，而且家里有很多中文书和 CD。我最开始唱一些中文歌，唱得不好，但阮文凯都喜欢听，'照单全收'。他人特别好，虽然经常在外面打架，但从没打过我。我每次都叫他不要再去外面和别人打架了，但他每次都一身伤回来，有一次肋骨断了两根。后来有一次，他打架回来，我一边给他包扎，一边哭。他跟我说一点也不疼，他说他就是靠打架混的，不打架拿什么娶我？他说如果不是为了娶我，他当然不会天天

154

去打架了。他爱我啊。"玉朗拖哭了。

"我哭了好久，就像现在一样，然后我就离开了他。我想着他终于可以不用再去打架了。后来我就遇到了陈勇，唉。"玉朗拖的蓝裙衬得她像朵鸢尾花，"陈勇把我从糟糕的经济状况中解救了出来，还教我法语，因为我告诉他我喜欢艾迪丝·皮雅芙。他知道我不愿意直接拿他的钱，就给我请声乐老师，教我法语，让我通过我喜欢的方式——唱歌赚钱。后来他把我介绍到了'三更'酒吧。可是，我经常觉得对不起他，我觉得我不值得他这样做，虽然他告诉过我，他不会强迫我爱上他的，他做这一切只是因为他觉得我值得。"玉朗拖叹了口气，"我想我还是爱着阮文凯，那个听我蹩脚地唱着中文歌，在湄公河边吻我的帅小子。当然，我有时会觉得，他这个人太普通了，除了我还会有谁喜欢呢？有时又暗暗承认，他这个人真是不凡啊，我可要牢牢抓在手里，不然就便宜了别人。"她转头看我，"可现在我已经不唱中文歌，只唱法语歌了。你对你的张，是不是也是这样的？"

就像我一开始告诉过你的那样，玉朗拖说过的这段话，我后来每次遇到喜欢的人，都会想起来。我当时第一次听见就有这种预感。我点点头，心里也怀恋起帅小子弓长张来，他甚至还没在翠湖边吻过我，就已经让我对他如此难忘了。玉朗拖也看出了我的落寞，她从印花包里掏出那本《情人》。"这本书就是陈勇送给我的；他说杜拉斯的法语很简单，但很有味道，他说他有一天也想和我有一段很简单但很有味道的爱情，但他说，要不要和他谈恋爱全在我。他不要我回报他之前所做的一切。"玉朗拖摸着白底蓝字的《情人》封面，"我很喜欢这本书，只有陈勇才能买到，阮文凯买不到这样的书送给我，他可能也买不起，但我还是好爱他，好爱好爱他啊。"

我看着玉朗拖手里的《情人》。"后来我就答应了他，陈勇那天真的开心极了。这次去巴黎也是他陪我的。这次我赚到了好多好多钱，然后我就跟他提议，我要先到中国一趟，看看我妈妈生活过的地方。他说他可以陪我，但我执意要一个人来。他说，那好吧，他就在'三更'酒吧等我回去，给我办一个派对。啊，对了，'三更'酒吧里还有个和我关系很好的中国朋友，没人知道他的真名，他说他叫 Optimistic，人如其名，特别乐观。但那个名字太拗口了，大家都叫他蒂克。陈勇不知道我和阮文凯的事，我只给蒂克说过。他每次都劝我认清自己的心，回到阮文凯身边。'这样的事怎能被饶恕，这是忘恩负义的事啊！'我对蒂克说。但蒂克告诉我：'世上只有一件事不能被饶恕，那就是硬生生和喜欢的人无疾而终。'"

去年我和丈夫去胡志明市旅游时（这是我和玉朗拖见面十几年以后的事了），真的找到了那间"三更"酒吧，并真的见到了蒂克，就像玉朗拖说的，"人如其名"，真的是一个很乐观的人，尽管他那时已经是个中年人了。事实上，蒂克和陈勇我都见了（我是通过问那里的一个驻唱歌手，知道他们分别就是蒂克和陈勇的，我给了那个歌手很多钱）。那个驻唱歌手唱完歌，下了台，坐在我身边，悄悄回答我的问题。她说她刚来两年，并不知道他（陈勇）以前的事，只是听他（蒂克）说，之前他（陈勇）爱过一个金发女人，从巴黎开完演唱会，回来就和他（陈勇）分手了，他（陈勇）难过了好几年，但他（蒂克）声称这没什么好难过的，他（蒂克）早就知道，这样的事早晚会发生的。看来玉朗拖大概真的重新回到了阮文凯身边。我感谢了那个歌手，并没向蒂克和陈勇挑明我认识玉朗拖，最后像个普通的游客那样离开了。陈勇看起来稳重温柔，和玉朗拖描述的相差无几，所以我猜阮文凯大概也真是个帅小伙吧。酒吧里那时没什么人，我离开前，还走到钢琴旁边，随手翻着一叠早已泛黄的琴谱，竟然还从琴谱里翻到了艾迪丝·皮雅芙的《玫瑰人生》！看来陈勇也是个深情的人啊！不知道立早章有没有在我们分手后，也像这样留着我们可能有过的信物呢？不过，还是让我们继续回到更久远的回忆中去吧。

和玉朗拖在翠湖边聊完天，已经是晚上九点了。我们又约好第二天上午十点在"萨尔瓦多"见，那次就是我第二次，也是最后一次见玉朗拖了。我们这次又点了朗姆酒冰淇淋和奶油意面，她依然点了一杯黑咖，我点了一杯卡布奇诺。老板看见我们，心情似乎也很好，还送了我们一盘刚烤好的贝果。玉朗拖笑嘻嘻地接过贝果，对老板说："以后来西贡听我唱歌哦！"她依然穿着昨天那件蓝裙，不过，她把头发扎起来了，因此那绺金丝雀一样的头发看不见了。玉朗拖看起来更美了，她今天的眼影依然是蓝色的，不过不像昨天那样，涂得那么满，而是淡淡地刷上了一层闪光的蓝色，像一层薄薄的丝绸。我们吃完，从学校里穿过，准备去圆通寺祈福时，我听见有人叫我的名字。

我一回头脸就红了，或者说，我当时一听见那个叫我的声音，脸就红了。叫我的不是别人，就是弓长张（那段时间立早章一直在图书馆里写《押沙龙！押沙龙！》的论文，所以我们并没有经常在一起，感谢福克纳），但我还是想继续装酷，我拉着玉朗拖的手就往前跑。可玉朗拖当时穿的是一双粉红色的高跟鞋，那鞋跟真的很高。玉朗拖看了一眼弓长张，她好像马上就知道他是谁了（我昨天在翠湖边几乎像她跟我讲阮文凯一样详细地跟她讲了弓长张：他长什么样，跑起来什么样，表情，发型，甚至平常的衣着）；她笑着看了我一眼，像兔子发现了萝卜。

"欸，你怎么不和我说话？"弓长张跑过来。该死，他还是那样好看。

"没什么好说的！"我愤怒地瞪了他一眼，好像他还想亲我一样。我撇下玉朗拖，一个人跑了。我跑过映秋苑，跑过一棵棵垂丝海棠，我嗅着潮湿的香味，我马上要跑出校门了。我感觉有人在追着我跑，我当时就像俄耳甫斯一样不能回头。

终于，后面那个人拍了我一下，不是他，是玉朗拖。她另一只手提着那双粉红高跟鞋。原来刚刚是她穿着袜子追我。

"他就是？"她气喘吁吁问我。

"嗯。"我对玉朗拖笑了一下。我们两个人都笑了，我们大笑起来，玉朗拖笑着蹬上了高跟鞋，我扶着一棵长满青苔的树。现在回头已经找不到他了。

不知道为什么，这个画面我一直记在心里：玉朗拖笑着蹬鞋，我扶着树回头找弓长张。与之相比，我们之后去圆通寺祈福，去园西路吃烤猪蹄，吃调糕藕粉，去大观楼看那副长联……这些回忆都变得模糊起来，只有我当时像俄耳甫斯一样回头找他的那个画面是最真实的，也许我也像俄耳甫斯，在回头的那一刻，就永远地失去他了吧。

傍晚，我们坐在大观楼下面的一条长椅上，玉朗拖很开心，她先是唱了艾迪丝·皮雅芙的那首《玫瑰人生》，我和她一起唱了一小段，但她的声音真是太好听了，于是我闭了嘴，继续听她唱。她又唱了一首调子很忧伤，但特别特别美的歌。"真好听啊。"我靠在她肩头，"歌词是什么呀？"

玉朗拖对我说了一段越南语：

Em yêu anh đậm sâu,

Dù tình yêu này sẽ phai màu dần,

Nhưng nó cũng sẽ vĩnh viễn không bao giờ biến mất.

我之后再没从谁口中听到过这么好听的越南语了。

"是什么意思啊？"我望着大观楼的长联被夕晖照亮。

我对你的爱已浓到，

即使它会日渐淡去，

也永远不会消失。

玉朗拖看着我的眼睛："你知道吗，我想清楚了：即使我没找到我妈妈，我相信她现在也一定在这座城市里，找到了喜欢的人，和他一起幸福地活着。蒂克说得对：'世上只有一件事不能被饶恕，那就是硬生生和喜欢的人无疾而终。'我这次回去以后，要诚实地告诉陈勇我的心。我这次回去，就要去找阮文凯！"她突然握住我的手："你没怎么跟我提过另一个章，所以我不同情他。但我觉得你还是爱刚刚我们见到的那个张的。我看见他跑向你，看见你跑离他。如果不是因为你们还相爱，还会有谁跑得那么快（跑步选手除外）？不要说那是因为你们还年轻！你们总以为自己还年轻，总有时间把爱情这样的小事想清楚。我告诉你，没有时间想清楚！爱情也不是小事！你还喜欢他！就像我们刚刚吃到的调糕藕粉！调糕和藕粉搭在一起才最好！我希望你们能在一起！就像我将要和我的阮文凯在一起！一样幸福！"玉朗拖又咯咯地笑起来，又好像是在叹气，"而且你别有顾虑，觉得自己辜负了另一个章。你和那个张的事态，还不像我和阮文凯的一样恶劣，因为我是真的对不住陈勇，不过，我想他会懂的。"

不过，去年去胡志明市旅游，在"三更"酒吧的琴谱里翻到艾迪丝·皮雅芙《玫瑰人生》的那一刻，我虽然不知道陈勇最终懂了没有（我也不知道立早章最终懂了没有），但我觉得陈勇还是很爱玉朗拖的。即便他有一天知道，他送给玉朗拖的那本《情人》，在玉朗拖离开昆明返回胡志明市的前一天，在夕晖中的大观楼下，被她转送给了我，我想，他也依然会一如既往地爱玉朗拖的。

"给你，我已经从巴黎赚了足够多的钱了，而且我的人生从此也不再需要法语了。我就要回去找阮文凯了，我们不会再需要这样的东西了。从此我就为了阮文凯，为了我妈妈，多唱些中文歌吧。"她把那本白底蓝字的《情人》从她那个紫橙双色的印花包里取出来。"西贡，啊，杜拉斯和她的情人一定也在湄公河边接过吻吧，不过，我从此不羡慕她了，我比杜拉斯和皮雅芙都幸福，至少我将一直陪在爱人身边。"她翻开第一页，那段著名的开头："啊，不管怎么说，法国人殖民过我们，还把我们的文字也改了；我现在从他们那里赚够了钱，就这样吧。"她把《情人》合起来塞给了我。

如你所知，那就是我最后一次见到玉朗拖了，我们最后还在大观楼下拥抱了一下。她最后告诉我："以后别想我哦！记得帮我在昆明留意一个像我一样漂亮的女人，也许她可能就是我的妈妈，金发，波浪，但要比我老些，嘴唇比我薄些。还有，以后记得来西贡听我唱歌哦！"然后她哭了。"我没找到妈妈，但我很高兴认识你，而且我要回去找我的阮文凯了。"她最后一点淡淡的蓝色眼影都被哭没了。光明女神蝶终于飞走了。

玉朗拖走了以后，我很快就和立早章分手了。当然，我没像你们想象的那样，很快就重新投入了弓长张的怀抱里。我觉得我应该让自己的心安静一段时间，毕竟，马上就要毕业了，很多事情不能再当小事一样看待了。何况，就像玉朗拖说的那样：爱情也不是一件小事，从来不是。立早章继续写着他关于《押沙龙！押沙龙！》的论文，仿佛我们之间从没发生过什么。我现在都不知道我当时对他造成了多深的伤害。我想我至今对他还是抱有歉意的。弓长张那段时间也找过我几次，但都被我回绝了。我知道自己还喜欢他，但我刚刚才和立早章分开。我觉得自己真是一个坏人，甚至比玉朗拖还要坏。至少她有勇气和陈勇摊牌，然后重新回到自己爱的人身边，而我谁都无法面对。

　　那年年末的一天，是的，就是平安夜那天，我收到了两份圣诞节礼物：一份立早章送的，一份弓长张送的。我和同事还有老板烤了很多姜饼，之后要摆在"萨尔瓦多"的橱窗里。但我在给香喷喷的姜饼人撒糖霜的时候，眼泪一直忍不住掉。说实话，收到他们两人的礼物，我还是很开心的，但那种开心真的太残忍了。我收好他们送给我的礼物，拎着一袋老板送给我的甜品往宿舍走去。但是那天傍晚的阳光真的太美了，纯金色的阳光照在路上，我突然特别想去五华区的黄土坡立交桥那里，因为弓长张当时就在那附近做兼职。我有种预感，如果我蹬着单车去那里，就可以看见他。

　　我蹬着单车行驶在路上，我也无法解释为什么那天会这样做。我只能说，任何人在年轻的时候，恐怕都会有这样的时刻吧：突如其来的、带着许诺的预感，仿佛不做就会抱憾终身，就像那天在萨尔瓦多接过玉朗拖递来的那根宝蓝色香烟一样。我骑在路上，立交桥就在前面了：红灯亮了，我停下来，这时我猛然看到了一个令我难忘终身的画面。

即使现在想起那个画面，我的眼里也忍不住淌下热泪。我已经快四十岁了，以后到了中年，眼泪就更少了，要流，也是冷泪居多，这样的热泪是少之又少了。我一抬头，就看见五六米开外的一辆摩托车上，一个长发女人搂着前面那个寸头男人的肩膀，她的长发是金色的，是波浪卷，错不了。当然，我后来想起来，那种金色可能要归功于那天的落日。尽管她头发的金色没有那样纯粹（可能是染好以后随着时光开始褪色了），她看起来还是那么像玉朗拖。我想起玉朗拖离开昆明前对我说过的话。

那个女人就这样搂着她前面的寸头男人。他的肩膀看上去是那么好搂，那么舒服，那么宽阔。她就那样恣意地搂着他。如果玉朗拖看见这一幕，她一定会兴奋地（或者小心翼翼地）冲上去，趁绿灯（哦，多么菲茨杰拉德的意象！）亮起之前，拍拍她那因爱意而微微起伏的脊背，然后看她回过头来，发现她的嘴唇比自己薄些，脸也比自己美些。但，何必比较呢，反正两个都是美人。

终于，那个中年金发女人在晚风里，在夕阳下，朝我转了一下头。她只转了一下，然后看见了我。她和我四目相对的那一刹那，我的眼泪已经汩汩地流出来，把红灯都蘸湿了。然后她的头又重新靠在那个寸头男人的肩膀上，我仿佛看见了玉朗拖靠在阮文凯的肩膀上，仿佛看见了我自己靠在弓长张的肩膀上。然后绿灯亮了。

你可能会耻笑我：世上留金色波浪长发的中年女人多了去了，难道每一个那样的女人，都是玉朗拖的妈妈吗？先别急着否认我，还记得我之前告诉过你的，关于信物的事吗？"像精品店里售卖的礼物和市面上比较有名的书，无论我们当初多么精挑细选，在世上它们都是有成千上万件的。我们明知道这个事实，但看到和我们的信物一样的东西时，心弦还是会被撩拨到。"何况我当时刚刚读完玉朗拖送给我的法文版的《情人》，车筐里放着立早章送的《献给艾米丽的一朵玫瑰》（他是真的很喜欢福克纳），还有弓长张送的一个水晶球音乐盒；现在你能理解我当时蹬着单车等绿灯时，看见玉朗拖的妈妈（或者说，看着一位像玉朗拖的妈妈的"信物"？我实在不知道该怎么说）时，会那么感动，眼泪会扑簌簌掉的心情了吧。

也就是那个时候，我下定决心：再等一周，到了明年，我就去找弓长张，和他重新在一起，告诉他，我有多爱他。至少我比玉朗拖轻松些，我的妈妈就在家里，立早章对我还不像陈勇对玉朗拖那样，用情太深；或者，至少自从表白后，立早章就再也没有对我强烈地表达过他的爱意。（或者是我为了自己心里好受些，刻意忘掉了立早章曾经对我的好？）趁我那时眼泡未肿，年岁未增，我终于下定决心，像玉朗拖一样勇敢地回头去找自己喜欢的人。

现在看着自己镜里的容颜，我就知道，再也回不去啦。我快四十了，有一天也会成为一个"有着备受摧残的容颜"的女人。不过我还是会时常想到杜拉斯、皮雅芙、玉朗拖这三个女人。我还是会时不时读读《情人》，听听《玫瑰人生》，然后想想玉朗拖和他的阮文凯。当然，去年我和我丈夫去胡志明市逛了"三更"酒吧后，我也会偶尔想起陈勇和立早章。

说到这，别以为我最后嫁给了弓长张。不，不，虽然我有时也会幻想另一种人生，另一种我可能会和他结合的人生，但我还是要诚实地告诉你，我们早在 2004 年就分手了。我想，我之所以对"马加爵事件"记得那么清楚，也是因为我和他是在同年分的手吧。

并不是说我已经不爱他了，如果我足够诚实，我会向你承认：如果现在在人群中看见他，我还是会挪不开眼睛的。但，仅限于此，仅限于挪不开眼睛，因为我很爱很爱我现在的丈夫 Jean，是的，他是个法国人。他曾经让我给他取个和 Jean 发音很像的中国名字，出于私心，我没给他取"弓长张"和"立早章"，我给他取了"言上让"。

我和我老公让还是因为时佩璞认识的。和弓长张分手五年后的 2009 年，时佩璞在法国去世了。这在当时都不是一个大新闻，但还是让三十岁的我感慨良多。彼时我在法国留学。当时学校里一个叫"寂静"的多愁善感的社团（据说里面有很多同性恋者）发起了纪念时佩璞的活动，他们租了一间空旷的教室放映 1993 年杰瑞米·艾恩斯和尊龙主演的电影《蝴蝶君》，当时让就坐在我后面。我忘了我们具体是怎么搭上话的了，让很帅，我记得我当时还以为他是个同性恋（当时来看这部电影的很多人都是），他说他很喜欢中国，去过中国很多地方，他说我法语讲得很好，他问我什么时候来法国读书的。

我告诉他我大学是在国内上的，去年来的法国。他问了我的大学，我告诉了他。

"啊，所以你和时佩璞是校友！真巧啊！"

其实如果不是和时佩璞同校同专业，我也许都不会知道《蝴蝶君》这个故事。但我那时已经明白这样的事最好不要捅破，有时保持神秘会让别人更喜欢你。况且他居然知道时佩璞是我们学校的，我适度表达了自己的惊讶。

"我说的下面这句话请你别会错意，还好你是真的女人！"他在打趣《蝴蝶君》里的伽里玛不知道宋丽玲是男的。我们两人都笑了。

和让在一起之后，我经常想起《蝴蝶夫人》和《蝴蝶君》：前者是西洋男人想象中的东亚女人为了他献出了爱和生命，后者倒了过来，是西洋男人为了想象中的东亚女人（其实是男儿身）献出了他自己的爱和生命。这样想着，我和让的爱情仿佛也和《情人》构成了"互文"：《情人》是法国少女和来自中国东北的男人的故事；而我是个来自中国西南的女人，还比让大两岁。让也知道我有本《情人》，去年的一天，他读完《哈德良回忆录》时还对我说："我没你那么喜欢杜拉斯，我更喜欢这个玛格丽特。"他挥了挥手中的书，"玛格丽特·尤瑟纳尔。"他吻了吻我的后颈，"不过，她们两个都挺有才的。"

也就是那天，我重读了《情人》的结尾，我问让：

"如果有一天，当你很老很老的时候，你的初恋情人给你打了一通电话，你会是什么心情？"我看着让，突然想到了弓长张。

"啊，不好说。谁都会开心吧。"让笑了一下，"时间过去那么久了，什么都会放坏吧，美也很容易放坏的，只有爱放不坏，如果是真爱的话。"

我想到玉朗拖和她的阮文凯。不知道他们还会不会在湄公河边接吻呢？我突然好想见到玉朗拖，我想告诉她，我最后没有和弓长张在一起。我也想看看她，看看她和她的阮文凯，是不是真的幸福。虽然我没有她的电话、地址，我甚至不知道她的真名，玉朗拖只是她的艺名。但我并不是一无所知的，也许"三更"酒吧还在，不管怎样，如果"萨尔瓦多"这么多年都还在文化巷，我不信世上其他的信物会消失得那样快。

于是去年的那天，我放下手中白底蓝字的《情人》，对让说：

"让，我们去一趟越南吧，去西贡。"

"哦？去西贡做什么？"他拉起我的右手，吻着我的脉搏。

我捧过他的脸，我吻着他，我的舌头伸进他的口腔，我喃喃道："因为玉朗拖在胡志明市。"

（作于 2021 年 10 月，
发表于《作品》2022 年 4 月）

小披头的恋情

我把牛奶递给收银员时，在想自己的事，完全没注意到收银员在和另一个同事聊天，这时我听到了一句："最近心情怎么样？"我正低头打开自己的付款码，还以为这句话是问我的，"就是累，没什么。"我顺口说道。

等我再抬头时，收银员和他的同事都看着我。啊，该死，原来他是在问同事。我尴尬地把付款码伸过去。

"嗯。"收银员似乎也挺尴尬的，他深吸了一口气，"累也是一种心情。"似乎在假装他一开始就在问我。那个同事讪讪地离开了他，回到了自己的收银台，而我本来正在拉开帆布袋的拉链，准备把牛奶塞进去，听到这句"累也是一种心情"时简直不敢相信我的耳朵。拉链拉到了一半，古铜色的链条看起来像一根根酱香味的小骨头拼起来的。我的手停了下来，简直像个不知道下一步该怎么挖掘的考古学家（你以为的白垩纪的化石居然是别人吃剩下的酱香味小骨头）。牛奶依然端坐在收银台上，像一头《我的世界》里的方形奶牛坐在一片超现实的、被月光照耀得水银似的草地上。而我从这一切中抬起头来，看向了收银员的脸。之前只有小披头对我说过这样的话，而那已是十年前的事了。那时我们还是大二的学生呢。当然，我知道这绝不可能是他，因为小披头六年前就自杀了。但我还是抬起头来看向了收银员的脸。

那时我耳机里在放列侬的 *Imagine*，刚好放到了那一句"I wonder if you can（我在想你能否办得到）"。那一句真是契合我当时的心境。当然，我并没有天真地相信小披头没有死，只是和我们所有朋友，他的家人，他爱的人，断了联系，一个人（或者和他新认识的别的朋友）过了六年，然后碰巧到了我现在在的城市（或者他已经在这里住了很久了），随便在一家超市做了收银员，而且我也参加了小披头的葬礼，那天天气好得简直不像话。但我承认，即使生活几乎耗光了我所有的期待，在我抬头的那一刹那，我确实是这样想的，我在想小披头能否办得到"起死回生"这样的事。所以，当我看清收银员的脸时，我大概也把"失望至极"四个字写在了脸上吧，因为我又听见他说："先生，您还需要别的什么吗？"

是的，不光长得不像，声音也完全不像，他瞥了一眼刚刚那个同事，好像在担心自己遇上了服务行业经常会遇上的那种"棘手的情况"。但他脸上还是带着紧张的微笑。他的手搭在柜台上。达利应该会喜欢这一幕，巨大的手，装扮成牛奶盒的奶牛（多么资本主义！），赛博朋克的牧场，还有永远回不去的时间。我摇摇头，两根手指夹起那盒牛奶，我听见它"扑通"一声栽进我的帆布包里，简直像松尾芭蕉的那首俳句一样。不过我已经记不清了。这样的事，还是记不清楚好，记得太清楚，发现没有人再懂你的比喻，是会让人难过的。

"呃。"我努了一下嘴，"吸管在——？"

那晚我先去见了一个和我有固定性关系的女人，不过我们没有做爱，她来那个了——但她还是让我开车带她沿江兜风。"你有没有特别好的朋友，后来不在了？"我点了根烟，摇开车窗，她把手搭在我的大腿上，"给我。"

"别闹。"我笑着看了她一眼，"包里有牛奶。"她的手依然搭在那里，"给你买的。"

"我要的是烟。"

她把那根烟剩下的抽完了，"有吧，现在都没联系了。"看来她会错了意，不过那晚夜色好，我也不好再解释不是"不再了"，而是"不在了"。"大学的男朋友劈腿了那个婊子，我揪着她的头发把她打了一顿，那是我人生中第一次打人。那个婊子是我那时最好的朋友。"她把烟屁股扔到了窗外，弹出的几粒火星看起来比天上的星星还大，"她哭着一遍遍给我说，'对不起，对不起，对不起'，但我还是揪着她的头发不放。不过，他们在一起之后，我又和那个男朋友睡了几次，算是为自己报仇吧。"她从包里掏出牛奶，伸手问我要吸管，"后来他们分了手，我也没再和他睡了。人是不是总喜欢偷腥？"我给了她。

"你真好，你从不忌讳我谈起前男友，谈起过去的爱。"她把吸管插进牛奶盒里。

我颔首，转头对她笑了一下。"下周我男朋友回来。"她把自己伸过来，狠狠亲了我一口，一个混杂着牛奶和香烟味的复杂的吻。"但我们在此之前还能做好几次爱呢，现在才周二!"她又亲了我一口，这一次我闻到了从她胸口、颈项散发出的、混杂着体香的香水味。"我真开心啊。"她拍拍我的大腿，把车窗摇了上去，"我好爱你啊!"

把她送回去后，我也回去了。就像她说的，我从不忌讳她谈起她过去的、现在的恋人。不过，那晚的不忌讳，其实还掺杂了一些不在意——我那时在想小披头的事。那晚我回去后，打开 iPad，开始在网上搜索他的名字（当然，小披头只是他的昵称，他的真名叫肖十迁，在小披头之前，他的昵称是肖万——你当然知道为什么）。之所以后来叫他小披头，一是因为"肖万这个名儿真是太难听了，像个没有修养的暴发户"（这是他自己说的，他一边说一边翻了个白眼）；二是因为他那段时间疯狂喜欢上了披头士（是真的疯狂! 他几乎每天都要学会一首披头士的歌，买了好多海报，"你他妈再唱，我就把你从楼上扔下去!"当时他们寝室隔壁住的那位暴躁的工科生学长如是说。不过他那时已经大四，很快就因为实习搬出去了。而小披头对披头士的热爱可不止那一年，那份热爱几乎持续到了他生命的尽头。后来那个工科生学长毕业前还和他冰释前嫌了，他们在学长的寝室里喝了一夜酒，他真的有人见人爱的魔力）；三是因为喜欢上披头士后，他开始留头发了。"是不是，"他有一次拨拉着他的头发问我，"看起来更酷了?"

当然，最后一个原因存疑。作为他大学最好的朋友，我知道他几乎是在喜欢上披头士的同时，喜欢上了一个女生（那个女生不是我们学校的）。现在想想，如果当时他没有喜欢上那个女生，也许他现在还活着吧。大学毕业一年后，小披头做了植发手术，他约我见了一面。"啊，你现在看上去更帅了。"小披头嘻嘻哈哈的。"你看我呢，有没有什么改变？"说完他撩起自己前额的头发。

"我现在可以告诉你了，我原来留长发不仅是因为喜欢披头士，留长发还可以遮住我的发际线，不过，现在留长发是为了一个字，'酷'！嘻嘻。唉，我原来爱她也是因为她不介意我的发际线，但我现在爱她是因为，我感觉是她的爱在支撑我，让我变得更好，更酷了！"我摇摇头，笑他是恋爱脑。我有时也会想，如果那时我劝他放弃对她的爱，他是不是就能活下来呢？但他当时是那样自信，那样好看，说实话，你看着这样一个人，对生活充满爱与期待，谁能想到他会在一年后自杀呢？现在我也知道了一件事：爱，通常不会让人真的变得更好，而会让人感觉自己变得更好了。也许我们在因为爱堕落，因为堕落而得到快乐。我们却以为那种快乐源自飞升。这也是为什么我们和一些我们爱的人在一起时，我们的朋友都觉得我们简直变得糟透了，我们却觉得人生从未如此美妙过。知道这样的事后，我后悔自己知道得太晚了。

插句题外话，那晚我搜索着"肖十迁"，还看到了一条让我哭笑不得的东西——曹氏豫章梅林派大明嘉靖三十五年《双溪宗谱原序》及解读。我在里面看到了"肖十迁"的名字。这种东西，不知道他自己有没有搜索过。我正这样想，猛然看到了日期是 2019 年 11 月 27 日。啊，这样的话，他就没法搜索了，2019 年，他已经自杀三年了。

我之前去看过小披头一次，他的墓旁边是一个叫田野的少年，14 岁不在了。墓碑上"父母泣立"四字看上去让人难过极了。我去的那天阳光很好，我为小披头把落在他墓碑上的松针拂去了，他抽烟，不喝酒，所以我放了他平日里爱抽的烟。我怕他不够抽，所以放了整整一条。还有人为他带了一束花来，不是那种墓园里常见的、让人看到就觉得不祥的、黄色的白色的菊花，而是一束可以随时被人拿走、转送给活人也没问题的香槟玫瑰，被包裹在印着英文的牛皮纸里，周围还扎着一圈薄薄的、淡粉的纱。不过，对于小披头这样的人，即使他已经不在了，这样的事也不足为奇。就像我为他留下一整条烟一样——他是值得这样被人铭记的。我就在那里和他聊了很久我那时的恋人、工作、生活、房贷、游戏、音乐、动漫，风有时会带下松针来，带下柏树的叶子来，我就一遍遍为他拂去，我抽着烟，心里平静极了。我记得大四毕业那年和小披头聊过，以后墓志铭写什么，那段时间他刚和那个女生分手，马上又要毕业了，他直接唱了一段披头士的 *Yesterday*：

Why she had to go I don't know, she wouldn't say,
I said something wrong, now I long for yesterday.

（为什么她必须离开，我不知道，她也没说，

我好像说错了点什么，现在我十分渴望昨天。）

他披着长发的样子看起来俊朗极了，他抽着烟，烟灰落在他黑色飞行夹克上。我经常想起他那个样子，眼睛红着，鼻子堵着，嘴巴微微张开，头发有点蓬乱。"现在我十分渴望昨天。"他看着我，那种眼神好像他知道自己是世界的第九大奇迹，是散佚的《诗学》的喜剧部分，是再也找不见的《乐经》，而他却渴望回到昨天，重新找回那个让他变得如此憔悴的女孩子。

当然，小披头的墓志铭并没有镌上这样一句"现在我十分渴望昨天"，他的生卒年月日冷冰冰地刻在上面，其中一个"8"下面的圈圈里的石头还没被凿出来，他要是知道，会气死的。我很愿意杜撰，说午后温柔的阳光给这些数字镏了一层金，但并没有发生这样的事。那些松树太密了，即使风穿过它们，吹到我面上，也已被那些松针扎得窸窸窣窣的了；这些数字就那样刻在上面，也刻在我心里，告诉我，我的好朋友小披头，或者说，我的好朋友肖十迁，他已经永远地离开我了。

当然，我之前也就只去看过他那么一次。现在想想，那次留的烟还是不够多啊！这么多年了，即使一天只抽一根，那些烟也早就没了。那晚我很想他，毕竟他走了后，世上再也没有谁能那么让我想和他分享自己的生活了。小披头总能让你感受到的快乐接近一种神迹，仿佛你知道自己获得了一个本不属于你的东西，但他总会告诉你，"你值得这个，因为你就是一个

很棒的人"，好像你一不小心就推开了史上最伟大的艺术家收藏他从世上收集到的、所有关于爱与美的奇珍异宝的密室的门；他也总能让你感受到的哀伤变得像最好的诗一样隽永，好像你之所以这样难过，是因为世界马上就将嘉奖你了——就像世上最美丽的女人海伦被掳走时的情绪一样，她一定在一刹那感受到了一阵恐惧，但随后她就要和俊美的帕里斯王子在一起了——谁能说她又不会马上感到幸福呢？

但他离开后，我的所有快乐都变得像维纳斯诞生时的泡泡一样轻浮了（当然，我们都知道维纳斯是如何诞生的；也许这也是我选择用这个意象的原因吧，在浮沫中渐渐消失的欲望）；我的所有哀伤，不是因为太过冗长而变得无聊乏味，就是因为没有世界的嘉奖而让我在徒劳的等待中变得一蹶不振，近来我还发现，有时我会因为自己的哀伤感到一种"滑稽"——那种感觉我原来只在阅读阿里斯托芬的喜剧时感到过，没想到现在它来到我的现实中了。

你看，在我想起小披头时，我也一并想起了一起和他读过的这些古希腊的东西。他要是知道我还这么想他，大概会掏出烟，点着，憋一口，朝我吐好几个烟圈，然后笑一下吧。那晚我正准备扔下 iPad 去睡觉，突然有了个鬼马的念头——我打开了一个云祭祀的平台。大概是我刚刚点着的烟让我想起那次给他扫墓时留了一条烟的情景了吧；我只是想在上面搜搜他，这种事，小披头这样的人才不在意吧（当然，我也没法和他求证了）；但这种事，说到底，本来也只是留给活人的慰藉。

平台首页可以看到很多近来逝去的公众人物的遗像，网页上的花，叶子统统绿得惊人，像我吃的维生素 B 族瓶身贴的纸一样（这种绿色还挺好看的，像新鲜芫荽的绿）。花要么是白的，要么是黄的。平台首页上面可以搜索逝者的名字，我先随便搜了几个——如果一开始就搜他，没搜到的话，我会很失望的。

我点进了一个 39 岁男人的主页，他长得很好看，一脸正气，是因病逝世的。我之所以点进去，是因为他的照片是彩色的，让我恍惚了好一阵子。我看着别人为他写的、寥寥几百字的生平，他是一位忠诚的爱人，一位慈祥的爸爸，一位孝顺的儿子，一位可爱的朋友——我看到最后几句，前面的这些生平才打动了我："我多么渴望再见你一面啊，老公！我真的好想好想你啊！我真的好爱好爱你啊！"可他以后都不能再陪在他们身边了。

往下翻是别人的留言，大多是同一个账号留的，偶有一些别的账号在节假日时的留言。从留言内容来看，可以肯定那个留言最多的账号，就是这个男人的妻子了。我翻了很久，她足足留了 76 页！我也不知道是什么力量促使我翻下去的——我肯定是被这种深情打动了，但也有我害怕面对一会儿可能出现的、已经没有人记得的小披头的缘故。我发现最开始这位妻子几乎每天都在留言，有时甚至一天留好几条，她买菜啦，和女儿逛公园啦，去婆婆家带老人出门晒太阳啦，和过去的朋友吃饭啦，一个人伤心啦，哭啦，笑啦，下雨啦，出太阳啦，生病啦，长胖啦，变瘦啦，遛狗啦，最后狗去世啦，女儿去别的地方上学啦，她去寺庙啦，她被人看出心事啦，她如何佯装没事啦，她搬家啦，等等等等，几乎都是用第二人称写的，好像她在给他写信一样。而且，不管她当时心情如何，每条留言的落款都是"亲爱的，如果你还在就好了"。我给自己倒了一杯又一杯无糖可乐，我渐渐看到了凌晨两点，直到2018年3月31日，我翻到了她最后一条留言：

　　亲爱的，明天我就要重新开启新的人生了，我不会继续再在这里和你说话了，但我会在世上别的地方，继续和你说话的。我今天哭了很久，我好渴望那些灵异故事里的情节发生，比如你回复了我的留言，或者给我打来一个电话。我经常梦见你，但没有一个是噩梦——你总是笑着，我总是哭着，你总是抱着我，我总是祈求你不要离开我，但我心里已经知道，你早就离开我了。我知道这些东西你永远看不到了，你走之前对我说过，你爱我，希望我早点放下你，要好好继续生活啊！你当时用那双不可思议的、温柔的眼睛看着我，要好好继续生活啊！可是你那么好，我放了那么久，还是舍不得。即便在你人生的最后一刻，你还是那么好看，和我第一次见到你的样子，一样令我心动。

　　亲爱的，我会永远爱你的，明天我要搬去新的房子了——我拒绝把它叫做我的新家——你知道原因，亲爱的。我把东西都安置好了，我也会经常回来看爸妈的，当然，那些我们一起去过的地方，我还会一次次回去的，亲爱的，一切都很好，请你放心，我现在什么都不缺了，只是——

亲爱的，如果你还在就好了。

即便这句"如果你还在就好了"我已经看见不下三千遍了，这最后一次还是把我这个大老爷们看哭了。唉，我点了支烟，我现在终于有勇气搜索肖十迁了。

当然，我第一次键入的还是"小披头"这个昵称——结果如你所料，我并没有搜到他，倒是搜到了网友为约翰·列侬设立的祭祀平台，我为他献了一束花——刚刚我看完了那个妻子的留言，也为她丈夫献了一束花。

我退出约翰·列侬的祭祀平台，心想，要是搜不到肖十迁的，干脆我也为他设立一个。就算我可能不会像那个妻子一样，有那么多的话要对他说——但我那晚开始觉得，人们是不能对他们心里的深情无动于衷的。我小心翼翼地键入"肖十迁"这三个字——

我本来已经做好拥抱失落的准备了，所以一眼就看到"肖十迁"的照片，还是让我眩晕了好一会儿。照片是他的一张侧脸，笑得很开心，他穿的甚至还是那件我记忆里的黑色飞行夹克；那时他喜欢披头士一定已经很久了，因为照片里他的头发留得很长，已经完全遮住他后来通过植发矫正的发际线了。那张照片不是黑白的，但因为他的皮肤被阳光照得很亮，飞行夹克又是黑色的，所以倒也可以说，这是一张黑白照。但他的笑简直像一道彩虹一样，冲破了照片的黑白，冲破了 iPad 荧幕，跨越了时空，直接飞到我面前来了。不得不说，小披头真是好看啊！

我点进他的主页，又眩晕了好一会儿。我把它们直接复制过来了——帮助你更好理解我当时的震惊。

吔痵楿仩洧煙愺哋蒛樚，口腔里還弥嫚着硐硐咽芐哋，
匍匐哋靈魂；吔哋衬釤被忲陽燳㝵佷皛，皛㝵潒
莪哷吔楿喁と湔哋亾泩；吔所怶頭仕，莜潗伽咮摽夲，
妑莪圷㝵夠澛，婀莪還湜嫚吔怼莪説“芣嫑嗐啪”濊，
翕懃哋蒏脣。

哯茬莪莜潗了垅垅渁渁①葙ふ萫煙，能妑諟ふ哷
匍匐汾凊；莪茬忲陽芐涼皛衬釤，潒怶頭仕①様
怶頭澂潑，傀沕咮蜗，潒焱——婀吔巳經悇遠蔄開莪，
潒哪咰“芣嫑嗐啪”，巳經悇遠蔄開
莪哋洱朶。

(她手指上有烟草的味道，口腔里还弥漫着刚刚咽下的，
葡萄的灵魂；她的衬衫被太阳照得很白，白得像
我和她相遇之前的人生；她听披头士，收集蜘蛛标本，

把我吓得够呛，可我还是爱她对我说"不要害怕"时，
翕动的嘴唇。

现在我收集了花花绿绿一箱子香烟，能把提子和
葡萄分清；我在太阳下晾白衬衫，像披头士一样
披头散发，亲吻蛛网，像火——可她已经永远离开我，
像那句"不要害怕"，已经永远离开
我的耳朵。）

这两段是你当时用火星文转换器写给她的表白，她说
你好幼稚，她说她根本不懂你在说什么，她还把这两段给
我看了——我是她最好的朋友。但我用火星文转换器把它
们转换回来了，我想，我在那一刻就爱上了你吧。但这样
的爱，是不能被满足的。我爱你，我还是她最好的朋友。
直到两年后你们分了手，我才意识到，原来这两年我一直
在做的事，就是等待。我并不为自己的这种等待感到羞
愧，我并没有做任何伤害你们感情的事——我也是在得知
你们分手后，才意识到，原来我一直在等待你。

你是一个很好的人，她也是一个很好的人，但我后来
明白，即使是两个很好的人，有时也无法在一起。这张照
片是你们分手后，你找我聊天那天，我偷拍的。你真的很
好看！你还打趣说，也许世界很快就要因为你这次的分手
嘉奖你了！我那天问你，那你最近想谈恋爱吗？（对，我

想，我就是世界给你的嘉奖），你对我笑了笑，说你要给自己两年的时间，我问你为什么是两年（当时我听到"两年"，心都跳得更快了，像听到了德尔斐神谕），你说，因为今年毕业，明年你要去做植发手术（我当时笑出来了，哈哈哈），你说，这件事你还没告诉别人哦，目前只有她和我知道；等头发再长一年，加起来就是两年。

那一刻我就在心里决定，我还要再等你两年。谁知道两年以后，你自杀了，肖十迁！我那时还在想，我赚到了啊！你当时就已经那么好看了，做完植发手术后，会更好看啊！肖十迁你这个骗子！

现在我明白了，当一个人绝望地爱着另一个人，同时其他人也绝望地爱着他，他们的绝望是不可能相互拯救的。我当时一直以为，你在她那里碰了壁，我的爱就有了希望。但世上是没有这种事的——你和她已经彻底结束了，结果呢？我的爱也一丁点希望也没有了。不过，我还是经常去看你，带你喜欢的花给你。现在的朋友都觉得我疯了，但我不怪他们，因为他们不知道我爱你爱得多么绝望，像你爱她一样。

渡渡鸟

我关掉 iPad，第二天要上班，可我那晚一点心情和力气都没有了。我从那晚感受到的深情中尝到了一种失落很久的、深深的迷醉，那种迷醉只能在青春年少时，和你最好的朋友一起去酒吧，在陌生的漂亮女孩注视中，在掺了冰块的、宰人的烈酒里尝到，是很难在日后为了保持身材才喝的无糖可乐里尝到的。我默默擦了会儿眼泪，编辑了一条向老板请假的短信。我还买了第二天的车票，我要再回去看看小披头。

啊，没错——小披头爱那个女生，就像那个署名"渡渡鸟"的女生声称她爱小披头那样，"爱得多么绝望"。但一开始并不是那样的——要是很多绝望的事在一开始就露出苗头来，人生会简单许多。小披头和我第一次谈起那个女生，是在大二，那个工科生学长大四那年。是的，他那天晚上想练习唱 *Let It Be*（不过好笑的是，那天学长不在，他也没练这首歌；我们聊了各自的恋情），他把我叫到他们寝室给他弹吉他，我带着吉他去了，朝他后面的墙努努嘴，示意吵到隔壁的学长怎么办。

"他准备搬东西走了，要去实习，嘻嘻，反正今晚他不在。"小披头把窗户打开——虽然我们叫他小披头，但他有一米八二——他站在窗边，探身出去，"啊！傍晚空气真好，落日也好！抽烟不？"我笑着拨了两下吉他，拨出了几个和声，他回头，笑着看了我一眼，又看着我的吉他，肩上一块被落日照耀着，又转过头去，他轻轻在窗边移动着位置，变换着手机的角度，把荧幕反射的光照在我的吉他上。有那么一段时间，我的手就跟随着他反射过来的光拨动着吉他弦。那听起来就像《光阴的故事》的副歌，于是我拨动着闪闪发光的吉他弦，弹了一遍《光阴的故事》。

啊，那段时间我也在谈恋爱，我在网上认识了一个叫李娅的人。现在想想，那确实是我人生中一段不可思议的时光，我在人生中遇到最好的人，都是在那段时间里。起初我并没有发现李娅和其他的女孩子有什么不同，当然，我那时很单纯，和女孩子们出去玩，从未和她们有过"不正常"的肢体接触（比如任由我那夜的情人把手搭在我大腿上，问我要烟）。也可能是因为那时我还涉世未深，青涩又紧张。所以，除了觉得李娅的下颚要比别的女孩子宽阔些，脸上的线条硬朗些，我真的再没主动发现她不寻常的地方了。一开始见面时，我瞄过她的胸部，她的腰，但我没多看，我那时还是很害羞的。

但我现在要为李娅发声——她真的是一个很有女人味的女人。虽然，也许只是因为她是我人生中遇到的（当然，是那种意义上的遇到）第一个女人，我才有这种感觉——但我现在想起她来，依然觉得她值得 feminine（有女性气质的）这个形容。第二次见面时，李娅似乎比第一次还紧张，她问我问题，我现在还记得她的声音，绵绵的，又很有力量，像悬停在棉花地上空一只随时会飞走的鹰。

"你看出来了吗？"她起身拍了一下我的手肘，我当时正帮她举着她的冰淇淋，她之前要系鞋带。

"看出来什么？"我笑了一下，以为她要说刚刚我们见到的那个路人把短袖穿反了，我看着她。不过，她之后说的话倒让我想把自己整个翻过来。

"我之前其实是男生。"我正张嘴准备吃一口冰淇淋，听到

183

这话，嘴巴就停在那里了，冰淇淋也停在了嘴边，"我现在做过手术了，也在打激素。"她扬起脖子，"你看，喉结也磨掉了。"她的眼睛斜睨着旁边那棵树，嘴上挂着浅浅的笑，尽管她的下颚确实宽些，我……我还是无法相信她说的这些话。我终于舔了一口冰淇淋。我们就那样站在那里，站在午后的阴翳里，看着路人过来过去。

"你生气了，对吗？但我挺喜欢你的。"她的声音压低了，好像她说她喜欢我，会冒犯到我一样，"我真的挺喜欢你的，所以我觉得我不能骗你。"她从我手里接过差不多快化完的冰淇淋，那简直没什么可吃的了，但她还是照着化得稀烂的甜筒咬了下去，我准备再去给她买一个。

"你是要走了吗？"她以为我要离开她。

"不，不是的——"

"好，你走吧，没关系的。正因为我喜欢你，我就更不能骗你。现在我对你说清楚了，我的心里也好受多了，你走吧！"

她说着"你走吧"，却自己转身走了，长长的头发飘在空中，香水的味道淡淡地甩过来，我立在那里好久才反应过来，追了过去。

"我是想再给你买个冰淇淋！"这回我相信她之前是个男生了，因为她跑得真的好快啊！

那一幕——啊，一个少年追逐着一个少女，就像阿波罗追逐着不爱他的达芙妮一样，我的冰淇淋也化得稀烂，洒在1.496亿公里远的太阳留在2012年的街道上的、一个个小小的光斑上。也许我当时心里是有一种硌硬的感觉，但我并没有觉得恶心。我忘了是谁说过这样的话，skin 和 soul，肌肤和灵魂，你先通过哪一个认识一个人，都无所谓，但最终你们能不能长久地相爱，就要取决于你们灵魂彼此吸引的程度了。那一刻，李娅跑离我，留给我一个白色的背影时，我简直像一块和她相吸的磁铁——我知道她再跑远一点，那种吸力就要消失了，所以我必须奔向她。

现在很难说清为什么那时会如此珍视这种"吸力"了，我想，可能是因为那时我就有一种预感：在以后的人生里，引发这种"吸力"的人只会越来越少。当然，我那晚看了"渡渡鸟"在小披头的主页写的话，也有了新的感触。我想，也是因为成人的世界里很难再相信诸如"绝望到可以去死的爱""灵魂深处的引力"这样的东西了吧。引发这种"引力"的人，我现在觉得，并没有减少，只是我们各自的故事已经开场了太久，我们对自己的回忆更有兴趣，已经疲于为新的"引力"奔波了。就像我在理智的时候，在白天，可能已经没有兴趣（或者说，没有时间）知道"渡渡鸟"是谁了。

现在再遇到李娅这种生命中的挚爱，我可能会和她吃顿饭，聊聊近况，睡一觉，然后继续做我自己的事。当然，并不是说我过去没有爱过她，并不是说我已经被社会驯服成了一个冷漠的人。那晚过后，第二天去看了小披头的墓之后的许多个夜晚，我有时也会被心里的深情搅扰得睡不着觉，在那样的时候（通常是晚上），我就会想：天啊，我错过了生命中的挚爱，错过了生命中最好的朋友，他们要么走了，要么死了，我怎么还能在这个残忍的世上苟活着？在那样的时候，我就会想重新和过去的朋友联系，给李娅打个电话，对她说我多么爱她，想要知道"渡渡鸟"是谁，以及无数次想起小披头。

那天我弹完《光阴的故事》，在小披头和我讲他和那个女生的事之前（听起来像一出古希腊悲剧开幕前，由歌队演唱的序曲），我先和他讲了我和李娅的事。我从没和别的朋友讲过李娅，他们不会懂的，这样的事，只有小披头会懂。

我抚着吉他弦，想象她头发的质感。"她说她之前叫李亚，呃，去掉女字旁的那个亚，那天我追到了她，我们沿着那条大街走到了尽头。"我想象到底有没有"大街的尽头"这种地方，"后来我们都饿了，就去吃了饭。"落日沉下去了——即便没看向窗外我也知道，因为最后一丝光倏地从吉他弦上跳了下来，掉进音孔里去了。我最后拨了一下吉他弦，想象着落日掉进音孔里的声音。

小披头从窗边走回我身边，坐了下来，他把我的吉他接了过去，好像那是一束花。他弹了后来在失恋时弹的那首 *Yesterday*，现在想想，那时他的确是为我和李娅弹的，不过，这首歌可能更适合他和那个女生的恋情吧。他唱得也很好听。"烟嗓，哈哈，不少女孩子喜欢我就是因为我低沉又忧伤的声音。"他开玩笑似的做了个鬼脸，不过，他的声音确实比原唱更低沉些。

唱完歌，小披头给我俩点了烟。"我只问你一句话，"小披头眯起眼睛，他被烟熏到了，"你喜欢她吗?"

我看着被他撂在桌子上的吉他："喜欢，但——"

"那就够了，'但'字以后的话不必说了，听我说——"他看我想打断他，比了个"嘘"的手势，又吸了口烟，把烟全喷在那根手指上了，"喜欢，就够了啊，管她之前是男人，还是女人。你喜欢女人，她现在就是女人，这不就——"他又猛吸了一口烟，"够了吗？'但是，但是'，我最烦听到的就是'但是'了！就是因为世上总有那么多考虑，那么多'但是'，这个世界才这么多阻碍人们相爱的东西！统统让它们见鬼去吧！"小披头当时真的激动极了，当然，我见过他很多这种时候的样子，他确实是一个很容易激动的人。他当时很认真，烟都拿不稳，感觉随时可能掉下来，把我俩谁烫一下。我当时在想，李娅要是在就好了，她要是听到小披头这番话，会颇有感触吧。不过，我转念一想，还好李娅当时不在。小披头这样一个迷人的人，也会让李娅禁不住喜欢上吧。

那天小披头的话让我笃定了对李娅的喜欢。有时想想也觉得好笑，年轻时总喜欢从别人的话里找到非这样不可的理由，哪怕这些理由早就在我心里了，但听到别人说出自己的心里话，还是会得到一种信心——它不是自信。我后来发现，一个人是可以在对自己自信的同时，没有信心的，因为他不知道别人怎样看待这样的事。当我知道小披头的看法以后，我开始允许自己在那段时间时时刻刻地想她了，当然，我也在对她的思念中听完了小披头跟我讲他和那个女生的恋情。

"你有时爱上一些人是因为你想吻她们，有时爱上一个人是因为你只是想爱她，这两种爱欲经常被人们搞混，这也是为什么人间有这么多……呃……爱情的悲剧的原因？"他说这话时显然不觉得自己正滑入一出悲剧中，当然，当时我也没那样觉得，我只是听他继续说下去，"但这两种爱欲在前期真的很难区分，我这次用了好久的时间才确定，就是她了。"小披头笑了，"啊，就像你喜欢一道美食，并不是因为你饿了，呃，或者说，不仅仅是因为你饿了！反正就是——哎呀，很难说清！总之就是她了！"我听见她谈那个女生，想到的只有李娅，我在想她可能经历过的一些流言蜚语，一些偏见，而我将给她我最好的爱。我能坚持多久呢？即使在我那么爱她的时候，我心里都有那样的疑问，我叹了口气。

"你怎么了？"小披头也从他的恋情里回过神来，"心情不好吗？"他大概没发现，我也分神了。

"没什么，"我苦笑了一下，"就是累了。"

"哈哈。"小披头俏皮地拍了拍我，"你知道吗，累也是一种心情，伤心得累啦，开心得累啦，累也是一种心情的！不过，我看你现在大概是开心得累了吧。"我"嗯"了一声，但心里其实不确定。"哎，但愿我也能开心得累了。"他笑了一下，继续给我讲他和那个女生的恋情。

在听到收银员说"累也是一种心情"前，我一直以为世上只有小披头这么说过。那晚我其实还在 iPad 上检索了这句话，后来我失望地发现，百度文库里一篇 2012 年 5 月 25 日的文章题目和开头就是这句。看来世上还是有人和他（至少在某些层面）相似的，那他也就没那么独特了。我想这也是我最终会鬼使神差地在云祭祀平台上搜索他的原因——看看他有没有独特到有人在他离开后那么多年还记得他，像我一样；当然，要比我更加深情地记得他，深情到为他设立一个祭祀平台。事实证明，他到底还是一个挺独特的人，那么多人爱他，我也就没那么失望，没那么歉疚了。

那晚过后的第二天，我又乘火车回到过去的城市看了小披头。那天天气不是很好，我穿得有点单薄了，14岁男孩的田野墓碑上那个"泣"字，在雨天看起来格外触目惊心，仿佛它已经预先知道了，日后总会有这样伤感的雨天的。我这次来忘了带烟，我还在心里埋怨自己，唉，这么好的朋友，来看他还是会忘了带他喜欢的东西，何况别人呢？但我显然低估了他其他朋友的记性。这次一束鸢尾花安静地躺在我上次放烟的地方，蓝色和这样的天气很搭，又因为是好几枝，蓝色也加了复数，变成了布鲁斯，妈的！这个献花的人真的太懂了！我在心里骂道，他该和上次那个送香槟玫瑰的，是同一个吧？这时两只戴胜从墓碑后面的樟树中飞来，擦过我们这里的松树，飞到我们后面的柏树林里去了（在这里用"我们"，一是受到了来自鸢尾花的蓝色的复数的感染，二是我觉得自己正和自己的好朋友在一起）。我瞥见了它们黑白相间的羽毛，这时我突然想到了昨晚看到的、小披头的那张黑白照，也一并想到了那个落款"渡渡鸟"的人——这是我第一次在白天，在没有被深情搅扰到睡眠的白天，想知道"渡渡鸟"是谁。

第二周，尽管她男朋友回来了，那个女人还是和我出去过了一夜，其实那夜我是去和她提分手的。"跟他说去朋友家了，编了个名字，所以他也不可能认识。"她笑了，"你知道吗？他听到我编的那个朋友的名字，还假装知道她。'哦，她啊，是不是就是上次那个让你陪她去广西北海玩的朋友？'最好笑的是，我还说他记性差！'不是！你把她们都记混了！你根本不在乎我！'他还哄了我好久呢。"那个女人看我好像没什么兴致，凑上来想亲我一口，我用手挡住了那个吻。分手的过程就不多说了，后面会提到分手的原因。不过，和她提分手的时候，我倒想起之前她说过的她把他男朋友劈腿的那个女生揪着头发打了一顿的事来。就算我真的是为了另一个女人和你分的手，我心里想，你也不能把她揪着头发打一顿，我甚至都不是你的男朋友。

啊，我一直没提她和小披头爱上的那个女生的名字——没提前者是因为，我觉得自己和她都不道德；没提后者是因为，小披头自杀后，我对那个女生一直有一种复杂的情感。或者说，我对世界也开始有了一种复杂的情感，我们可以简单地把这种复杂的情感命名为，恨意，对，恨意。当然，大多数时候，我并没有觉得，小披头的死是她的错，是她造成的。但偶尔会有那样的时候，我会觉得，如果小披头没有爱上她，而是爱上了别人，比如，爱上了李娅这样的人，小披头是绝对不会自杀的。所以，一方面我明明知道，小披头的死是他一厢情愿的，是他自己选择的，没有任何人逼他；一方面我又觉得，也许整个世界都在和他作对，都在告诉他，这次哀伤过后，只会有更大、更多的哀伤，不会再有任何嘉奖了。

我曾想过把我对小披头爱上的那个女生的所有了解都写出来，写在这里，但我觉得，也许这样对小披头和那个女生都不公平：当我对她有一种深沉的恨意时，我又如何能让别人理解我们这样一个故事呢？而且，被爱的人到底有多好，也只有那个爱她的人才能说清楚了，而小披头已经不在了，所以没有人能说清楚她的好了。我现在觉得，"渡渡鸟"说得就很好：小披头是一个很好的人，她也是一个很好的人，但即使是两个好的人，有时也无法在一起。也许这句话就够了。他们是在他大二在一起的，在他大四分了手，两年以后的 2016 年，小披头自杀了。葬礼上我没看到那个女生，我看到了李娅——我们在一起了一年，大三分的手，我们的恋情是自然结束的，但我们的爱从未结束，到现在我们都还是很好的朋友，彼此遇见，眼睛都挪不开对方，她也和小披头成了很好的朋友（看到"渡渡鸟"的留言后，我在想，那天小披头的葬礼上，她有来吗？我是不是冥冥中已经见过她了呢？）。葬礼上最让我感到愤怒和难过的是没看到那个女生（不过，我现在能理解她了）。但当时最让我感到意外和感动的是，我看到了那个工科生学长，李娅不认识他，我牵着李娅的手，越过黑漆漆的人群走向他，他当时看着小披头的遗照，一个三十多的男人就那样哭了。李娅给他递了纸巾，他也不认识李娅（你看，我把李娅保护得很好），以为她是我的女朋友（这种事已经不会再让我和李娅感到尴尬了，我们已经过了为这种事尴尬的年龄了）。他又看了一眼遗照，小披头笑得很开心，然后他把我拉到外面，外面天气很好——就像我之前说过的那样，那天天气好得简直不像话——我也一直攥着李娅的手。我们听这位工科生学长讲了毕业前他和小披头冰释前嫌的事——他们在学长的寝室里喝了一夜的酒。

"我那时快毕业了，心情不好。"学长说，"哈，其实我现在心情也不怎么好。但我突然发现，好像世上并没有谁在乎你心情好不好。我现在能接受这一点了，但放在过去，我简直要为这个气得发疯，尤其是那小子，那段时间每到傍晚就开始唱歌。当然，"他有些哭笑不得，看了我一眼，"你吉他弹得挺好的。"李娅也笑着看了我一眼，微微颔首表示同意，"但那家伙一开始唱得真的——声音是不错，但全没在调上！让我听得折磨死了！"

我那时突然抑制不住，开始大笑起来，还好我们在外面，天气又很好，简直像听伴郎给宾客讲新郎的笑话一样。这时我才想起我是在一场葬礼上。李娅也没放开我的手，她就那样一直牵着我。

"后来，有一天晚上——第二天我就要彻底搬出去了，去实习——那家伙傍晚拎着一箱啤酒来找我，他说他是来道歉的。'打扰到学长真是不好意思，还是想让学长在离开学校前，多留下一些美好的回忆！'现在想想，那家伙是挺没礼貌的，把自己太当回事了，把自己当成'美好的回忆'！哼！"但学长的声音又温柔了起来，"但他确实做到了，现在我想起那个傍晚，以及之后的那个夜晚——确实是大学里挺美好的一段回忆，他弹唱了很多歌，他爱听的，我爱听的，我们都爱听的，都有。"

这时我才想起来，那天小披头把我的吉他借走了。"反正你今晚也用不着，嘻嘻。"是的，那晚我和李娅在一起。学长继续说："听他从傍晚弹唱到了天黑，也有路过的人来听，来点歌，那夜现在想起来，就像梦一样，"他看着李娅，"就像梦一样。"学长那时的神情看起来也像梦一样，"然后有个人喊了一声，'已经很晚了，还要睡觉呢！'我和那家伙就都笑了一下。我笑是因为我想起了之前说的要把他扔下楼去的话，但那家伙的笑，真的很不一样啊！我不知道该怎么说，大概就和他那张遗照上的笑一样——也许听起来很不吉利，但他当时就是那样笑的。然后我们就喝酒，喝了一夜酒，第二天我醉醺醺睡了一天，把实习什么的都忘到九霄云外了。但那真是一段美好的回忆啊。那家伙，我们聊到了人生，聊到了爱情，啊，那家伙聊起爱情，湿漉漉的眼睛里都闪着星星！他说他一生都要为了爱活着，没有爱，他就去死。我当时只是笑着看他，但我不相信。"学长好像依然不相信似的——尽管小披头确实已经不在了。这时我突然想起来，我问学长："学长，那夜他有对你讲过他喜欢的人吗？"

学长点点头。"讲过，我想想——"他又摇摇头，"不过，他没有提她的名字。"我若有所思地点点头。

我在想象那夜的小披头，穿着他的黑色飞行夹克，弹完我的吉他，把它撂在一边。他有想过，人生有时也会使人把彼此撂在一边吗？即使是曾经很相爱、很相爱的人？获悉小披头自杀后，我有问过其他一些共同朋友，知不知道他自杀的原因，结果他们都一头雾水。"你是他最好的朋友啊，我们还想来问问你。"和学长聊完后，也多少证实了我之前的猜想：看来，小披头和外校的那个女生的那段恋情，在这所大学里，只有我一个人知道。我猜在那所大学里，也只有"渡渡鸟"知道吧。

看来，即使到了最后，即使当这份绝望的爱即将带走他的生命，小披头还是为她保留了一丝丝理智，看来他是真的很爱她啊。他连一封遗书都没有留下。

那天看小披头回来以后，我打开 iPad，打开那个云祭祀平台，重新看了一遍"渡渡鸟"的话。也就是那天，我决定要和那个女人分手了。

我很难解释清楚非要和那个女人分手的原因——但"渡渡鸟"话里那种为爱甘愿等待两年，再等待两年，甚至不惜继续等待一生的意思，让我想起了那个为丈夫留了 76 页言的妻子，尽管她在 2018 年 3 月 31 日那天已经停止了更新。（我也相信，只要时间够长，总有一天，"渡渡鸟"也会停下给小披头献花的。但我现在觉得，花时间考证、等待这种事的发生真是一件惨无人道的事！那位妻子现在过得好、"渡渡鸟"有一天对小披头释怀，难道对她们来说，不是个更好的结局吗？"亲爱的，如果你还在就好了"，连续看见这句话不下三千遍，难道我们能说它是一句轻飘飘的话吗？）我想，我非要和那个女人分手，也是因为"爱"吧。"爱"确实是一件很难解释清楚的事（也许也是因为"渡渡鸟"的话唤醒了我昏昏欲睡的道德感？也许是吧，我不知道），但我不能再把这样的人生继续过下去了。"爱"这样的东西，也许一经发生，就永远不会磨灭了。要想磨灭它，就只能先磨灭掉我们的生命，像小披头对那个女生，像那位妻子对她的丈夫，像"渡渡鸟"对小披头，也许……也许也像我对这篇日记里唯一一位有名字的女人——李娅。我说过，我们的爱从未结束。也许我对她的爱，也和克里奥佩特拉被毒蛇噬咬乳房时、迦太基女王狄多被烈火焚身时、小披头自杀时感受到的爱一样绝望吧。

但没关系，明天，或者，未来的某一天（我现在已经很少听 Yesterday 了），我要重新找到李娅，我要把她重新带到我的人生里，我要找到她，告诉她，我要永远爱她。我后来还去看过小披头几次，矢车菊、风信子、茉莉、跳舞兰、山茶、郁金香、薰衣草、向日葵……至少"渡渡鸟"没有停下她的爱，那么我有理由相信，"渡渡鸟"会继续爱下去的（世上还有多少种花，她就还会爱小披头多少年岁）；那么我也有理由相信，作为小披头最好的朋友，我也同样沾染了爱的绝望的气息——也许我也将爱李娅，至死不渝。

（作于 2022 年 3 月，

发表于《作品》2023 年第 7 期，

入选《长江文艺·好小说》2023 年第 10 期）

巴丹吉林遗书

事情还不仅仅在于有的人记忆力强，有的人记忆力差（还不至于差得像土耳其大使夫人们和某些人那样，在不断的遗忘中过日子，这便使他们的脑子里总是留有位置接纳别人告诉他们的相反的信息，因为前一条才一个星期便销声匿迹，或者后一条具有排斥前一条的能力）。

——《追忆似水年华》，马塞尔·普鲁斯特

一

妈是无锡人，嫁到天水后，生下哥，因为想念故乡，给哥起名"吴息"。

三年后，生我，顺着"自己兄弟一条心"的意思，就给我起名"吴忌"了。哥从小体弱，上学晚，只比我高一年级，放学我俩都是一起回家；班上同学见我俩天天黏在一起，经常笑说我俩"没有自己的心"。你看，吴这个姓，真不好起名！后面加上再好的寓意，意思都反过来。

用在我这里，倒好；吴忌吴忌，不怕不恨；但用在哥那里，就挺不祥的。哥考大学，太用功，经常熬夜到很晚，后来一病没了，真应了"无息"二字。

妈从此连故乡也不想了。

爸一直疼哥，哥走后，爸心也散了，说我不上进，家里以后还指望谁呢！他后来出去打工，开始一个月不回，寄钱来；后来两三个月不回，寄钱少了；后来再没回来，也不寄钱了。一直到妈上个月走了，四十年，他都没再回来。

哥腼腆，我活泼，语文还行，其他都不好，怨不得爸不喜欢。我念完高中就去打工，今年五十六，直到妈查出渐冻症，我这三年都在天水照顾她，以前基本是一年回来一次，陪她过春节。钱是攒了不少，想着给她好好养老，可惜上天没给我这机会。比起给她治病，妈显然有更好的花这笔钱的主意。"不治了，治也治不好。"她当时还能说话，"你知道妈的心思。"话头每到这，我都不接。

上个月妈走时，全身肌肉已经萎缩，早说不出话了，睁眼，一脸愁，看着我——一脸愁就是她最后几个月一直的表情。可我知道她要说什么。哥和爸走后，我在家时，她很少和我聊他们。那时我把哥的照片举着，让她看。

她那时要会说话，应该会念哥的名字吧，也许是念故乡的名字。我伸手搭在她手上。我握住她的手。

"妈，我知道，就是成家的事嘛。"我一手握着她，一手握着哥的照片。我哭了。妈依然一脸愁。但我好像看见她点了点头。

妈就那样走了。

我给妈办的葬礼挺风光，就是没多少人。也难怪，她来天水认识的人，搬的搬，死的死，和无锡那边也再没联系了。我想起小时候，妈给爸说过，她爱上了一件水红裙子，爸笑了一下，这事就过了。这回我给妈挑了个粉色的骨灰盒，算替爸补偿她。给妈治病治丧，是花了不少，但今后我也用不上什么钱了，这些钱，妈的屋子，也够我活了。

我那时是这样想的。活。

我那时从没想过在巴丹吉林录遗书，没想过死。

二

三年照顾妈的日子，除了去兰州拿药问诊，我几乎没离开过天水。妈走后，我空落落的。

妈这几年每次拉起成家的话头，我都不接，但我总会一次次想起楠米子和幸米子。楠米子是金昌人，在天水读书，小学、初中都和我一个班。一开始她喜欢哥，哥也喜欢她，两人说要一起考西北师范。哥走后，我们经常互相宽慰，后来爸也走了。高中那三年，楠米子对我很好，即使不在一个学校，也经常来找我，慢慢地，我也喜欢楠米子了。后来她考上了西北师范的汉语言文学。

幸米子是我打工认识的，武威人，名里有幸，但活得比我还不幸。她爸走得早，她妈撂下她跑了，她叔从她初中开始养她，对她歹，后来养大，倒想对她好了。幸米子被她婶赶出来，还被骂"小淫妇"，从此她就打工，过年都不回去。

认识几年后，一年春节，我问幸米子："要不你跟我回家过年？我妈人好，给你包饺子，下长面。"

幸米子在剔牙，我一直觉得她不是个精明女人，剔起牙来，也呆呆的。"哥，你不会是喜欢我吧？"

我笑了："你把哥当什么人？哥看你一个人过年，清冷，可怜。"

幸米子啐了一口，把剔出来的不知什么，啐到不知什么地方。"哥，你真傻。"

我没懂她话里意思，也觉得她傻。"什么意思？"

"你不知道我什么意思？"幸米子严肃起来。

我以为她是被她叔吓怕了，不敢再去别人家。"成吧，不去没关系，哥给你炒几个好菜，咱们先过个小年。"

幸米子不说话，就看着我。好久，她又说："哥，你真傻。"

我当时没再接下去，拿话岔开了。幸米子看起来既没生气，也不高兴，经此，我再没和她提过带她回家过年的事。工地上，幸米子有时熬粥也给我，知道我爱喝酒，还找我喝酒。一天我还看见幸米子抽烟。塔吊下面，她站在一堆废料上，烟抽得很短了。

斜阳下，塔吊像截血骨头。

"哥，抽不？"

"幸米子，你咋学这个？"我有点生气。

"我看你抽，我就抽。"幸米子把烟屁股扔了。

那晚下工，我劝她好久，给她说抽烟多不好，肺会黑；又给她说喝酒多不好，肝会紫。

"那你咋抽？你咋喝？"幸米子问我。

我本来想说："愁啊！"可幸米子比我愁多了。

我叹了口气。

"男人嘛。我们是男人。"

幸米子翻了个白眼，笑了。"那你说，我们女人要做啥？"

我看着幸米子，想到了楠米子。"幸米子，"我拍拍她的肩膀，"你应该好好读书，好好学习，有文化，有本事，好好活着。"幸米子是不该站在塔吊下抽烟的，她应该像楠米子一样活着。"你来。"我有个主意。

"去哪？"夜深了，幸米子问我，她的声音有些兴奋，我以为她怕了。

"去我住处而已，别怕。"

"我不怕！"幸米子笑了，"你要不喜欢我抽，我就不抽！"

"这才是好米子！"我也笑了。

我房间很乱，还担心没洗的衣服会放臭，但幸米子走进来，似乎没注意到脏。"我没想到你们男的住的地方比我们女的还干净！"

我有些汗颜，把一团袜子藏起来，让她坐下。幸米子当时坐得像个弹簧，如果按按她的背，她就会佝偻下去，松手就会弹起来，弹到塔吊上。

"哥，你比我还爱干净！"

我当时脸上没笑，心里笑了。我把一摞书抬出来，放在她坐的床边。

"这么多书啊！"她拿起一本《钢铁是怎样炼成的》，那本是1977年版的。

"这些都是我哥的，他不在了，现在都是我的了。"

"那你看过吗？"她摸着封面上的红字。

"都看过了。"我特地加了个都字，特地说得淡淡的。

她不说话了，一本一本翻着那摞书，时而看我。

那夜幸米子的表情，我今天都记得：她翻着，很陶醉；看我时，陶醉的表情依然在。那样的表情让我想起楠米子，不知道她最近过得怎样？

幸米子突然说话吓了我一跳："啊！这本书！可以借我吗？"她正翻着一本书，举起来让我看封面，是张爱玲的《传奇》。

这本我是打算这年带回去给楠米子的，我私心只想楠米子看这本书。我对幸米子说："这本书是我哥最珍惜的，我要把它带回去给他的米子。"我看着幸米子。那时她在我眼皮子底下生气了。

"可这本书是前年出版的。"幸米子直接戳破了我，"'1986年2月北京第1版，1986年2月北京第1次印刷，印数1到

34700'。"她翻到书的版权页，念给我听。我给她讲过我哥的死，她知道。

我这个人本来就不擅长撒谎，现在还被直接戳破了。没错，前一年的春节我见了楠米子，她那时从大学放假回来，和我说起老师讲张爱玲，说她自己看了几篇，有多喜欢。可惜其他的都找不到。听说北京印了一版，不过她也买不到。我记在心上，回到工地后写信托一个初中时的朋友，现在在北京，让他帮忙买一本。我寄的钱够他买三本了。直到这一年春节快到，我才收到他寄来的书。我不好意思了。

"哥对不起你，幸米子。其他书都随你借，这本哥真不能借你。"

幸米子依然生着气，但她轻轻把《传奇》放了下来。好久，我们两个都没说话。最后她起身离开了我的住处。

三

幸米子第二天就离开了工地，那月的工资也不要了。那之后二十六年，我再没见过她。十年前，2012年春节前，我去集市买菜，我不记得是哪个集市了——反正已经拆掉了。总之，有个人见到我，就愣在那里，看着我。我死活没认出那是谁，这也难怪——二十六年，可不短。

"是幸米子，是你幸米子呀！"这个人走上前来，我差点以为她要抱上来。胖了，头发短了，其实有点秃了，和记忆里的幸米子可一点都不像，但她说她是幸米子，仔细一看，好像又确实是。人生啊！

这次我请她到家里吃饺子，吃长面，她没拒绝，只是问："不会添麻烦吧？有醋吗？"我当时没多想，还以为她真的是问买没买饺子醋。我笑了一下，她也乐呵呵地来了。

"我赌气离开工地，后来我又回来问过一次，但人家说你走了。"幸米子帮我拎菜。

"也没人给我说过你回来找过我的事呀！"我说我能拎动，男人嘛！

"我就回来问过一次，没让旁人看见——问的还是个挺新的人。我不想让旁人知道。"幸米子不说话了。

"让旁人知道什么？"我们转了个路口。

"哥，你还是和过去一样。"

"嗯？"我叫她看红灯。

"你真傻。"

四

幸米子说，她离开那个工地后，又去山西干了几年，结了婚，生了娃，后来老公下矿没了，儿子公婆带着，不给她，她又一个人回到甘肃来。她说她不回武威了，她叔婶都在。她说她一直想着我，知道我在天水，就想着在天水租房子住下，看有一天能不能在这儿遇上我。反正天水就这么大个地方。

"遇上我做什么？"我当时想，如果她没离开工地，长久处下来，我也能真认下她做米子。我笑了，但幸米子没笑，幸米子说："哥，我待见你。"

那一路上我没再说话了。幸米子一直在说。她说她要攒钱，好好工作，到时把儿子接来身边；她说这么多年了，我还是这样挺拔的身材；她说她知道我是个正人君子，她不会破坏我和嫂子的感情，她只是想让我知道，她待见我，让我别把她的话放在心里。听到这里，我才明白她先前问"有没有醋"的意思。

最后，快走到家，我才开口：

"幸米子，其实我一直没成家。"

五

那时我是有机会和幸米子在一起的，连妈也撮合我们。这么多年来，妈一直知道我对楠米子的情感。起先她以为楠米子嫁了人，我就会死心；后来楠米子生了女儿，她见我还不死心，有时也骂我是不是被哥附了身，对楠米子那么痴情。

十年前幸米子来我家吃饺子，妈把希望放在她身上。就算有孩子，就算模样壮点，就算头发稀疏，比起一个人凄苦地活下去，算什么？

但我心里对幸米子有愧——说实话，我从没对幸米子有过那种想法，就连先前承认的、妈这几年每次拉起成家的话头，我都会想到她，也只是因为妈动过那样的心思。而且十年前，楠米子的丈夫刚好在巴丹吉林沙漠出了事——楠米子打电话给我，哭了，说他挺不过去了，当然，他现在活得好好的，但那时我以为楠米子的丈夫就快不行了。

现在换我来到巴丹吉林沙漠里。唉。接着录吧。

那时对幸米子的示爱和妈的撮合，我是无动于衷的。

当年把《传奇》递给楠米子时，我就脸红了。她一见我脸红，拿着书，就懂了。我们走到马跑泉公园一个僻静的地方。冬天，没有柳荫，湖水也一动不动。我一米八二，她让我低下头来。

"低头做什么？"我说话都不利落了。

她亲了我一口。

那是我生命中最美好的一刻。我甚至想起妈给哥和我起名的用意来，也许"自己兄弟一条心"是真的！我被她亲得低了头，低了腰。我怕她发现我硬了，我把她推开，可她把我抱住了。

"楠米子，我……"

她终于发现了，松开我。她脸红了。

我们什么都没做，只是找了两块石头，一人一块，坐在上面。

"楠米子。"我看着她。

她看着我，不说话。

"楠米子，我们能在一起，对吧？"

她笑了。"当然。"她开始低头用手指划土玩，我也学着这样做。

"楠米子，你现在在大学里，认识那么多优秀的人，你真的愿意和我在一起吗？"我连手指都是粗糙的，甚至不敢伸过去划她的土玩，叫她看见。

楠米子拍拍手上的土，然后伸手摸我的脸。她捏了捏我的脸蛋。"忌哥，我相信你喜欢我，但你好像不相信我也喜欢你。这样，我们约定一件事，以后无论发生什么，这件事总能印证我对你的爱，怎么样？你来定。"楠米子笑了一下，我沉默了。

"我想想，"这次我也伸手拧了拧她的脸蛋，"我想想，"我也笑了，"还是你来定吧！"

楠米子想了想，看着我，有了主意。我现在回忆起那天，真希望我没和她约定那件事。要是当初没约定那件事，也许今天我就不会如此失望，要在巴丹吉林沙漠里录下这封遗书吧。

六

"忌哥，我有主意了。以后我和你生的孩子，无论男孩，还是女孩，名字都取'忋'字！好不好？女孩也叫吴忋，男孩也叫吴忋，就是把你的'忌'字写成这样！"她在我手心里写了一个"忋"字，还教我念它 gǎi，"这个字的意思是依赖、依靠，就代表我的人生里，不能没有你。"

楠米子告诉我，她学古代汉语时，认识了不少生僻字，其他字还好，但第一眼看到这个忔字，她就想起我，决定以后给自己的孩子取这个名字。

我感动了。"好，就用这个字！虽然 gǎi 不太好听，但如果是我们的孩子，我一定喜欢这个字！"但我还是担心，担心我们不会一直在一起，担心我们没有未来，"我们也想想最坏的情况，万——你别生气，楠米子，我是说万一……"

"万一以后你和别人在一起了，你还会给你们的孩子取 gǎi 字作名吗？为了表示你心里依然有我？"我问完以后，自己都后悔了：我自己那时已被世事磨平棱角，凭什么相信楠米子会是例外，会在今后的人生里保持理想主义，保持浪漫，以我名字"忌"的改写形式"忔"为她和别人的孩子命名呢？凭什么相信楠米子不会被世事磨平棱角呢？我问完以后，不敢看楠米子的眼睛。我重新低头划土玩。

"忌哥，我明白你的心思，你这样问，是真的很喜欢我。"楠米子过来蹲在我面前，让我看着她，她那时眼眶湿湿的，"忌哥，也请你相信，我也是很爱忌哥的，很爱很爱的。"

然后楠米子说出了那句让我现在想起也会颤抖的话——她那时多懂我的心啊！

她说："就算我们以后没有在一起，就算有一天我被世事磨平棱角，忌哥，也请你记得我们今天的誓言：我总有办法恪守对你的爱，总能让你一看到我孩子的名字，就明白我对你的心思。"

七

我说过，要是当初没有约定这件事，也许今天我就不会如此失望。可见，楠米子并没恪守她的誓言。

当然，我并没有责备她的意思。我很爱楠米子。

她大四那年要去实习，我不放心，请了一个月的假陪她。虽然知道我请假，她很生气，但见我来，她还是很开心。她带我逛了西北师范大学，逛了长长的兰州市。那真是一段快乐的日子。她向很多同学朋友介绍了我，说我是她的男朋友。

我羞赧极了。

那些朋友中，有个男生和她都是文学社的。那个男生看我的眼神一直冷冷的，不过他好像对谁都这样，可他那样看我，我还是挺不自在，别人好像都习以为常了。"他是个诗人呢。"楠米子笑着对我说。那个男生似乎发现了我的不自在。可是，我越感到别扭，他就越那样看我。我都想揍他一顿了。

"来！诗人！读一首你写给小楠的诗！"他们甚至不叫她楠米子，叫她小楠。

我和这些人是多么不一样啊！

"对啊！就读那首《大海》！"另一个女生笑着对我附和道，"你不知道，他那首诗写得可好了！"

我尴尬地笑了笑。

八

我今天都还记得这首叫《大海》的诗。

没有标点符号。

> 小楠喜欢大海
>
> 从来没去过
>
> 死前横陈在床上
>
> 像个一字
>
> 我爱她
>
> 在她死后
>
> 还看见她的幻影
>
> 上次
>
> 人海中
>
> 所有人都站着
>
> 只有她
>
> 横陈在人海中
>
> 我就替她看见了
>
> 大海

我承认,我从没觉得这首诗好在哪。尤其是他还把小楠写死了，还说他"爱她"。好吧，也许是他虚构的，但这首诗还是让我很生气。

"你觉得怎么样？是不是挺不错的？"一个女生问我。

诗人冷冷地看着我。

我那时很自卑，突然觉得她应该活在他们中间，而不是待在我这样的人身边。十年前知道楠米子的丈夫在巴丹吉林沙漠出事后，我发现自己这么多年，依然在幻想有一天能和她一起生活，但那时我只有一个念头：我们不适合。就像我给她那本《传奇》，我自己却从来没看下去任何一篇。我应该放过楠米子。楠米子有更好的选择。

我鼓起勇气抬头，发现楠米子正用疑惑的眼神打量我——她似乎终于在那一刻意识到了我们的差距。

我甚至忘了那一天是怎么结束的。

实习结束，她找到工作后，我和她提了分手，然后就去广州打工了。她通过我妈和我联系，一次，两次，她再没和我联系第三次了。

再次听到她的消息是二十九年前的 1993 年，她嫁了个福建莆田人，此后十七年一直住在仙游（我还查过，仙游有没有海）。2010 年，楠米子妈去世，为陪她爸，她和她丈夫搬回了金昌。

在金昌，她丈夫成了个驴友，经常组织徒步穿越。

两年后，他在巴丹吉林沙漠出了事。

九

其实，十六年前的 2006 年，楠米子住在仙游的第十三年，我去过莆田一次。别误会，我很爱她，我只想去看看她。偷偷看，不打扰她的生活。

我托当初那个帮我买《传奇》的初中朋友打听她的近况。其实我本来也可以托别的朋友，但大家联系都很少了，况且这个朋友帮我买过《传奇》，他从不虚张声势，总之我又一次托他了。《传奇》那件事后，这么多年我从没联系过他，所以对我突如其来的请求，他挺诧异的。"我和她也好久没联系了，只知道她嫁了个姓杨的，生了个女儿，叫什么名都不知道呢！"

这句话又让我想起了楠米子当时发的誓，难不成她真会给她起名叫 yáng gǎi？那一刻我觉得我疯了：居然依然相信这种事！但楠米子当时说得那样坚定——也许呢？

最后，初中朋友帮我把楠米子那时的地址打听到了"仙游县赖店镇锦田"这个范围内。"再详细点我就不能帮你了，不过，我劝你还是放弃吧，人家孩子都有了。看与不看，没什么区别。"

"我知道。"那一刻前，我从未把楠米子和"赖店镇锦田"联系在一起；那一刻起，我决定，就算在"赖店镇锦田"见不到她，去那里走一走，去她生活的地方看一看，也够了。

但幸运的是，我真在"赖店镇锦田"的仙游南方中学门口见到了楠米子母女，在 2006 年的 5 月 11 日，星期四。

十

幸米子说的没错，反正天水就这么大个地方，但为了遇见我，她还是得在天水长久租下来才行。我那次去仙游，工地上只放了一个礼拜的假，虽然"赖店镇锦田"还没天水大，但一个礼拜的时间——我抱的希望多小啊。

不过，那几天，我几乎把仙游所有小吃都吃了一遍。肯定有她吃过的。拱桥头的海蛎饼味道很好。

我那时就住在仙游南方中学旁的一家小旅店里，左边是一家打印店，右边是一家文具店。5 月 11 日，我到那里的第四天，几乎都要放弃了。下午我正从旅店出来，准备去吃晚饭，路上已有小摊摆出花来，凑上前一看，原来是为三日后的母亲节预热。我往前走，朝马路对面中学方向瞥了一眼，几分钟前我就听到铃声了，可能是放学铃——就是这一眼！

2012 年那次遇到幸米子，我没认出来。但对楠米子，即使她化成灰，我都不会看错！我一下子就认出那是她了，马路对面，她正牵着一个背书包的小女娃，准备过来。红灯刚好拦住她们。我不用确认就知道那是她——那可是我一直深爱的人！我急忙躲进一家小卖部，拿了包烟，又对着靠近店门的冰柜左看右看，用余光去瞥她们。她们这时已穿过马路，在这边走了。我就站在冰柜前，我甚至可以听见她们母女的对话，是很日常的对话，但我听到后，眼泪都流下来了——她本可以是我的妻子，她本可以是我的女儿。

十一

其实 5 月 11 日下午那次见面，已让我很满足了——见到了她，见到了她女儿——可当我晚些时候回到旅馆，没开灯，把自己锁在黑暗中时，我才想起我刚刚忘印证的事——楠米子究竟有没有给她的女儿起名 yáng gǎi 呢？我越想越阴沉，要是没弄清这件事，我的余生可能都要这样阴沉下去了。而且，第二天也许是我唯一的机会了——第二天，5 月 12 日，是星期五，那时周末娃娃们还不用上课，不像现在，而我已等不到下周了，工地已在催我回去了。

我想了好久，突然有了个主意，卖花的小摊！5 月 14 日！星期天！母亲节！

第二天下午，我在仙游南方中学门口支了个小摊，摊上放了不计其数的康乃馨，红的，黄的，一枝枝分开，各自包在扎着彩绸的塑料纸里，摊上还摆着一个大大的牌子，上面写着："免费！母亲节活动！"那是我从旅馆隔壁的打印店彩印的，每个字颜色都不一样，醒目极了。

我包了百来枝，把最漂亮的一枝紫色的藏在下面，又怕压坏，又摆在上面，又怕被挑走，无奈，最后我把它拿在手里，以示即使活动免费，这一枝也是最独特的。

放学铃终于响了。

中学生陆陆续续出来，初中的、高中的……算算年纪，她女儿也就十二三岁，肯定会对这种活动感兴趣的。我给每一个驻足在摊前的学生介绍这个活动。

"在这个本子上写下你们对母亲的祝福，然后把你们的名字告诉我，就可以领走一枝康乃馨！"我俯下身，拿着那枝紫康乃馨，躬在摊上，微笑地对小朋友们说。

一个小男孩先拿起笔，翻开我放在摊上的本子，开始在上面唰唰写起来。那个本子是我刚刚从旅馆隔壁的文具店买的。

"告诉你名字就可以拿花了吗？要把名字写在本子上吗？"小男孩认真问我。

"随意！"我笑着。

康乃馨一枝枝减少了……本子可以单独写的页数也越来越少了。我有些担忧地笑着，指挥小朋友们报名、写字、拿花，时而观望，看看楠米子的女儿有没有来。过了很久。

终于。

她是一个人，也许马上楠米子就会出现，把她接走了。但她现在确确实实是一个人。她走到摊前，好像不大感兴趣，这时摊前只有她一个人，她好像闷闷不乐，正准备转身离开。这时我叫住了她。

"yáng gǎi。"我叫了一声，她似乎吓住了，当时我激动极了，我以为楠米子真的信守了誓言，我又叫了一声，这时比刚才要温柔许多，刚才那声是害怕她离开。"你是叫'杨忉'，对吗?"我怕她起疑心，又补充了一句，"叔叔是魔术师。"

小女孩似乎放松了戒备，她对我笑了。我当时真的激动极了，也感动极了。我觉得，就算此刻死去，我也没有遗憾了。可这是一个上天开的残酷的玩笑，因为下一刻——

"我不叫 yáng gǎi，但叔叔你真是个魔术师！你猜对了我的姓！"小女孩依然笑着，"我叫 yáng yì。"

那一刻我突然觉得好累，觉得自己就是个疯子，居然相信楠米子真的会给她和别的男人生的孩子取 gǎi 作名。我的失望似乎写在脸上，小女孩看看我的脸，又看看我手中的紫康乃馨。

"叔叔，我告诉你了，我叫 yáng yì。"我点点头，"嗯"了一声，那一刻我非常想哭。

小女孩翻了好几页，终于找到了一张干净的纸。"我要开始写给妈妈的祝福语了！"

我又"嗯"了一声，也不是孩子的错，我又温柔起来。

小女孩写着，我不忍心看她要写什么祝福楠米子了。我把紫康乃馨撂在一边，开始转身看斜阳。

"要在这一页署名吗?"小女孩问我。她写字很轻，几乎没有声音。或者当时我哭了，听不见那些细碎、微小的声音了。

"都可以，想署就署吧。"但我又怕她最后没署，我以后想找她的笔迹，找不到，"这样吧，你把你写的这一页折个角。"我依然看着斜阳，此刻它正把"仙游南方中学"四个字中的"游"字染红，"你把你写的这一页折个角，叔叔就多送你一枝，好不好？"我不忍心看她，不忍心知道她有没有署名。我听见她折角的声音，纸张窸窸窣窣的声音。

"好，叔叔！"她没问我为什么要她折角，只是照做了。我从斜阳里回过身来，一个大大的角，折得很好，刚好没有挡到那些祝福语。她挑了一枝黄的，挑了一枝红的，紫的那枝就那样落寞地摆在摊上，有些蔫了。然后她就走了，轻轻说了声"再见"。也许楠米子就在前面接她，也许楠米子看到了我。

但我当时任性极了，我抱着合起来的本子——我当时还不忍看她写给楠米子的祝福语——我再也无法抑制，为失落的誓言哭泣起来，转过身去，对着无限苍茫的斜阳。

十二

今夜我在巴丹吉林沙漠里。

我要做一件楠米子的丈夫无法做到的事。

我要死在巴丹吉林沙漠里。

我要告别这个世界。

我没什么活头了。

昨天我去拜访幸米子，这十年她一直住在天水，或者说，这十年她一直在等我。她租的房子很破，一个人住，客厅卧室都合在了一起。我把这些年的积蓄存在一张卡里，趁她去厨房端菜，塞进了她的床头柜。有了这笔钱，她应该能过得幸福些吧。她儿子也长大了，比我们都出息。

遗嘱我也写好了，屋子留给幸米子，她再也不用租房了。

天水也比十年前大得多了。

今天我在巴丹吉林沙漠里走了一天，晚上开始录音，录下这封遗书来。我绕开了任何一条去金昌的路，我决意再不去干扰她的人生——虽然她现在就在金昌市。啊，现在我知道了，人离死越近，他对这世界的爱，就越大。

我随身带着当年的本子。

我想到"记忆"这个词。

记忆这个词，造得真好。言字旁一个己，竖心旁一个乙，说出来的当然要比心里想的，更直接，更棱角分明。记忆就是这样的东西。你看，乙要比己柔，己要比乙刚。

楠米子当时说："就算我们以后没有在一起，就算有一天我被世事磨平棱角，忌哥，也请你记得我们今天的誓言：我总有办法恪守对你的爱，总能让你一看到我孩子的名字，就明白我对你的心思。"她最终还是没有刚下去；她被世事磨得柔起来了。

她失言了，她没给女儿取名 yáng gǎi，她给她取名 yáng yì。肯定是她丈夫觉得不好听，她又不想违拗他。也许她不再是一个棱角分明的人了。不过，也没错，人人不都这样，统统被慢慢磨平棱角吗？

我快没电了。早上，我决意带上只有两格电的充电宝出发时，就没准备像楠米子的丈夫那样，带着她的爱，活着离开巴丹吉林。

我翻开本子，有折角，很容易就翻到那页 yáng yì 留给楠米子的祝福语，这十六年来，我反复看了无数次。

妈妈母亲节快乐！旁边一个笑脸。

就这样简单一句，可我还是看哭了。吴忌吴忌！这样不怕不恨的一生——

（断电提示音）

后记

沙里露出一只手，伸向一个摊开的本子，本子被风翻动着，其中一页的折角一直没被捋平。风强的时候，偶尔会把那页的折角吹得开开合合，折角下不停闪现"杨忆"二字。竖心旁的旁边，不是"己"那样刚硬的"横折、横、竖弯钩"的写法，就只是一个简简单单、让人一望而知的"乙"字，"横斜钩"，十分绵柔的一笔。

（作于 2022 年 7 月，
发表于《作品》2023 年第 7 期）

塔克拉玛干沙漠里的游吟诗人

当我打开门，发现站在门外的人是韦女士时，一种巨大的悲凉就慑住了我，我当时第一个想法居然是把门关上，把韦女士重新隔在门外，就像近来无常的世事把很多人隔开那样。当然，我当时并没有那样做。我后来经常想起那个瞬间：我站在门里，韦女士站在门外，那种悲凉是如此之深，我几乎用尽了全身的力去控制自己不将它展现在韦女士面前，以至再也没有多余的力去关掉我和韦女士之间的那扇门了。那时巴依阿吉已经逝去一年了，作为这位诗人的朋友，我依然没有缓过来，何况韦女士是他深爱的恋人。我把韦女士让进来，那段时间我正在画那幅后来使我声名鹊起的《十二木卡姆》，当时那幅未完成的画就铺在客厅的桌上——是的，当时在偌大的新疆，我还寂寂无名，没有一间属于自己的画室。

"汉族朋友这时候喜欢喝点什么？"我尽力把自己控制住，并尽量显得幽默些。当时是晚上九点，新疆正在日落。"茶吗？"

"酒。"韦女士坐在客厅的桌前，从她坐的地方看，我的那幅《十二木卡姆》是倒过来的；我去拿酒时，看到她正在看我那幅倒过来的画，窗外的日落点亮了画面中的一把喀什热瓦普——一种拨弦鸣乐器。但她已经不再看那把乐器了，我看到她的目光停在了画面中的一块空白上。

"这里你要画什么？"韦女士问我。

"噢，这里，"我给她倒上酒，"这里还没想好。"我坐回自己的位子——面对韦女士的位子——也给自己倒了一杯。我给自己倒酒时叹了口气，酒汩汩地流到杯里，掩过了我的叹息声。我骗了韦女士。人物和乐器已经留够地方了，我想把那块空白画成一片沙漠，借以表现画面中的人是在沙漠里弹唱十二木卡姆的。可是，那么大一块空白全画成沙漠，又有点可惜。但不管怎样，绝不能让韦女士知道我当时有画沙漠的念头，毕竟巴依阿吉一年前就是在塔克拉玛干沙漠里死去的。不过，显然我当时高估了沙漠一词对韦女士的冲击力，或者说，显然我当时低估了女性对夺走她们挚爱的事物的容忍度。因为韦女士长长地喝了一口酒，慢慢地咽下去，随即轻轻地放下杯子，然后她的目光越过桌子，越过桌上那幅画，最终定格在我的脸上，她说："你可以画沙漠。"

她的语调里听不出悲凉的感觉。可是听到她这样说，我之前的悲凉又被唤醒了，我从面前昏黄的灯晕里、从她复杂的目光里转过身来，看着窗外昏黄的、简单的日落。

"你可以画沙漠。"她又念叨了一遍，好像念叨沙漠这个词，就可以召回在里面迷失的灵魂。她的声音也像含着一把沙子。"你知道吗？这次他们从沙漠里发现了他的东西。"我依然看着窗外的日落，"好吧，疑似他的东西。他们不能给我，但给了我照片。我就是为这个来的，"

"什么照片？"我从日落中回过神来。

"一块布，上面有字。"她看我依然没有转过身来面对他，于是又加了一句，"是他的字。"但她好像又不确定，于是她又说，"我觉得是。"

"你需要我做什么？"我的左肩微微抽搐了一下。

"是维吾尔文，不是汉字。你也是维吾尔族人，你看得懂。虽然我从没见过他写的维吾尔文，但我觉得这就是他的字，我第一眼看到这张照片就这样觉得。"韦女士说完，房间又重新变得寂静。我转过身来，低头看着我的画。那时我心里有一股愤怒。

我要告诉你为什么我当时会感到愤怒。韦女士和巴依阿吉在一起三年，但巴依阿吉有一次跟我坦白，他从没试图教韦女士维吾尔语，哪怕是一些简单的、日常的维吾尔语——当然，巴依阿吉的汉语很好，倒也不用韦女士特地学习维吾尔语和他进行交流——但刚刚从韦女士的话里，我无比诧异地发现，她居然在"从没见过他写的维吾尔文"的情况下，就"觉得"那块布上的维吾尔文是巴依阿吉留下的——她甚至看不懂那块布上维吾尔文的意思——要知道，塔克拉玛干沙漠很大，发现写着维吾尔文的布条根本不是件稀奇事。但我还是尽力压抑了自己的怒气，我抬起头，问她："如果不是他的呢？"

我在挑战女性的想象力。

"我觉得就是他的。"韦女士用她的想象力反击我。

"好吧，让我看看。"我揉了揉刚刚被日落晒干的眼睛——西沉的太阳依然是太阳，照样能把人的眼睛晒伤。她从我对面的位子上站起身，跋涉过来，从包里取出一张照片递给我，坐在我身边的椅子上，坐进我面前的光晕里。我接过照片，把它也伸进面前的光晕里——照片里是一张暗红色的布条，写着字的地方被刻意照亮了，但你依然可以从那些没被照亮的地方看出它是暗红色的。我看到了布条上的维吾尔文：

قالدىم ئۇچرىتىپ شائىرنى سەھىيارە بىر قۇملۇقتا،
قايتۇ ئىسىمدە مىسراسلا بىر پەقەت، بەردى ئوقۇپ شىئىر بىر ماڭا ئۇ:
قىلىمەن ئۈمىد بىلىشىنى مىنى ھەققىنى بىرىننىڭ پەقەت

我承认在那一刻我被韦女士的想象力俘获了。因为这真是巴依阿吉的字迹。我把照片拿得更近些，虽然我一眼就确定那是他的字迹——我们在同一个双语学校待了三年——但我也好久没看过他写的维吾尔文了。巴依阿吉很少写维吾尔文诗，他发表的那些诗歌也都是用汉字写的。他和我还有其他维吾尔族朋友在一起时，也很少主动讲维吾尔语。事实上，我开始画画以后，身边的汉族朋友也要比维吾尔族朋友多很多——所以连我自己现在也很少在生活里写维吾尔文，讲维吾尔语了。布条上的字不知道是用什么写上去的，已经有些模糊了，我看着照片上的文字，好像又回到了和巴依阿吉在双语学校的日子。

"你看出来他写了什么吗？"韦女士似乎也从我的表情得到印证，知道我已经断定这是巴依阿吉的字迹了。"这大概也是他在塔克拉玛干沙漠里，在这个世上，留下的最后的东西了。"我瞥了她一眼，她双手托腮，看着我手里被灯晕笼罩的照片。

我把照片上的维吾尔文译给她。"我在沙漠里看到了一个游吟诗人，"我说，"他对我念了一首诗；我只记得其中一句，'但愿有人知我本色'。"

"什么？"

"'但愿有人知我本色'，呃，或者说，'真正的我'。"

韦女士双手依然托着腮，我依然看着被光晕笼罩的照片。我好像用余光看见她咬了一下自己的指甲——我不确定。

"为什么不用汉字写呢？"过了很久，韦女士问。她当时一定在心里揣摩着巴依阿吉话里的意思，像我一样。不过，她的神态不像在问我，倒像直接在问沙漠的巴依阿吉。但我感到，如果是那样，我有必要替他回答。

"维吾尔语毕竟是他的母语，"我摸着照片上的维吾尔文，像在摸盲文一样，"一个人死前，如果他想说话，大概率会说他的母语吧，如果他想写字，大概率也会用他的语言来写吧。"

韦女士又点点头。"你觉得，"她把目光从我手里的照片转向我的脸，"他真的在沙漠里看到了一个游吟诗人吗？"

"你觉得圣·埃克苏佩里真在沙漠里看到了小王子吗？"我反诘她，我当时又开始对刚刚信任的、女人的想象力失望了。

"我不是这个意思。"她的声音坚强了许多，促使我朝她那边转过去，看着她，她直视着我的眼睛，"我是说，真的有那样一首维吾尔语诗吗，那首诗里有他记得的那一句？'但愿有人知我本色'？你们民族真的有一个写过那样一句诗的游吟诗人吗？"

"我不知道，"我说，"我不知道有没有这样一句。"

"我相信有，一定有的，一定有这样一个游吟诗人，一定写过这样一句。"她的声音斩钉截铁。

"这重要吗？"我把照片放在桌子上，"也许是他已经意识不清了。"我看着她的眼睛，她的头发，"他幻想他看到了一个游吟诗人，然后顺手写下他幻听到的东西。"

"顺手？你是说他顺手？"韦女士突然怒了，她的脸离开灯晕，陷入黑暗里，"他妈的他写这些字时已经在沙漠里快死了，你觉得他会这么容易，这么顺手写这些字？你他妈知不知道很多死在塔克拉玛干沙漠里的人都是在什么东西上写的字？可能是他们生前的衣物，内衣，内裤。他们可能是他妈的在用他们的血，我看到过。"

我听韦女士发泄完，默默起来，去拿了一个新杯子回来——她原先那个杯子还在桌子的另一端，我给她重新倒了一杯酒，我把酒端给她。她没接，我站着，把酒一饮而尽，我看着她——现在已经看不清了，因为她已经离开灯晕，而且日落已经快结束了。

"你以为，"我说，"你以为我不在乎他，那你就错了。他是我兄弟；而且他很爱你，"我终于说出了这句撒手锏，"他很爱很爱你，"我看着她，"他一定不希望你像现在这样，在那件事发生一年后还想着他，他不会真正安息的。如果你的心做不到真正放下他，如果你觉得这件事对你很重要，我可以帮你查是不是真的有这样一个诗人。"她没说话，"我不确定巴依阿吉会不会喜欢我们这样做，但如果这是你想要我做的，"我看着她，虽然看不清楚，"我可以帮你查是不是真的有这样一个，呃，游吟诗人。"

韦女士从我的灯晕笼罩不到的黑暗里站起来，她径直朝门口走去，出门后也一点没犹豫，重重把门摔上了。先前那种巨大的悲凉又重新慑住了我。我当时以为，韦女士再也不会来找我了。也好。我站着，看着我那幅未完成的《十二木卡姆》，看着画面中的那块空白，我又坐下来，给自己倒了一杯酒。

大概过了两周，韦女士给我发来一条短信。这条短信还够长的，我抄录如下：

> 上次的事是我不对。当你太早爱上一个人，又碰巧爱得够深，你就会变成一盘被过早刻录的唱片，永远播放着在别人看来过时的曲子。也许我在你们眼里，也开始像一盘播放着过时曲子的唱片了。别误会，我之所以找你说上次的事，是因为你是巴依阿吉为数不多的维吾尔族朋友——或者说，为数不多的朋友。因为我实在不知道还有谁能告诉我这几句维吾尔语的意思，我甚至看不清它们在哪里停顿。我身边也有一些懂维吾尔语的汉族朋友，但我

一直不想在他们面前谈起巴依阿吉，尤其是在他已经走了以后——我更不想和他们谈起他，我觉得他们不会懂，但你是画画的，又和巴依阿吉认识那么久，所以我觉得你会懂。即使你上次说了很多我不喜欢的话，我现在依然觉得，你会懂。我打算去一次塔克拉玛干，如果你愿意陪我去，我将不胜感激。事实上如果你不愿意陪我去，我觉得我也不可能去塔克拉玛干——因为我一个人始终没办法面对那里，如果我们两个爱他的人一起去那里，我想我会开始面对的。是的，我私心希望你不要拒绝我，但如果你拒绝了，我想我也会接受的。毕竟，自从巴依阿吉离开以后，没有什么事是我接受不了的。PS：如果你依然觉得我那个"巴依阿吉在死前真的见到了一个游吟诗人"的念头无足轻重，我将不再在塔克拉玛干和你主动谈起它（当然，前提是你要先陪我去塔克拉玛干）。韦。

我看韦女士的这条短信时，正在吃一份抓饭，我特别喜欢吃那家抓饭里的黄萝卜，它被羊油恰到好处地滋润了，又吸足了香辛料的味道，口感又比红萝卜绵密。当我看到韦女士邀我一同前往塔克拉玛干时，我刚攥起一块这样的黄萝卜，我慢慢咀嚼它，又想起自己那幅未完成的《十二木卡姆》。是的，当时那幅画完成度已经接近百分之八十了，只是那块巨大的空白依然可怖，依然触目惊心。因为我依然在犹疑，在那里画沙漠是不是一个好主意，会不会有更好的主意，所以迟迟没有下笔。我当时不知道该不该接受韦女士的邀请，也不知道和韦女士一同前往塔克拉玛干会不会影响到最终我对画面里那块空白的处理。事实上，最终我那幅《十二木卡姆》最为人称道的一笔就是在我和韦女士那次去塔克拉玛干回来后画的。所以最终我的确和韦女士去了塔克拉玛干。

想到这里时，那种悲凉的感觉又回到了我的笔下，或者那种悲凉的感觉自始至终都没有离开过我们。毕竟，巴依阿吉离开我们已经一年了。我承认，那次和韦女士去塔克拉玛干，有一半的原因——一大半的原因——是我想快点画完那幅《十二木卡姆》，所以韦女士的沙漠之邀，在某种程度上也帮助我最终下定了把那块空白画成沙漠的决心。当然，画成一片孤零零的沙漠也是万万不可的，我当时有想过在沙漠上画一片红柳，或者画几棵胡杨，但这些想法都没被采纳——我要承认，最终《十二木卡姆》使我真正声名鹊起，也要归功于之前被我轻视了的、韦女士的想象中的那个游吟诗人的形象。

韦女士摔门离开之后的几天里，我对巴依阿吉的追思以及对韦女士歇斯底里的爆发感到的同情驱使我去省图找了好几次维吾尔语诗人的作品。巴依阿吉的诗几乎都是用汉字写的，而且每一首我都看过，所以我知道，"但愿有人知我本色"这样一句，不是他的诗，于是那几天我搁下了画笔，天天往省图跑，把自己扎进维吾尔语诗人的作品堆里。其实现在回忆起来，那几天也确实是令人快乐的一段时光，维吾尔语渐渐在我舌头上，在我心里活络过来，我想起了不少自己小时和父母还有祖父祖母在一起时说过的只言片语，心里泛起幸福的感觉。尤其是我最后去省图那一天，当我翻到了麦吾拉·艾伯都拉·鲁提菲的一首没有标题的诗——我十分清楚地记得，我的祖母就曾把我温柔地揽在怀里，在我耳边对我轻轻吟唱过那首诗里的句子。我当时就在祖母遥远的歌声里翻完了那本看起来像威化饼干一样易碎的诗集，期待"但愿有人知我本色"这样一句维吾尔语突然映入我的眼帘，就像祖母遥远的歌声突然响彻我的脑海一样——可惜的是，鲁提菲的诗集里并没有那样一句。但我最后还是借走了那本诗集。

那一天我翻着鲁提菲的诗集，心里差不多已经了然"但愿有人知我本色"这句维吾尔语大概不是出自一个真实的维吾尔语游吟诗人的作品了，这句大概就是巴依阿吉在死前的绝笔，或者像我之前告诉韦女士的那样，是"他幻想他看到了一个游吟诗人，然后顺手写下他幻听到的东西"。但在我看到韦女士的短信以后，在我决定陪韦女士一同前往塔克拉玛干以后，我当时觉得还是不跟她主动谈起"游吟诗人"为好，免得又惹怒她。事实上——最终是我破的戒——韦女士恪守了她的承诺，就像她在短信里说的那样，她没有和我在塔克拉玛干主动谈起"游吟诗人"，是我主动的。

去塔克拉玛干是韦女士给我发短信一个月以后的事，事实上，我在看完她短信后的第二天就给她打了电话，同意了此事。此后一个月我们开始准备装备，规划线路，当时我驾驶的那辆越野车现在已经报废了——后来我还去了好几次沙漠——

但当时就是它带我们第一次驶入塔克拉玛干的。我不仅带了纸笔，准备画一些沙漠的速写，还带上了那本从省图借来的鲁提菲的诗集；虽然我可能不会在沙漠里读它，而且为了带上它我不得不去省图续借了一个月，但我还是在冥冥中觉得，我应该带上它。

一路上韦女士看起来都精神不振，直到她拍了拍我的右肩——她坐在副驾驶——我问她怎么了。

"小解。"

"小姐？我什么人都没看见。"

"我要尿尿！"韦女士又气又笑。

我很无奈地停了车，让韦女士下车小解。

韦女士回来以后心情变好了许多，我甚至瞥见她在和着车载音乐微微点头。"这什么歌？这么好听。"韦女士一边点头，一边问我。

"何力，一个维吾尔族歌手。"韦女士还在点头，我知道她听不懂。我继续开车。周围辽阔极了——一种令人战栗的辽阔。韦女士也注意到了，因为她说："你能想象吗？巴依阿吉这么辽阔的一个人，死在了这么辽阔的一个地方。"

"辽阔能形容人吗？不过，"我瞥了韦女士一眼，"他确实挺辽阔的。"

"他是诗人，诗人什么词都能用，"我瞥见韦女士在看窗外的沙漠，"你知道吗？他觉得你画的所有画都不如他的一行诗。"我听见韦女士笑了一下，"别会错意，他没坏意思，他只是更喜欢诗。"

我也笑了一下。"这家伙，我也觉得他所有诗都不如我的一幅画。"我又瞥了韦女士一眼，确信她也没会错意。但她已经把脸重新对着窗外的沙漠了。

"你说，"过了很久，韦女士重新开口，"巴依阿吉知道我们来了吗？"韦女士的声音比刚刚镇静、肃穆多了，"来塔克拉玛干。"

"知道。"我说，巴依阿吉的遗骸现在都没有找到，他依然在塔克拉玛干沙漠里。我已经感受到我说话时喉部的沉重了，我想把话题引开，我对她说，"你见过塔里木河吗？这时候可漂亮了，我去那里写过生。"

"见过，我那时二十一岁，巴依阿吉二十五岁，而我现在二十五岁了。"韦女士说。她的声音像窗外的景色一样，没有改变。

"你在塔里木河见到了什么？"我问韦女士。

"羊群，胡杨，白云，哦，对，还有一只雪鸽。"韦女士看着窗外的景色，"那时天差不多黑了，我还把那只雪鸽看成了乌鸦。"韦女士叹了口气，"但巴依阿吉告诉我，那是只洁白的雪鸽。"

我当时听韦女士这样说，心里涌起一股无法抑制的悲伤，爱。爱一个人的感觉，就像在塔克拉玛干沙漠里回忆塔里木河一样吧。韦女士打破了我的悲伤，"我现在觉得自己就像克里奥佩特拉。"

"谁?"车载音乐让我难受,我把它关了。

"埃及艳后。我感觉我现在拥有整片沙漠。"韦女士戴上了墨镜。

"没有人可以拥有整片沙漠。"我笑了一下。

"我突然不恨塔克拉玛干沙漠了,我觉得巴依阿吉留在这里,也挺好的,比留在外面好。你知道的,他的维吾尔族朋友们,除了你,都不喜欢他。他也没有多少汉族朋友。"我瞥见韦女士正了正墨镜,"我是说,他写汉语诗,维吾尔族朋友觉得他装,而且汉族诗人那么多——可怜的巴依阿吉,如果他留在这里,而我是塔克拉玛干艳后,拥有这片沙漠,我就可以永远和他在一起。"

我不知道该说什么,默默开车。

我们下车后开始准备扎营。我给韦女士支好了帐篷,在离她不远的地方开始给我自己支。太阳开始落了。

"真美啊,"韦女士张开双臂,"巴依阿吉的新家,真美啊!"她高呼着,我看着她跑向一座小小的沙丘,她小跑着,然后突然绊倒了。我以为她会自己爬起来,可她就那样匍匐在沙地上,一动不动。我离开自己没有搭好的帐篷向她跑去。

等我离她够近,我才发现,韦女士并不是一动不动。她匍匐在沙地上,正在哭——她的头发被光晒成了金色,又被风揉进了沙子,简直就像一把沙子揉进了一把金子一样——她的手在愤恨地捶打着她身下不断流逝的沙子,但这样的捶打是徒劳的,因为沙子依然在松松垮垮地流逝着,像岁月一样。有些沙子已经流进她的衣领里了，我试图把她搀起来。

"别拉我！别拉我！"韦女士依然在哭，"别拉我。"她的声音失去了往日的坚强，在日落映衬下，听起来令人神伤，"他妈的臭沙漠，"她咒骂着，"他妈的，"她哭着，"他妈的沙漠居然还敢把我绊倒。"她的声音像含着一把沙子，"我没把你铲平就不错了，你居然还敢把我绊倒。"我把韦女士拉起来。

我搀着她回到她的帐篷，她一路上都在哭。"别哭了，别哭了，"我安慰她，"别哭了。"

"我的眼泪可能是附近几公里唯一的水源。要是我当时在巴依阿吉身边，我可以哭给他足够活命的水。"韦女士还在哭，她好像被她这句话勾起伤心事，哭得更厉害了。"他在甜水海当过兵，你知道吗？甜水海，听起来那么美。"韦女士还在哭，好像甜水海是个名副其实的地方，但我知道甜水海是个名不副实的地方。

入夜，我们裹紧大衣，我正在点篝火。韦女士坐着，抬头看着月亮。

"没进过沙漠的人一定不知道，月亮可以这么大。"韦女士看着月亮，"巴依阿吉喜欢阿多尼斯，要是巴依阿吉在，我会让他给我们读一段——他有句写月亮的诗，我们都喜欢。谢谢。"她接过我借刚点着的篝火点的烟，烟的前端已经被火舌舔焦了。

"我一直觉得，巴依阿吉会是个越长越帅的男人。"韦女士抽了一口烟，喷出的烟气像有形的灵魂一样腾起，又散掉了，

"可惜见不到他变成个老帅哥的样子了。"韦女士的眼睛红了，可能是被篝火熏到了，"他一定也见过这样的夜，月亮这么大，星星又多。"韦女士把烟扔到篝火里，突然站起，大声喊起来。

"巴依阿吉！巴依阿吉！我来看你了！"她每喊几个字就要猛吸一口气，"是我啊！是我啊！"

韦小姐一开始就喊破声了，把巴依阿吉的名字喊得像"啊——咿——啊——咿——"。她的声音又哽咽了。我拿起膝上的毛毯，站起来把它披在韦小姐的背上，她转过身来看着我，眼神被火光、月光和泪光一起映亮，她披着毛毯，一点点靠近我怀里，我将她抱住，她又哭了。

"我好想你，好想你。"韦小姐哭着。

我拍着她的肩膀——确切地说，是拍着她肩膀上的毛毯，我们站了很久。然后我搀着她回到她的帐篷。把韦小姐送回她的帐篷里，我又出来抽了几支烟，看了会儿星星，用沙子盖灭了篝火，然后回到自己的帐篷里，过了一个难忘的夜晚。

也就是在那个夜晚，我有了一个好主意。我后来经常觉得，那个主意是巴依阿吉的灵魂在那个夜晚，听到了韦女士的呼唤，知道我们来了，跋涉了整个塔克拉玛干沙漠，找到了我，赐给我的——一个让韦女士得到慰藉，得到勇气继续生活下去的好主意。当然，我并没有说是巴依阿吉给我托了梦，亲自告诉了我。但我觉得这个好主意一定是他这么个诗人才想得出来的。既然韦女士真的相信一定有这样一个游吟诗人，相信这个游吟诗人一定写过这样一句"但愿有人知我本色"，那么，我为什么不杜撰这样一首诗呢？反正韦女士也看不懂我们的维吾尔文。我大可从鲁提菲的诗集里（这可能就是冥冥中我把它带到沙漠里的原因！）找出我祖母哼唱的那首无名诗，把它背下来，背给韦女士（反正韦女士也听不懂维吾尔语），告诉她："对，我找到了，这就是巴依阿吉生前看到的游吟诗人念给他的那首诗。"然后，我只需要再编一首有"但愿有人知我本色"这一句的汉语诗交给她，告诉她这是那首诗的汉语版，就可以了。这样，韦女士至少会放下对巴依阿吉死前留下的布条上的那个"游吟诗人"的执念——谁知道呢？也许她也会开始从此渐渐放下对巴依阿吉的死的执念。我兴奋地打开鲁提菲的诗集，翻出了我祖母哼唱的那首无名诗，那个晚上我的维吾尔语恢复了最高水平，我很快背过了那首诗。我甚至想起了巴依阿吉布条上的那些维吾尔文：

،قالدىم ئۇچرىتىپ شائىرنى سەيياره بىر قۇملۇقتا
قاپتۇ ئىسىمدە مىسراسللا بىر پەقەت ،بەردى ئوقۇپ شېئىر بىر ماڭا ئۇ
قىلمىەن ئۇممد بىلىشنى مەنى ھەقىقىي بىرىنىڭ پەقەت

麻烦的是编汉语诗。我走出帐篷，在星星下面抽烟，脑海中反复念叨那句"但愿有人知我本色"——作为一个画画的，我从来没写过诗，更别提写一首汉语诗了。正当我愁容满面，望着月光洒在辽阔的塔克拉玛干沙漠上，望着洁白的月色和洁白的沙子，我突然想到了白天韦女士在车里提到的、她和巴依阿吉在塔里木河看见的那只洁白的雪鸽——那时韦女士二十一岁,巴依阿吉二十五岁,我感觉我猛然被一道闪电击中了——我掐了烟,转身回帐篷里找纸笔,当时我的牙齿还在打战。

第二天我走出帐篷时,韦女士正站在昨夜熄灭的篝火前,望着初升的太阳。我心虚地走到她跟前,她的头发蓬乱在风里。

"昨晚,"我揉揉眼睛,"我突然想起来——"

"奥登有一首诗,"韦女士侧过身来看见我,"《要事优先》,巴依阿吉特别喜欢,最后一句是'很多人无须爱也可苟活,但没有水则万事皆休'。"她对我笑了一下,"看我的头发,已经乱成这样了。水真是重要啊!"

"我也要告诉你一首诗。"我看着她蓬乱在风里的头发,"我昨晚突然想起来一首诗,就是巴依阿吉布条上那个游吟诗人的诗。"我看着她的眼睛,有点心虚,"我昨晚突然想起来的。"我的声音小了些。

为了回避她诧异的目光,我望着初升的太阳,开始背那首我祖母在我小时吟唱给我的维吾尔语诗,我开始有点紧张,背错了几句。但我很快就不紧张了,塔克拉玛干沙漠就在我的脚下支撑着我,支持着我,我的维吾尔语被风吹进沙砾中,吹进天空里。我感觉巴依阿吉也在塔克拉玛干沙漠某处谛听着我的声音,谛听着我祖母的声音,鲁提菲的声音,那个沙漠里的游吟诗人的声音。

韦女士没有出声,我从兜里掏出昨晚写的那首汉语诗。它

被我折成了一个小方块，我把小方块展开，展成一张纸。我把
那张纸递给她。纸上写着：

那次沿塔里木河散步，
我二十一你二十五；
我们坐上一截胡杨木，
任羊群在河边踱步。
你低头寻找芒达勒西，
我抬头数天上的云；
好久我从你肩上醒来，
脸上泛起一抹红晕。
羊群依然在河边吃草，
它们的倒影像棉絮；
天上的云也映在河里，
就像棉絮缠绕云影。
那天我们散步到月出，
夜色中我突然瞥见：
一只鸟掠过无名小湖，
羽色都被夜色浸染。
虽然被夜色浸染成墨，
但我知道它是雪鸽；
如果一天我也被浸染，
但愿有人知我本色。

从塔克拉玛干沙漠回来以后，我很快就画完了那幅《十二木卡姆》。这幅画也很快使我声名鹊起，有了自己的画室，也让我之前沉寂在地下室的几件作品得以在省美术馆长久供人瞻仰。但正如我先前告诉过你的那样，我认为这幅画真正使我声名鹊起的，就是那个之前被我轻视了的、韦女士想象中的、巴依阿吉布条上的、沙漠上的游吟诗人的形象。是的，我最终还是把那块空白画成了一片沙漠。但我在沙漠上画上了一位游吟诗人，他披着一件我记忆中的、祖母的旧毯子，手上拿着一本鲁提菲的诗集，脸是巴依阿吉的样子。如果这个画面有声音的话，你大概可以听见我那天在塔克拉玛干沙漠里背的维吾尔语诗。我和韦女士后来只见过两次，最后一次见她时，她正和乌市的一个汉族诗人谈恋爱。我听说她最近过得不错。

（作于 2021 年 12 月，
发表于《作品》2023 年第 7 期）

张浪小辑

———

张浪，1999 年出生，湖南怀化人。湖南师范大学文学院创意写作专业硕士。有作品发表于《创作》《微型小说月刊》。获首届"泰山·中国大学生中文创意诗歌大赛"优秀奖；武汉大学"我的寒假返乡观察笔记"非虚构写作大赛三等奖；"少年凌云志，时代正当燃"湖南高校大学生征文活动三等奖。

在那姆河岸寻鹿

我与卫先的第一次相识，是因为一张相片。那时，我供职于南方一家杂志社，临近转正。带我的老师对我说，你去搞一张野生动物的照片，我就能保证你一定能留下来。那个时候，杂志社还没有像现在这样没落，来自四面八方的优秀实习生很多，但可靠消息透露，转正的名额只有一个。老师低声跟我说话的样子使我信服，我强忍心中的激动，问他，拍什么好？他说，拍梅花鹿吧，我听说云南那边有野生的梅花鹿出没，离咱们这儿也不远，你去云南吧。就这样，我背着一个旅行包，来到了云南的一个边陲小镇：平溪镇。

出发之前，我在网络上搜寻了大量的讯息，最终在刚刚兴起的百度贴吧里找到了平溪镇。今年三月份，有人在这里拍到了野生梅花鹿。

那夜我整晚没有睡着，天还没亮便起来收拾行李，带着现金，离开了出租屋。我在火车上昏昏沉沉睡了许久，又在汽车上晃动着前进，到达平溪镇时，太阳已昏昏欲坠。我眯起眼睛，明黄色的光带有无限的温情，注视着我。精神上的愉悦已使我忘却旅途颠簸的疲倦，我出入小镇的各种场所，搜寻能带给我一些好消息的人，但事情的发展比我想象中还要麻烦，他们摇头挥手，打碎了我的计划和构想。我又累又饿，只好随便找了一家饭馆，点了一碗米线。如今我已经忘记那碗米线的味道了，只记得很烫，我一边大口吸溜着米线，一边嘴巴呈"O"形吞吐热气，米线如稍稍冷却的岩浆溜进我的肠道。

卫先就是在这个时候，戴着一顶跟自己头围不太匹配的军绿色帽子，出现在我的眼前的。他走过来，帽子盖住了上半张脸。他问我，是不是想找梅花鹿？我问，你怎么知道的？他指了指不远处的野生菌交易市场说，那边有个伯伯告诉我的。他将帽子往后压了压，露出一张黑黝黝的脸，脸颊处微微红晕，眼神纯粹而明亮，像一只刚出生不久的小鹿崽子。我后来想想，我之所以答应他来当我的导游，多半是受了这双眼睛的影响。至于另一小半，在我看来，孩子的收费应当会便宜些，还在实习的我，实在是囊中羞涩。我的老师只答应给我报销车费，其余的花销一概自负。

谈价格时，卫先的帽子又遮起他的上半张脸。我看不清他的神色，缓缓竖起的三根手指挡在眼前。我摇头，说太多了。他也很倔强，跟我说在这个镇子上，只有他才能带我找到梅花鹿。我说最多一张，他没答应，我转身就走。我知道他会喊我的，他眼神里对这桩交易能成功的渴望，不比我想拍到梅花鹿照片的欲望少。他的个头跟我差不多，但终究是个孩子，不懂买卖之间的拉扯，见我果断离开，便追了上来。最后，价格协商在两张。跟一个半大孩子计较这些有些不太体面，不过在这个世界上谁也过得不容易。他问我能不能先把钱给他，我说，先给一半，见到梅花鹿再给另一半，如果没有拍到梅花鹿，就要全数还给我。他有些不高兴，但没说什么，只是叮嘱我，如果他妈妈问起来，就说没有钱。我点头，却没有放在心上。他说今晚住在他家，明天一早去山上寻鹿。去的半路上，我才发现自己的举动稍显莽撞。

我们搭乘了一辆三轮车，车主是卫先的熟人，一番商量之后，用力气付车费，我跟卫先都踩了一段路。卫先看起来瘦弱，但体能却比我要好一些，三轮车的两个脚踏板在他脚下如同两个风火轮，转得飞快。他一边卖力地踩，一边说，上个月进山找菌子的时候，在一座山的山谷中偶然看见过一只梅花鹿，那只梅花鹿很有灵性，也不怕生，自己走到很近的地方，它都没有跑走。对于他的这番话，我将信将疑，脑子里却在记忆着来时的路线。三轮车的主人是一个头发花白的大爷，他笑呵呵地附和着卫先说的话，又对我说了什么。他说的方言，词句含糊，我没听懂，还是卫先翻译了一下："陈大爷说，我们村虽然靠山，但离边境线还远着呢，所以那梅花鹿是中国的鹿，跟我们亲近。"

我坐在三轮车上休息时，便开始留心沿途的风景。我想，老师叫我来拍梅花鹿的照片，想必不是单纯的拍照，而是想看看我的外采能力如何，我得想办法抓拍到一些有用的素材。入目是一片接着一片的大山，山上缀满了青翠的树，远远望去，每一棵树都看得分明。我问卫先，你们这里的树大概多高？卫先笑了笑说，这里的树比你们里面的要高一些，大一些。我问，有多高？卫先说，一般都有个二三十米呢。我点点头，想起有一次午休时睡不着，在楼顶跟同事一起抽烟。他夹着烟，走到天台边靠着铁栏杆抽。我走过去朝下面望了一眼，人、车、树，在十几米的高度下都变得渺小。一种莫名的失重感袭击我的大脑，一阵眩晕过后我转过身，背部虚倚在栏杆上，问他这有多高。他说，没多高，五层楼，有个十几米吧。说完又吸了一口烟，接着望向布满云朵的天。我坐在车上，将头使劲仰起，也没能捕捉到两旁的树冠是什么模样。我感到恐惧，在橘黄色太阳的照耀下打了个冷战。

前方传来轰隆隆的水声。卫先说，山与山之间常有险沟，前面那里有条大沟，落差大，河水流得快，流得凶，水泼在河床上，像打雷一样。视线偏转，我看见从山的那边，河水奔涌而来，一路上气势汹汹，有暗石鬼礁挡路，反而激起了河水的气性，它咆哮着向着河床断裂处冲去，在近乎直角的地方，又义无反顾地将自己砸得粉碎，然后汇入浩浩荡荡的河水中，消弭在更远处。卫先说，这条河叫那姆河，是怒江的一条支流，在这附近，算是比较大的一条河了。我点点头。他说完又指着不远处一座山说，那里就是我们的村子。我顺着他手指的方向看去，发现山并不高，村子里的屋子稀稀拉拉，依山而建。我们又走了几分钟，耳边的轰鸣声才隐秘了一点。我注意到，陈大爷在最后一个拐弯处，扭头往那姆河那边望去，浑浊的眼中泛起光芒。我觉得这一幕很有艺术价值，抬起相机咔嚓一下，将陈大爷框入镜头里。按快门的声音,让两个人都将目光看向我。我那时,尴尬一笑,说,不能拍吗?陈大爷没有理会我,脸色似乎有些不好,转过头专心蹬着三轮,没有再让我们踩过车。我没有再拍人,随便拍了几张风景。

绕过两三个弯,过了一座木桥,就看见村子的轮廓了。进村之后,我们跟陈大爷在一个岔路口分别。那时天色已经暗下来许多了,陈大爷慢慢悠悠地踩着他的三轮车往另一个方向走,他的背影慢慢融入黑暗中,只听见老旧的三轮车发出叮当叮当的金属碰撞声。一只漆黑的鸟,从树杈上突然飞起,它的翅膀张开,扑腾两下就变成了一个小黑点。我们继续走着,直到地平线上最后一缕光也熄灭了。我打开手机里的手电筒,照亮脚下的路。

卫先说:"有这光,路就好走很多。"

我说:"你跟陈大爷关系还挺好的,他还愿意载你回来。"

卫先说:"陈大爷一个人住,我有时候会去帮他做点事情什么的。"

我说:"他儿子女儿不在家吗?"

卫先说:"有一个儿子,早几年去世了。家里就剩他一个人了。"我看不清卫先的神色,只觉得气氛有些微妙,便不再开口多问。这时我才注意到,卫先已经脱下他那顶不合适的帽子了。

卫先说:"快到了。"

这里的房子都是土墙平顶。卫先家的大门没有关上,远远能看到昏黄的亮光和一条干巴巴瘦小的路。先来迎接的是一只小黄狗，它原本蹲在门槛边上，嗅到卫先的气味之后，便兴奋地摇着尾巴冲了出来。它先是绕着我们一蹦一跳地兜圈子，然后渐渐把注意力放在我身上，动作慢下来，一边嗅，一边好奇地打量我。我非常冷静地站在卫先的旁边，这条小狗也就没有做出下一步举动的打算。跟在小狗后面的，是一个跟卫先很像但身形小了很多的小男孩，不高，大概只到我腋下的位置。他的影子被拉成一根竹竿。他没跟我说话，也没看我。卫先说，他是他的弟弟，卫边。我说，你们兄弟俩的名字倒是取得很好。他笑了笑说，这是我爸取的，他很有文化。

我当时站在门外，卫先进去跟母亲说话。卫先母亲时不时将目光朝向我，又转回去看卫先，表情里却似乎有些责怪的含义，只是最后她还是笑着拉着我进去，并让卫先去厨房将热着的饭菜端了过来。

屋内的光线仍旧灰暗，炉灶和摆放厨具的柜子就在卫先母亲的身后，四周除了土黄色的墙壁就是一道直通阁楼的灰色木制楼梯。他们住在阁楼上。楼梯上还用五颜六色的布垫在底下，防止灰尘落下。我们吃完饭时，卫先母亲正在给卫先奶奶用热水泡脚。她坐在一张小凳子上，用一块四方的布为她的婆婆擦脚，布的材质和花纹与楼梯上的布极为相似。她见我望着那边发呆，便说："他奶奶腿脚不好，每天都要泡泡脚，不然夜里腿寒，睡不着。老毛病了。"说罢，不等我回答，又问我："听我儿说，你是来干吗的来着？"

"我是来这里找梅花鹿的。"我照实回答，有些讶异她一口流利的普通话。卫先坐在炉灶后面烧水，并未注意到这边的动静。

"哦……"卫先母亲说："你找那东西干吗？"

"我上班的地方要，说是有用。"

"那你为了来这里，给了我儿不少钱吧？"卫先母亲将脚伸进盆里，在水中相互摩擦，洗去脚上的污垢。

"也没多少。"话一出口，我便想起之前卫先交代我的事情，暗叫一声不好，只是这句话已经收不回了。

卫先母亲把凳子搬起来，凑近我坐下，她看着我，抬头，微眯着眼睛，直到眯成一条缝，面色有些尴尬，说："剩下的钱就别给他了，给我吧。"

我说："剩下的钱，我要看见梅花鹿才能给。"

卫先母亲让卫边去喊卫先过来，等卫先过来之后，他们开始用方言进行交流。我没听懂。卫先的脸色越来越难看，他抿着嘴，咬住下嘴唇，一言不发。卫先母亲看他如此倔强，便忍不住打了一下他的手臂。卫先这才从上衣的内侧口袋里掏出我今天交给他的订金。卫先把钱递给母亲之后，红着眼眶，丢下一句"我去睡觉了"，便自顾自走了出去。

卫先母亲见卫先如此，长叹了口气。让卫边陪着奶奶上楼休息，之后便自己坐在那里默默发呆，泪水从她眼角滚落，晶莹剔透的泪水滚落到地上，沾上了未打扫干净的尘埃。我坐在板凳上，有些手足无措地看着眼前发生的变故，从包里拿出几张纸巾递给了卫先母亲。卫先母亲没有跟我多说什么，她看着我说："你是个好人，你把剩下的钱也给我行不行？"我没忍心拒绝，钱递给她之后，卫先母亲看起来很高兴。她对我说，要委屈我跟卫先在隔壁的柴房里一起住一个晚上了。她把我送到卫先的房间门口便回去了。我推开门，听见卫先躲在被子里的呜咽声。我开门之后，那呜咽声很快就消失了，取而代之的，是卫先略带沙哑的声音，他说："哥，你也要睡觉了？"

房间不大，一张一米五宽的床，在更加暗的角落里应该还摆放着一些带土的农具。月光从墙上的窗户照进来，隐隐约约，我看见卫先从床上坐了起来，脸上挂着泪痕。我说："刚刚你妈让我把剩下的钱给他。"卫先没有说话，我见他沉默，继续说："我答应了。你要是不愿意再干导游这个活呢，我也不怪你，我再想其他办法。"

卫先用手一抹眼泪，说："没事，哥，我都带你来了，肯定能带你找到梅花鹿。没道理因为这钱给我妈了，我就不带你去了。"

听到卫先说这话，我一直悬着的心才终于放下，接着问道："你跟你妈妈，到底是怎么回事？"

"反正哥你也看见了，我就跟你说说算了。我跟我妈打了个赌，只要我能在这个暑假赚够我上大学的钱，我妈就让我自己选自己想读的专业。"

"读大学不是好事吗？为什么你妈妈不愿意让你去读呢？是因为家里没钱吗？"

"不是因为这个，哥你知道我们云南这边从小就要接受三生教育的吧？"

"啊？什么三生教育？"三生教育，我确实是第一次听说。直到后面卫先跟我解释，三生教育是指生命、生存、生活教育，我才明白过来，我不是没有接受过三生教育，而是从来没有老师会跟我像跟卫先一样的云南孩子这样强调它的重要性。对于他们来说三生教育是具体的，是跟生活息息相关的，跟毒贩人贩和毒蛇猛兽相关。对于他们来说，三生是必须掌握的一门知识和技能，是在西南生存下去的武器。

卫先接着说："在我们这里，我不知道其他地方怎么样，反正在我们这里，很多小孩子从小开始，他们的梦想就是当兵或者做警察。哥，你还记得今天送我们回来的陈大爷吧？"

"记得啊，怎么了？"

"陈大爷的儿子，就是一名警察。只不过前两年出了一趟任务就再也没回来。据说，那天还是陈大爷的生日。他跟陈大爷说，等他出完任务回来，就给陈大爷过生日。可陈大爷左等右等，就是等不回他的儿子。那晚陈大爷一晚上没睡。第二天，一辆警车从村外开了进来，带回来的是陈大爷儿子染血的警服。那次之后，陈大爷就再也没有过过生日。"

我沉默了一会儿，才说："所以你才经常去给陈大爷帮忙？"

"嗯。"黑暗中，我看见卫先点了点头，他说，"陈大爷儿子跟我爸爸是战友，小时候经常带我一起玩。"

"那你爸爸？"

"我爸爸的警服跟着陈伯伯的警服一起回来的。"

"对不起。"我说。其实不用问，我也应该知道的。就在我得知了事情的某些真相之后，我才对他们母子二人之间的矛盾有了一个大概的了解，我才知道这是一个怎样的对赌。平心而论，站在哪一方，我都觉得他们的做法很有道理。我没办法站在一个外人的角度去评判两人之间的博弈，我必须站得更高，但我不能站得更高。我只是一个花钱来找梅花鹿的旅客。明天或者后天过后，我就应该离开这里，这里的一花一木都跟我再无关系。可看到卫先的泪水，我又想起毕业之后徘徊在杂志社门口的自己。我知道在这场对赌中，他是弱势的一方。

"不过以我现在的赚钱速度，怕是凑不齐学费了。"卫先的声音有些苦涩，他说，"我可能是没有那个福分做警察吧。"

我说："我给你讲个故事吧？我一个朋友的故事。"

"行啊。"

"我以前有个朋友，他从小呢，就喜欢看书，文科成绩也比较好。高一文理分科那年，他本来想选文科的，分科表都填好送给老师了，被他爸妈拦了下来，硬生生从文科变成了理科。后来，我那个朋友郁郁寡欢地度过了他的高中岁月，高考的成绩也不算好，考了个省内的二本学校。大学的专业也是父母喜欢的理工类，他毕业之后按照父母的要求，选择了相关的职业。可就在几年之后，他突然从那个人人羡慕的单位辞职，带着那几年赚的工资，开了一家书店。

"我现在的这个工作，就是他辞职之前给我介绍的。我后来去见过他，我看见他过得很幸福。书店不大，但全是他喜欢的。他还找了一个同样喜欢文学的女孩子结了婚。据他自己说，辞职之后，他的人生才刚刚开始。"

"那他还挺厉害的。"

"是的。"我说，以上的大部分内容都是真实的，只有小部分内容是我为了安慰卫先编造出来的。我接着说："所以你看，什么时候选择自己想要的生活，都不算晚。关键在于，你要明白自己想过的是什么生活。"

"嗯。你说的有道理。"床铺那头传来了沉闷的应答声。

长久的沉默，但我毫无困意，于是岔开话题说："今天我看陈大爷在看那条河，难道他儿子死在那条河里？"

"啊？"卫先说，"那倒不是，不过那里面倒是撒了很多牺牲的人的骨灰。"

我说："为什么要撒进去，是水葬吗？"

"不是。"

"那是怎么回事？"

"我不知道，我们这儿的人都这么干。听说，那姆河里有河神，人的骨灰撒进去，就能常伴河神左右，在河里过上无忧无虑的好日子。所以我们都这么干，我爸爸现在应该也在河神那里。"

"那河神家还挺宽敞的。"我附和道。其实我向来不相信这些怪力乱神的东西。

卫先说："不是所有人都能把骨灰撒进那姆河的，只有那些了不起的英雄才能把骨灰撒进去。我爸爸是英雄，陈叔叔也是英雄。等以后我死了，我也要去河神那里。"

我在黑暗中竖起了大拇指，开玩笑道："好志向。"

卫先却很认真，说："好男儿当葬身于那姆河里。"

我不愿再就这个话题深究下去，只当它是卫先尚未长大时爱做的梦，就如同我小时候披上家里的床单扮作行侠仗义的大侠。两个人都不再言语，只等天明。夜晚，我看见一钩弯月钩住了纸糊的窗户。那月光朦朦胧胧的，竟让我觉得有些忧伤。我望着那薄薄的月光没有睡着，卫先却打起了呼噜。

次日，我跟随卫先进山。入山的路并不好走，我换上了卫先父亲留下来的黑胶靴子。卫先说，别把好鞋弄脏了。他父亲的脚跟我的脚差不多大，靴子很合适，我穿着这双靴子，背着我的包，跟着卫先，向大山深处走去。有时，他走在我的前面，他的背影干瘦但很坚定，明明年纪不大，却能让人感觉可以依靠。有时，我看见了值得记录的东西，便小跑前去，蹲下拍照。他踩着我刚刚走过的路，蹲在旁边静静地看。大概走了两个多小时之后，我们来到一片山中平地。一条一人宽的小溪从中潺潺流过，溪水两岸长满绿草，中间还有黄白两色的小花，再往上，是黑黝黝的密林。如同世间大部分的事情一样，我没能遇见梅花鹿。我跟着卫先四处搜寻这片土地，最后只找到几块排泄物。我高兴地给它们拍了一个合影，我知道，这里一定有梅花鹿。如果我有时间等待下去的话，我终究会遇见那只梅花鹿的。我将给它拍下一张最好看的照片，那将是我的代表作品，是我深入青山探访自然的凭证。

没有见到梅花鹿，卫先似乎比我还要焦虑，脸色很不好看。他说："我可没有骗你，我之前真的有看见过那只梅花鹿。只是今天运气不好，所以没看见，等明天来，明天一定能看见。"

我说："没有关系。明天早点来，说不定能看到。"

卫先捏紧了自己的拳头，说："一定会的。"

从山上下来的路比上山轻松许多。可我们之间的氛围，却比之前更加沉重了些。卫先一脸严肃，时不时咬咬下嘴唇，也不怎么说话。为了缓解这样的尴尬，我说："之前就听说云南的菌子很好吃，一直没吃过，它们跟外面的菌子有什么不一样吗？"卫先眼睛一亮，说："哥，我带你去找蘑菇吧，现在正是出菇的时候。"我说："行啊。"于是，我们就开始漫山遍野地去找蘑菇，最后还真收获不少，有珍珠菇，鸡油菇，鸡枞菌，甚至还找到两个干巴菌，几个见手青。卫先手捧着那两个像大黑木耳一样的菌菇，嘴角咧开，笑出了花。他说，这两个干巴菌值不少钱了。至于见手青，他说，这个菌菇有毒，做得不好的话是要进医院的，但做得好就特别鲜美，我妈妈特别会做，也特别爱吃。

回村时，我们在村口遇到了卫边。他正在跟另外一个孩子打架，那个孩子身高体壮，看起来比卫边要大一号。对手的力量很占优势，照理说在这个年龄层次里，打斗毫无技巧可言，力量就是一场争斗的决定性因素，场面应该是一边倒的。卫边身上有一股奋不顾身的劲，这股劲改变了局面，他用他的头去撞，用脚去踢，用手去抓头发。一时之间，两人缠斗在一起，满地打滚，也没有分出胜负。

卫先见状赶紧跑了过去，分开两人。卫边站起来，衣衫不整，衣服袖口都被撕开了一道口子，可他的眼神中还是透露着倔强，盯着对方没有放松。他的对手气鼓鼓地看着他，嘴巴翘起，发出呼噜呼噜的声响，像开水壶正不断冒出泡泡。两人对峙了几秒之后，他突然摸了一下自己的额头，胖乎乎的小手在眼前张开，上面沾上了额头渗出的血。他一见血，便大声哭了起来，不管不顾，往远离我们的方向跑去。跑出一段距离后，他站住，对我们嚷道："你们等着吧，我爸爸会来收拾你们的。"放完狠话之后，他就逃之夭夭，头也没回。

卫先把卫边拉起来，替卫边整理衣服。卫边此时正大口喘着粗气，卫先等卫边的呼吸平缓下来之后，才问他为什么打架。卫边说，他说我爸坏话。卫先问道，说了什么？卫边支支吾吾半天，也没说出来，只是一直在强调说他说我是没爸的孩子，他说了这句话，就该打。卫先点点头，说，去河边洗把脸，把身上清理一下，别让妈看出来。经这一遭，刚刚采到值钱菌子的好心情也荡然无存，去河边的路上时，我看见卫先又开始咬嘴唇。

我陪着他们一起去那姆河边。路上卫先跟我说，刚刚跟卫边打架的胖子是村子里另一户人家的儿子。他家在村子里的亲戚多，小孩也多，平日里结伴出行，走到哪里都是一群人。人多势众，自己的块头也不小，他就经常欺负别人。慢慢地，别人家的孩子也都不愿意跟他玩，一见他来，就躲着他。有一天，卫边在跟其他孩子玩捉迷藏的时候，不小心撞到了他，他便借机找卫边的麻烦。卫边不是那种惹事的孩子，但也不怕事。卫边被他一下子打翻在地，但也没有向他认输，嘴里并不服他。卫边回家后，也没有跟妈妈说，只是说自己不小心摔了一跤。倒是在我的逼问下，才说出了实情，但是妈妈并不愿意为此出面。她只是语重心长地跟卫边说，你也是个小男子汉了，有些事情要自己承担，我不会帮你出面，自己的尊严要自己挣。那之后两个人就杠上了，经常因为各种原因打架。一开始，卫边还因为身体瘦弱常常吃亏，后来打习惯了，身子也长大了，扳回了不少的胜算。虽然还是输多赢少，但已经不再是一边倒的局面。有时候双方都会挂点彩，两家的大人也就默认把这事停留在孩子自己的层面，不多干涉。

我说："两个小孩打成这样，你们都不管吗？"

卫先摇摇头说："管不住，总不能不让卫边出门吧，再说也不是卫边的错。有一次卫边咬了他的手一口，都咬出血了。他家里带了好多人上门，一到门口反而踟蹰起来，迟迟没有走进我们的院子里，远远张望了几眼，就散了。别人一问，他们就说，小孩子的事小孩子自己处理，大人插手算怎么回事！妈妈听说了这件事之后，带着我弟上门道歉，赔了医药费。那之后，卫边打架再也没有动过嘴就是了。"

前面到了那姆河边，这里是我们来时看见的那段河流的下游，水流已不似那边湍急。地势平坦，靠近村庄这边形成了一片滩涂，铺满了细密的河沙和碎小的石块。石块不像鹅卵石那样光滑，更像是用一柄铁锤，从山石上砸下的碎片。

卫边走到河边，洗脸，拍灰。卫先随便捡起一块石头，使劲往河那边扔，竟然一下子扔到了河对岸。我也从地上捡了一块石头，使劲朝着对岸丢，也成功上岸。后来我们两个就开始比谁打水漂打得远。他打得很有技巧，每一块石头都能在水面上打起十几个水波，我没能比过他，只有石头合适、力度角度都合适时，才能跟他齐平。不一会儿，卫边也处理好了自己身上的脏污，加入了我们。他不懂得如何选取石头，从地上捡起一块巴掌大小的石头往河中抛去，石头入水发出"咚"的一声闷响，水面被砸下一个大坑，水花溅起。

我坐下休息了一会，卫先停下来问我说："哥，你拍梅花鹿的照片有什么用？"

"我老板让我来的，说是下期杂志头条用这个。"我没有完全说实话，毕竟现在还没有拍到梅花鹿的照片。

卫先说："你喜欢这份工作吗？"

我沉吟一阵，还是点了点头。

他说："真好，能做自己喜欢的事情。"

"怎么嘞？"

他一屁股坐下来，捡起旁边的石子，随性地丢入水中。他说："我妈不想让我当警察。她想让我当老师。我不想当老师。"

我说："老师也挺好的。"

卫先说："我不喜欢。我想当警察。"

卫边这时候站起来，说："哥哥，你去当警察，我来替你当老师。"卫先笑着摸摸卫边的头。

我问卫先："你为什么非要当警察呢?"

卫先没有回答，卫边却抢着说："我看见我哥穿警服，那可老帅了。"卫先则挠挠头，不好意思地笑了起来。

卫先没有再说什么，但我知道在他的沉默中潜藏着什么。那一刻，他想说的我全都明白了。就从那个笑容里面，从他纯真而虔诚的眼神中，我想，我可以给予他一些小小的帮助，就如同我从别人那里收到的帮助。将火从一个火把传递到另一个火把，那么火将充盈世界。我从自己的这个想法中，感受到了一丝善的圣洁，那一瞬间，我觉得我能改变这个少年的命运，推动他的齿轮。我的血液在燃烧，我的脑海里已经想到了多年之后他成为一名警察，在宣誓时会想起我的帮助。多年之后，我再回想起当时说的这句话，我才明白，那时，我站在我内心最高的地方，随便往哪个方向走，都是一脚踏空。我说："你会成为一个优秀的警察的。"

回去的路上，我的老师突然给我打了一通电话，问我在干什么。我说，还在云南找梅花鹿呢。这段时间，我时常与老师保持着联系，行程都与老师有所交代。老师说，不用找了，马上回来。我的心底咯噔一下，急忙问为什么。老师没有回答，只是说尽快回来就行，随后挂断了电话。

我跟卫先说，自己明天就要返回杂志社。卫先也听到了我的电话内容，他点头表示理解，只是很担忧地问我，没有拍到梅花鹿会不会害我失业。我拍拍他的肩膀说，没事的。卫先妈妈听说我明天要走，便将家里养的一只母鸡杀了，配上今天找到的那些菌子，给我做了一顿云南特色的小鸡炖蘑菇。她说，家里没什么好东西可以招待，远来是客，没道理让我来一趟云南连顿饭都没能好好吃。我想着，自己付过的钱倒是能让我心安理得地吃上一顿，便也没有客气。

吃完之后，卫先妈妈把我拉到一边，从怀里掏出两百块钱，说，这两百块钱你还是拿着。我说，给你们了，怎么还能往回拿？卫先妈妈说，你没拍到梅花鹿，按照你们之前的约定，这钱就该还你。卫先妈妈的表情很严肃，也很坚定。我没有再说什么，接过了这两百块钱，说了句谢谢。稍晚一些时候，卫先手持了一片芭蕉叶，从外面走进房间，他说，我们这儿出远门的人都要用芭蕉叶喝上一口那姆河的水，这样此行才会顺顺利利，平平安安。在月光下，卫先的表情肃穆而虔诚。我接过他手里的芭蕉叶，一饮而尽。他看着我，笑了起来。

临行前，我拿着相机给他们一家四口人拍了张合照。卫先说也想跟我合影，我调好焦距和位置，把相机交给卫边，让卫边为我们拍照。后来我见卫边欲言又止，我问他，你还想跟谁拍照？卫边指了指我，又指了指卫先，我明白他的意思，便将相机交给了卫先母亲。最后卫先跟着去镇上，把相片洗了出来，连带着之前为陈大爷拍的那张。我都留好了底片。分别时，卫先跟我交换了联系方式。返程路上，我通过短信告诉卫先，在枕头下面为他留下了三百块钱。两百是此行的导游费，另外一百块是我的私人赞助，我还祝他早日梦想成真。

回去的路上，我一直默默练习见到师傅之后的说辞，心里已经做好了找下一份工作的准备，但回到杂志社我才知道，事情发生了一些戏剧性的变化。原来老师不仅把拍摄梅花鹿的事情告诉了我，他也平等地小声地通知了其他人。而这，就是杂志社最后的考验，对职业道德的考验。

其他的实习生被叫回来的时候，也没有拍摄到野生梅花鹿的照片。他们担心自己表现不好会被刷掉，有的从网上找了一张图就去交差，有的从动物园里拍下照片，然后说是野生梅花鹿。这些小把戏都被眼光毒辣的老师一一识破。只有我和另外一个女生没有作弊，老老实实按照老师的要求去了云南，并最终交了一份白卷。得知我跟另一个女生都被留下来转正的时候，我的内心既庆幸又遗憾，我想起我拍下的那张与梅花鹿有关的照片。我想，再给我几天时间，我一定可以找到那只梅花鹿的。

转正之后，事务繁多起来，本来说有机会一定要再去云南，蹲守到那只梅花鹿，却迟迟没有足够的假期。那年的九月，卫先给我发来消息，说自己考上了云南最好的警察学校，谢谢我给他的帮助，还说自己以后会把钱还给我的。我当时正在为一个宣传项目忙得焦头烂额，没顾上把这件事放在心上，转头就去忙自己的事情了。又过了几年，卫先说自己已经毕业，回到故乡，继承了父亲的警号。我看了之后很高兴，祝贺他终于梦想成真。他邀请我再去一趟他的家乡，他说，什么时候去提前说一声，他好上山去为我寻菌子。他还说，已经帮我探好点了，只等我来，这次一定能找到那只梅花鹿。对他的盛情邀请，我一再感谢，只是迟迟没有动身去云南。

在那之后，我因为搞砸了一件事，被主编骂了个狗血淋头。蹲在地上收拾那些被主编丢在我头上的稿件时，我想起了那个我为卫先描述的实现了自己梦想的朋友。下班之后，我躺在阳台的藤椅上，外面下着倾盆大雨。我突然感到厌倦，我递上了一封辞职信，收拾好行李，开车回到了故乡。我用这些年攒下来的钱，开了一家书店，自己当自己的老板。我很自豪地把这件事情给卫先发了过去，我跟他说，我当初跟你说的那个朋友就是我，我现在跟你一样也实现了自己曾经的理想。对于那个故事，我一直很自得，我以为它造就了两个人的梦想。过了两三个月，卫先才说了句恭喜，并解释说，自己这段时间工作比较忙，都没空看手机回消息。我说，没事，工作重要。但实际上，我心里还是有芥蒂的。自那之后，我便很少与卫先闲聊。他后面会发短信来问候，送上节日的祝福，我都是简单敷衍几句，两个人的关系逐渐淡了下来。

我记得接到消息的那天是星期二，我正在侍弄我妻子刚刚买回来的兰花。妻子在厨房做饭，做的红烧肉和清炒藕尖。楼下有孩子踢球砸中了一楼的玻璃，破碎的声音荡漾出无限的争吵和哭闹。我的心情烦躁，竟然打翻了那盆兰花，塑料的盆摔到地上，里面的泥土洒满了阳台。

是卫边给我发的消息，大致意思是，他哥哥的葬礼在下周举行，期望我能来参加，还说，这是哥哥的遗书里提到的意思。

拿着手机的右手微微颤抖。我将手机放在窗台上，连滚带爬地逃到了储物室，从一堆杂物里找到了一个落满尘埃的相册，里面有我和卫先还有卫边的合照。我一边落泪，一边用手拭去上面的灰尘，却发现越擦越脏。

妻子听见我的哭声，从厨房走出来，没有问我为什么，只是抱着我，直到我渐渐安静下来。

我抬起头，问她："我们今年去云南走一走好不好？"

妻子摸着我的头发，说："好啊。不过去云南干什么呢？"

我说："那里还有一只梅花鹿没有见到。"

我们收拾好行李，第二天就准备出发。当天晚上，妻子在我身边鼾声响起，我却迟迟没有睡着。窗外开始下雨，雨声滴滴答答，搅得我心里不得安宁。我只好轻手轻脚地起来。拿出那张合照，回想多年之前的这段经历，我本以为自己早已将一切都忘记，却没有想到现在还是如此鲜活。记忆在令人失望的方面，从来不让人失望。我甚至还能想起，我放在枕头下面的那三张一百块钱的味道，那是一种混合着汗水、汤水、泪水以及那姆河水的味道，油墨将它们锁住，变作一种近乎永恒的印记。

我回到床上，渴望进入梦乡。在梦里，我会看见已经成为教师的卫边站在村口朝我挥手，怀里搂着他温柔漂亮的妻子。妻子的膝前站着一个半大的孩子，孩子的脖子上挂着长命锁。他的母亲正在房间里给奶奶洗脚，见我来到，便将头扭过来，笑容满面。我故地重游，又走到那姆河岸。这次的那姆河上弥漫着大雾，在大雾中我看见一座宫殿，金碧辉煌，里面的众人觥筹交错，推杯换盏。我终于在人群里看见卫先，还是跟以前一样，只是他穿着宽松的长衫，皮肤也要白皙很多。他的旁边站着一只梅花鹿，鹿角很大，分出两三个枝杈来。我连忙举起脖子前的相机，它见我举起相机，便斜睨了我一眼，而后凌空，跑不见了。

（作于 2023 年 8 月，
入围"真金·青年文学新秀选拔"五十强）

孩子

　　下午四点，林鱼按照约定好的时间，走进那家咖啡店。店里只有两三个顾客：一个穿着皮夹克的中年男人坐在偏僻靠墙的位置，面前摆着一台笔记本电脑，正死死盯着那发着绿光的屏幕，他没有注意到林鱼的到来；另外还有一对穿着情侣装的男女，头挨着头，喝一杯加了奶盖的咖啡。林鱼进门时，门前悬挂的风铃响了，丁零当啷的，他俩便齐刷刷抬头朝林鱼看了一眼。两边的目光相遇，一瞬间僵持不下，便相互点头打了个招呼，林鱼看到那个男生细软的唇毛上沾染了一层白沫。柜台后站着一个店员，睁大眼睛望着她。林鱼从她的眼神里看出了询问和期待的意味。她没有理会，左右看了一眼，找了一个离他们都远的角落，然后坐下。

　　隔壁是一个花店，从林鱼的角度看过去，窗外摆满了花草。有些她认识，像是红玫瑰、粉玫瑰、碎冰蓝、满天星、小雏菊、兰花，还有尤加利叶，还有更多是她不认识的，她用眼神搜寻了一遍，没有看到她最喜欢的郁金香。上次她收到花，要追溯到一个多月前的情人节，那时她正在厨房准备晚饭，突然响起了敲门声，她开门一看，一个外卖员拿着一束保加利亚的玫瑰花，说是让她签收一下。她问外卖员，没送错吗？外卖员说出了她家的地址并核对了门牌号，说没错，是这个地址。她接过那束花，放在玄关的柜子上。她在花束中发现了一张明信片，上面写着另一个女人的名字：小鹿。她没有哭闹，把那张明信片撕碎，丢进抽水马桶里，让明信片跟上面的名字一起冲进了阴暗的下水道里。等丈夫回来之后，她还是如往常一样，只是对他抱怨说，明知道自己不爱玫瑰花，为什么还要买玫瑰花回来！丈夫装作无所谓地低头脱鞋，把穿过的袜子随手丢在鞋边，说，最近这段时间太忙，没注意就买错了。自从她辞职在家疗养身体之后，丈夫就默认这些事情是她的分内之事了。她站在玄关边，冷眼旁观丈夫此刻的丑态。

夜晚睡觉时，丈夫刚躺上床，鼾声就响了起来。她一直没有睡着。她起身，走到客厅，那里有一面全身镜。她没有开灯，借着月光，开始一件一件脱自己的衣服，直到一丝不挂。她赤身裸体地站在客厅，对着镜子欣赏起自己的胴体，除了稍显瘦弱不够丰满之外，堪称完美。她伸出自己的舌头，像往常在床上一样，舔舐唇周，媚眼如丝。看了一会儿之后，她停下来，朝镜子里竖了一根中指，然后穿上衣服，去厨房里给自己倒了一杯热牛奶。

"您好。"店员怀抱着一本菜单走过来，说："请问您要喝点什么？"她是个非常年轻的女人，浓密的头发藏在帽子里，脸上没有斑点、皱纹或是水痘，一个都没有。

林鱼说："一定要喝点什么吗？"

"是的，本店规定，落座有最低消费。"店员面带微笑，把菜单双手递给林鱼。

"我在等人。"林鱼说。

店员收起菜单说："那等您要等的人出现，或者您需要我的时候，您可以再叫我。"

店员要走的时候，林鱼喊住她说："等等，我还是先点一杯吧。"

店员转身回来，把菜单递给林鱼，说："您要喝点什么？"

林鱼自顾自地翻了翻看，说："你有什么推荐？"

"生耶拿铁是我们店里最受欢迎的咖啡。"

"那就一杯生耶拿铁吧。"林鱼说，把菜单还给店员。

"好的，您请稍等。"店员很有礼貌地说。

林鱼突然问道："你还在念书吗？你看起来还像个学生。"

店员说："是的，今年读大三了，来这边兼职。"

"是这样……"

"您如果没事，那我就先去忙了。"

"好的。"

等店员走后，之前喝同一杯咖啡的情侣站起来，往这边走。男生一脸羞涩，女生倒是大大方方，拉着男生往这边走。林鱼看着他们走过来，面露疑惑，她确信自己并不认识这两个人。

女生说："姐姐你好，你可以给我们拍张照片吗？"

"嗯？"

女生说："是这样的，我男朋友待会就要去高铁站坐车回去了。我们想在分别前拍一张合照。我看姐姐这么漂亮，拍照的技术一定也很好，所以想问姐姐愿意不愿意帮我们拍一张。"

林鱼本来不愿意帮忙的，但听到女生叫自己姐姐，心里莫名舒畅了一些，她说："我的技术也一般，拍不好的。"

女生说："没关系的，姐姐，随便拍两张就行，我们相信姐姐的技术。"说完把自己的手机递给了林鱼。

女生开始指导男生跟她一起摆造型。林鱼一边按下手机的拍摄键一边问："你们异地谈多久了？"

"我们谈了一年多了。"

"哦，那挺好的。"林鱼停下手里的动作，把手机往下移了移，带着过来人的语气说，"异地可不好谈哦，要注意你的男朋友，别什么时候跟其他小姑娘在一起了，你还不知道。"

男生连忙否认说："不会的，我一心一意只爱我的女朋友。"

女生本来笑着的嘴角耷拉下来，脸色也阴沉起来，她放弃了刚摆好的造型，走过来从林鱼手里拿回手机，僵硬地说："谢谢姐姐不必要的关心，我们会好好谈的。"

男生还想说什么，就被女生一把拉走，出门去了。门口的风铃前后左右剧烈晃动起来，发出一阵清冽又汹涌的铃声。

林鱼看着他们离去的背影，喃喃自语："一开始谁都这么说，可谁真信了，谁就是最大的傻瓜。"

店员正在清洗用具，水噼里啪啦地砸在玻璃杯上。过了一会儿，店员停下手里的动作，坐在柜台后开始玩手机。咖啡店就陷入了短暂的沉静之中。林鱼走到咖啡店内的书架旁，从中取下一本名叫《南极》的书。打开扉页，作者是一个叫克莱尔·吉根的爱尔兰女作家。翻开目录，她看到其中有一篇叫《有胆量就来滑》，她觉得这个标题很有意思，翻到那一页就开始读起来。

她想，在她读完这篇小说之后，如果那个人还没有来，自己就起身，离开这个地方，永远不再回来。

这篇小说很应景，讲的是一个叫洛斯琳的已婚妇女驱车跟一个陌生男人幽会的故事。起因是男人在报纸上刊登了一则找女友的广告，洛斯琳通过他留下的联系方式找到了他。两人聊过几次之后，就直接约在餐厅见面。吃完饭之后，他们路过游乐场。那个叫格斯里的男人喜欢冒险，约洛斯琳去坐恶魔滑梯——一个一百多英尺长的滑梯，仿佛一个迷你版的悬崖，远远看着就让人感到危险。洛斯琳一开始不愿意，半推半就地被格斯里牵着上去。他说，洛斯琳开车来到这么远的地方，不尝试些不一样的事情岂不是白来了！故事在洛斯琳被一双手推下恶魔滑梯时就结束了。故事很短，但意味深长，字里行间都在营造一种危险的氛围。林鱼感受得出，洛斯琳嘴上说着不愿意，但心底是非常期待的，否则她也不会来见这么一个陌生的男人，并且做好了发生关系的准备。

婚外情，真的那么有意思吗？如从小说里营造的氛围来说，婚外情应该是危险的，稍不注意就可能导致一个家庭的破裂，为什么还有那么多人前赴后继，甘之如饴，全然不顾事情败露的后果？林鱼没有想明白。她感觉这本书很有意思，便从包里取出眼镜，忘我地读了起来。对于她来说，跟丈夫结婚之后，生活已经被工作和家务事填满，她很久没有像现在这样在一个舒适的午后，喝着咖啡，看一本有意思的小说了。

读到第三篇小说的时候，耳边又响起风铃声。很快，一个轻柔的声音在她耳边响起："你好，请问你是林鱼吗？"

林鱼抬起头，看见一个略显美艳的女人。她说："我是，你是陈鹿？"

那个女人点点头。她背了一个灰褐色的链条包，坐下时，将包取下，放于腿上，说："是我。不好意思，路上有点事情耽误了，来迟了一些。"

"没关系，我也刚到，"林鱼合上书，放回原处。她走回座位，打量起面前的女人。陈鹿的五官很小，非常标准的鹅蛋脸，脸上施了淡妆，但不得不承认还是很漂亮，只是眼角的鱼尾纹却显示出了岁月的痕迹。林鱼判断，她肯定要比自己大上许多。她上身穿着一件白色的衬衫，下摆扎进齐膝的黑色短裙里，外套一件西装，底下是肉色的丝袜，搭配白色的平底帆布鞋。

林鱼直言不讳地说："你比我想象的，年纪要大一些。"

陈鹿没有回话，反而打量起林鱼说："我也没想到你看起来年纪这么小。"

林鱼以为她是在讥讽自己，便冷哼一声，没有说话。她将目光看向店员，此刻她多希望陈鹿像店员一样年轻。

店员适时端来她的咖啡，陈鹿端起咖啡抿了一口，说：
"不要误会，我没有其他意思。我只是说你的长相看起来很小，
还像个孩子。"她又强调了一遍："气质上像个孩子。"

林鱼说："谢谢，毕竟不是所有人都能像我一样显年轻。
你约我出来，就打算点评我的长相？"

"啊，不，不是。"陈鹿不愿意让这场来之不易的会面毁于
一旦，解释说，"只是一时之间不知道怎么开口说。你饿了没
有，要不要点吃的？"

"不用了，"林鱼说："我吃不下。我先去上个厕所。"

林鱼拿起包往咖啡店的厕所走去。她在厕所里，把手机的
录音功能打开，然后又在镜子前整理了一下自己的鬓角，拿出
气垫补了一下妆。她仔细盯了会自己的脸，圆脸又有些婴儿
肥，让她看起来比实际年龄要小不少，以往这是一个令她非常
高兴的点。记得有一次，她最好的朋友佳佳捏捏她的脸说，要
是和你长得差不多就好了。但今天，她却为自己这张脸感到沮
丧。她在镜子前练习了微笑，好让自己在对手面前不落下风。

回去的时候，林鱼看见桌子上多出了两盘小吃。一盘炸
鸡，上面淋着鲜红的番茄酱，一盘烤肠，红灿灿的，已经切成
了小段。在林鱼看来，这两盘小吃都血淋淋的，充满了让人恶
心的味道。陈鹿说："不好意思，我有些饿了，就点了吃的，
你要吃吗？"说完还用叉子叉了一块炸鸡递给林鱼。

林鱼闻到炸鸡的味道，便有些不舒服，她捂着口鼻摆了摆

手，说："不了，我闻着有些反胃，你吃吧。"说完就把包挂在椅背上，手机顺势倒盖在桌面。

陈鹿吃完手里的炸鸡，低头，拿着小勺在咖啡杯子里画圈，迟迟没有说话。

林鱼说："你不是说有很重要的事情要跟我说？一声不吭算怎么回事？"林鱼环视了周围一圈，没有看到新的客人，来时看见的那个中年男人被柜台遮挡住了，并不知道他是否还在。这确实是一个冷清的咖啡店。店员又开始清洗玻璃用具，水声很大，林鱼感觉自己有点轻微耳鸣了，耳朵里嗡嗡的，如旧式电视失去信号。林鱼在不自觉中，将压低的嗓音又放了出来。

"我不知道从哪里开始说起比较好。"

"既然不知道从哪里说起，就从头说起呗。我为你们惊天动地的爱情故事留好了足够多的时间。"

陈鹿加重了语气，说："我是真的爱他的。"

林鱼耸耸肩，不置可否，说："谁知道呢，每个人都这么说。"

陈鹿叹了一口气，一副早有预料的样子说："没关系，你不相信也不要紧。时间会证明一切的，时间会证明我对他的爱意的。"

"哦？"林鱼说，"那你说说，你爱他什么？他又爱你什么？说出来让我开开眼界。"

"我以为你不会对这些事情感兴趣的。"陈鹿说。

270

"本来是没有兴趣的，"林鱼盯着陈鹿，目光炯炯地说，"看到你之后，我就有兴趣了。我真的很好奇，为什么他会选择你，跟你做情人。"

陈鹿放下手中的叉子，略作思索地说："其实这是一个很长的故事，当然，我不是说他背叛你很久了，而是说我们认识已经很久了，但我们的相爱确实源于一次意外。"

陈鹿开始讲述。她告诉林鱼，她和她的丈夫相识在两年前。那时她还没跟前夫离婚（是的，她还是一个离过婚的女人）。她的前夫很爱喝酒，每次酗酒从外面回来，他都满嘴的酒气，然后一进门就开始失去控制，先是破口大骂，然后随便抄起家里的东西就往她身上砸，有时丢东西还不过瘾，就会冲过去把她打翻在地。所以之前她的身上常年青一块紫一块，她被打的时候，根本没有还手的能力，只能小心翼翼护住自己的头。

如果前夫仅仅是这样，那也倒好，两个人早就分开了。可等前夫酒醒之后，他又会向她低头认错，甚至会跪下来抱住她的大腿让她别走，并说，如果她走了，他也活不成了。他一边发毒誓说自己以后一定会戒酒的，一边威胁陈鹿说如果她真的离开自己，那她也别想好过，无论她跑到天涯海角，他都会找到她的。

就这样，她一半相信他会改好，一半害怕他的报复，跟他分分合合纠缠了很久。有一段时间，他真的连续半年不喝酒，也没有发酒疯，对陈鹿也很好，事事关心事事体贴，那段时间，她真的以为自己要过上幸福的生活了。可酗酒和赌博一样，那是根植在骨子里的劣性，越压抑爆发起来就越厉害，他已病入膏肓，无法改变了。那件事发生的那天，陈鹿下班回家，吃完饭后洗了个澡，她给前夫发消息，但他没有回。过了一会儿，她听见敲门声，她穿着拖鞋打开门，扑面而来的是浓郁的酒气和呕吐物的腐臭味。

"那天我差点没挺过来。"陈鹿说，"我的拖鞋都跑掉了，我没地方躲，只能从窗户上面跳了下去。还好我住在二楼，不高，跳下去只是崴了脚。可他见我跳下去，并没有放过我，趴在窗沿上大声喊着让我别跑，他很快就追了出来。当时已经晚上九点了，小区里没有什么人，我没地方求救，我的手机也没拿，我只能玩命地往前跑。可他发了酒疯，我连鞋子都没有，脚踩在地上，针扎一样地疼，我哪里跑得过他。我强忍着脚痛，跑到了马路上，就被他从后面追上，飞身一脚踹倒，然后他就开始骑在我身上打。"

陈鹿说到这里，想端起咖啡喝一口，但手颤颤巍巍的，没有拿起来。她只得放弃，她说："让你见笑了，现在想起当时的场景，我还是心有余悸。"

林鱼表情复杂地看向她，明明她现在和对面的人对骂甚至打起来都合情合理，可她还是没出息地受她讲述的影响，内心有所触动，她端起咖啡，喝了一口，让自己平静下来，问道："然后呢，他出现了？"

陈鹿自然知道林鱼说的"他"是谁，她点点头说："是的，他当时像个英雄，他救了我，如果不是他，我现在很有可能已经半身不遂了。所以我很感激他。当时我被按在地上，眼角的余光看见了他在往这边走，我用尽全身的力气向他求救。为此，我前夫狠狠地一拳砸在我的眼眶上，眼角破了，当时流了很多的血。"

"这里还有当时留下的疤。"陈鹿指着自己眼角一处细小似叶脉一样的褶皱，那道疤藏在了她刻意放下的几缕碎发后面，她继续说，"我没想到，他看起来瘦弱的身子那么有力量，冲过来一脚就将我前夫踹倒，我当时只觉得压在心上的一座大山被推倒了，我连忙急促地吸了几口气。他将前夫踹倒之后，前夫就躺在地上，一个劲地叫喊，只是再没有力气站起来打我。后来他跑过去制服了我的前夫，把前夫的脸压在地上。我看见前夫的脸狰狞着，眼眶红红的，他破口大骂，说别让他起来。后来我打电话叫来了警察。"

"这不奇怪，他之前在学校里是练散打的。"林鱼端起咖啡，却发现已经所剩无几，她低着头用小勺搅动了几下，又放在桌子上。

陈鹿说："那之后，我就跟前夫离婚了。警察来了之后，我告他家暴，那天晚上他打我留下的淤青还没有散掉，人证物证俱在。很快便开庭审理，判了他两年。要我说，两年实在是太轻了，就该让这种人渣一辈子待在牢里。算一算时间，他现在应该也出狱了。不过没关系，我早就搬离了原来的家，他找不到我的。哦，说回我跟他的故事。那次之后，直到事情了结，我才想起没有留他的联系方式。也是巧合，一年前我所在的公司跟他的公司有一个合作项目。在会议上我认出了他，并极力促成了这个项目。他为了感谢我，请我吃了顿饭，加了联系方式。后来，我们因为这个项目，交流沟通变多，慢慢熟络了起来。去年我们合作的项目圆满成功，为了庆祝这次顺利合作，我们一众人都喝得烂醉，他扶我去的酒店……"

"那次之后，我们又有很长一段时间没有联系。"陈鹿说，"后来我按捺不住去找他，他说'让我忘了那天晚上发生的事情'。我当时很崩溃，我不知道自己做错了什么，我以为那晚之后，我们已经是男女朋友关系了。当我想问个明白的时候，他拉黑了我的联系方式。我只得四处托人去打听。最后才知道他已经跟你结婚了。"

"我有的时候，真的很羡慕你。"陈鹿说。

"羡慕什么？我有什么可羡慕的？"林鱼将身体完全交给靠背，说，"如今你才是那个赢家，不是吗？"

陈鹿从盘子里叉走一块烤肠，她说："有些饿了，我先吃点东西。"

"没事，你尽可以慢慢吃完。今天我有的是时间，我从未觉得时间对我来说，是如此富余。"林鱼脸带笑意，说，"从前的我，完全被所谓的家庭和工作绑架，我每时每刻都觉得时间不够用，事情还没有做完就到睡觉的点，我每天都恨不得一个小时掰成两个小时来用。如今我即将从中解救出来，你说，我是不是要感谢你呢？"

陈鹿坐直了身体。

"我甚至都有些敬佩你了。"陈鹿说，"我自问是做不到像你这样洒脱的。"

"当你体验过绝望的时候……"林鱼戛然而止，她突然想起陈鹿之前所说的经历，如果那些是真的，那么陈鹿比自己要更接近深渊。但此刻不是大发善心的时候，此刻是两军对垒。林鱼提醒自己不要被她柔弱的外表所欺骗。

"是的，在体验绝望这件事情上，我想我有一定的发言权，在他放弃我的那段时间，我感觉绝望是笼罩着我的。"陈鹿压低声音，歇斯底里地说，"那段时间，我对生活已经失去了希望。你知道的，他将我从深渊里拯救出来，他像一支熊熊燃烧的火把，照亮着我的生命，可有一天，突然有人告诉我，这把火并不属于我，他属于另外一个人。尤其你是如此的年轻美丽，他又是如此地爱你。我看着别人给我发来的你的照片，看着你毫无岁月痕迹的脸，青春靓丽的神色。而我已经三十三岁了，我甚至比他还要再老上五个年头。可我爱他，我没有一天能忘记他。所以每一天我都过得煎熬，每一天都如同身在炼狱。我知道，我内心的爱欲之火燃烧着我，也终将把我身体里的血液焚烧殆尽。我每天都在祈祷，祈祷那一天快点降临。"

"也因此，我曾经尝试过自杀。我想，如果我能为他而死，也是一个不错的结局。"陈鹿撸起自己的袖子，向林鱼展示留有几道血痕的手腕。

陈鹿的声音冷静又阴郁，林鱼听后打了一个冷战。她的内心当中涌现出一股朦胧的恐惧，仿佛一种无形的力量，在扭转这个世界的格局，在对抗她为赴约积攒的所有勇气，仿佛她一直站错了位置，仿佛陈鹿才是那个站在高处的人，才是那个有资格说爱的人。她捏了捏自己的衣角，凭着本能，将背坐直。她告诉自己现在仍旧还是夏天，夏天的太阳炙热如烧红的烙铁。那温度，是她全部的依靠。

"我以为一切就会这样结束。"陈鹿说，"大约是三月份的时候，我还是没能克制自己对他的思念，用一个从未用过的号码，打通了他的电话。我没想跟他说什么，我只想听听他的声音。但是他接通后说话的状态很不对，我听不清他在说什么，怀疑他喝多了。便问他在哪里，他含含糊糊地说了一个酒吧的名字。我找了三四个酒吧，才找到他。我找到他时，他正趴在一个垃圾桶上，喝得烂醉如泥。"

"三月份？"林鱼问，她有些恍惚。今年的三月份，那正是她失去第二个孩子的日子。她和丈夫是大学同学，他们大学毕业就商量着结婚，到现在已经有五年了。他们感情一直很好，举案齐眉，相敬如宾，但他们一直没有一个属于自己的孩子。去医院检查过了，问题出在她的身上，医生说她是宫寒体质，胎儿容易流产。知道消息的时候，她坐在走廊的长椅上掩面痛哭，医生的话意味着他们很难有一个自己的孩子。

其实第二个孩子是有机会长大的，那时他已经在肚子里孕育了四个多月。可是那天她刚洗完澡，厕所地面全是水渍，她本就身体虚弱，不小心脚滑，她仰面扑倒在地，腹部狠狠地撞在了瓷砖上，不一会儿便从下体流出了血。虽然很快送去了医院，可孩子还是没有保住。从子宫里清下来的孩子，初具人形，只有手掌大小。丈夫沉默地把孩子埋进了郊外的荒地里，并在上面撒了一些花种。

丈夫看见虚弱的她躺在病床上，没有说什么责怪的话。自从那之后，虽然还是如往常一般关心她的身体和起居，但她能感觉到，话语里早已没有从前的温度。两人的房事也断断续续，上个月只做了一次。丈夫说，现在她身体还太虚弱。她早就发现了丈夫的不对劲，只是那时她还一直自责，认为丈夫是担心自己的身体，才不愿跟自己同房。那段时间丈夫经常早出晚归，有时说自己应酬，晚上也不回来睡觉，到第二天早上才满身酒气地回到家里。出于多年夫妻的信任，她从来没有怀疑过他。直到那束送错的花的出现，她才明白，在丈夫的身上到底发生了什么。

也就是说，跟她同床共枕了五年的丈夫，那个人人称颂的好丈夫，在她失去自己的孩子彻夜难眠的时候，假借工作，在外面与其他女人苟合。林鱼在心中冷笑，情绪落入冰点。

陈鹿接着说："你知道的，他一直想要一个孩子。"

"是的，我知道。这就是你要跟我说的？"

"是的，这就是我要跟你说的事，三月份那次之后，我本以为我们会像从前一样再次失去联系，但没有想到，上天垂怜了我。"陈鹿脸上带着慈悲，"你知道的，他一直想要一个孩子。当我拿着检查报告去找他的时候，他也很兴奋，他甚至把我当作孩子一样抱起来转了几圈。可等他兴奋劲过去之后，他又说，他是爱你的，他不能和你离婚。没有人能理解我那时的心情，我感觉自己简直要疯掉了……"

"可他想要这个孩子，他想要这个属于他的孩子。他说她不会和我结婚，但可以给我和孩子钱，他说会负责我们后半生的生活。但我不想这样，或许我自己可以过着名不正言不顺的生活，"陈鹿停顿了一下，继续说道，"但我的孩子不能，他应该活在太阳底下，他应该有一个严厉的父亲和一个疼爱他的母亲。"

陈鹿打量了林鱼的脸色，停顿了一会儿，说："如果你不愿意跟他离婚，那能不能等我的孩子生下来，过继给你们养？"

林鱼被她这个大胆的想法震惊到，她说："你疯了？你自己的孩子你自己为什么不养？"

陈鹿说："我是疯了。我倒期望我疯了，这样我就可以什么都不管，什么都不顾及，就做自己想做的事情。疯了倒比不疯更加自在。我知道他不爱我，我知道他跟我在一起只是想要一个孩子。他说你生不了孩子，他说他也不能跟你离婚。但是我可以生，我可以生孩子。我把我的孩子送给你，你为什么不要呢？你不用十月怀胎，也不用经历分娩，你为什么不要呢？"

林鱼脸色铁青："你真是不可理喻，你考虑过孩子的想法吗？你把你肚子里的孩子当什么了？交换你那可怜的爱的筹码吗？你以为他不爱你，不想跟我离婚，是在爱我吗？"林鱼想起自己躺在医院病床的那段时间，他说自己工作很忙，只来医院看了一次，其余的时间都是林鱼妈妈陪同，为她做饭，为她擦身。

陈鹿愣了一下，脸上显出错愕的表情："不然呢，还会是因为什么？"

店员走过来跟她们说："麻烦两位客人声音稍微小一些，我们还有其他客人在。"说完她指了指之前那个盯着电脑屏幕的中年男人，他不知道什么时候从被柜台遮挡的角落移到了她们的对面，在屏幕后的脸皱起了眉头。

林鱼说："你先冷静一下。"

陈鹿此时也恢复了冷静，一如一开始来的那样，她抹了一把眼角的泪水说："非常抱歉，不知道为什么情绪会如此激动。给你造成困扰实在抱歉。"说完她拎起自己的链条包就往外面跑去，跑到一半又折返回来，对着林鱼说："我说的事情，请你好好考虑，如果想清楚了，给我发信息或者打电话都可以。"

林鱼木然地点头，陈鹿的情绪转换如此之快让她措手不及。她坐在原地，盯着陈鹿喝过的咖啡杯子上的赭红色唇印发呆。她感觉到自己需要冷静一下。她按下录音的结束键，拨通佳佳的电话。佳佳的丈夫是一个律师，也是他们建议林鱼同意跟陈鹿会面收集证据的。到现在为止，丈夫出轨的证据链补上了最后一环节，但不知道为什么，她的心里没有如释重负，反而像是压了一座更大的山，比那束花上的明信片给她的震撼还要大。

佳佳开车来接林鱼。在车上，佳佳说："证据都收集好了，怎么还愁眉苦脸的？等我们把那个渣男绳之以法，让他净身出户。"说完还空出一只手，捏起拳头，在空中扬了扬。

林鱼说："佳佳，可是那个女人怀孕了。"

佳佳无所谓地说："怀孕又怎么了？你不会心软了吧？"

"那倒不是。"林鱼不再与佳佳说什么，她知道她不会理解自己此刻的心情，因为此刻她自己也不知道自己到底在想什么。本来清晰的未来，似乎随着今天这场莫名其妙的会面，也变得模糊起来。就像这车窗外的风景，随着车速加快，风景也越变越模糊，越是靠近自己的越是看不清楚。

她忽然想起了自己的丈夫。她从前对人都是称呼"我的老公"。她想起了很久之前，他们快要毕业时，曾经共同筹备过学校的毕业晚会。他弹着吉他，她在台前唱歌，在曲终人散的时候，他单膝跪地，向她求婚，在全校几千人的注目下，他为她戴上了戒指。她想当时的自己绝对是世界上最幸福的人，那一刻的幸福足以使余生都回味无穷。有人说，人的一生只活某些瞬间，可是生活是由更多不幸福甚至痛苦的瞬间组成的。她期待婚后的生活也能像求婚时一样幸福，可是她忘记了当幸福达到了极致，无论走向哪个方向，都是不幸的领土。所以当她发现丈夫不再如以前，不再如想象中那般完美的时候，她就会感到痛苦，比其他人感受到的痛苦要更加强烈。她回顾自己的婚姻生活，突然感到悲伤，就像漏洞百出的魔术师看自己的表演视频。

"要不要放点音乐？"佳佳瞥了一眼望着窗外发呆的林鱼。

"好的。"

"你想听什么？"

"都行，只要别让我听懂。"

佳佳播放了 DJ 版的英文歌，动感的旋律，让林鱼暂时摆脱了沉郁的心境，她的身体跟着节奏舞动了起来，她的脚默默打着节拍。佳佳说："我知道你英语不行，所以放的英文歌。不过你乐感不错嘛，听不懂也能摇起来。"

林鱼竖起大拇指，说："忘记我大学里是干什么的了？"

远处的景色突然变了，不再是一栋接着一栋的高楼大厦，在楼与楼之间，出现了一座低矮的青山，青翠的树木连绵不绝，像一只长满绿刺的小兽卧倒在地平线上。太阳挂在山顶上，不知不觉中，黄昏降临大地。再往前开点儿之后，林鱼看见在青山的背后，立着一座巨大的摩天轮，正在橙黄色的落日上头缓慢地旋转，像一只镂空的眼睛。

"那是哪里？"林鱼说，"感觉很漂亮。"

佳佳朝右边瞥了一眼，说："那里是阳州新开的游乐场，听说很好玩，这几天正在对外搞活动，所以人很多。你想去吗？"

林鱼说："干吗不去呢？"

佳佳说："你什么时候对这些小孩子喜欢的东西感兴趣了？"

"你知道吗？今天那个女人说我长得像一个孩子。既然是个孩子，那么就该干点孩子该干的事情。"

"别听她胡说，她就是嫉妒你年轻貌美。"佳佳打开右转向灯，开始往右边变道："既然你想去，那我们今天就疯一把。我也好久没进游乐场玩了。"

穿过几条街道，驶过阳州大桥，阳州河在桥下缓缓流淌，阳光照在水面上，像一颗被击碎了壳的鸡蛋流出了蛋黄。

佳佳把车驶进游乐场的停车坪，这里已经停满了各式各样的车，到处都是人，还有很多人穿了个泳裤或是拿着个救生圈到处走。成年人和孩子都有。

"听说这里有一个水上乐园，他们都是来水上乐园玩的。你想去吗？"

林鱼摇摇头："水上乐园有什么好玩的，我不想去。"

这时，一个头发花白的大爷肩膀上扛着一棵冰糖葫芦树从她们两个前面经过，嘴里还叫卖着"冰糖葫芦，十块钱一串的冰糖葫芦，好吃不贵"。佳佳把大爷叫住，说，来两串冰糖葫芦。大爷高兴地把手里的冰糖葫芦树往地上一扎，从上面取了两串，分别递给两人。大爷说，冰糖葫芦，好吃不贵，买到就是赚到。大爷说完自己的广告词，就扛着冰糖葫芦树往人多的地方叫卖去了。

大爷的冰糖葫芦用的山楂。佳佳先吃一个，嚼了嚼说："真甜，好吃。"

林鱼尝了一个，说："这哪里甜了！差点没把我牙酸掉。"

佳佳哈哈大笑起来。

两人又在游乐场里逛了逛。游乐场里的设施很多，像旋转木马、海盗船、摩天轮、云霄飞车、大摆锤、碰碰车之类的，这些设施下满满当当都是排队的人，当然水上乐园那边的人是最多的，除此之外还有一些摆摊套圈的小商贩，摆放的物件通常是小乌龟、小金鱼，或者是一只兔子。还有些用玩具枪打气球的，奖品是可爱的玩偶。

佳佳在旋转木马下停住了脚步，她说："要不要试试？"

"哪个？"林鱼说，"你说你眼前这个旋转木马？"

"是啊。想不想试试？"

"我才不要，咱俩都多大了，不嫌丢人？"

"真不想去？"

"真不去。"

"那行吧。"佳佳有些垂头丧气。

这时，林鱼突然指着远处在空中蜿蜒架好的轨道说："我们去玩那个吧？"

佳佳说："可以啊，小鱼，没看出来，你玩得这么猛。"

"我以前也不敢，看着腿都会抖。"

"现在不抖了？"

"我现在觉得没什么大不了的。"林鱼拉着佳佳往排队的方向走，说，"不就是个过山车嘛，我觉得没什么大不了的。"

佳佳说："牛，实在是牛，那我今天只能舍命陪君子啦。"

林鱼把手里剩下的山楂吃下肚，然后把竹签丢进旁边的垃圾桶。

她们排进了等待上车的队伍里。林鱼看见云霄飞车的广告牌上写着：云霄飞车，不断突破你的生活。

她们听见前面排队的人对一个看起来很清秀的男孩子说："不要怕，等你坐上去，扣好安全带，你就什么也不用怕了。"

一个孩子即将上车，他手里攥着一个气球，那气球缠绕在他的手上。可显然没有缠得很紧，等他一不留神，气球就从他手里溜走了。那个孩子站在检票口，哭也不是，不哭也不是。他就那样呆呆愣愣地看着他的母亲，他的母亲看着他笑，他也笑了起来。

检票员大声说："请各位游客看好自己的随身物品。提前准备好云霄飞车的门票，检票时，出示您的门票给工作人员。"

佳佳从口袋里掏出一张门票递给林鱼，说："差点忘了把票给你。"

林鱼拿过门票，两人检完票之后。她突然想起一件事情，一件她必须现在做的事情。现在这个时刻，是她最具勇气的时刻，她觉得现在的自己无所不能。她对佳佳说："你先去，我稍后就来。"

佳佳说："你不会要反悔了吧，突然怕了不想坐了，然后诓骗我上车？"

林鱼说："你放心吧，我一定会上车的。"

等佳佳走后，林鱼拨通手机里的一个号码。响了两三声，那边就接了起来，是一个略显低沉磁性的男声："喂？宝贝儿，你想好了吗？"

"嗯，待会把地址发给我，我八点钟到。"

"好的，我已经备好酒等你了。"

"嗯，好。"林鱼挂掉电话，向着蓄势待发的云霄飞车走去。佳佳已在车上等得着急了，看见林鱼走过来，她才拉下自己的安全扣。

佳佳指导林鱼扣好安全带之后说："你跟谁打电话呢？非得这个时候打。"

林鱼说："下车你不吐，我就跟你说。"

"好。"佳佳腮帮子鼓了起来，说，"这回让你见识一下我的厉害。"

说话间，云霄飞车已经启动，一开始它的速度还很慢，后来慢慢加快，冲出了停车上客区。外面暖金色的阳光照进车中。林鱼使劲地抓住安全扶手，指尖已经发白，她看着越来越亮的前方，感觉到有什么从自己的身体中喷薄而出，那是一种神秘而强大的力量，拥有这股力量仿佛就能拥有整个世界。她看着自己的身体仰冲上车轨，看着自己慢慢行至最高点，然后整辆云霄飞车都朝着太阳的方向奔去。她闭上眼睛，感受太阳照在眼皮上的温度，冰冰凉凉的。她想到陈鹿未出生的孩子，想到自己那个被埋进荒地里的孩子的坟上长满了鲜花，她想到那些已经出生的孩子，她想到那些孩子将要面对的这个世界，她就感到极大的悲伤。当她以极快的速度俯冲向下，她再也无法抑制住自己内心的冲动。她对着前面的车轨，对着无数同伴的乘客，对昏黄却仍旧灿烂的太阳，对着清澈湛蓝的天空，如婴儿来到这世界的第一声啼哭，她用尽全身的力气，吼出了她最纯粹、最真挚的声音——

"啊！"

（作于 2024 年 2 月）

都会好起来的

屋外的雨连续下了一个月了，这在南方的冬天并不常见。冬天总是难以避免萧瑟的景象，都是光秃秃的树干，像一只只干枯的灰黑色八爪鱼倒立着，指责天空的凉薄。过量的雨水，只会让它们发黑，腐烂，影响来年的发芽生长。我和女友待在出租屋里，她自从辞职以来，没有再出过门。

"不如我们去买一只猫吧？"女友躺在床上，一边刷手机一边对我说。

"买猫干吗？"我正在书桌前写企划案，一上午都没什么进展，不免有些心烦意乱。

"猫猫多可爱啊。"女友没有注意到我的异样，仍旧在自说自话，"你不觉得，有一只软软的、可爱的猫猫，能让我们的生活好起来吗？"

"好起来？"我转头瞥了一眼，满地的外卖袋堆积在门后的角落。为了省些钱，我们只租了一个不到二十平米的小房间，一张床、一个衣柜、一个书桌就占据了它绝大部分的空间，这些外卖袋便只能堆积到门后。有了小猫之后，生活会好起来吗？不，它只会挤占我们有限的生存空间。

"对呀，一定会好起来的。"女友看着手机软件里关于猫猫的一些推文，双眼放光，嘴里还轻声说着"猫猫，猫猫"。

"买猫要不少钱吧？"我试图提醒女友这个实际问题。

"没有多少钱，我们可以去小偿领养一只，可能几百块就行了。"

"养猫呢？"

"养猫也不要多少钱啊，一个月花个一两百块就好了。"

"它住在哪里？"

"住？我们可以给它买个猫窝，不过我觉得它更愿意跟我们上床来睡。"

"还要跟我们一起睡？"

"对呀，我看别人的猫都是睡在床上的。"

我沉默了。我的家里从来没有养过小动物，我不知道应该如何跟动物相处，我没有办法想象自己跟一只猫睡在一张床上。而且，小猫会喜欢我们这个狭小的家吗？这个被家具和垃圾塞满的家。

"怎么，你不愿意吗？"女友问。

"你想买，你就买吧。"我转头开始做自己的企划案，我的精力有限，没有办法一心二用。

女友开始在网上疯狂下单，猫砂、猫砂盆、猫粮、猫窝、猫爬架、逗猫棒，网上那些推文的帖子上说要买的，她都一一下单，可以说，万事俱备，只欠一只愿意屈尊降贵，跟我们一起过邋遢日子的猫。可她的积蓄本就不多，辞职一个月之后，又要交房租水电，口袋里早已所剩无几。

她说："你先借我几百块钱，我这边钱快花完了。上个月的工资还没发给我，等工资下来，我就还你。"

我收拾东西，准备回公司工作，没有电脑还是不方便。她看我没说话，又问了一遍。我这次不能装作没听见了，我说："我也没什么钱了。"

"你有，你明明就有，我上次还看见你银行卡里有钱。"

"那些钱留着还有用呢。"

"有什么用？你就是不想给我花钱。"

"那些钱咱们不是说好了吗？要攒着。万一有个头疼脑热，应个急也好啊。"

"我不管，我就是要买猫。"

"好好好，买，你想买就买。"我说，"上次我给你推荐那个工作，你考虑得怎么样了？"

"哪个？那个啊，不去，我才不想去打电话呢，跟诈骗一样。"

我说："现在经济不景气，你就别挑了吧。先找个班上。"

"你别管那么多，就说你买不买吧？"

我穿好衣服，说自己要去公司拿电脑工作，晚上回来再说。我提着门后的垃圾下楼，我们一家的垃圾就塞满了楼下的绿色垃圾桶。我把外套的拉链拉上顶，风吹得我脑袋疼。出门之后，手机里收到女友发的哭泣的表情包，配文说："所以爱都是会消失的对吗？"然后就是好几个不重样的哭泣的表情，我笑了笑，关上手机没有回复，手指已被冻僵。

或许买只猫咪真能让我们的生活好起来呢？谁知道呢！但我一想到那个拥挤的小房子，就对这个想法失去了信心。我们连养自己都费劲，真能照顾好那么一个小家伙吗？进入地铁之后，身体暖了起来，我打开跟女友的聊天框，给她转了几百块钱，并配了一个可爱的猫猫表情，说如果她想养的话，就养吧。

我的工资除去房租之后，在这个城市也就勉强过活，若是省着些用，还可以存下个一两千。这也是我为什么要催促女友找工作，我一个人实在是没法在这个城市里养活我们两个。我的睡眠不好，有时候午夜惊醒，听见女友睡在旁边鼾声轻响，天花板低矮压抑，窗外有路灯的黄光和轮胎快速摩擦柏油路面的闷声，我会陷入一种空寂，那时候，我什么都没想，只觉得心底空荡荡的，无所依存。我只好闭上眼睛，告诉自己，睡着就好了，睡着了就好了。

地铁上嘈杂又温暖，我运气好，坐到了位置。我靠在座位边上的塑胶挡板上，竟然睡着了。坐过了一站。

回到家时，已是深夜。企划案一稿已经交给了我的组长，剩下的事情就是等待，等待他不断地挑刺，然后我不断按照要求修改新的版本，最后可能跟第一稿只有一些标点符号的区别。工作嘛，就是这样，重复一些无意义的事情，而后将时间消磨干净。

开门之后，女友还没有睡，房间的大灯已经关上了，留着一盏昏黄的床头灯，能勉强照亮这间小小的房子。她已经洗漱完毕，躺在床上。房间能看出是收拾过的，地上没有垃圾，物品放置整齐，连书桌下的杂物都堆得齐齐整整。在衣柜旁边，留出了一块略显奢侈的一平米多的空白地带。她说，等猫猫来了，就把窝放在那里。

"宝贝，你看我今天厉不厉害？我把房间都打扫干净了哦，还给小猫腾了地方，到时候等猫猫一到，它肯定格外喜欢我们这个小家。"

我坐在床边的小圆凳上，吃着她留给我的热好的饭菜，点了点头。

又过了几天，女友在网上购置的物品陆陆续续到达快递站，我从快递站取出来，由她安置在她安排好的位置，我都没有干涉。她选购的都是粉粉嫩嫩的，看起来柔软舒适，我工作累了，转头看向猫窝的位置，心里竟然也有几分期待那只没有具体形象的小猫的到来。

我记得那天罕见地晴了一天，刚好我周末休息。她说，今天陪我去买猫猫。她选的是一个金渐层，说是小偿领养，六百块。我看过视频，一个个长得呆呆萌萌的。我问了我一个养猫的朋友，问他金渐层的市场价格怎么样，六百算不算贵。朋友给我打了一个"？"，然后说，金渐层市价三四千，还告诫我，要小心那些星期猫，说他有个朋友，买了一只一万多的猫，买的时候活蹦乱跳的，一个星期后就死了。我问他，那这不会有什么问题吧？这么便宜。他说，可能会有猫腻，要小心被坑，最好买来带去医院检查一下。我把这些都跟女友一一说了，她却不放在心上，说，哪来的那么多问题，要对社会有一点信任，喜欢猫猫的哪有坏人？我心里想，卖猫猫的可不是都喜欢猫猫。

我们按照猫主人给的地址，穿过了一两个老旧的小区，再转过三四个拐角的巷道，来到一个单元门口。密码锁的大门已经失去了它的作用，轻轻一拉就进入了它身后的楼梯间。猫主人住在五楼，我们爬楼而上。敲了敲门，我听见里面传来踢踏踢踏的拖鞋声，而后是转动门把手的声音。

猫主人年过五旬，眼角均匀地分布着三道鱼尾纹，头发向后梳理得一丝不苟，非常洁净的一张脸，笑起来跟室内的暖黄色灯光一样沁人心脾。她迎我们进去，给我们拿了两双一次性拖鞋。

她说："你们先坐一下，我给你们倒点水。"

我们坐在沙发上，有些拘谨，不敢将背交给沙发的靠垫。猫主人的房子相比于我们的房子大了很多，宽敞明亮，正对着的茶几上还摆了一个香炉，里面正飘起一缕缕沉重的烟雾，蜿蜒着上升，向阳台那边飘去。我看见阳台上养了一些花花草草，生长得很茂盛。我们没有阳台，养不了绿植。我在心里暗暗赞叹说，真是一个生机勃勃的房子。

水温刚刚好。她坐下之后跟我们说："能问一下你们为什么要养猫吗？"

女友说："我觉得小猫能让我们的生活变好。"她坐得笔直，就像面临最重大的判决。

猫主人笑着说："养猫可是一件很麻烦的事情。"她说小猫是她女儿留下的。女儿离家之前给母猫配了种，一胎生下了六七只小猫。她是自己一个人住，照顾不了这么多猫。女儿便建议她在网上找爱猫人士领养，本来想直接送的，但女儿说，如果小猫免费，别人是不会好好待猫的，说不定养两天就不想养了，随便就丢掉了。猫主人说完问我们："真的做好养一只小猫的准备了吗？"

女友点头如捣蒜，一脸真诚。

猫主人见状也没有多问什么，领着我们去另一间卧室里。门一打开，便看见几只金黄毛发的小猫咪一边喵喵叫，一边朝我们走过来。有的伸出小爪子想抓我们，在空中乱舞，有的就四肢着地，瞪大眼睛望着我们。

有一只小猫看着我们，张着小嘴，却没有发出任何声音，只是歪着头。我和女友对视一眼，都看上了这只小猫。

我们顺利地付款，而后带着小猫离开了那里。

猫主人在门口送别我们的时候，又伸手摸了摸小猫，说："这只猫还不太会用猫砂盆，你们回去时注意一下。"

那是一只刚刚两个月大的小猫。大大的眼睛，毛茸茸的脑袋，身体很轻，很软，像没有骨头。黑暗中，瞪着圆圆的黑色瞳孔，状若无辜地看着我，浑身的绒毛黄白渐变。我们把小猫带去宠物医院，花了六七百块钱给它做检测，医生说，有点支原体，给我们开了药，让我们小心喂养。回到家后，女友把猫放在我的手上，我轻柔地抚摸它的脖颈，那一刻，我明白为什么那么多人都喜欢养猫了。我摸着摸着，小猫没有反抗，但一股温热的液体顺着我的手臂流了下来。我闻了闻，有臊味，我有些手足无措，女友说，这只小猫还太小，社会化还没有完成，等它适应一下就好了。我把小猫还给女友，并装作嫌弃地去卫生间洗手。

"呦呦呦，还不好意思呢。"女友在我身后调笑道，"无痛当爹的感觉怎么样？"

我们给它取名叫多多，钱多多，非常直白又好听的名字。那之后，小小的房间里就经常充斥着喊多多的声音。

"多多，过来妈妈这里。"

"多多，过来吃饭咯，多多。"

"多多，你又不在猫砂盆里尿尿，看我不打你屁股。"

"多多，多多……"

我们的生活好像也随着多多的到来，好了起来。我跟进了新的项目，报酬增加不少，只是需要经常出差。女友也找到一份还算合适的工作，有了一份收入，日子过得不再像以前一样紧巴巴。唯一让我烦恼的是，多多始终没有学会在猫砂盆里尿尿，当然，它在猫砂盆里也尿，但它更喜欢把自己的味道留在我的枕头和它躺着的猫窝里。上网搜过很多攻略，有说是社会化没做好，也有说有些小猫天生就是这样，喜欢到处撒尿。

"早知道多多是这个样子，当时就该接它的其他兄弟回家。"我又一次在卫生间洗我的一件衣服。早上出门时搭在凳子上，忘记放回柜子里，结果就被多多在上面标记尿尿了。

见女友没有回应，我又接着说："你说多多是不是有什么毛病啊？"

"能有什么毛病！都接回来两个星期了，能吃能喝能拉。"女友正在护肤。

多多除了不能好好尿在猫砂盆里之外，没有什么其他毛病，能蹦能跳，能吃能喝，还胖了不少，小模样开始圆润起来。圆圆的脑袋，跟着逗猫棒晃来晃去，能把女友的心都融化了。多多喜欢窝在它的猫窝里，睁着大眼睛看我们做事情，等我们叫它的时候，它就摇着尾巴，踩着猫步向我们走过来。

我将洗衣服的水倒进洗脸池。白色的洗脸池边的缝隙里满是黑色的泥垢，用刷子也没法刷干净。控制漏水的塞子周边，已经有黄褐色的锈迹。水咕噜咕噜地往下水道流去，声音沉闷，突然哗啦一下，水声变得清脆起来，脚下却有如夏日海边的感觉。我低头一看，洗脸池下的管道破开了一道口子，一片白色的塑料管道掉在了我脚边，我捡起一看，内侧灰黑油腻。一捏，又碎成几块，应该是风化了。

"宝贝儿！"我在厕所里大喊，"这该死的下水道管子坏了！"我见她没有回应，便将厕所门开一道缝，伸出头去看她，自从这只猫来了之后，打开厕所门也变成了一件危险的事。

"我说，"我又强调了一遍，"厕所的下水道管子坏了。"

"坏了明天找人修呗，小点儿声，"她已经坐在床上了，把手指放在嘴前，说，"待会全让隔壁听见了。"

"欸，你说，"我穿着睡衣，缩进被子里，"咱们要不要换个房子？"

"换房子干吗？"

"你不觉得这里有点太小了吗？两个人住的话。"我指了指窗户说，"而且窗户根本关不紧，漏风，每天晚上睡觉冷死了。"

"可是大一点的房子都很贵呢。"

"我们两个人摊的话，应该也还好吧，以后咱们自己做饭，能省不少钱呢。"

"行，那我们可以租一个一室一厅，或者一个 loft（公寓），这样空间大一点儿。多多也不会像现在这样，跑两步就把整个屋子跑遍了。"

我们还是没能很快就把房子换掉，一是因为现在的房子签的合同还没有到期，提前换房子押金就退不了了，二是因为合适的房子还是不好找。在跑了四五个房源实地看房不满意之后，女友累得坐在地铁上就睡着了，她睡醒第一句话就是："我们缓一缓再搬吧，等这边租约到期。"

回到家后，女友开始整理房间的物品，将行李箱和装被子的口袋推进床底下，又将书桌上的杂物整理了一下，清理出一片空间，每个角落都用干净的毛巾擦过，一尘不染。然后让我把地面扫一下，用拖把拖干净，之后她在书桌上摆了一盆绿色的多肉。

干完这些活之后，她把书桌上的台灯打开。那是前两天她在网上下单购买的，台灯的光是护眼的柔和的黄光，整个房间都被光照得暖洋洋的，她笑着拍拍手说："是不是有了点家的感觉？"

多多到家一个月的时候，我们给它买了一个小小的蛋糕，托多多的福，我也吃到了好久没吃过的奶油蛋糕。女友抱住多多，我给多多戴上生日快乐帽，在蛋糕上点上一根浅黄色的蜡烛，然后熄灭所有的灯光。蜡烛的火焰温暖明亮。我说，把多多眼睛闭起来，让它许个愿。女友说，多多会许什么愿！是你自己想许吧。说是这么说，女友还是把多多眼睛蒙了起来。我们开始唱生日快乐歌："祝你生日快乐，祝你生日快乐……"虽然小猫还没有一岁，但不知道为什么，那一刻，当烛光照在多多的脸上，我跟女友都不由自主地唱起了生日歌。

如果生活就这样继续下去，我想我也能体验到所谓的幸福是什么模样。可是生活嘛，就是这样，总是在你以为胜券在握的时候给你当头一棒，它好像在说："小伙子，你还差得远呢。"

最近很糟糕，又开始下雨了。天气转凉。

房东不知道怎么的，了解到我们房间里下水管道坏了，且还没有修好的事情。那天之后我拖了很久也没有叫人来修理，后来也就索性不修了，反正也不影响使用，只是在洗脸台上刷牙时，要将腿往后移一些，两只脚分开，然后漏水的塞子不要全部打开，打开一点点，让水顺着管道流下去，而不是冲下去。房东气呼呼地冲进我们的房间，他有一把钥匙。他告诉我们，如果在月底之前还没有把下水管道修好，就让我们从他的房子里滚出去。他是个秃顶又邋遢的中年男人，肮脏又见钱眼开。他离开时嘴里一直嘟嘟囔囔用当地方言骂着些什么，直到我递给他一支好烟，他才耐下性子，用普通话跟我说，尽快把下水管道修好。我连忙说好好好，这段时间工作太忙了，明天一定叫人来修理。我没有把这件事告诉女友，她已经够烦心了，我不愿让她再为这种小事烦恼。

女友的工作也不顺利，她觉得自己干的工作枯燥又乏味，没有办法给自己带来成长，也没有什么技术性和前途，她一天到晚都想着辞职，只是因为合同上规定试用期要到两个月才给发试岗期的工资，为了拿到十二天试岗期的工资，她强忍着身体和心理上的不适，继续在那个不喜欢的地方待了下去。

那天早上，她比我要早一些出门，外面在下雨。她撑开随身携带的雨伞。却发现那把雨伞的金属伞骨折断了，她想将就着撑开，却发现蛮力之下，折断的金属伞骨戳破了伞面，等她再一用力，其他的伞骨竟然也从中间直接绷断。她看着手里七零八落的雨伞，忍不住蹲下哭了起来。我稍晚一些从楼上下来，看见她蹲在那里哭，我抱住了她，并将我的伞给了她。

如果说，有什么幸运的事情，那一定要算我那时候中的一张彩票了。那时，我们去外面吃饭，一家很实惠的湘菜馆子。女友已经有一段时间没有出来吃饭了，这一顿饭点了四个菜，她平时只吃一碗饭的人，那天却吃了三碗。她吃完之后，喝了一口赠送的饮料，摸着肚子打了一个嗝，说，好满足。然后我们散步离开，偶遇了一家彩票店，我们进去买了一张十元的刮刮乐。一共有四排刮奖区，女友刮一排，我刮一排，到第三排的时候，刮到了和获奖号码一样的号码，11号，我想我暂时无法忘记这个号码，我们再看底下的金额，50元。我们开心得像两个孩子，在天桥上就着路灯跳起了恰恰舞。当然，我的舞技很差，踩了她好几脚。她也不生气，她说："生活要好起来了。"

昨天中午下了一场雪子，南方很少下雪，雪子却不少。比雪片坚硬，但比冰雹软弱。雪子砸在窗户上时，多多正趴在那里休息，它喜欢翻着身子，仰头看窗外，我顺着它的视线向外看去，那是一片湛蓝的天空，鱼鳞状的云像白颜料涂抹在蓝色的画布上。它被惊醒，而后背上的毛发奓起，在房子里乱窜，打翻了女友的补水液，踢翻了灶台上的调料瓶，黑色的酱油倒在不锈钢的洗菜盆里，酱油汩汩地流了出来，在冰冷的空气下凝结。而后，它就缩在自己的猫窝里，一动不动。

我大声叫喊着要给多多一点教训不可，要让它知道怎么做一个安分守己有礼貌的小猫。女友说，你没看到多多已经缩在窝里不敢出来了吗？可能它自己也知道错了吧。我说，知道自己错了，就要改错，下次可不能再犯了哦。女友说，知道啦知道啦，多多可乖咯。我们说得都很大声，是故意说给多多听的，多多听见我们的声音，把小脑袋从猫窝里探出来，轻轻喵了一声。我们不疑有他，把凌乱的房间收拾好。为了清理干净酱油，还烧了一壶热水。我在酱油上撒了些白糖，然后把滚烫的热水浇在酱油上，很快散发出一股难闻的霉味。

从那天起，我发现多多的食量突然小了很多，也不爱动了，就窝在自己的猫窝里，无精打采地摇摇尾巴，有时候舔舔爪子，除此之外，便没有更多的动作了。我跟女友疑心多多是不是得了什么病，但当时我们都很忙，想送多多去宠物医院看看，却一拖再拖。又过了一阵，我去外地出差几天，收到女友的消息，说多多要死了。但我那时正处于项目关键期，每天从早忙到晚，既赶不回来，也没有多余的时间安慰女友。我那时想起女友和多多，就只能看见一片虚无的空白，不是纯黑，也不是纯白，而是一抹粗糙的灰，像水泥，也像大海的底。

多多死后第二天，我回到家里。打开门，室内很暗，没有开灯，我借着夜光看见女友坐在书桌前。我被吓了一跳，说，你怎么不开灯？她一见到我，便抱着我哭了起来。她什么也没说，只是一个劲地哭。

好一会儿之后，她打开台灯，指着小猫的猫窝，那里有一个硬纸箱子。我走过去看，多多的下半身被白布盖上了，黄茸茸的小脑袋偏着，眼睛还没有闭上，瞪着，两颗尖尖的牙齿中间是红红的小舌头，好像在跟我撒娇。女友一看多多，就忍不住又哭了起来。我伸手，盖上了多多的眼睛。

"你怎么才回来？"女友的声音带着哭腔，"你再不回来，多多真的等不到你回来了。"

"没事的，没事的。"我摸着她的头，好一会儿，我才开口说："明天去把多多埋了吧。"

"哪里?"

"什么?"

"我说,埋在哪里?"

"随便找个地方。"

"怎么能随便找个地方!"

"那你说怎么办?"

沉默一阵之后,女友说:"反正不能随便埋。"

"那你倒是说个地方啊!"

"我不知道啊!"

"那不埋了。"

"爱埋不埋。"

"那就不埋。"

"行啊,就让它在家里发臭。你一出门就是好几天,多多病了,我一个人都不知道怎么办。送它去医院治疗,我没日没夜地陪着,白天又要上班,我已经好几天没好好休息了。你回来我还指望你能干点什么,没想到你就是这样的态度。"

女友没有再说话,和衣钻进被子里,又哭了起来。

我觉得心烦意乱,也没有安慰她,自己一个人坐在书桌前,看着窗外发呆。那一刻,我也不知道我在想什么,脑子里很乱,过往的经历好像走马灯一样不断地闪过我的脑海。除了有关多多的记忆,更多的是关于女友的记忆。我想起我们第一次见面时她穿的那件黄色连衣裙,想起她不爱吃香菜,想起她喜欢看古装言情剧,想起她抱着手机一边划拉一边傻笑……有一刻，我想过分手，想过如何体面地结束这段感情。我一直坐到腰酸背痛，才忽然醒过神来，脚已经冰凉入骨，冻得麻木了。于是我也脱衣上床睡下。

我从背后抱住女友，没想到她还醒着。在她躺在床上又没有说话的这段时间里，她又在想些什么呢？我望着在夜里不会发光的黑色墙壁和看不清的天花板，我想我永远也不会知道。她转过身来，跟我说："我们现在去把多多埋了吧，明天我们都要上班，没有时间去。"

"现在是不是有些太晚了？"

她想了想，说："多多已经等得太久了。"

我起床，穿上一件平日里不穿的宽松衣服，戴上一顶帽子，一个口罩。她也起床，没换衣服。我把装着多多的那个纸箱子，用透明胶布封了起来，封的时候我能闻到从那里面散发出的微微异味。我想起之前凑到多多的头上，能闻见一股偏奶味的清香，内心又闪过一阵凉意。由于家里没有合适的工具，我就把锅铲带上了，不锈钢的铲子在灯光下闪耀着清冷的光。

带好工具，我抱着纸箱，在月光下跟女友出门了。商量之下，我们决定将多多埋进那些光秃秃的树下。

她说："来年春天，当那些树又长满叶子的时候，我们就知道是多多回来了。"

天还没亮，我们走出小区，走进那片树林。等真正走进这片树林，我们才发现它跟我们在楼上远远地张望的模样完全不同。这片树林，枝丫与枝丫交缠在一起，树干都很高，站在里面竟然有一种空旷之感，虽然叶子都掉光了，但是站在树林里往天空或是远处看去，还是会被遮住绝大部分的视野，光线也被阻绝。身处其中，我不由自主地感受到一种莫名的战栗，总觉得会从什么地方冲出一只野兽。女友手里拿着锅铲，紧紧抓住我的手臂。为了看清往林中走的路，我们不得不打开手机自带的手电筒。

走了一阵之后，我感觉已经走得很深了，便停下来说："要不就在这里？"

女友声音有些颤抖，不知道是有点冷还是害怕，但她还是坚定地摇头说："不要，再往前走一点。"

我们最终在一棵看不清有多高的树底下停下，女友走上前打量这一棵树。树干粗壮，我们两人合抱都无法勾拉到对方的双手。树根发达有力，有几根已经突破地表的束缚，在泥土之上像一条条虬龙盘卧着。

"就这里了。"女友说，"把多多放下来吧，这里是它今后的归宿了。"

我点点头，把手里的纸箱子放下，撕开胶布，让多多再见见外面的世界。我坐在一根树根上，说："歇一会儿吧。"女友在我旁边坐下。这时起风了，在风中传来奇怪的声音，像是树叶沙沙作响，可这片树林的叶子都掉光了，哪来的树叶呢？

"你有没有听到什么声音？"

"好像有点奇怪的东西。"

"不会有蛇吧？"

"应该不会吧。我现在开始挖坑了啊，你打着手电筒帮我看着一点。"

女友神情肃穆地点点头。

我起身，绕着树走了一圈，选好了一处朝南的位置之后，就开始挖埋葬多多的坑。这里是人迹少有的地方，土质不算特别硬，我用手拨去表面的杂草和枯叶，弯下腰时，闻到一股腐烂的味道，有些腥气。很显然，锅铲不太好用，双手握住也只是铲走薄薄的一层土皮，我只好改用使用大铲子的方法，一只手拿着铲柄，然后弯腰，用一只脚去施力，让铲子没入土壤之中。挖坑的过程并不算太顺利，好在多多很小，需要的空间也不多。

"宝贝，"她的声线有些颤抖，"你能不能再快一些？"

"怎么了？"我问。

"我总感觉有东西要过来。"她四下看了看，四周是一望无际的黑和若隐若现的枯枝。

她指着远处一根树枝说："你看那个像不像一条蛇。"

我回头看了一眼，说："那是树枝，宝贝，不要疑神疑鬼的。"

"总之，你再快一点。"她的声音断断续续，"我有点害怕。"

为了防止多多被其他动物叼走，我向下挖了六七十厘米的纵深。挖完之后，我额头全是细密的汗珠，锅铲也不成样子了。我说："挖好了，看来得买把新的锅铲了。"

女友点点头，赶紧过来抓住我的手，我注意到她的手心里全是虚汗。而后女友把手里的手机交给我，她将多多从纸箱子里抱了出来。多多的身体蜷缩着，已经僵硬了。她将多多双手捧着，轻轻地放进我挖好的坑里，旁边是挖出来的泥土。我正要把泥土推进去，女友阻止了我，她从兜里掏出两根猫条，一根逗猫棒，一个逗猫球，还有一个主食罐头。她把这些东西都放进去之后，跟我说："可以了。"

我们俩开始推土，我问她："什么时候装好的这些东西？"

她在黑暗里，眼神明灭不定，说："在你回来之前，我就为多多准备好了。"

我默然，点点头。埋好土之后，我们俩站在坑上来回跺脚，把土踩实。

"你说多多回到喵星之后，会想我们吗？"她说。

"会的吧。"

"那就好。"

"哎，我们运气还蛮不错的。"

"怎么说？"

"一晚上都没有碰见蛇或者其他什么虫子。"

"人也不能一直倒霉吧，哈哈哈。"

等我们做好标记走出树林的时候，远处的天色竟然开始明亮起来。四周的树枝也不再像之前那般魅影重重给人以压迫感，变得亲切起来。

"你冷不冷？"她说。

"我不冷，刚挖了那么多土，现在身体热乎着呢。"我说。

"我刚刚有些冷，走出来之后就暖和多了。"她指着天边一抹橙红色的光说，"你看，太阳快出来了。"

我说："是啊。太阳出来之后，一切都会好的。"

说完之后，我们加快了回家的脚步。我们知道，在三个小时之后，我们将迎来新的一天和新的生活。

（作于 2023 年 12 月）

去威海看雪

高铁驶离牟平站，穿过长长的隧道，就是威海。从烟台开始，窗外原野上就盖着一层薄薄的雪。阳光照在上面，银白色的光模模糊糊，宛若清晨从湖面升起的雾。

距离下车只剩下二十分钟，林诚开始检查自己的行李。一个旅行包，装着工作电脑，两件换洗衣物，还有一个礼品盒。包没有人动过，林诚检查了三遍才放心地把旅行包的拉链拉上，放在脚底下。

靠走廊座位的小伙子，往前探出身子，看窗外的雪，不禁感叹说："今年的雪下得好早呀！"

高铁掠过一片深色的水域，水面没有结冰。林诚瞥向窗外："往年的雪比这还要早一些。"

小伙子很兴奋，接着说："我是南方人，今年刚来山东。以前还没见过这么大的雪呢。"

"来山东旅游？"

小伙子一脸甜蜜："没有。我在济南读书，我女朋友在威海读书，我这次专程过来找她的。"

"哦，异地恋啊。高中同学？"

"是的，我们两个一个高中毕业的。"

"不在一个学校挺可惜的。"

说到这里，小伙子有些气闷："我们本来商量好报的一个学校，只不过当时没想到不同校区会隔得这么远。我在济南校区，她在威海校区。坐高铁也要两三个小时才到，每次见一面都可麻烦了。不过现在见面我们比之前天天黏在一起要更开心，也算是异地的福利吧。"

"你还挺乐观的。"

小伙子转移话题："叔，你也去威海吗？"

自己看着年纪这么大吗？林诚心想，又摸了摸下巴上的胡须，看来是该剃剃胡子了。高铁开始减速，车上的广播开始提醒乘客提前收拾好行李，准备下车。

前方即将到站：威海。

林诚点点头："我在威海下车。"

"你去威海干什么？"

"我跟老同学约好了。见一见。"

"你之前也在威海读书吗？哪个学校的？"

"应该跟你对象是一个学校。"

"哇，真好，我女朋友的校友就是我的校友，师兄好！"

"师弟"自来熟的热情，让林诚有些招架不住。他握住师弟的手，说了句"你好你好"，恰好此时人群开始向车门涌动，便利落地拿起行李跟上，准备下车了。师弟带了口箱子，落在了后面。林诚看着暗自松了一口气。

站台上的温度很低，又吹着风。林诚的衣服薄，不禁打了一个寒战。他贴身穿着一件白色羊毛衫，外披褐色长款风衣。衣服是朱悦送给他的礼物，林诚想，还是穿着会比较好。走出车站，林诚看着人群分流四散离开的背影，感觉又像回到了几年之前。

刚刚朱悦发来消息，说自己晚上才到。林诚回消息说没关系，心底却有些失落。

现在是下午一点，时间还早。林诚想到了宋帆。他是林诚的学弟，比林诚晚了一届，地地道道的威海人。幼儿园、初中、高中甚至大学都在这一座城市里完成，宋帆说自己看这座城市都快看吐了。宋帆毕业后没有选择就业，他想去北京看看，只是两次考研都以失败告终，后来便没了消息。

林诚打了电话过去，宋帆没有接到。过了几分钟，宋帆回电话过来，声音听起来很快乐，他说："哥，你打我电话有什么事吗？"

林诚说自己到威海了，想问问宋帆有没有时间一起吃饭。宋帆说自己在学校堆雪人，问林诚要不要一起来。林诚说，行啊，待会放好行李就去学校找宋帆，很久没回学校了，回学校走走看看也好。

冬季初雪的时节，校园里来往走动的学生是最少的。12月份，又被学生称为考试月。平常认真学习的学生毕竟是少数，大部分学生为了应付期末考试，都要在这一个月内自学一个学期的课程。图书馆和自习室一座难求。路上的行人很少。一些小路上积雪也没有被踩踏。对于宋帆来说，这是最好的堆雪人的时刻。

田径场绿色的草皮被白茫茫的大雪覆盖，一脚踩上去，积雪没过了马丁靴的鞋底，发出咯吱咯吱的声音。林诚朝田径场走去，宋帆在那里堆雪人。威海在山东半岛入海口一线，冬季常刮大风且伴随降雪，与隔壁的烟台被当地人并称"雪窝"。田径场往上是一百五十米高的玛迦山，秋季的日暮往往会在山上分出红黄两色，冬季遇雪则是浑然一色的纯白，像极了中秋满月的光。山上一左一右伫立着两个白色的天文台，凝望着天空的月亮和北方的星。深深吸了一口气，冰凉刺激的感觉直冲天灵盖，林诚想，自己的鼻子一定通红通红。

去北方上学的人一定听过一句话：南方人喜欢看雪，而北方人喜欢看南方人看雪。南方的气候温暖，很少下雪，大雪更是十年难得一见。有时候一个冬天，三两个雪子便敷衍过去。南方少见的鹅毛大雪，却是北方冬天的日常。北方人自然就不觉得有什么好看，对于他们来说，反倒是在雪地里傻乐的同学更有意思。事无绝对，宋帆就是一个例外。他生在威海长在威海，从小到大每个冬天都会看见好多场雪，可他今年已经25岁了，一遇见大雪还是会像个孩子一样开心，而且一定要找机会堆一个雪人。

宋帆不仅喜欢雪，还喜欢用雪制造浪漫。有一年冬天，宋帆买了一个巴掌大的小企鹅的模具，他在图书馆前面的广场上，收集积雪倒进他的模具里，然后把做好的 52 只冰企鹅围成一个爱心，当众向一个女生表白。宋帆生得好看，学过古典舞，气质绝佳。当他穿着白衣，抱着鲜花站在爱心旁边的时候，林诚想，没有一个女生能拒绝这么浪漫的场景。只可惜两人只相处了三个月就和平分手。这段感情的始终，分手的原因，他从来没有告诉过任何人。就像一封情书，没有开封就被人沉默地埋进厚厚的积雪。那之后，宋帆再也没有谈过对象。

林诚也是南方人。来威海念书的第一学期末，夜里便下起了大雪。次日起来，走到阳台往窗外看去，世界洁白而安宁。林诚马上穿好衣服，往楼下走去。大雪在夜里悄悄落完，至早晨，路上人来人往，只有小指指甲大小的雪片偶尔落下。林诚先往食堂去，慢悠悠吃完早饭，这才逆着人流往树林隐秘中走去。

林诚顺着小路一直往深处去，人迹渐少，小路边的树底下只有黑色的杉树叶在一片雪白中倔强地抬头。林诚找到一棵手臂粗细的树，然后戴上衣服自带的帽子，拉好拉链。一脚踹过去，树枝树叶上的积雪因震动而哗啦啦地往下落，最后竟形成了一阵雪雾。林诚摘掉帽子，仰面感受雪粉落在自己脸上融化后冰冰凉凉的感觉。忽然，他听见有人在树林的小路上交谈着走过，林诚的身体变得僵硬，犹疑了几秒钟之后，他选择闭上眼睛，保持姿势不变。等说话人走远，才赶紧往宿舍跑去。从那之后，面对北方的大雪，林诚总是淡然处之。

小雪人只到宋帆的膝盖，圆圆的脑袋，两个小小的黑色纽扣做眼睛，一小截胡萝卜做鼻子。宋帆没有戴手套，他的手在雪人身上不断游移、拍打，为雪人塑形，十根手指鲜红如熟透的桃肉。宋帆很高兴地向林诚招手，让他过来看看自己做的雪人怎么样。林诚走近一看，他不擅长夸人，就竖起了大拇指。林诚没说话，站在一边看宋帆对他的雪人，精雕细刻。

最后，宋帆解下自己的格子围巾和帽子戴在雪人身上，转头对林诚说："雪人做好了，我们一起合个影？"

林诚说："这有什么好合影的。你每个冬天都能看到好多场雪，能做无数个雪人。"

宋帆坚持说："我说咱们三个一起合影。谁知道你下次什么时候来。"

宋帆和林诚一左一右蹲在雪人旁边，雪人戴的帽子刚好到两人肩膀位置，宋帆和林诚笑得很开心，还比了一个剪刀手。拍完照之后，宋帆径直呈大字躺在了旁边的雪地里，还叫林诚一起躺下，林诚说，下面很脏。宋帆说，雪很干净的，躺在地上很舒服。林诚半蹲着，没有躺下。

宋帆抬头看天，说："哥，你今年怎么突然想起回威海了？"

林诚说："跟你悦姐一起来看雪。"

"悦姐也回来了？在哪里呢？"宋帆的神情变得高兴。他跟林诚和宋帆都曾经加入过一个音乐社团，平时会一起在晚上路演、吃烧烤、排节目、办活动，一来二去，也就慢慢熟络起来。宋帆比林诚和朱悦年龄小一岁，所以叫林诚"哥"，叫朱悦"姐"。大学里的人际关系与高中并不相同，班级内的同学上下课并无交流，熟络自然也无从谈起。反倒是学生社团容易培养友谊，大家志趣相同，接触也多。

林诚用手捏了一团雪，说："她有些事耽误了，晚点才到。"

宋帆双手枕在脑后，说："哦哦，这样啊，我还以为又能见到悦姐了。"宋帆想了想，又问："欸，哥，你跟悦姐又和好了？"

林诚把雪团丢向远处，说："没有，现在就是朋友呗。平常也不怎么联系。"

宋帆说："朋友？朋友千里迢迢约你来看什么雪？"

林诚说："反正她是这么说的。她说，'我们会是永远的朋友'。"

宋帆笑了笑："悦姐说你就信啊？"

林诚站起来，有些惆怅。他望着满山的雪，哈出了一口热气，说："是啊，怎么她说我就信了啊……"想了想，他又补充道："我信不信其实无关紧要，没有什么用的。"

"你怎么知道没用？"

"你不懂，你悦姐决定好的事情，谁都没办法改变，哪怕是我也是一样。我也不是没有试过挽留，结局你也知道。所以我不再强求。"

"那哥你还喜欢悦姐吗？"

"喜欢啊。"林诚毫不犹豫。

"喜欢为什么不再争取争取？"

"不是所有事情都有个原因的。"

"哥你说什么?"

林诚将手掌印在雪地上,留下一个深深的手印。"我说,并不是所有的事情都要一个结果,人生不如意十之八九,享受过程就好了。就像我印的这个手印,它有可能被下一场雪覆盖,也可能被阳光晒化。但它将永远地在我的记忆里,每当我想起学校,想起这块雪地,甚至想起你,我就会想起这个被我压下的手印。"

宋帆用手捏了一点雪放进嘴巴里,那雪味道并不好。宋帆说:"你就是尿了,你不敢。"

林诚轻声说道:"或许吧……"

"又尿又矫情。不过,说真的,哥你还挺痴情的。算上大四那年,你俩都分开四五年了吧。"

林诚点点头:"是,四年多了。"

林诚双手合十,哈了一口热气。刚刚下雪的时候是不冷的,雪化的时候才冷。林诚想起四年前他和朱悦分手时,积雪也是刚刚融化。

林诚曾多次复盘自己与朱悦的分手过程,最后得出结论,确实是自己的懦弱、不负责任、面对突发事件的手足无措,让朱悦失望了。

分手前那段时间,朱悦情绪很差,焦虑不安,脸色苍白憔悴。英语六级考完出来,一向坚强的她却哭得稀里哗啦。林诚的安慰也没有效果,反而让她哭得更厉害了。林诚反复询问才知道，朱悦的例假已经推迟两周没有来了，这不正常。朱悦怀疑自己怀孕了，因为前段时间他们做爱的时候并没有采取防护措施。

朱悦问林诚，她要是怀孕了，他们两个怎么办？

林诚说："从理性的角度来说，我们不应该要这个孩子。我们现在没有时间也没有精力去把孩子生下来。我们还没准备好，悦悦。我们还没准备好要这个孩子。"

尽管朱悦早已有了心理准备，可林诚的决绝和理性，还是让朱悦一颗心沉到了湖底，冰凉，郁闷。朱悦看着眼前这个陪伴了自己两年的人，突然觉得自己高估了两人之间的情感。林诚是不是值得她托付后半生，她觉得自己要再思考一下。当然朱悦也明白，林诚的决定没有错，甚至称得上是一个正确到不能再正确的处理方式。可正确，不是朱悦要的答案。林诚不懂，对于单亲家庭的朱悦来说，什么才是最重要的，什么才是她真正缺乏的东西。在沙漠里给一个快要渴死的人一堆黄金，不如给他递瓶水。

林诚后来才想明白，朱悦或许不需要自己做理性的分析，她期望的是微笑的接纳和能够依靠的肩膀。但这两点，林诚扪心自问，自己都给不了。哪怕能重来一次，结局还是一样。

几天之后，朱悦的例假来了。他们在食堂的饭桌上聊起这个事情，林诚长出了一口气，露出笑容，说："那就好。你还是要注意点身体，之前应该是过度焦虑了。"朱悦看他的笑容，突然涌上了生理性的厌恶，她端起林诚餐盘里的酸梅汁，径直泼在了他的脸上，说："我们分手吧！"然后扬长而去。

　　林诚追上去，尝试拉住朱悦的手，但被朱悦甩开，直到朱悦回到宿舍打开门禁上楼，她都没有再多看林诚一眼。林诚并不理解，于是他开启了自己注定失败的漫漫追妻路。

　　他的第一个计划，就是通过书信表达自己的歉意。由于朱悦拉黑了他所有联系方式，他只能将自己想对朱悦说的话都写在信纸上。林诚收买了朱悦的室友，信到了朱悦手里，但朱悦没有看信，就直接将信撕成两半，丢进了垃圾桶。林诚的第二个计划：他说动音乐社团的同学，在朱悦的宿舍楼下路演，他们搬着音响抱着吉他，唱着情歌，可惜刚唱一首歌，就被人举报扰民，保安出面赶走了他们。第三个计划也就是最后一次挽留的尝试，林诚一边让朱悦的室友帮忙说和，另一边他买了一束花：十九朵黄玫瑰。他在朱悦的楼下布置了一个彩灯的爱心，然后在爱心中单膝跪地，朝着楼上大喊"朱悦"的名字。天公不作美，林诚刚到没多久，就下起了瓢泼大雨，围观的吃瓜群众也很快作鸟兽散。林诚在楼下淋了三分钟的雨，手里的花也被雨水打坏。他抹去了脸上的水渍，抬头看了看，正在下雨的天空灰蒙蒙的，雨滴像鼻涕一样滴在他的脸上。他心灰意冷地离开了。

　　就在他转身的时候，朱悦拿着雨伞出现在宿舍楼下。朱悦想喊住林诚，但林诚没有听见。就这样，这场闹剧，以两人的错过散场。

　　林诚和朱悦分开了一段时间。就在林诚以为自己可以放下过去开始新生活的时候，他们又在图书馆偶遇了。据林诚回忆，这就是两个人相爱的魅力，在林诚跟朱悦四目相对的时候，林诚发现，哪有什么忘记，哪有什么放下，他没有办法不让自己看她，也没有办法阻止自己的心跳加速。他知道，或许他和朱悦的情感，是一种比大麻还要容易上瘾的毒药。

与林诚的不知所措不一样的是，朱悦大大方方地跟他打起招呼，然后擦身而过走向饮水机接水。林诚欣喜若狂，以为朱悦已经原谅自己，他赶忙走上前问："悦悦，你原谅我了？"朱悦看了他一眼，然后转过头去说："没什么原谅不原谅的，都过去了。"林诚又追问："那我们还能回到从前吗？"朱悦摇摇头，说："我觉得我们还是适合做朋友。"

朋友，林诚觉得这是对自己这段感情最大的讽刺，他觉得自己并不缺这一个朋友，便赌气离开了。三天之后，他又改变了自己的想法，他认为如果是朱悦的话，能做朋友也是可以的。就这样，林诚又开始对朱悦事无巨细，悉心照料，临近考研之时，朱悦压力很大，开始掉头发，焦虑。林诚总是第一时间出现在她身边，以朋友之名，行男友之责。甚至有一次，为了让朱悦开心起来，林诚偷偷在学校里放了一次烟花，还差点被学校的保安发现抓起来。林诚一见有人来了，拉起朱悦就跑，两人跑到假山后面躲了起来。天又黑，这才没被人发现。林诚和朱悦两人蜷缩在一个狭小的空间里，两人的心跳急剧加速，氛围暧昧起来，两人又吻在了一起。情绪上头之后，朱悦清醒过来，一把推开了林诚。

后来，朱悦非常正式地约林诚在咖啡馆见了一次面。

朱悦开门见山："你想跟我复合吗？"

林诚很高兴，说："当然！"

朱悦说："你知道的，我的考研方向是济南那边的学校，你如果就业的话会考虑济南方向吗？"

林诚想了想，面露难色："虽然我现在还没收到录取的通知，但我的家里人他们都想让我回去，不出意外的话，我的就业方向会选择回家。但是我也能尽量选择济南那边的就业。"

朱悦追问："概率有多大？你能保证说服你的家里人吗？"

林诚摇头。朱悦想了想，说："那你有没有其他方案和办法？"

林诚没说话。朱悦叹了一口气，说："你真的像个木头。那你是要放弃我们之间的关系是吗？"

"我不想放弃。"

"不如我们先谈异地恋？"

"异地恋？异地恋跟没谈有什么区别？就算我们真的能坚持，然后呢，等我研究生毕业之后呢？"

"之后的事情，之后再说。"

朱悦的火气一下子就上来了："之后再说？之后怎么个再说？"

林诚鼓起勇气说："咱们能不能先不管那么久远的事情？我们先过好现在行不行？"

朱悦知道，自己在林诚这里得不到她想要的答案。她从小跟母亲相依为命，她没有办法想象自己远嫁南方，母亲一个人怎么生活。而且更重要的是，林诚的态度让朱悦感到绝望，他从来不会去认真考虑如何解决问题。他或许能扮演好一个男友的角色，可朱悦没法奢望他在婚姻中能做好丈夫。朱悦无奈地说："这就是你最后给出的解决方案？"

"嗯。"

"那我们还是先做朋友吧。"

后来，两人有时会一起吃饭，聊天，却没有再牵手、亲吻，也没有重新确立关系。朱悦考上了济南本部的研究生，而林诚则拿到了南方大厂的录取通知。这年，他们都知道彼此会分道扬镳，从此天南地北，或许将永不再见。拍毕业照的时候，朱悦找了一个专业的摄影师，为他们两个拍了一组毕业照片，照片很好看，甚至在学校的官方网站上作为宣传图片被无数人转发，大家都在羡慕这对恩爱的情侣，朱悦回家的那天，林诚送她到高铁站门口。

林诚将行李箱递给朱悦，他说："我们还有机会再见吗？"

朱悦盯着他的眼睛，说："应该不会了。我在北方，你在南方。"

林诚略带哀求地看着她："要不，我们每年初雪的时候回来一趟？就当陪朋友一起看看雪。"

他们毕业三年了，已经见过两次，今年是第三次。

啪！

林诚被一个雪球击中。宋帆不知什么时候已经从地上爬了起来，把雪捏成团，朝林诚的脸上丢去，雪团砸中了林诚的脸，碎掉。林诚一把抹掉脸上的碎冰屑，从地上抓起一把雪，口里喊道："好小子，你别跑！"

回去的路上，宋帆问："哥，你觉得朱悦姐还喜欢你吗？"

林诚说："应该是喜欢的吧。"

宋帆不认同："我倒不这么觉得，我认为只要两个人足够喜欢，没什么能把这两个人分开。如果两个人分开了，那一定是因为不够喜欢。或者其中一个人喜欢另一个不喜欢。"

林诚说："或许吧……"

宋帆说："哥，你知道吗？你就这一点我瞧不上。你老是犹犹豫豫，瞻前顾后，想得太多，做得又太少。明明喜欢却又愿意放手，放手了，却又放不下。"

林诚摊手："大家不都是这样？"

"哥，其实我倒觉得，你大可以跟悦姐做个了结，成也好，不成也罢，总好过现在这样不清不楚的关系吧。哪有朋友单独两个人约着一起看雪的？"

"叔！你也在啊！"

身后响起了一个熟悉的声音。林诚往后看去，竟然是在高铁上说来看女朋友的那个小伙子，他正挽着一个微胖的女子。

他们走近之后，林诚发现他们眼睛中弥漫着笑意，这笑意温柔而明亮，如同春日里的清风和山涧的溪水。

"叔，你真的在这儿呢！"

林诚现在想把对面的嘴缝起来，他说的话，真的很破坏气氛。宋帆在一旁憋笑，就快憋不住了。林诚说："我才 26 岁，你叫我叔？"

小伙子连连道歉："不好意思啊，哥，不好意思。"说完还嘟囔了一下，"确实看着显老……"

旁边的女同学赶紧圆场说："两位学长好，我是商学院阮青青，这是我对象，陈嘉，他刚刚一直跟我说在车上遇见了学长，特别高兴。"

"你好你好，计算机学院林诚。"林诚对这个女生的评价又高了不少，陈嘉真是好福气，能找到这么好的女朋友。

"文学院宋帆，你好。"宋帆的回答略显高冷。

女生却捂住了嘴，惊叹道："你就是宋帆学长吗？"

宋帆皱起了眉头："你认识我？"

阮青青疯狂点头，说："当然，我们班没有不知道你的。你在校园歌手大赛上的返场表现真是太棒了。只不过我刚入学那年你就毕业了。没想到在这里能看见本人。我真是太开心了。"

趁阮青青和宋帆交流之际，林诚凑到陈嘉旁边悄悄说了一句："小伙子对象不错，好好珍惜。"

陈嘉傻傻一笑，说："那必须的！"

四人寒暄几句，就分开了。林诚请宋帆吃了一顿饭之后，林诚就独自走向跟朱悦约定好的地方：黑海酒吧。

林诚知道为什么会选择这里，这个酒吧承载了他们之间太多的回忆。

学校附近的酒吧一般都是清吧，或者也可以说是音乐酒吧。环境安静，灯光色系偏暗淡温和，没有闪烁的彩灯，没有嘈杂的吧台，舒缓安静的氛围适合深夜谈心、情侣幽会和解闷排忧。有些酒吧还会从外面招一些驻场歌手，自己带吉他弹唱也好，放着伴奏唱也好。音乐风格多偏民谣和流行情歌。就算没有驻场歌手，也会放一些流行音乐。

林诚大二的时候，去黑海酒吧驻场过一年。在这一年里，朱悦有空的时候都会陪同在一起。对于他们来说，这里是除了学校之外最熟悉的地方。

宋帆说，林诚他们毕业之后，原本在学校西南门后街的黑海酒吧，就开到了沿海公路。坐在酒馆里，将窗户打开就能听见海水潮起潮落。酒馆外面摆了几张桌子和遮阳伞，可冬天太冷，没有人会坐在外面挨冻。林诚走到原本黑海酒吧的地址，发现已经被改成了面包房。

林诚紧了紧自己的风衣，冬季天黑得快，气温也会下降。林诚找到黑海酒吧时，还没到营业时间。林诚看见门口挂了个牌子，上面写着，营业时间：晚上七点到凌晨四点。

黑海酒吧的老板是杰哥，他的人生充满了艺术性。他年轻的时候组过乐队当主唱，也玩过摄影。家里人不再支持他之后，他就拿着自己的积蓄开了这家酒吧。一年营业八个月，留下周转的资金，剩下的都用在旅游上。林诚毕业那年，杰哥刚好四十，仍旧未婚。杰哥长得粗犷，性格也随意。林诚来这里驻场的时候，杰哥是次结，来就给钱，不来也不管你，不想干了提前说一声就行。

林诚看了一眼时间，不到五点。林诚找了找手机里存的杰哥电话，打了两次都没接。林诚心想，照这个营业时间，可能还在睡觉吧。

林诚的左边肩膀突然被人拍了一下，他往左边看，没有人，往右边看，还是没人，正当他想转身的时候，从后面跳出来一个高大健硕的身影，用低沉的嗓子说："小林，你咋回来了？我这刚起床就被你堵住了，我在你后面瞅你小子打我俩电话了，我就是不接，看你小子会打几个，没想到打了两个就不打了，没什么意思。快过来吧，我带钥匙了。"杰哥穿着一件黑色的短夹克，一边说着一边往门那边走，掏出钥匙，打开卷帘门。几年过去了，他似乎比之前更胖了一些，脸上也蓄起了络腮胡子。

林诚被杰哥的反差萌给逗笑了，说："杰哥，你怎么越长越小呢？"

杰哥说："那没办法呀，天生的。心态这块，主打的就是年轻。"

杰哥推开玻璃门，说："算你小子运气好，我这儿每天七点开张，我要早来一两个小时整理东西。昨天刚进了一批货，今天还要点点，就来得早了一些。可以啊，我换了地方了还是被你找到了。"

林诚说："宋帆跟我说你这边换地方了。"

杰哥开始打扫卫生了，他说："原来是宋帆那小子告的密啊。那小子还不错，有空也会来这边捧场。跟你一样，调酒也只喝玛格丽特。"

林诚应了一声，开始打量酒吧的格局。酒吧比之前大了不少。入门左边是调酒台和酒柜，从调酒台往后走，挂着一道帘子，推开帘子进去就是厕所。调酒台前有几个用沙发围成的卡座。往右边走，沿着墙壁放置着装饰性的架子，上面摆着各式各样的空酒瓶。入门右边走到底有一个小小的三米方圆的舞台，上面摆着两个话筒架，两个高脚凳，对面是固定酒桌和几个散桌，固定酒桌之间都有一人高的书架，上面摆着几本谁也不会看的书，还有几盆不大的盆栽，散桌则在固定酒桌和舞台之间摆着。林诚注意到，墙壁上挂着很多之前没有的照片，有酒客的合照，还有老板年轻时在雪山上拍下的照片以及一些风景照。林诚不由得指着一张照片问杰哥说："杰哥，你年轻时候还爬过雪山呢？"

"那都是老皇历啦！二十多岁的时候，就喜欢冒险。那张照片啊，是我去西藏爬珠穆朗玛峰的时候拍下来的。可惜，我才往上爬了一个小时，就起了高原反应，差点死在那上面。当时就想，我来都来了，不拍张照片就走多可惜呀。这不，才有了你看的那张照片。"杰哥停下手里的活，看着林诚说，"你再看看别的，我当年还去过好多地方呢。"

林诚看见一张特别的照片，照片上面是杰哥和一个女人的合照，背景却不是酒馆，而是一片长满了鲜花的原野，背后是高高隆起的山坡，远处依稀能看到黑白交杂的羊群。林诚指着相片，大声问："这张照片是在哪里拍的？"

"那张啊……"杰哥手里拿了两瓶开盖的科罗娜，走了过来，递给林诚一瓶，"那张是去年这个时候，我跟我女朋友去四川稻城拍的。我觉得拍得还不错，就洗出来挂上了。"

"去年啊……"林诚啧啧称赞这照片真漂亮，然后打趣说，"杰哥你还有女朋友呢？"

"我是不婚主义者，又不是出家修行，我当然会找女朋友。"

"那嫂子什么时候来？我倒要看看什么人能把杰哥拿下。"

"少贫嘴了。去年回来，我们就分了。"

"啊？为啥？"

杰哥喝了一口酒，说："她想跟我结婚。我自己什么情况我自己清楚，我这性子，结不了婚。回来我就和她分了，别耽误人家……"

林诚有些歉意地说："不好意思哈，我不知道。"

杰哥洒脱地说："没事，我女朋友都换了两个了。"

林诚试探地问："那你现女友不吃醋？"

杰哥瞟了他一眼，说："谁还没点过去了？哪有几个人心里是干干净净的。"

林诚竖起大拇指，说，还是杰哥厉害。可林诚在酒吧里转了一圈，只看见杰哥跟这个女人的合照。杰哥生命中其他的过客，不见踪迹。杰哥返身继续干活，跟林诚说，今天的驻场歌手有事没来，要是林诚不介意，就去客串一下。七点，杰哥准时开门营业。

　　林诚坐在舞台的高脚凳上，拿着杰哥赞助的马丁吉他，开始了他今晚的演出。林诚已经很久没有弹过吉他了，大学毕业后的三年，他每天六点起十二点睡，回家还要干白天没干完的活，待遇虽然不错，但时间太紧张，人也疲倦，没有看电视电影的时间，更不用说弹吉他演出了。谱子是一点没记住，不过他的手感还在，稍加熟悉之后，便能看着谱子弹唱了。杰哥调侃他说，吃饭的家伙你是快忘光了。林诚尴尬地笑了笑，说，现在不靠这个吃饭了。

　　今天店里生意不错，才到八点，位置就坐得差不多。还好林诚提前让杰哥为朱悦留下一个位置，放了一块留座的指示灯牌。来的大部分客人，都跟杰哥打了招呼，很明显是常客。服务员和调酒师都是之前的老熟人。他们也注意到了林诚，但只是简单打了个招呼就回到自己的工作岗位了。林诚有些郁闷，但也不好说什么，仍旧在台上唱着。唱着唱着，林诚仿佛回到了当年大学在这里驻唱的时光。他不觉得疲惫，反而乐在其中。很快，有人送了他一杯鸡尾酒，他向那人表示感谢，人群中有人举起了酒杯，但却是个中年大叔。林诚摇摇头，摈弃自己的杂念，继续弹唱。朱悦迟迟不到，林诚有些担心。林诚本来想去高铁站接朱悦的，但朱悦三令五申，让林诚在酒吧里等她，林诚便也没有坚持。

　　如同他错过朱悦拿着雨伞跑到宿舍楼下的场景，他同样也错过了朱悦推开玻璃门时的画面。朱悦是不喜欢化妆的，她认为化妆浪费时间又伤害皮肤，她只喜欢护肤，她尝试过无数种护肤方式和产品，用她自己的话来说，现在各个平台大火的护肤博主推荐的护肤产品，她全都试过了。今晚，朱悦却化了一个最精致的妆容，从眉毛到眼影，没有人能挑出毛病。她绑着高马尾，两边留下几缕头发。一件白色的长款风衣，这件衣服跟林诚身上的风衣是一起买的情侣装。

杰哥走上来，让林诚下去休息一下，并指了指朱悦坐下的那张桌子，说，赶紧过去。杰哥的嗓音更沧桑一些，他接过吉他之后，弹了一首李宗盛的《山丘》，但他没有从主歌开始，而是先弹了一遍副歌："越过山丘，才发现无人等候，喋喋不休，再也唤不回温柔，为何记不得……"不同的音色和音乐风格，让酒吧里响起了一阵掌声。林诚摸了摸自己的鼻子，朝着朱悦走去。

"好久不见。"

"好久不见。"

一句老套的开场白得到一句相应的回答，朱悦开口说话时，一缕暗幽幽的香气钻进林诚的鼻子中，像静脉注射激素，他的内心划过一道闪电，怦咚、怦咚，心跳慢慢加速。他感觉口干舌燥。朱悦是鹅蛋脸，有一双又大又圆的眼睛，但她今天的眼线却是微微上挑，盯着林诚看时，林诚只觉得妩媚又清纯。林诚坐下后，朱悦喝了一口酒，说："你还是一样，没什么变化。"

林诚不知道朱悦指的是什么，便没有作声，重逢的喜悦和激动慢慢变得平和安宁，自从去年威海一别，两个人之间就没有再联系了。林诚看着眼前这个自己想念了一年的人，却不知道从何说起。这时，朱悦问林诚："你最近怎么样？"

林诚说："挺好的。你呢？"

朱悦调整了一下坐姿："我也挺好的。你工作怎么样？"

"还不错，主管说明年可以让我干小组长，单独带项目。"

"忙不忙？"

"挺忙的，这两天请假过来，还有些任务没做，我就把电脑也带上了。"

"哦，那挺好。你家里怎么样？"

林诚有些尴尬地摸了摸头："都挺好的，他们甚至今年又生了个孩子。"

"那你跟你弟弟岂不是差很多岁？"

"是的，差了20多岁。那你毕业了打算干什么？"林诚想知道朱悦对自己的未来有什么打算。

朱悦说："我考了教师编，现在在我们市一中实习教书。"

"也挺好的。"

"嗯。"

两人陷入了沉默，变换的彩灯，不时打在两个人的脸上。这不是林诚想要的重逢，他说："你有什么想听的歌吗？"朱悦眼神飘忽，她想起了毕业前跟林诚一起唱的最后一首歌，说："就唱《后来》吧。"

毕业离校前的那天晚上，两个人又并肩走过了校园的每一个角落，他们边走边说，回忆起过去发生在校园里的所有与彼此有关的故事，离别的感伤加上过去时光的幸福，走着走着他们两个人一边笑一边泪流满面。最后，他们躺在了田径场的草地之上，远处是一群刚入学的学弟学妹，围在足球场的中圈，一起弹琴唱歌，他们的歌声很响，甚至模糊了田径场照明的灯光。

朱悦说："哎，你当初可比他们出风头多了。"

林诚偏过头，问："你怎么知道？"

朱悦说："你不知道吧，军训的时候，你就在我隔壁方阵，我还看你演出了呢。"

"啊？你怎么不早跟我说？"

"我也是这几天翻看以前的相片，才发现原来我早就见过你了。"

"怎么样，有没有被当时的我帅到？"

"你说呢？你当时被太阳晒得黑不溜秋的，我还纳闷是哪来的小煤球。"

"说这话，你的良心不会痛吗？"

"不会。"

"欸！"

"嗯？"

"你看！"林诚用手指指向天空，夜幕上月华不显，繁星密布。

"什么？"

"北极星。"

"在哪里?"

"你要先找到北斗七星,看见那几颗星星了吗?连成一起像一个勺子的那几颗星星。"

"嗯,看见了。"

"你顺着勺子的方向看,有一个很亮的星星,那就是北极星。"

"北极星有什么用?"

"北极星可以为迷航的人指示北方,对我来说……"

"对你来说怎么了?"

"那是你在的方向。"

"去你的!"

朱悦坐起来,说:"我们会是很好的朋友吧?"

林诚沉默了十秒,说:"会的。"

朱悦去调酒台要了两杯酒,两杯玛格丽特。杰哥一边为朱悦调酒,一边说:"还是一样的口味?"朱悦点点头:"你看着调,多加点柠檬汁就行。"杰哥开始了自己的调酒,他先用柠檬片将杯口沾湿,然后倒扣杯口沾上盐霜,再倒上半杯龙舌兰、四分之一君度橙酒、5毫升青柠檬汁,搅拌均匀之后,又往里加了一枚薄荷叶,并在杯沿插了半片柠檬装饰。朱悦端起酒,抿了一口,薄荷的清凉将柠檬汁的酸甜、龙舌兰的青草味和酒精的辛辣以及精盐的咸带给她的每一个味蕾,朱悦不禁感叹:"杰哥的手艺,还真是没的说。"杰哥笑着摇摇头:"还得大家捧场。"

朱悦斜坐在调酒台前，看着林诚唱歌，杰哥问："你觉得现在的他怎么样？"

朱悦说："很帅！跟以前一样。"

"那挺好的。"

朱悦把酒一口闷掉，一滴酒顺着她嘴角流到脖颈，她说："是挺好的。"

她把酒杯推到杰哥面前说："这酒跟以前一样好喝，但跟我想要的味道还是有区别的。"

杰哥点点头："也是，每个人口味不一样，我却调不出一千种玛格丽特。"

"陪我出去走走？"林诚唱完下来的时候，朱悦这样跟他说。

推门出去，外面的天已经完全暗下来了，幸好，公路上的路灯还亮着，给予夜归人以安慰。但路灯驱逐不了寒冷，夜晚的风失去了太阳的照耀，更加萧索，更加凄冷。

朱悦和林诚一前一后地走着，沉默了十几分钟，只有海边的潮水声在林诚耳边回荡。朱悦说，陪我走走吧，安静地走走。林诚此刻想起过往的记忆，他们一起恋爱的时候，也常常会走这条沿海的公路。夏天的时候，这里比较热闹，到处是晚饭过后出来遛弯的人，一些老人可能会抱着传统的乐器聚在一起弹琴或者是一起打太极，若是宽阔些的地方还能看见一帮上了年纪的阿姨聚在一起跳广场舞，朱悦也曾加入他们的队伍一起跳，林诚还录了当时的视频，虽然画面很暗，看不太清，但能听见朱悦爽朗清脆的笑声。林诚一直留着有关朱悦的一切。但此刻，虽然他们之间的距离不到一米，林诚却只能听见潮涨潮落的声音。

朱悦突然在沙滩边上蹲下，林诚也在她旁边蹲下，朱悦说："你听见什么声音了？"

林诚说："海水的声音。"

远处，海水潮头泛白，潮起潮落。天空中的云阴沉而低，好像一伸手就能触碰到。月光看破云层，将光辉洒满海面。路灯则把眼前的沙滩照亮，一片土黄色的沙砾，越往海边去越黑，越深邃。

林诚说："可惜今晚没有下雪。"

朱悦感觉到凄冷，她猛然回头看着林诚，林诚看着她的脸，才发现她鼻尖已冻得通红。四目相对，林诚握紧朱悦的手，朱悦直接吻住了林诚。林诚一时之间并没有准备好，身体僵硬，但随即应和着朱悦，两人深情拥吻起来。

亲完之后，两个人都面色潮红，不知道是寒冷还是热血沸腾。这时林诚和朱悦同时打了一个喷嚏，两人相视，哈哈大笑起来。朱悦说自己带了药来，让林诚跟自己回去喝药，林诚自然点头答应。

回去的路上，林诚还牵起了朱悦的手，朱悦刚开始想把手抽出来，但林诚这次握得很紧，朱悦也就任由他牵着了。林诚只觉得朱悦的手有些冰凉，便握得更紧了些。

　　两人一进房间，没有去找感冒药。门刚一关上林诚就向朱悦索吻，体温上升，像两条蛇一样缠绕对方的身体。朱悦没有拒绝，林诚便越加大胆。窗外的海风越来越大，白色的潮水一波接着一波，黄色的沙滩被海水浸泡，变得黝黑深邃起来，天空中忽然有一颗流星划过，黑色的乌云被刹那照亮，有幸看见它的人开始双手合十，在心底许下了一个愿望。

　　激情过后，朱悦赤裸着走到窗边，打开窗户透气，房间内咸腥的气味，让她不太舒服。林诚也赤裸着走来，手里拿着朱悦的外套，给她披上衣服，说："穿着点衣服，很冷。"

　　朱悦没有拒绝，她说："我去找找感冒药。"她回来的时候，却只端着两杯热水，说："没找到药，先喝杯热水吧。"林诚接过，水温刚好合适，他一饮而尽，还将杯口朝下晃了晃，示意自己一滴不剩。

　　林诚说："我给你带了个礼物。"

　　"什么礼物？"

　　林诚神秘地说："待会你就知道了。"林诚走向自己的旅行包，从最里面拿出礼品盒，这是一条银白色的星星形状的项链。

　　朱悦说："你帮我戴上。"

　　林诚走到朱悦身后，将项链解开，戴在朱悦脖子上。朱悦的脖颈白皙如雪，林诚感觉自己的眼睛有些恍惚，试了好几次，才把项链戴上。戴好之后，林诚欣赏地说："真好看！"

　　朱悦问："你说，要是当时我们没分手，现在会怎么样？"

林诚点燃一支香烟，停顿了一会，说："不知道，但会比现在有归属感。我每天都在公司加班很久，不想回家，因为没人等我。"

朱悦又走到窗户边，关上了窗户，说："你知道，我们俩最像什么吗？"

林诚感觉自己有些疲倦，就坐回床上，说："像什么？"

"我们像两颗挨得很近的星星。"

"为什么？"

朱悦转过身，在月光下，泪流满面。

"你怎么哭了？"林诚这时才发现朱悦的异样，正准备起身，却突然发觉自己浑身乏力，旋即睡意袭来，眼皮变得很重。

恍惚间，他看见朱悦朝他走来。

展信开颜：

当你看见这封信时，我已经离开威海。

请原谅我无法当面向你诉说这些。我一直没有办法处理好我们之间的关系，我们相互喜欢，但你没有办法给我想要的未来，我没有办法让自己活得像母亲一样，所以我一直无法面对你，可我对你的情感又会让我无法克制地想你，我不知道我的决定是对还是不对，就像今天一样，我在完全没有征兆的情况下竟然主动吻了你，这太可怕了，我怕我们会永无止境地纠缠下去。

我们之间必须有一个了结，这就是我自私的地方。请原谅我又一次为我们之间的情感独自做出选择。我曾经无数次幻想过，只要你再坚定地选择我一次，只要你能够告诉我一切有你，只要你向我求婚，我一定会毫不犹豫地答应你。可你一次都没有和我说过。你知道，我要的从来不是依靠，而是能够依靠。这些话我没有办法跟你说，因为那时我将无法判断你出于真心还是冲动。

何况你现在过得很好，工作、家庭都很好，我的存在对你来说或许是一种负担，我不应该再来打扰你。我的离开，对你来说才是最好的安排。我的母亲已经为我安排了不错的相亲对象，但我只看过照片。不要再来找我，我们没有未来。

我好喜欢你，但我不能再陪你谈恋爱了。我不知道是否还能遇见如你这般让我心动的人。或许这就是我们最后一次见面，我希望我们的记忆里留存的是全部的美好。忘记我的不好吧，这样我会好受一些。

请原谅我，原谅我就是这样一个自私的人。

朱悦亲笔

写完信之后，朱悦站在床边，看着林诚慢慢睡去。她为他盖好被子，然后穿上自己的衣服，并将今天穿着的衣服叠好放在床头，上面放着信纸和林诚送的项链。临走前，朱悦走到林诚跟前，亲吻了他的额头。

第二天，当大厅打来电话询问是否续房时，林诚才悠悠醒来。他看着满屋狼藉，又看到床头上摆着整整齐齐的衣服，和放在上面的信纸和项链。他用力地敲了敲自己的头，想确认这不是一场梦。

他赤裸着身子，跪伏在床上，深深吸了一口气。然后起身，拉开窗帘，窗外阳光明媚，远处海水潮声如昨夜般汹涌。

他洗澡，又刮了一遍昨天刮过的胡子，吹了一个合适的发型。收拾好自己的东西。他在学校附近吃了一顿早午饭，一碗豆浆一个油条还有三个肉馅包子。他没有挽留，没有追赶，结局早就在他脑海里演练了无数遍。只是当这一天真的来临，却没法像想象般自如地接受。

他走上学校的田径场，呈大字躺在中央。安安静静，什么也不想。

忽然，开始下雪了。漫天的大雪纷纷扬扬。

（作于 2022 年 12 月）

周彦君小辑

周彦君，女，出生于1999年，四川绵阳人，湖南师范大学创意写作专业硕士。小说《达瓦更扎》发表于《芳草》，小说《小偷艺术家》发表于《湘江文艺》，童话《镇长是只透明的猫》发表于《创作》，有诗歌发表于《青春》。获湖南省第二届创意写作大赛省级二等奖、校级一等奖。

达瓦更扎

　　司机发来短信，是一辆深蓝色外壳的旅游巴士，他停在理工大学地铁站 A2 口对面。我不是第一次到成华区这边来，早上却出错了地铁口，绕了二十多分钟的路，最后跟着导航找了过去。司机催促的电话又打了过来，我慢慢地从包里掏出手机，看着屏幕上司机的两个未接来电，萌发了取消这次旅行计划的念头，我加快了步伐，宿醉后混沌的脑袋加重了我的烦躁，要是司机再来一个电话，我转身就回家睡觉。

　　过了马路，幺妹早餐店的门口，停着那辆深蓝色皮壳的巴士。隔着晨起的雾气看它，我突然一阵恍惚，在雾气里穿梭，是不是能短暂地逃往世外桃源呢？哪怕只有周末这可怜的两日。

　　走近幺妹早餐店，我点开短信核对着巴士的车牌号"川A2F429"，绕到车尾后面抬眼看了看，是这一辆。司机猛地一按喇叭，把我震出了鸡皮疙瘩，手机"啪嗒"一声掉在地上，捡起手机一看，才贴好的钢化膜已经裂开了两三丝缝隙，情绪的火一下子从我的胸腔充斥到嗓子眼儿。

　　司机从车座上将头伸出来，朝我不客气地招手喊道："还看什么啊，就是这辆，半个多小时了，没看见整车都在等你一个人吗？"我心里窝火得难受，但连我自己也没意料到的是，我只是擦了擦手机屏幕上的灰，温声细语地朝司机说了句"不好意思"，然后对着他眯眼笑了笑。司机张了张嘴，沉默了几秒钟，接着摸了摸自己光秃秃的脑袋，咧开大嘴笑道："还不赶紧的！"

车上大概有十几个人，还有几个空位，我站在前面看了看，径直地走到最后一排。"你好，麻烦让一让。"我小声对着最后一排的男生说。不知道为什么，在情绪偏执到极致的时候，我总是会显示出极端的温柔和礼貌，仿佛只有这样，才能平衡我的身体与灵魂，不至于马上疯掉。

最后一排有五个座位，靠窗的那个位置还是空的。我每次坐车的时候都会迷恋最后一排，享受着这里的颠簸，这种感觉，就像是坐了一次小型的过山车。坐在靠窗的角落，我可以完完全全地隐藏起来，我可以看见别人在做什么，别人却不会转过头来关注我。

坐在最后一排的男生抬起头看了看我，起身让我坐进去，我对他笑了笑，轻声地说了句谢谢。我取下背包，把它放在腿上，准备先找个舒服的姿势坐着，听着歌睡一觉。我拉开拉链，在背包里摸着耳机，摸了半天也没摸到，这才意识到自己走得太仓促，把耳机忘在家里了。本就烦躁的心情愈发强烈，宿醉的头像是要炸裂了一样。我一边将包里的东西翻出来，一边想着又觉得好笑，或许这就是急火攻心的感觉。

邻座的男生轻轻地清了一下嗓子，他从刚才起就一直看着我，但是我刻意忽视着他的目光，宿醉的我现在可没有精力和他攀谈。"你是在找耳机吗？"他终于开口了，声音里带着一丝清朗和涩意。他的声音让我心里一动，侧过脸去看，他穿着一件焦糖色的大衣，内里套着一件灰色高领毛衣，散发着浓厚的秋日少年气息。成都的秋日来得早，也来得急，特别是在早晨，丝毫不逊色于冬日的寒冷，他的大衣应该抵挡不了达瓦更扎的寒气，我这样想着。

这次旅行是两天一夜短途旅行，周六早上出发，周日晚上回来，从成都市成华区出发，目的地是达瓦更扎露营区，位于四川雅安市藏区的一座村里。巴士靠左沿着二环高架路行驶着，外面的雾气有散去的迹象。我道了谢，接过他手中的耳机，头靠在玻璃窗上听着歌，耳机里传来痛仰乐队的《再见杰克》，旅途已经开始了。

昨天是我和男友的恋爱一周年纪念日，我们在昨晚分了手。爱情这种东西不可靠，这是我早就知道的道理，而我明知不可靠，最后还要深陷其中不能自拔，两人之间的关系到了现在不可挽回的局面，全是我咎由自取。车上没人说话，所有人都昏昏欲睡，我一首接着一首地听乐队的歌，摇滚的烈和我头的炸杂糅在一起，我竟然有些享受这种疼痛的快感，在一摇一晃中，渐渐地睡了过去。

巴士穿着厚壳，朝成雅高速方向驶去，行驶了一段距离以后，顺着车道拐过车尾，朝着双流机场方向并线进入 G5 京昆高速。在一阵嘈杂声中，我醒了过来，导游不知道什么时候站到了司机身后，戴着一个小蜜蜂，高声地提振着车内的气氛。"朋友们，你们十四位能够选择我们旅行社，能够在今天坐上同一班车前往达瓦更扎，这就是缘分。俗话说，百年修得同船渡，我们今天能坐这一辆'船'，渡往美丽的神山达瓦更扎，这就是前世修得的福分啊！我们短暂的两天……"

我并没有完全清醒过来，旅游巴士大概已经行驶了两个小时，我靠在玻璃窗上，看着雾已全部散去，远离了城市以后，视野变得格外清晰，天空的蓝在造物者的调色盘里提高了饱和度，明丽得有些炫目。

"遥望高高的美丽神山，云游中有一条通天的路，佛光日出云海诱惑，达瓦更扎浩瀚壮阔……"小蜜蜂里突然传来歌声，粗哑不着调的嗓音穿透性地传到了我的耳朵里，在我耳机中音量开到最大的音乐也挡不住它的"魅力"。我虽然没听过这首歌，但她和着音乐的韵律压根不着边际的声线，使得我不寒而栗，全身起了鸡皮疙瘩。

我拿出手机关了音乐，看着被擦划的屏幕，没有一条未读消息，我叹了口气，把手机调成飞行模式，这下是我主动隔断了沟通渠道，如果收不到男友发来的消息，可以安慰自己是因为没有网络，我根本就没办法接收到他的信息。忽然想起了阿Q，我这种自欺欺人的做法和他又有什么区别？我不由得讪笑了两声，为自己感到些许悲哀。

把耳机取了下来，我递还给了邻座焦糖色大衣的男生，他处于放空的状态，两眼看着前方，又好像什么也没看。我偏着头看他的侧脸，线条流畅得像个女孩子，他眼睛生得极为漂亮，放空的时候也不会显得无神，透着小鹿般的单纯，欧式的大双眼皮没有多余的褶皱，精致而干净。

他接过耳机，对我腼腆一笑，然后把耳机放进了兜里。导游的小蜜蜂依旧在发出难以入耳的噪音，满车的人都躁动着，车厢里不再沉默，大家在歌声的掩映下开始互相交谈，没有人捂住耳朵痛斥导游的"天籁之声"，似乎在这种背景声响的烘托中，他们才能敞开心扉，变得毫无顾忌，成了真正的旅游者。也是，车上的陌生人这么多，明天以后，谁与谁还能有什么交集？

持续了几分钟以后，导游的歌声终于停了下来，掌声雷动。导游喝了口保温杯里的热水，接着从车前的导游置物架上拿出了另一个小蜜蜂麦克风："有没有哪位朋友自告奋勇，来前面一展歌喉？"我眯着眼睛看前座的一对情侣笑作一团。导游的喜感让他们感到短暂的优越感。男孩子操着一口播音腔，用专业的音乐名词给女孩子讲解着，"调式""强弱""颤音"一类的词语不绝于耳。染着一头红发的女孩子靠在男孩子的肩上，用手将头发撩到耳后，不时地抬起头看看他，发出"咯咯"的笑声，毫不吝啬地夸赞自己的男友。

前面一位戴墨镜的大叔在妻子的鼓动下笑呵呵地举了举手，他看起来有些不好意思，拘谨地站起来，穿着肥大的卡其色工装裤，一挪一挪地朝导游站的位置走去。大叔拿出手机，在听歌软件上翻了很久，也没决定好要唱什么歌。车里的人都在聊天，没有人催促他，偶尔有人看他几眼，然后掏出包里的零食和水果，慢慢地等着。

在这段感情之前，我从未拥有过一段长期的恋爱关系，相反，单向的喜欢倒是能持续好几年。我暗恋男友三年，在他还有对象的时候，默默地关注他。他右手的戒指偶尔戴在无名指上，偶尔戴在中指上，我迷恋他对那个女人的忠诚，却又自私地希望那枚戒指永远不要戴在左手无名指上。直到在某个快下班的下午，我起身去接咖啡醒神，路过他的办公桌时，看到他正摩挲着那枚戒指，再回来的时候，它已躺在了一旁的垃圾篓里。

我好像突然对他失去了兴趣，但当聚完餐以后他和我搭着肩并排走在路上，我没有拒绝他醉醺醺的一吻，永远没有人能够逃过夜晚的魔力。忠诚的人失掉了我所爱的忠诚的品质，他成了我薛定谔的爱人。

戴墨镜的大叔终于选好了要唱的歌曲，摇头晃脑地唱起了庞龙的《兄弟抱一下》："兄弟抱一下有泪你就流吧，流尽这些年深埋的辛酸和苦辣……"年轻人爱听摇滚和民谣，听万能青年旅店的《揪心的玩笑和漫长的白日梦》，听李志的《梵高先生》，听马頔的《南山南》，在诗和远方中安放矫揉造作的自我，陷入无尽的个人浪漫之中。中年人也听摇滚，听《杀死那个石家庄人》，听黑豹乐队的《无地自容》，但更多的是听流行摇滚，缅怀青葱时光，感叹岁月蹉跎。

　　戴墨镜的大叔一改先前的羞涩，直唱得耳根涨红，几近嘶吼的声调中，我感受到了他藏不住的坦率与纯真，我在车窗边轻轻地叩着指尖，自己是什么时候变得对这世界畏首畏尾的呢？邻座的焦糖色大衣不知道什么时候睡着了，脑袋一点一点地垂下来，靠在了我的肩上。在其他人的眼中，是不是我们也像一对如胶似漆的情侣呢？

　　我的男友昨天定制了一对情侣戒指，他小心翼翼地打开盒子，推到我面前来，黑色的细绒包裹着一枚戒指，镶好的内钻极为精致，他用期待的目光看着我，告诉我内里刻着我们的姓氏缩写和在一起的日期。我看着那枚戒指，仿佛它就是分别的谶语，回忆夹杂着怒火冲上了脑袋。在酒精的怂恿下，我拿起它，连着盒子一起扔进了餐厅的潲水桶里。然后一字一句地对他说，我永远不可能戴上那枚戒指。

　　旅游巴士驶进隧道，我偏过头去看焦糖色大衣靠在我肩膀上熟睡的脸庞，隧道的灯光一闪一闪地打在他的脸上，他的睫毛不时地颤动着，我分不清这到底是车摇晃的动静还是他装睡的证据。我单手轻托着下颌转过脸去，透过玻璃向外看。手指没有节奏地叩击着车窗的边缘，思索着之前的生活，没有惊喜，没有热血，甚至都不能称得上平凡这两个字，用等待死亡来说也不为过。

　　和平常不一样的是，当巴士驶过了一整节隧道以后，外面依旧没有变得明亮，这让人觉得一直在隧道中穿行。但窗外不是一片漆黑，因为这并不算是隧道——一株株大树在旅游巴士的两侧形成两道天然屏障，粗壮的树枝伸向道路的另一边，错综复杂地形成了镂空的树藤吊顶，包围着观望着前来的人和车辆。这是作为通往森林深处的通道，许多人寻觅的第一站。

旅游巴士在黑暗里开着大灯，穿梭在一片片树藤包裹的路上，健壮的身躯和扎实的轮胎声在空旷的道路上格外地张扬。离藤蔓区的出口还有一两百米的时候，一黄一白两只狗从路边窜了出来，犬吠一声接着一声。司机点了一下刹车，轮胎擦着黄狗的脚毛而过，惹得两只狗叫得更欢了，追着旅游巴士跑。站在车前端的导游和戴墨镜的大叔都趔趄了一下，随即扶着座椅站稳了。司机朝后视镜里看了一眼，见两只狗完好无损地追着车跑，于是他转过头对着导游笑了一下，嘴里骂了一句："他狗娘的生了不养，祸害我们这些道上的。"导游也骂了一句："幸好我反应快扶稳了，这些鬼探头的活该被碾死。"话音刚落，路边又窜出一条白狗，径直钻进车底，只听见一声惨叫，车轮压出了一条血路。

旅游巴士驶出了观赏的藤蔓区，速度慢慢减了下来，停在了一个看起来像是被遗弃在深山老林里的老式站台，到这儿来的多数是写生的或是户外爱好者。这里已经是森林的深处了，阳光不再能那么容易地照进来，我透过窗户看着阴暗的森林外景，潮湿昏暗并没有使我产生抵触感，反而让我更好奇这片神秘的地方。

焦糖色大衣男生悠悠转醒，却没有将头从我的肩上移开，我和他默契地坐着没动，静静地感受着车里暧昧气氛的游走。

男友的面孔又浮现在我的脑海里，要是没有婚姻，是不是就不用担心亲密关系的彻底分离，没有形式上的亲近和捆绑，就不必考虑忠诚与义务，背叛也不复存在？我这样想着，所以爱一定要是唯一吗？

前面那对情侣下了车，在站台旁的树墙边自拍了几张，男生将手搭在女生的肩上，两人放大照片的细节，讨论着拍照的角度和光影的运用。司机好像在和导游争吵着什么，争执的声音越来越大，最后只听到导游一个人戴着小蜜蜂对着司机大骂，司机转身上了车，坐在驾驶座上长久地沉默，他涨红了脸，身子蜷缩成一团，将脑袋耷拉在方向盘上。过了好一会儿，导游打了一通二十几分钟的电话后，上车喝了一口保温杯里的水，告诉我们在此处休整三个小时左右。

导游和司机无端的争执让车上的人都躁动不安，巴士在站台边已经停了半个多小时，而此处并无景点可供参观，却要浪费时间停留，大家的怨气彻底溢出来，说话全都带着毫不掩饰的怒气和不满。墨镜大叔的妻子站起来尖声问道："到底出什么问题了，这车还开不开啊？"墨镜大叔扯了扯妻子的衣角，似乎是在让她冷静一点。前座的情侣也表示着不满，催促着赶紧前往达瓦更扎，他们不想错过山上的日落时刻。

导游冷哼一声，斜睨着驾驶座上缩成一团的司机："刘师傅撞死了一只狗，见了血，开不了车了。"话音刚落，全车哗然。"那我们怎么办，总不能一直坐着等吧。""退钱！浪费我们的时间！""换个人开不行吗，这车上难道还缺会开车的人？"

几个小孩儿被推搡到她的面前大声嚷嚷着，丝毫没有影响到她沉稳的语调，导游把麦克风的声音调到了最大，"谁有 B1 驾照？谁有？是个人就能开旅游车吗？出了事你们谁能负得起责任？撞死了狗是小事，要是撞死了人开进了悬崖是不是还要全车的人给你陪葬？"导游起初的喜剧气质完全消失不见了，她全身笼罩着一股威严的气质，话语权掌握在她手中，不容任何人辩驳。司机窝在座椅上，全身像是瘫成了一团泥，两眼无神，他似乎在用这种姿势来赎罪。

导游安排了旅行社另外两名司机来接替刘师傅的工作，他们正在赶来的路上，愿意继续旅行的人在这里稍作休整，不愿意继续的人可以跟着其中一名司机返回成都。我跟随他们下车等待，突然有些无所适从，不明白自己为什么这么仓促地逃往达瓦更扎，更让我感到心慌的是，我也不知道是否真的存在一处神秘之地供我躲藏。焦糖色大衣男生走过来要我的微信，我拿出手机关闭了飞行模式，正要打开微信界面，一个电话闪了过来，是男友打来的。我挂断了电话，先让焦糖色大衣扫了我的微信名片。

男友的电话又打了过来，我对焦糖色大衣男生报以歉意的一笑，走到了一旁接通了，还未开口，对面就传来男友的一阵质问声，问我现在在哪里，为什么手机打不通，身边还有没有其他人……我哑然失笑，他听到我的声音之后沉默了一下，语气温柔下来，和我说对不起。我不知道该说些什么，又是一阵沉默。

调来的一位司机将旅游巴士开走了，没有一个游客跟着临时来的车返回成都。行程够快的话，巴士能在晚上之前到达瓦更扎，只是看不见群山之巅的日落了，旅游团的人不需要自备帐篷，大家会坐在一起生上营火看星星，是疲惫还是继续载歌载舞，我已不得而知。焦糖色大衣上车时，我和他抱了一下，贴在他的耳边，告诉他我是不婚主义。巴士开走以后，我一个人坐在站台边，发了一个定位给男友，看到了他发给我的 99+ 条消息，以及一条新的好友申请验证消息。一个小时以后，他开着那辆 2004 年的牧马人停在了我的面前。

男友开着车沿着 351 国道往回行驶，日头沉了下去，亮橙色的天开始发紫，造物者的画手调着画盘的颜色，将紫色的饱和度越调越高，直到将一整个调色盘泼到上面，让黑色罩住了整个天空。男友心情愉快地朝路边的野猫吹口哨，猫儿一瞬间隐入了黑夜，我将脸伸到窗子外面去吹凉风，等不及要回到城市的灯火中去。

（作于 2021 年 10 月，
发表于《芳草》2023 年第 5 期）

小偷艺术家

一

　　二〇〇八年的夏天，当太阳即将追击到北回归线的时候，罗村川抵达了广东。下午一点，灼热湿润的空气在城市中氤氲，整个上空蒙上几层厚厚的尼龙渔网，网格与网格纵横交错，仿佛给整个广东省穿上了一件过于紧身的罩衣，只给生活在"渔网"下面的人留出一两个透气孔。

　　躁动的热流挟持着暴露在户外的人，将他们急急推搡进室内。罗村川把红白格子的蛇皮编织袋扛在肩上，顺着人流朝火车站的出站口方向走。走了一小截路，他把编织袋换到右边肩膀上，手上一用力，袋子的拉链扣被扯了下来，滚落到人流的鞋底，一脚一脚地踢远了。罗村川抽出左手，在裤兜里掏来掏去，摸出一根白色毛线。他把毛线穿过细细的拉链口，在尾上打了个结，又扯了扯，还挺结实。

　　到了出站口，赶车的人，接送的人，黑压压一片全围在广场上，罗村川站在人堆里，一时有些不知所措，人群把他从左挤到右，又送他回到原点，他顺着人流游动，头有些眩晕。一个开摩托的黄毛小子直接去扯村川的编织袋，村川立刻清醒过来，用夹杂着川味的普通话大骂了一声："贼娃子滚开！"黄毛愣了一下，随即张开嘴对着村川说了几句土话，随后吐了一口痰在他的脚边。兴许是骂人的话，没关系，反正他也听不懂。

他挤在人群里，一步一挪，皱皱巴巴的印花字母 T 恤上下错位，混杂着铁皮火车的旅尘味和夏日汗渍的酸臭味。罗村川找了一个阴凉地方歇口气，他拉开红白格的编织袋，摸出一个手机和一张纸条，打通了上面的电话。

房东在电话里问他在哪个位置，穿什么颜色衣服，罗村川望了望周围，斜对面有个布朗网吧。等身上的 T 恤湿了又干了，干了又湿了后，一辆粤 S 的奇瑞 QQ 停在他的面前，留着络腮胡子的男人朝他走来，是他的房东魏迪。

魏迪上了环城西路，往东莞市方向开。他从副驾前面的手套箱里拿出一包完整的烟。"抽烟不抽？"魏迪扬了扬烟盒。罗村川摆了摆手。"魏大哥，我抽不来烟。"

"正好，我也不抽。"魏迪把烟扔进手套箱里，把挡挂到四挡，"早些年我还抽，这些年身体不行了，加上你嫂子闻不惯烟味，就戒了。"罗村川不知道魏迪说这些干什么，他坐在后座有些局促，于是弓着背把身子贴近魏迪，认真听着。"是，我也闻不惯。"

魏迪从后视镜里看罗村川正襟危坐的样子，笑了一声：

"什么时候进厂?"

"六月十六号。"

"今天是六月九号,六月十六号,那就是下周一,魏叔让你直接去厂里?"

"魏叔说直接到门口报他名字,有人出来接。"

魏师傅去年底办五十大寿,从东莞回村子里过年,罗村川去凑热闹。他家的老房子好些年没修缮,遇上下雨天,房梁塌了一块。罗村川一桌年轻人,忙前忙后地搭手帮衬,勉强撑完了一场酒席。

酒席结束以后,魏师傅给一桌年轻人每人发了一条烟,发到罗村川时,他摆了摆手:"谢了,魏叔,我抽不来烟。"魏师傅眯着眼看他那小身板:"在哪里做工?还在上学没?""没上学了,今年只做了点零工,闲着。"

"年纪轻轻的,没上学就该去学门手艺,打什么零工。"魏师傅点燃一根烟,扁着嘴吹到罗村川脸上,"过完年跟我去东莞,做学徒。"

过完年以后,魏师傅在村子里待了两个月,直到过完五一才离开四川,罗村川没有跟他一起。他被罗海强关在屋里狠狠地抽了一顿,拴在了柴房,和往常一样。"养了你这么多年,现在以为自己翅膀硬了,跑得脱?"罗海强喷着酒气,把口水吐到他脸上。"啐!我养的贱骨头,一辈子莫想飞出罗家沟。"

天亮了三次,罗海强都没拿饭进来。罗村川饿得昏了过去,醒了之后看着空空的食碗,意识有些模糊,双脚不时抽搐地蹬着地，让自己免于昏睡。他靠着墙站起来，试图解开绑在脚上的绳子，用力一扯，绳子轻轻柔柔的，掉在了他的脚边，像一根细长的、一拉就断的头发丝。

他怀疑自己被饿得精神出了问题，又用脚去踢了一下地上的绳子，绳子轻飘飘的，和地上的尘土一起飞到半米高，又躺回到地上。饿了这么多天，他才发现这根绳子根本绑不住他。

罗村川推了推门，锁着的。他在窗户的铁丝网上拧下来半截铁丝，从门缝里伸出去插进锁孔，动了几下，锁没反应。他把铁丝抽出来，靠着墙坐在地上。屋子里很暗，唯一的亮光透过门下的缝隙溜进来，罗村川捂着胸口，重重地喘了几口粗气，他把铁丝头折成一个小三角形，尾部弄弯，慢慢地扶着墙站起来，再次伸进锁孔里。一边转着铁丝的方向，一边往里伸，锁孔比较深，罗村川用指尖捏住铁丝的尾部，慢慢地插进去。铁丝好像伸到头了，罗村川重重地戳着锁孔底端，左右摇晃着，"咯噔"一声开了。

罗村川没有停留，他的心脏几乎要跳了出来，借着熹微的晨光，连滚带爬地往村子口逃，到了村委会，他从村委会大门的栅栏里钻了进去，靠围墙那边的窗子没有关紧，罗村川颤颤巍巍地踩着栏杆，翻进里面的办公室。一台座机摆在办公桌上，罗村川一个抽屉一个抽屉地摸，在最下面的抽屉里摸到了几沓用夹子夹起来的零钱。他借着光，在电话簿上翻到了魏师傅的电话号码，打了没人接，罗村川不敢停留，撕了一张纸，把号码抄在上面，赶最早的一班车进了城。

二

"小川，你结婚了没？"魏迪一手把着方向盘，一手搭在换挡杆上。

村川摇了摇头。"早得很，我才十九岁，娶媳妇的钱还没赚到。"

魏迪又笑了两声，心情看起来很好。"魏叔人好，你在他那里好好学，过几年就能娶媳妇了。"

罗村川也跟着笑了两声。"魏大哥，嫂子是哪里人？"

"她是东莞的，比你大不了几岁，刘桂梅，你叫她桂姐就好。"

魏迪是魏师傅的侄子，是个画家，画油画的，早些年父亲因工伤离世赔了几万块钱，他用赔偿金在东莞买了两套房子，都在同一层，一户两室的打算自己住，一户一室的打算把母亲接过去养老，乡里的老人离不开土地，他母亲死活不过去，房子也一直空着，没人买，没人租。

魏迪告诉罗村川，从广州到东莞石龙镇有接近三个小时的车程，他要是困了，可以在后面躺着睡一会儿。罗村川有些晕车，和魏迪搭着话，眼皮越来越沉，他忍着恶心，在后座蜷缩成一团，想要睡一会儿。他把头搁在后座的一块木板上，木板有些硌，于是只好斜靠在车窗边，眯着眼睛。

经过一段减速带的时候，后座的木板随着车子一起抖动起来，罗村川被惊醒，他坐直了身体，用手压住震起来的木板。魏迪从后视镜里看见他坐了起来。"还有一会儿就到了，看看我的画画得怎么样。"

画？罗村川茫然地朝四周看了看，这才意识到他背后压着的木框是裱好的油画，他把木板翻过来仔细地看。画的颜色很杂乱，罗村川看不明白画的是些什么东西。他将画翻转了一百八十度，又转了回来，车子一阵减速，罗村川几乎要呕出来，他将画小心翼翼地放在后座上，在上面放了一个抱枕，以免画框被磕伤。画被遮住了大半部分，罗村川盯着露出来的上半截和下半截，只看出了右下角有个穿着红裙子的女人在向前走着，只有一个背影。

魏迪住在石龙镇的西湖花园，一栋老旧的楼，从一楼爬到七楼，有一个中转的平台，这个平台交错着其他楼栋，从这里可以前往附近的任何一栋楼，在平台上穿梭几条巷道后，来到了魏迪居住的楼栋。又从七楼往上爬到十三楼，这里有一道门，拦在十三楼和十四楼中间。

魏迪从口袋里掏出钥匙，打开通往十四楼的隔门。"这是我们自己装的隔门，防止楼下的人上来。"魏迪一开始没有给罗村川解释装这道隔门的原因，他还没来得及问，就在下一秒得到了答案。

从十四楼直到顶楼的露台之间，堆满了颜料桶和画布，墙上挂着的，是一张张油画，图钉压住了画布的四角，画好的，正在画的，泼颜料作废的，整个楼梯间被布置成一个油画室。"这层楼有三间房子，一间我和你嫂子，另一间是老曾的，他以前也画油画，还有一间你先住着。"

罗村川把包裹从肩上拿下来，放在自己的鞋上。"魏大哥，房租的事……"

"你不用管，本来这间房也没人住，里面只有一张床，有张桌子，有条板凳，你将就着先住，缺什么东西给我和你桂姐讲。房租的事，等你发了工资再说。"

"魏大哥，我不白住，等进了厂……"

魏迪没给罗村川客套的机会。"你先去忙着，坐了这么久的火车也累了，我一会儿还要出去一趟。"他自顾自地说着，抱着从车里拿下来的那幅画往楼梯上走，走到转角的地方，小心翼翼地把它挂在空墙上。

罗村川把蛇皮编织袋拖进房间内，掩上门，用手掸了掸床板上的灰，从包裹里拿出来一席棉絮铺在上面，棉絮是在上火车之前买的，看起来很新，但压得很实，所以价格便宜。

他把衣服和裤子脱了搭在小板凳上，光溜溜地躺在棉絮上，朝北的房子潮湿阴冷，消解掉了大半的暑气，罗村川很快陷入沉睡。晚上九点左右，门外传来一阵巨大的声响，是魏迪的声音，罗村川推开门走出去，楼梯间打着两道白光，照在墙上的画布上，绿色的紧急指示灯映出魏迪的左脸。魏迪勾了勾手，示意罗村川走近一些。罗村川走到他身边，小声地叫了句"魏大哥"。

　　魏迪没有说话，直接拽过罗村川的手，把一根平头猪鬃笔塞进他手心。笔上蘸好了颜料，魏迪握住罗村川的手，将笔直直地往画上按，笔尖的毛很硬，罗村川在画布上戳了一个凹面。

　　魏迪操控着罗村川的手，用笔大面积地涂抹着画布，一个用力，笔掉在了楼梯上。罗村川想要去捡，魏迪直接掰开他的手指，让他以指代笔，完成这幅画作。

　　黑色海岸线，蓝色山谷，紫色沙漠。右下角，有一个穿红裙的女人，站在大片的灰青色块里，留下一个背影。画完以后，魏迪让他取一个名字。罗村川盯着红色的一小块背影，凑近了认真看。小川。魏迪推了推他的肩膀。小川。小川。罗村川置若罔闻，死死地盯着画布上的女人。

　　"小川？""小川？""小川？"罗村川没有反应。一阵风吹过，画里的裙摆动了一下，红色的背影在灰色画布中一点一点，越来越大，伴随着"小川"的呼喊声。魏迪在他身后突然扯开他，把他往房间里面拖，罗村川死死地拽住画布边缘，想要看清女子转过来的脸，呼喊他的声音越来越大，女人的面孔越来越清晰，画布里的女人猛地一转身，她长着一张桂姐的脸，张大了嘴喊："小川！"罗村川惊醒过来，汗打湿了整个背后，原来是桂姐在门外喊他。

　　罗村川打开内层的木门，隔着镂空的防盗铁门，看见桂姐拿着一串钥匙站在外面。"是小川吧，魏迪叫了你好一阵，没人应门，他就先走了。"

"你是桂姐吗？我刚才睡着了没听见，魏大哥找我？"罗村川把防盗门推开，靠在墙上搓了搓手，楼道间有一盏声控灯，灯亮起时，罗村川看清了她松弛的脸。魏迪说桂姐只比他大几岁，那就是二十出头，面前这个女人穿一条藏青夹杂白花的裙子，看起来至少三十。

刘桂梅点了点头，把手上的钥匙串递给罗村川。"这一把是下面隔门的钥匙，这两把是你这两道门的。"刘桂梅指了指其中的三把，"对街上有家配钥匙的，你去看看关门没，关了就明天再去配。"

罗村川接过钥匙串下了楼。魏迪在楼梯间架了两盏常亮的落地灯，能够辨明周围的事物。下了十四楼，罗村川仿佛到了地下室，声控灯不够灵敏，有的楼层亮有的楼层不亮，他贴着墙走，生怕一不小心踩空。

穿过大平层，罗村川下到一楼，他白天的时候没来得及看周遭的环境，睡了一觉恢复了精气神，这时候打开了五官去观察。街道上淌着商铺的潲水，馊味，臭味，甜味，汇集到地势最低的一家天家糖水铺前。夜晚九点的东莞，仍有热风吹过，和白天不一样的是，人们主动接受着躁动的热浪。糖水铺里所有的灯都亮着，食客们坐在宽板凳上吸溜着碗里的汤汁，罗村川顺着潲水的流向往对街走，耳朵里听着汁水流进喉咙里的咕噜声，老板，再来一碗绿豆汤。

路边的烧烤店还开着，几丝孜然的味道窜进罗村川的鼻孔，他一边走一边观察着。除了供给晚餐夜宵的，好几家衣服店也还开着门，店主们穿着无袖上衣，有一下没一下地摇着手上的蒲扇，叉开腿坐在店门口聊天。几个流浪汉蹲在路灯下面，齐刷刷地看着这边的食客，食客吃烧烤的时候他们也跟着嚼，喝绿豆汤跟着咽口水，吃一口，喝一口，再吃一口，再喝一口，今晚算是饱了。

配好了钥匙，罗村川绕了一个大圈子，从另一条街转回来，糖水铺和卖衣服的店已经打烊了。他摸着黑上了楼，把新配的钥匙插进十三楼的隔门里，门开了，他把自己的三把钥匙揣进兜里，手上拿着钥匙串去敲桂姐的门："桂姐，桂姐，我来还钥匙。"

罗村川敲了几下门，没人回应，他透过猫眼往里看，一片漆黑。罗村川晃了晃手上的钥匙，打算把它挂在门把手上。他对了对手上钥匙串的纹路和锁孔的形状，摸了一把钥匙插进去，竟然对了。罗村川看着钥匙顺畅地滑进锁孔里，捏钥匙的手迟迟没有反应，声控灯没有亮，只有楼梯间的落地灯是整层楼的亮处，走廊的尽头是魏迪提到过的老曾的房子。所有的物件都沉寂，罗村川听着心脏敲打夜的声音，手上生了汗，楼梯间瘪了的颜料罐子响了一声，罗村川心里一紧，顺着手的惯性把门拧开了。

桂姐的房子朝着下面的街市，几束光打上来，比外面明亮了许多。罗村川在门边站了许久，确定房间里没有人醒过来之后，他才慢慢地移动到客厅中间，观察着房间的布局。

客厅里很空，连着一间厨房，厕所在厨房的斜对角，敞着门。罗村川蹑手蹑脚地移到厨房边上，要是桂姐出来，他就想办法躲进橱柜里。客厅的那一边连着两间屋子，一间关着，一间掩着门。他走到掩着的那间屋子门口，透过缝隙向里面看，屋子里面堆满了杂物，木箱子，纸壳子，角落里堆了一些脏画布和颜料桶。

罗村川试着推门，发现门被抵住了，他侧着身子进到屋子里面，门后面是一辆落满灰尘的婴儿车。一张油画被它压在地上，画是裱好的，框里的玻璃已经碎掉了。罗村川抬起婴儿车的后轮，画里是一个半裸的女子，露出半边透亮的肩膀和乳房，红色的裙子褪到腰部，被圆滚滚的肚子挡住了，没有往下掉落。罗村川看着画，想起了挂在外面墙上的那幅画，都是穿红裙子的女人。他把婴儿车的前轮也抬起来，余下的一角露了出来。裙子的尾部拖在地上，拖出一股水流，一束光从左上方泻下来，像水流一样被女人捧住，看起来似乎要照亮女人的肚子，但那块地方已经盖满了玻璃碎渣。

罗村川把婴儿车轻轻地放下，掩上门，走到另一间屋子前面，屋子锁着，他就势蹲下来，透过门缝听里面的动静，鼾声大作。罗村川听了一会儿，站起来把耳朵贴在门上，强烈的窥私欲作祟，操纵他捏住门把手。屋子里传来一声男人的嘟囔，罗村川吓得手一抖，他屏住呼吸仔细听，那打鼾声分明是男人发出来的。

三

魏大哥回来了吗？他没敢在屋子里多待，蹑手蹑脚地跑出去，回到自己的房子，关上了外层的镂空防盗铁门，瘫在床上，床板硬邦邦的，让他想起了火车上的硬卧床铺，他翻了一个身，沉沉地睡了过去。

他买的是一张从成都到广州的硬卧票，出了火车站，房东说会在站口接他。硬卧车厢的一个隔间里有六张床，上中下三张床铺两两对着，一百五十斤的成年男性要尽量避免猛烈翻身，才能不把头砸在隔板上。每个隔间靠墙的内里悬空挂着一条板，当作六人的小桌。火车经过低矮房屋聚集处的时候，他刚从下铺床底下拖出红白格的蛇皮编织袋，翻出里面的一包方便面放在小桌上，袋装的，是红烧味。小桌上躺着吃剩的半瓣烂橘子，发皱的橘子皮，两个捏扁了的空牛奶盒，一堆黑皮杂着白皮的瓜子壳，几滴洒落的红油汤水，是从一个方便面桶里淌出来的。

他从垃圾桌上抽出淌油的方便面桶，环顾上下床铺的人，都夹在隔板之中不动弹。对面下铺躺着一个老大爷，穿个松垮的蓝背心，露出胸口上的一节节排骨。厚重的被子翻在老大爷的腿下，后脚跟在上面不时摩擦，像个断了腿躺在担架上的人焦虑地去感知腿是否存在。老大爷空着一双眼，目光散落地停在罗村川身上，像是在盯着，又像是没盯着。村川用橘子皮刮了刮桶外面凝结的红油块，把变形的扁牛奶盒重新捏回原状，用手指小心地捏住没有沾油的面桶边缘，把里面的汤水倒进空牛奶盒，然后用叉子刮净底部的料包残渣。

"那是我的。"老大爷空着个眼神，盯住了村川手上的方便面桶。

"大爷，你这面桶还要不要？"村川从床上拿起自己的那包红烧味方便面，朝大爷扬了扬，"我这包是袋装的，借你的桶泡一下面，可以不？"老大爷翻身将脸正正地对着村川，被子被他踢开了一个角，里面似乎包裹着什么物件。老大爷的眼睛没有聚焦，分不清到底是在盯着什么看，村川坐在隔间靠里的床头，只能看见大爷瞳孔边上大片的眼白，他琢磨着这老大爷的眼睛指定不大对劲。

"我的面呢？"大爷问罗村川。

他愣了一下，看着刮在橘子皮上的断面节，"大爷，你面吃完了，只剩了几根，在这里。"他捏起一块橘子皮，伸直了手拿给大爷看，大爷眼珠子开始流动，眼白不停地翻转，最后聚焦在村川床上那包方便面上。

"桶你拿去用，泡好了我吃几口。"桶爷喉咙里混着厚重的滚痰声，说完这句话，重重地咳了两声，眼神恢复了那副混沌状，脚还死死地压住被脚。

村川把料包和面块放进用过的方便面桶里，端着它去两节车厢交界的地方接开水。这趟车次由成都开往深圳，途经广州站，车厢里大多是南下务工的青壮年。春困秋乏夏打盹，烈日正盛，整节车厢都处于一种昏睡的状态。他从隔间那头往车厢这头走，一路上都是此起彼伏的打呼声，买站票的人堆满了过道，枕着自己的行李躺在地上，七倒八歪地横在整节车厢的过道中。村川穿梭在人堆中，小心地跨过堆积的行李，有两个皮肤黝黑的青年叠在一起，让他无法下脚。

"大哥，麻烦让一让。"其中一个青年只是浅睡，听到声音马上睁开了眼睛，把靠在他身上的兄弟推了推，给村川腾了个可以下脚的位置，村川弓着背踩过去。两个青年皮肤黝黑，穿着深褐色的贴身衬衫，看起来有些土气，行李满地堆着，但壮硕的体格让他们显得并不是很狼狈，相反，衬得村川更为局促。他有些发怵，临近下车了，为什么还要来泡一桶泡面，一会儿回隔间还要再麻烦过道的人腾位置……

他躺在床上不知睡了多久，被外面的开门声惊醒，迷糊地放空了一会儿，转过头去看窗外刺目的烈日，清醒了过来。他把脚伸到地上找鞋穿，拿上桌边的钥匙串去还给桂姐，昨晚回来的时候忘了关内里的木门，罗村川站在门边，透过镂空的铁门向外看，世界好像被划分成一块一块的，左上的一块是墙上还没画完的画，左下的一块是被颜料染得看不出原本样貌的黑黑阶梯，中间是黯淡的，没有光亮的走廊，比夜晚亮不了多少，右下的一块是唯一亮色的，陌生的长发男人抱着桂姐的脖子，将一个缠绵的吻留在铁门的菱形方块中。

罗村川在汽修零件厂里跟着魏师傅干质检员的工作，说是当学徒学手艺，其实都是打杂的活计。他脚一踏进厂，就是一天四顿饭的量，工厂有几十号人，轮到上夜班的时候，管理得很松，螺丝刀，扳手，杯子，食堂的碗筷，补给给管理人员喝的牛奶，把包塞满以后，罗村川才回家。

凌晨一两点罗村川回到家，楼梯间的灯还亮着，魏迪背对着他，坐在木制的高脚凳上画画。罗村川看着魏迪的背影，想把他和那个陌生长发男人的身影重叠起来。魏迪转过身来，看罗村川怔怔地站在那儿，便摆手让他过去。

"这幅画是去年年底画完的，你来看，这个地方叫虎门。前几年我心情很差，跑去那边画了一个月的画，没一幅满意的。现在心绪比当时好了很多，就重画了这幅。"

"这是五月做的一个梦，这块是梦境的前半段，这块是梦的后半段，其实也没有关联，梦醒之后不知道为什么我哭了很久，所以画了下来。"魏迪指着一幅还未画完的画，慢慢地给罗村川讲，画中有个沉睡的少女躺在云上。他的手指又粗又短，手背上沾满了色块，他讲画时的气息很轻，带着难以消解的悲伤。

"上面那幅是好多年前的，那个时候还在练习透明薄涂，参照北京的烟袋斜街画的。"罗村川抬头看，在接近天花板的地方，有一处红色喷漆的规整大字，是这栋楼的名字"西湖花园"。魏迪用黑色的颜料把"西湖"两个字画掉，在前面添上了几个字——"魏迪的秘密花园"。

"这个呢？"罗村川指着他第一次在车上见到的那幅画，他梦见的那一幅。

黑色海岸线，蓝色山谷，紫色沙漠。右下角，有一个穿红裙的女人。

"我去爬华山的时候，是晚上。那时候我和你桂姐刚没了孩子，她天天哭，我心里难受，不知道该怎么办，那时候有个陕西的画商联系我，正好我也想逃出去喘口气。夜爬是有危险的，但为了日出，我不得不那样，到半山腰的时候，我的脚崴了，从一个很高的台阶上摔下来，差一点滚到山崖下，那个时候我想的是，还不如就这样死了，葬在这样宏伟的地方。我停下来补充能量，坐在地上看，夜爬的路上，他们有的结伴，有的成群，从我身边向上攀登。

"后来我还是爬上去了，站在山顶，我现在能记住的，一抹圆晕，浮出的地平线，璀璨的日光，心脏的敲击声。那个时候我晕了过去，迷蒙中好像看见有个人站在一块方石上，她的肩膀不停抖动，抱着我不放手。"

魏迪转过头去看罗村川："你想学画画吗？"

罗村川没有回答，眼前弯弯绕绕的线条让他辨不清事物的原本样貌，他觉得有一种熟悉的感觉，但一时又想不起来。罗村川用手比画着，一条线缠绕着另一条线，从这里接到那里，他想到了从成都到广州的沿途火车轨道线，和那碗泡上热水的面。

四

他回到车厢，老大爷眯着眼睡着，被盖的一角耷拉在床外，像抹布一样拖在地上，露出了腿下压着的一个黑腰包，腰包的拉链上挂着一条白色的毛线。罗村川瞟了一眼，坐回自己的床铺，掀开泡面盖，用叉子戳了戳还结成块的面饼，盖上那层金属喷膜的纸盖，然后推开桌上的果皮杂碎，把方便面桶放在小饭桌上。

火车钻进一条铁路隧道中，车厢里的人还没来得及适应黑暗，火车就在三五秒的时间里驶了出去。罗村川摆弄着插在泡面纸盖上的叉子，若有所思地望着车窗外。火车正在驶过一个弯道，从这里望远方的拐角处，有一座不断升高的小山。

火车匀速地向前，转过弯道的一处开阔之地，当火车完全摆正头部之时，仍旧看不见那座小山的尾部。罗村川的目光沿着铁路干线向前延伸着，从这里到前方隧道的入口大概还有两公里，他估摸着，从隧道入口行驶到出口，起码得一分钟。

时间差不多。

罗村川掀开泡面盖子，用叉子搅动着半硬的面饼。"大爷，大爷。面泡好了，你先吃。"老大爷一激灵，嗓子眼儿里冒出"呃呃"的声响，半睁着眼睛，眼白不断地游移着，瞳孔好一阵才收缩正常，直直地盯向罗村川。他用手肘挂在床边，再用力一撑，坐了起来，接过村川手上的泡面桶，放在小桌靠近他的那方。罗村川盯着他搅动着桶面，在叉子上绕上一圈又一圈，伸进黑黢黢的嘴巴里，面条被快速地吸入进去，火车也适时被昏黑的隧道吞噬。

火车出了隧道口，速度渐渐地慢下来，没有晚点，就快到广州站了。泡面桶里只剩下不到一半的面，罗村川并不意外，他笑眯眯地看着老大爷，"大爷，你在哪一站下？"

"坐到头，我两个儿子都在深圳。"

老大爷是中途上车的，全线有很多夜间停靠的站点，在两天一夜的奔波中，罗村川始终处于一种半梦半醒的状态之中，不时被上下火车的人吵醒。之前睡在老大爷床铺上的是带三四岁小男娃的中年女人，戴个褐色框架眼镜，睡觉也没摘下来。夜里男娃不停地哭喊，那女人睁着眼睛，只望着小孩儿发呆。

昨天夜里罗村川睡不着，站起来往后面车厢走，走过两节，第三节车厢里全都是餐桌，不少人趴在餐桌上睡觉，一个学生样的男子四仰八叉地躺在座椅上，占了两个人的位置。罗村川找了个角落准备坐一会儿，刚坐下，两位乘务员从过道旁的休息间里出来，拍醒躺在第一排座椅上的男学生："这位乘客您好，不要躺在座椅上，请问您要点什么餐呢？"女乘务员站在桌边，手掌摊开，向他示意立在桌上的菜单。睡在一旁的人听见声音也抬起头，露出迷茫的神情。男学生显得有些难为情，兴许是有人关注，他的脸通红，小声地说自己不点东西。"这位乘客，非常抱歉，这里是餐车厅，如果不点餐，不要占用他人的位置，请你回到自己的座位上哦。"

罗村川看着男学生拿起之前垫在头下当枕头的背包，局促地想离开，又不知道往哪儿走，这个时间在餐车厅里睡觉的，只可能是无座的人。站了一会儿，男学生吐了一口气，带着些许不满，对着女乘务员嗫嚅了几句："这么晚了，不会有人来吃饭了吧……"女乘务员礼貌地笑了笑："非常抱歉，餐车厅只提供餐食，如果要在这里就座，请点餐哦。"

男学生咬了咬上嘴唇，半挎着背包，悻悻地往车厢与车厢之间的连接处走。那里早就堆满了人，躺着的，坐着的，靠着的，早就睡得死沉。男学生跨不过去，大抵是脸皮薄不想再开口说话，于是把自己的背包扔在地上，顺着墙壁蹲了下来。在两个乘务员一排一排的询问下，餐车厅的人纷纷醒来，多数的人就地蹲下来，靠着空空的座椅坐在地上，少数的几个点了一杯茶，伏在桌上又睡了过去。罗村川贴着几个离开的人回到自己的车厢，他还能好好地躺下睡一觉，软软地，伸直了手伸直了腿地睡。好像再没听到隔壁床小孩儿的哭闹声，村川安生地睡上了一觉，再醒来时，那床上已换成了摩擦后脚跟的老大爷。

泡面桶很快就见了底，老大爷没有要停下来的意思，罗村川也没有要他停下来的意思。他们不时地搭上几句话，车速越来越慢了。"小伙儿，你快吃，这面不砸秤，缺斤少两的，吃一口就快没了。"罗村川摆了摆手，示意他不介意。"大爷，我快到站了，你还早得很，这面你吃吧。"村川把泡面桶往老大爷那边推了推，手上沾上几溜红油。

罗村川看了看桌子上的物件，空牛奶盒，瓜子壳，调料包，橘子皮。他拿起一片橘子皮，从手掌心往手指头的方向擦拭。老大爷拿起叉子，把面一圈圈地绕在叉子上，这期间，他一会盯着面，一会盯着村川擦油的手。老大爷慢条斯理地把面塞进嘴里，然后把叉子放在桌上，一边咀嚼，一边去掀自己床脚边上的被子，拿出那个压得扁扁的黑色腰包。

罗村川胡乱地擦着手上的油渍，一用力，穿透了橘子皮，两只手都蹭上了红油，他并不在意这个，只是用余光瞟着老大爷的举动。村川的目光对上了老大爷的目光，大爷收回视线，聚焦在黑色的腰包上。"我这里有纸。"他摸着腰包，低下头扯着拉链，喉咙里滚动着半咳不咳的老痰。"怪了，怎么打不开。"拉链上挂的那条白色毛线不知道掉到哪儿去了，老大爷扯了半天，一使劲，把拉链扯坏了，但幸好腰包打开了。老大爷喉咙里的咕噜声越来越大，老痰在不平稳的呼吸中一上一下，最后被吞咽下去。罗村川仔细地去听他上气不接下气的可怖喘息，从气管里凭空听出了"警报"两个字。

十二车厢有个老大爷丢了手机。两边车厢的人都挤了过来，一半是帮忙的人，一半是看热闹的人。躺在过道上的两个黢黑青年挤过来，帮大爷回忆手机号码，要给大爷的手机打个电话，偷手机的人要是没走远，一定能打通。"女士们先生们，从成都开往深圳的 9542 次列车即将到达广州站，请下车的乘客做好准备。"车速渐渐慢下来，广播及时地驱散了聚集的人

群。罗村川混在人群里朝车门挤去，裤兜里鼓鼓的，半截白色
毛线露了出来。

五

"你想学画画吗，小川？"魏迪问他。

罗村川回过神来，摇了摇头："我学不来这个。"

魏迪没再问他了，他站起来，从木板下抽出一张空白的画
布，用图钉钉在墙上。"这块是你的，你有空了就画上两笔。"

罗村川每天下了班都来楼梯间看魏迪画画，他听不懂魏迪
给他说的什么虚实、高光、构图，只是在他讲完那些术语之
后，在魏迪给他准备的画布上画上几笔，然后回去睡觉。

从隔门走上来，罗村川看到了坐在高脚凳上熟悉的背影，
他往楼梯间走，看到一个长头发的男人站在他旁边。

"小川，你来，这是住在走廊那边的老曾，给你提过的。"

罗村川站在没有亮光的角落里，抬头看台阶上的曾致德，
他很瘦，形容有些枯槁，穿着电视机里五六十年代流行的风
衣，与其说他穿衣服，不如说是衣服在架着他走。他的头发垂
到肩下面一点，下巴上蓄着胡子，看起来没有络腮胡子那么
多。罗村川盯着台阶上的两个人，曾致德看起来更像是真正的
艺术家。

"老曾之前也画画，他很喜欢你画的。"魏迪看罗村川愣愣

地傻在那里，从高脚凳上下来，把他拉上去，"今天不画啦？"

魏迪照例给罗村川讲了一下油画的基本技法，今天讲的是多层次着色，然后就不管他了，任由罗村川在他自己的画布上涂抹。罗村川画画的时候，曾致德站在后面看他画。

"你画的是一栋房子？"曾致德指着罗村川画布上的一个个菱形方块。

"房子？"罗村川蘸了一下颜料，在布上硬硬地戳了一笔，画布上凸起了一块，看起来没有任何章法和意义。

"嗯，画的是房子，监狱。"村川指了指每一个色块，给曾致德指出了一个个监狱隔间。

曾致德摸着自己瘦削的脸颊。"很有想象力，你之前学过画画吗？"

罗村川摇了摇头，他用手捻住笔尖掉落的一根硬毛，问曾致德："曾大哥现在不画画了吗？"

"早就不画了，画画赚不了钱，真正搞艺术的人应该自由洒脱，漠视规则，不慕名利。我要赚钱，当不了艺术家。"

罗村川已经连续一个多礼拜没有看见魏迪了，以往去卖画，两三日就会回来。到了晚上，曾致德的家门会响一次，桂姐的门也会响一次。罗村川打开木门，透过镂空的菱形方块看外面的动静。

罗村川蹲在门边，看着曾致德贴着桂姐的脸进了她家以后，他从床底下拿出一个扳手，在防蚊铁窗上卸下一根铁丝。曾致德家有两道门，防盗门开着，里面的木门锁着。

　　罗村川把铁丝掰成四十五度，一手拿着这边的把，另一头勾成圈伸进锁孔，"咯噔"，门打开了。房间很拥挤，床边塞了一张沙发床，书报堆在桌上、床上、地上，看起来和他住的房子差不多大，但因为塞满了物件而显得无处下脚。

　　罗村川翻着桌上的书报，一本《思考致富》摊开在桌面。卧室门关着，罗村川走过去，踢翻了立在地上的一本《世界上最伟大的推销员》。

　　他打开卧室的门，踩到了一支压瘪的猪鬃笔，里面没有床，画布挂满了四面墙，空白的，正在画的，画完了的。罗村川看着墙上一幅刚画了一半的画，黑色海岸线，蓝色山谷，紫色沙漠。右下角，有一个穿红裙的女人。空了的颜料桶倒在地上，高脚凳靠在墙边，一沓画搭在上面。罗村川伸手去拿那沓画，一个没稳住，高脚凳倒下来，画散落了一地。一张是沉睡的少女躺在云上，另一张沉睡的少女躺在云上，好多个少女躺在不同的画布上。罗村川一张一张地翻，每幅画的角落都有"层之"的落款。

　　整个七月，魏迪都没回来。罗村川敲了敲桂姐的门："桂姐，在吗？魏大哥什么时候回来？"

　　"画没卖出去呗，不敢回来。"桂姐倚在门框边，扫视着罗村川，"找他干吗？"

　　"房租的事，要和魏大哥商量商量。"

　　"商量？你交给我就行。"

　　罗村川抿了抿嘴唇，撕掉一块死皮，"那我过几天来交。"

桂姐"砰"的一下把门关上，罗村川站在楼梯间，画架旁的落地灯传来微弱的光，他转过头去看，眼神一恍惚，看着挂在墙上发光的画布。露台的风吹下来，吹凉了他湿透的背，他咽了一口口水，闻到了空气里糖水的味道。

罗村川下到一楼，已经是晚上十一二点的时间，糖水铺里坐满了人，罗村川找了一条单板凳坐在角落。"老板，来一碗绿豆汤。"邻座的人嘴里吐着"股票"的字眼，他转过身去，盯着旁边的烧烤架看，油爆的五花肉吱吱响，老板撒上一层辣椒面，把它翻了个身。

罗村川咽着口水，等绿豆汤的间隙起身买烧烤串，呛人的辣椒面跟着热风送进他的鼻子，罗村川猛地一吸，弯腰咳嗽了起来，他直起身来，看见了蹲在对街转角处路灯下的一排流浪汉。店里的食客吃一口串儿，他们就跟着嚼一下，喝一口汤，他们闭上嘴咕噜咕噜地咽着口水。罗村川突然觉得头有点晕，他看见魏迪排在流浪汉的队列里，跟着他们一起咽口水。

罗村川穿过马路，蹲在魏迪面前，瞪大了眼睛看他的脸："魏大哥？你蹲在这里干吗？"

"画被偷了。"魏迪没有看他，自顾自地说着。

罗村川心里一咯噔。"画被偷了？谁偷的？"

魏迪转过头，盯着罗村川看，他的目光里藏着复杂的情绪，罗村川看不明白。"这个月我去广州，在美术馆前做个人展，每拿出一张画，就有参展的人问我是不是层之，我不是，他们就叫来保安把我轰走了。"魏迪干笑了两声，"说我抄袭。"

"你知道是谁偷的吗?"罗村川看着糖水铺的那碗绿豆汤,想端过来给魏迪喝。

魏迪没有说话,他盯着罗村川的脸,幽幽地看了好一阵,罗村川没有直视他的眼睛。魏迪转过头,和他一起盯着对街看,糖水铺的老板张望着那碗没人喝的绿豆汤,罗村川跑过去端过来,喝了一大口,他递给魏迪一串五花肉,吃一口,再喝一口。

"挺没意思的,画画。"魏迪坐在路灯下,递给他一支烟。

罗村川接过烟,别在耳朵后面:"是,挺没意思的。"

六

八月的广东像被吸干了氧气,热浪打过来,整个世界倾斜着,随着摄像机里的果冻效应左右摇晃。走在室外的人喘一口气前进一步,在太阳底下待一分钟需要一整天的阴凉来缓解。街道上的树枝蔫成皮包骨,罩不住寻求庇荫的人,他们从树下走过,身子扭成了一条条蚯蚓的形状。

罗村川拖着红白格的蛇皮编织袋,从太阳底下走过。火车站叫卖着黑车票:"肇庆肇庆!""湛江,湛江走不走?""佛山,佛山。"罗村川挤开他们推搡的手,拖着编织袋走进火车站售票厅。

"您好,买票吗?"罗村川排着队,慢慢地行进到柜台前。

罗村川把编织袋放到鞋上，拉开拉链，一幅画卷从里面弹了出来，他把手伸到棉絮里摸出来一沓零钱，把画卷好放进棉絮内里，拉好拉链，他摸了一把额头上的汗，抬眼去看显示屏上的列车车次。"去华山买哪趟车？"

（创作于 2023 年 10 月，
发表于《湘江文艺》2024 年第 1 期）

暴力阳光

一

九月快结束的时候，县里的制卡机多了几台，朱亚所在的网点恢复了正常，每天来办社保卡的只有零星的四五个人，不再像之前那样忙碌。在银行实习的最后一天，她还没有找到新的工作。

早上朱亚被闹钟吵醒，屋里有些暗，她借着手机的光线，穿好昨晚叠在椅子上的蓝白格长裙，然后站在床头。梁东刚刚睡着，被子捂住了他的脸，朱亚弯下腰掖了掖，把被角贴紧他的脖颈。伴随着浓重的鼻吸，他的脸一颤一颤，下巴上冒出灰青的胡茬，长久没见阳光，他的脸显得暗黄无血色。她伸手在梁东脸上掐了一把，梁东没有醒过来。

朱亚和几个月前一样，偶尔会为自己的工作感到焦虑，她没有弄明白，自己是自视过高，还是努力不足。梁东的存在能消解掉她一部分的苦恼，收到面试未过的消息，她不像以前那么难受。还有梁东呢，她安慰自己，不至于流落街头。这样想着，她躲开了每一个试图突袭她的情绪。

下班以后，朱亚从花鸟市场里横穿过去。三个月的实习结束了，她没有直接回家，而是绕了一小段路。市场里售卖的观赏金鱼，就像是剩不了多少时间一样，不停地吐着泡泡。

朱亚在鱼缸旁停留了一会儿，然后朝一家卖绿植的店铺走去，盯着一盆乔木盆栽看。老板告诉她那是一株南洋杉，再长大一点可以挂节日缎带和彩球，幼苗喜阴，最好不要见阳光。朱亚付了钱，抱了一盆走，她还买了一个浇水的小喷壶，不要见阳光，这正适合摆在他们家里。

朱亚回到家，梁东还没有醒，和早上的姿势没什么差别。她把包扔在地上，扑到床上，把脸埋进被窝里，深深地吸了几口，全都是他的味道，真好闻。梁东身上有一种特殊的味道，每次和他靠近的时候，朱亚都会长长地闻上一闻，再舒服地瘫在他的怀里。不是沐浴露的味道，也不是洗衣凝珠的味道，是一种特别的，天然的，只有在梁东身上才能闻到的，是他的肉的味道，朱亚想起了他们之间的对话。

肉的味道？

梁东被她的回答逗笑了，努力地把鼻子伸到自己的肩头上嗅。

我怎么闻不到有什么肉味？

只有喜欢一个人才能闻到他身上的体味，香香的，很好闻，当不喜欢这个人的时候，味道就变臭啦！

是吗？那让我来闻闻你的，嗯，是不是有一种臭狗屎的味道？

朱亚把头从被窝里伸出来，翻了一个身，仰躺在床上，画出一个大字，实习工作已经结束，明天不用去上班了。她躺在梁东的身边，等着他醒来。天花板的吊灯，逐渐在她眼里形成一个光斑，光斑跟随她移到看到的任何一个物品上，从吊灯移到天花板上，她翻了一个身，光斑转移到梁东的身上，一个念头从黑影里爬出来，是不是因为有他的存在，她才任由自由意志沉沦？

二

三个月前，托了老师的关系，毕业后的整个夏天她都会待在农商银行的网点实习，这份工作是临时的，没有转正的机会。

"九点了，大家打起精神。"朱亚迅速关掉电子邮箱，切换到社保卡管理信息系统的页面，站起来往大厅走。

"开始报数。"林柳理了理自己的丝巾，扶正胸口上别着的姓名牌，上面写着：大堂经理林柳。

"一。""二。""三。"

"四。"朱亚提高自己的音调，尽量使这个字显得有活力，她不明白大厅里只有六个人，一只眼就能将所有人装进来，为什么每天要像军训那样确定人数。朱亚报完数字，听林柳絮叨今天的工作任务，她安静地站在一旁，整理自己的衣着，如果没人搭理，她可以一整天不说话。

朱亚没有权限进入柜台，她是人力资源实习生，只在大厅里做助理工作。替不识字的人填写表格啦，帮不会操作自动柜员机的人取钱啦，操作柜台旁边的打印机复印身份证和文件啦，说是操作，其实也就是掀开复印机上盖，放好文件，放下复印机上盖，按压启动键，她喜欢摆弄这些不会说话的机器。

从简单的掀放动作中抽离出来，是复印机卡纸的时候。朱亚蹲在复印机边，眼睛里闪着决心克服疑难杂症的兴奋，她把底部的送纸盖口打开，看见那张卡住的白纸皱巴巴地瑟缩在搓纸轮上，这个时候得当心，朱亚集中心思去想现在应该怎么办。一只手按住送纸通道的轮轴，另一只手轻轻地去拉卷成一团的皱纸，还没有碎，她朝着送纸的方向，用力一拉，一整张白纸完整地取了出来。完成了，朱亚重重地呼出鼻息，心情变得愉悦。

一段时间后，朱亚掌握了大厅里所有机器的运作。旧的医保卡不再使用之后，新的社保卡取代它，拥有医用、社会保障和银行储蓄的功能。她所在的网点分发了涪县唯一的一台制卡机，从下个月开始，负责办理新版的社会保障卡。朱亚被安排到大厅里的三号台面，有人来办卡的时候，她帮忙查看他们的信息，然后录入办理社保卡的资料。

开始制卡的每一天，朱亚充满了活力，在哪里取号排队，表格里信息的校正，办新卡的问询和领取，她都细密有条理地指引他们，遇到迷糊的老年人，她放下手上的文件，带他们去每个要去的地方。要做的事情都是重复的，朱亚不觉得枯燥，稳定不变的事情能让她平和。

旧卡没办法使用，有需求的人越来越多，过了一段时间，每天的工作量让大家都支撑不住了，下班时间已过，仍旧有一大批接着一大批的人涌进来，询问办卡的事宜，再卷着失望离开。受到这项事务的挤压，银行里的存款贷款业务已经有很长时间无人问津，为了平衡重心，从这一周开始，朱亚所在的网点每天只办理五十张社保卡。

回过神后，大家已经整理好衣着，走向自己的台面。卷帘门被拉开，门口早已经排起长长的队列，朱亚有些喘不过气，她看着林柳拿着一沓印着红泥公章的号码牌朝门口走。在前一天，朱亚会打印好第二天的号码牌，从一号到五十号，她和林柳两个人拿上印泥，在上面戳盖红色公章。

"不是有排队叫号机吗？"朱亚问林柳，她不明白为什么要多此一举。

"你以为大家会规规矩矩地排队等号？"

"什么意思？"

"每天只有五十个名额，为了占便宜，总会出现一个人拿多张号牌的情况。"

"我们可以站在叫号机前监督。"

"小朱亚，我们得明确让他们知道，每天就这么多名额，还要办的，明天再来。"

朱亚看向外面排起的长队，远比五十个人多得多，她理了理工作牌，走向大厅的三号台面，至少这样能保证真正有需要的人办到卡，不过是早起的事。

林柳发完了手里的号码牌，挨个通知队列后面的人，明天早点来。朱亚甩掉脑子里的郁闷情绪，在系统里输入她的工作账号和密码。

每天五十个，如果速度略微慢一点，直到下班也做不完，大厅里喧嚷的声音在她身边穿来穿去，焦急的催促时不时刺破朱亚为自己穿戴的隐形保护壳，进入她的耳朵。他们不停的问询让朱亚产生了抗拒情绪，她飞快地在系统里输入信息，尽量不和他们说话，临近中午，办卡速度渐缓的间隙，偶尔有人挤到台面的另一方来张望。

"是在这里办卡吗？"穿暗红棉衫的大娘挤到最前面，趁椅子上的女人填表的时候问朱亚。

填表人的右手臂被穿红衫的大娘挤到一边，她手上的笔滚落到朱亚的键盘上。

"麻烦排一下队。"朱亚提醒她。女人皱了皱眉，接过朱亚递过去的笔，继续填表上剩余的内容。

"我只是来问一下。"大娘置若罔闻。

"每天只有五十个名额，早上九点来排队，当天就能领卡。"朱亚冷漠地念出这句话，这有不合理的地方，但她选择性屏蔽了脑子里冒出来的抗议念头，机械地往电脑表格里填入信息。

"只有五十个，那得起多早才能排上号，等着办卡的人这么多，你们怎么不多做点？"她对朱亚的回答很不满意。

"只有一台制卡机，我们从早到晚都在做，确实只能做这么多张卡。"

"那边，还有那边。"大娘灵活地扭动着身子，指着信贷部的办公区域，"抄着手，什么也没做啊。"

朱亚停下了敲打键盘的手，抬头看大娘指的方向，她感觉自己心跳频率有些加快，手指不安地抽动，像是大量饮用了高浓度咖啡。

"他们是负责贷款业务的，不负责办卡业务。"

"不是贷款就是保险，整天不干实事，只等着掏我们的腰包。"

朱亚觉得委屈，但说不出任何反驳的话，她张了张嘴，忍不住要哭出来了。

"不为我们考虑，你们这个规定就有问题！"大娘撒气地一挥手，用力拍在桌子的隔断板上，台式电脑的屏幕猛地摇晃了几下，朱亚慌忙伸手把它扶住。女人的笔再次滚到她的键盘上，蹦跶了几下，在朱亚的手背上画出一道黑色的长杠。

朱亚被这句话激怒了，她说不出话，抑制的情绪在几秒之内迅速涌上脑门儿，整张脸瞬间涨红。她想要还嘴，但觉得胸腔里填满了愤怒，用力一压，自己就会软绵绵地变成肉片瘫在地上。不要莽撞，朱亚，她深吸了几口气，宽慰着自己，忍着狂躁发火的冲动，把女人的最后一列信息填入表格中，然后用眼神向一旁的林柳求救。

林柳走过来安抚大娘的时候，朱亚站起来侧身给她让道，然后低着头快步走向卫生间，她的脸憋得通红，手掌心被汗浸透。朱亚走进卫生间，撑在洗手池上，对着镜子不断地深呼吸，昨晚涪江边带着潮湿的温热夜风，妈妈做的榛子枫糖乳酪巧克力面包，每次都会向她敞开肚皮的奶油色拉布拉多大耳朵狗，上一次崩溃挺住后给自己奖励的大玩偶，她打开水龙头搓洗着从掌心冒出的汗珠，不断地回想着能够记得的所有快乐的事情。当能感觉到自己飘忽的思绪开始逐渐平稳的时候，她用冲了凉水的手捂住脸，再捂住额头，让它随着自己的心脏降温，恢复平和，一段时间后，朱亚冷静地走出卫生间，回到三号台面。

"已经没有卡了，明天再来吧。"她尽量不加深这句话的无助感。

"小姐，能不能通融一下？我爸在等着卡办住院手续。"他歪过身子，指了指马路斜对面县医院的方向，"就在那个医院。"

这个头发已经半白的男人，如果不是他此刻正坐在她的面前，朱亚很难想象是在怎样一种情况下，才能看到如此谄媚的一张脸，他向前佝偻着身子，试图贴近朱亚。他大概思索了很多遍，不知道选取什么词语称呼她，才能将她奉承得高兴，小姐，挤出这个不合时宜的称呼，试图为自己可怜的老父亲争取一次额外的办卡机会。

"每天只有五十个名额，早上九点来排队，当天就能
领卡。"

朱亚缓和了情绪，但她消解不了说这些话时的抗拒感。

三

下午五点半，完成了一天的工作量，朱亚从文件堆里翻出
一张张今天攒的打印废纸，走到碎纸机边，按下启动开关。她
把纸张两面翻看了一眼，确认是需要丢弃的废纸，然后将它从
碎纸机的咬合刀刃中间塞进去，看着它摇摇晃晃被碎纸机吃进
去，发出嘶啦嘶啦的咀嚼声。碎纸机可以同时嚼碎她手上的一
整沓，但朱亚没有这样做，这是一天中最享受的事情，她把纸
一张一张地投喂进机器的刀刃口里，满意地看着它们被嚼碎。

"还能办卡吗？"

"办什么，银行卡还是社保卡？"朱亚没有抬头，她专注地
做着碎纸的工作。

"社保卡，这里可以办吗？"

"每天只有五十个名额，早上九点来排队，当天就能领
卡。"朱亚心情很平和，她熟练地讲出这句话，没有任何不适。

"早上九点……我可能来不了，不可以预约吗？"

朱亚把最后一张纸塞进去，疑惑地抬起头，真白，这是她
对梁东的第一印象。顺着他的脖子看向脸，他的皮肤很白，但

不是健康的白，除了这点以外，别的地方没什么出彩的，他的眼睛很小，眼尾呈倒三角形，看不出是内双眼皮，还是细微的褶皱，像是藏了很多心事。

"不能预约的。"朱亚想起了白天的冲突，努力使自己的语气显得冷静。

"这也是为了大家考虑，每天要办卡的人很多，但现在卡量很少，如果都来预约，那急着用的人就得等到一个月以后了。"

他比朱亚高一个头，背着灯光站在碎纸机的旁边，把朱亚藏进阴影中。他穿着深灰的衬衫，两只手臂戴着杏仁白的防晒冰袖，露出的皮肤不多，朱亚盯着他看，脸上细碎的小绒毛遮挡着皮肤下的小坑洼。

"可以不是本人来吗？"他思考了一会儿，轻声问她。似乎觉得有些局促，在等待朱亚回答的间隙，他鼓起一边的腮帮子，又收了起来，接着弹动上下嘴唇，发出了一个轻微的气泡声。气氛有些尴尬，朱亚注意到他的小动作后，对上了他的目光，两人默契地笑了一下，她捕捉到一种比她还要低的能量在他身上流动。

"不行，必须本人来办理，需要拍照审核的。"

他没有说话，朱亚看得出他的失望，她有些懊恼，很多客人都这样问过她，但她给不出解决办法。得尽快找下一份工作了，朱亚郁闷得有些烦躁，她感受到自己无助的情绪逐渐不受控制。她不想每次面对他们的难题时都无能为力，有没有自己能帮上忙的地方呢？

"排队可以不用自己来。"

朱亚挤出了这句话，在抑郁的情绪还没有扑过来的时候，及时地将它驱散。

"我们早上九点开门，你可以让……我可以帮你排队，你晚点自己来办卡。"

"这样可以吗？太谢谢你了，那我明天，大概这个时候来，可以吗？"

朱亚想要后悔的时候，已经错过最佳时间了，她也不好意思再收回这句话。朱亚有这样一种想法，自己或许拥有一点小小的优势，能够帮得到他，尽管自己只是个实习生。他看上去有些腼腆，这似乎能让她觉得自在，出于私心，她从来没有说要帮别人排队。

朱亚拿出手机，下午五点四十，这个点，已经是临近下班的时间了。他今天也是这个时候来，朱亚没有拒绝，或许是白天有什么事来不了。

"也行，尽量还是早点来，我们六点下班。"

"好，那我们明天见。"他偏过头，看朱亚的工作证，上面贴了一张她大学毕业时拍的证件照，"谢谢你，朱亚。"

"你叫什么名字？方便我明天登记。"

朱亚低头摆正自己的工作证，试图掩饰自己的心思，方便登记，她可真说得出口。

"我叫梁东。"

"好，明天再见。"

"谢谢你，明天见。"

四

朱亚很早就躺在床上，为即将到来的第二天寻找盼头，她把一整天发生过的事情在脑子里过了一遍，留下包括了碎纸张的七零八碎的愉悦碎片，重复回忆了几次之后，她开始在脑子里构建，思索着明天能获得的乐趣。

明天会起很早，老朱包子铺的人应该不会有往常那么多，说不定她还能坐下来吃点什么呢！朱亚扳着手指数，一个腊肉烧卖，半碟葱油饼，或者干脆来一碗红烧牛肉面，朱亚吞咽下口水，感觉到她的肚子空空的，晚饭已经全部消化了。

她翻了一个身，想象梁东明天直直地走向三号台面的样子，他的身形很宽厚，但是模样却有些拘谨，这种反差让朱亚忍不住笑出了声，在黑暗里，她伸出自己的手，和梁东的映象重叠在一起，朱亚双手一握，扑灭了这张幻影，她翻了一个身，等着第二天的到来。

早上六点四十，她出门上班，老朱包子铺的人很多，店门前放着好几层高的蒸笼，老板正把最下层的蒸笼提起来，他会把烧卖放在那一层。大家都是急匆匆地买一屉包子，然后赶车去上班。铺面很小，还剩一张能坐一个人的吧台桌。

"老板，要两个腊肉烧卖，一屉香菇油菜包，一个白鸡蛋，再来根油条，一碗豆浆，在这里吃。"

桌子靠着墙，不用和别的人拼桌，朱亚坐在一把蓝色的塑料凳子上，看着老板麻利地把一整片葱油饼切成小块，装成几碟。朱亚沿着中缝把油条分开，嚼碎了其中一根，刚炸好的油条还是脆脆的，有点烫嘴，她把另一根浸泡在豆浆里，放软了再吃。

早饭是朱亚一天中期待的第一件事情，她通常会起得很早，留多一点时间好好吃饭。朱亚坐在靠门的地方，慢吞吞地搅动豆浆，油条渣子沉在了最下面，买早饭的客人动作很敏捷，点单，付钱，然后快速离开，他们都在赶时间，朱亚观察着每一个来买早饭的人，没有感受到消极的情绪。她看着一个戴红框眼镜的羊毛卷发女人小跑过来，手上抱着一个大箱子，箱口没有封上，里面塞满了文件夹和纸张。

"要一个茶叶蛋、一笼灌汤包，再要一个荷叶糯米鸡。"

她扭动抱箱子的右手腕，不停看上面的时间，一面看手表，一面看贴在墙上的菜单，每念出一个她想要的早点，她就看一次手表，按照顺序从上往下看第一列，再看第二列，再换到下一列，然后完整地将整个菜单看完。她语速很快，看起来很急，但是又不那么急，整个过程充满了买早饭的仪式感。

"再要一个皮蛋瘦肉粥，这前面的是不是冷了，老板？打一盒热的吧，麻烦把粥的盖子帮我盖紧。"

朱亚把鸡蛋在桌子上轻轻一敲，蛋壳裂了一个口子，然后压着它在桌面上滚了一遍，翻个面再滚一遍，蛋壳很容易地脱落了。羊毛卷发女人让老板把她要的早点一个一个按顺序放进她的大箱子里，然后匆忙走掉。慌乱中的秩序和仪式感，朱亚一口吞下鸡蛋，她这样想着，没有仪式感的人也不会出现在这里买早饭了，等到时间压过闹钟，他们才会匆忙醒来。

时间还早，她喝完最后一口豆浆，在路边打了一辆出租车，车子顺着梧桐大道前行，梧桐宽大的巴掌叶子从路的两边伸手来触碰人群，朱亚从车窗里向外看，马路的这边可以看到对面的目的地，但司机还需要掉一个头，她才能下车。让她吃惊的是，七点刚过了几分，门口已经排起了长队。她付了车费，仔仔细细地又看了一下时间，没看错，七点零九分。

帮别人的忙，她往往比自己的事情上心，何况她还藏着其他的心思。九点开门，朱亚本以为自己提前两个小时来，就可以轻易地排在队列的前面，她站在临街的路肩上，默默地数着前面排队的人，十、三十、四十五，队尾的人是第四十八个，朱亚长舒了一口气，她忙不迭地跑过去，站在了队列的末端。

过了几分钟，一前一后两个人从斜前方小跑过来，站在了朱亚的后面。过了几分钟，后面有人用手轻轻地戳了戳她的肩膀，朱亚对于陌生人的肢体接触感到生理上的不适，知道后面有人叫她，她还是没有转过头去，又戳了一次之后，朱亚猛地把肩膀向前侧开，不满地转过头去。

"小姐。"中间隔着一个人，排在最后的那个男人，向朱亚比画着，"还记得我吗？昨天也来了的。"

是昨天那个头发半白的中年男人，朱亚朝着他略微领首，然后重新背过身，想借助这个冷淡的小动作来表达自己的不适，又有几个人从前方跑过来排在队列后面。她在心里默数着后面的人数，突然咯噔一下，心情沉闷下来。

"你怎么也在这里，给自己办也要排队吗？"中年男人赔着笑，扯出一口大黄牙，"你们这里办事还是公平哩。"

朱亚没有理他，她想要走到队列的旁边，重新数一遍自己所在的位置，可是现在走开了再重新回来，后面的人会以为她是在插队。朱亚有些焦灼，她开始在脑子里重现刚刚数人数的场景，十、二十、三十……自己是第四十九个，存不存在一种可能性，就是自己多数了几个？

又来了几个人哄闹着排在队列后，一边排，一边问这是在干什么，朱亚没有心情回应他们，她心里在想事情。

"大爷，请问你是第几号？"朱亚询问排在她前面的老大爷。

"不晓得嘞，来了就排着了，弯弯扭扭的，数不清有几号人。"

朱亚叹了一口气，拿出手机看时间，七点二十分，真是煎熬。

九点整，林柳从一旁的小门走出来，左手拿着遥控器，右手拿着一沓熟悉的号码牌，她朝着内里的方向按动，一阵咔当咔当的声音响起，卷帘门平稳地向上升起。她走到队列的最前端，一个一个地发着号码牌。"前后的人都看清楚了，不要插

队，一人只能领一张号码牌，每天只有五十个名额，当天办理
当天领卡。"她一边发放，一边向队列后边的人示意手上剩余
的纸沓，"没有领到的人明天再来，早上九点来排队。"

发放到第四十九号的时候，林柳诧异地看着队列里的朱
亚："你怎么在这儿？我还以为你迟到了。"

她把手里的号码牌递给朱亚，压低了声音："你要办卡自
己就办了啊，排什么队啊！"

朱亚看清楚上面的数字之后，把号码牌重新放回到她的手
里。"那算了，我也不急，下次再办。"她的语速很快，示意林
柳赶紧发完手上剩余的，然后站在了队列的外侧。林柳诧异地
看着她，然后瞪了她一眼，收回的号码牌发给下一个人，然后
把第五十号递给了头发半白的男人。

下午五点，太阳已经落下以后，朱亚还在处理一位大爷的
信息，她迅速地敲击键盘，有些懊恼，也许今天应该再来早一
点的，她这样想着，不知道一会儿怎么给梁东解释。临近下
班，梁东终于出现在银行门口，他摘下防晒连帽衫的帽子，远
远地坐在大厅靠窗的沙发上，看着外面的车流，安静地等着。

"你好，朱亚，请问我可以办了吗？"等到大厅里的人走得
差不多以后，梁东走过来，坐在了三号台面前的椅子上。

"不好意思啊，我今天早上起晚了，没有帮你排上号。"

朱亚抿了抿嘴，她心情很糟糕，答应好的事情没有办妥，
她知道这种期待落空的感觉。

听到她的回答以后，梁东有一瞬间的愣神，但朱亚察觉

到，他似乎又松了一口气。"没关系的，我明天自己来排队，你不用向我道歉，是我麻烦你啦。"

他朝朱亚露出一个笑脸，向她表示自己并没有因为她的食言产生情绪上的大波动。

"我以为你会不高兴。"朱亚直白地说出了自己的感受，她没有感受到梁东任何不快的情绪，"毕竟我昨天答应了你。"

梁东靠在椅背上，他的回答也很直接："正好省下了一个人情。"

"你不介意就好。"朱亚被他逗笑了，是觉得她的帮忙会给他带来负担吗？她提醒梁东："那你明天得来很早，大概六七点的样子。"

"好，我明天再来，拜拜。"

梁东拉上防晒衫的拉链，朝她招了招手，朱亚也朝他挥了挥手，然后关掉电脑，准备下班，她喜欢情绪平和的人。"拜拜，明天见。"

第二天见到梁东的时候，他似乎比往常更白了，他坐在三号台面前的椅子上，取下防晒面罩，露出整张脸，看上去很疲惫。

"你好像很累？"

"是啊，往常这个时候，我正准备睡觉呢。"梁东半开玩笑地对她说，一边把身份证递给朱亚。"梁——东——"她看着上面的名字，轻轻地念了一遍。

"有在哪里办过吗？"

“没有，第一次办。”

朱亚输入着身份证上的号码。“公司有帮你办理吗？”

朱亚点击回车键，这是能够查询到的信息，系统显示他没有社保卡。朱亚可以不用问这些问题的，不过她现在有交流的欲望。

“应该没有，我刚入职。”

朱亚点点头。“如果查询到你拥有卡，直接去对应的银行取就行了。”她很庆幸电脑页面是一片空白。

“你在哪里上班？”朱亚迟疑了几秒，还是问出了口，她有些脸红，这不是需要填入的信息。

梁东没有觉得她的询问有什么奇怪之处，倒是朱亚埋在键盘上的头几乎要把她出卖，他认真地回答她的问题：“在阳光传媒公司，影视剪辑工作。”

“好。”朱亚没再开口，她低着头专注地输入信息，然后从抽屉里拿出一张空白卡，插进制卡机里，机器开始吱吱呀呀地摩挲，将信息油印在卡面上。

“好了，等下就可以拿卡了，我先带你去复印证件。”

“这么快？你效率真高。”

朱亚的态度很好，除去少数几个挑刺儿的客人，大多是对她满意的，不过夸她效率高的，他倒是第一个。他的眼睛很小，但是亮亮的，看起来不藏心事。

朱亚拿起他的身份证和文件，带他去复印机那边。她心情很愉悦，掀开复印机上盖，将文件对准刻度线的时候，几乎要哼起歌来。白纸在搓纸轮上转动的几秒钟，梁东就站在她的身后，高高的，背着光，和她的影子一起映在按键的玻璃面上。

"那你会去看午夜场的电影吗？"朱亚看着玻璃面上的倒影。

"午夜场？"

"我的意思是你不是说做影视剪辑工作吗？那你应该喜欢看电影吧。"朱亚转过身，笑眯眯地看着他，"午夜场没什么人，相当于包场。"她想要打破尴尬的时候经常这样做，听起来像是在和朋友寒暄，尽管今天使用得十分拙劣。

"我喜欢看电影的，不过我是晚上上班，没有时间去午夜场。"

"这样啊。"话题进行不下去了，她从出纸口拿出复印好的文件，和他一起走回三号台面。制卡机停止了运作，朱亚从卡口取出还温热的卡，上面印着梁东的大头照，把它和其他证件一齐递给他。

"办好了，去那边柜台激活就可以用了。"朱亚指了指用防弹玻璃隔断的柜台，她抿了抿嘴，没再说话。

"好，谢谢你。"

他站起来，按照朱亚说的弄完了所有事情，站在柜台那边打了一通电话，然后又坐了回来。

"晚上有空吗？"梁东盯着她笑，和她一样抿了抿嘴，"谢谢你上次帮我排队。"

"怎么了，你晚上不是要上班吗？"

"我请假了，请你看午夜场电影，包场。"

朱亚有些意外，他的邀约来得有些不合预期，她以为梁东比自己想象的更加腼腆，不知道为什么，现在他看起来反而轻快了不少。

"是在还我的人情？"朱亚想起了他昨天说的话。

"不是的。"梁东又开始局促起来，隔了好一会儿，他才憋出了一句话，"听说很好看。"

看完电影以后，梁东送她回家，顺着江风，他们沿河堤往远离城区的地方走。朱亚不停地在讲话，刚才让她觉得好笑的情节啦，江那边电影院更好吃的焦糖味爆米花啦，她最喜欢的欧洲艺术电影和导演啦，电影很好看，这让朱亚心情不错，稀奇古怪的想法从她的脑子里一个接一个冒出来。

"你看起来活泼了很多。"涪江边的空气带着湿漉漉的青草味，梁东心情很好，笑着对她说，"我是说，和我第一次见你的时候相比。"

一向如此，朱亚知道的，一旦首先以沉默的姿态示人，她会被冠上内向、腼腆、忸怩的称号，似乎再也翻不了身了，偶尔蹦跶一下，就会被他人异样的眼光按压下来。为了达成一贯性，她不得不一直保持活泼，或者一直保持沉闷，只有在磁场契合的时候，她才能完整地剥离自己的每一面。

"那我们俩还挺像的，你也开朗了不少。"

"是吗？我其实话挺少的，但是我会迎合我喜欢的人。"

她狡黠地眨了眨眼，然后略过了这个话题。"想吃烧烤吗？我们去吃宵夜。"

五

朱亚最开心的事情，是每天晚上，梁东陪她一起去涪江边吹夜风。散完步，梁东就要回去工作。那时候她还不知道梁东和她完全是两个世界的人，他就像一口深井，不会主动引诱，但你一旦靠近，就会坠落。

以往是她一个人，吃过晚饭来江边散步，江边的细小石子儿，蓝色很刺眼绿色很暗沉的地面夜灯，每次都会碰见的奶白色拉布拉多，鼻子边上有一大块黄色的印记，像是趁着主人不备偷吃了一大罐蜂蜜，它的体形大得吓人，但只要你去摸一摸它柔顺的毛发，它就会舒服得甩着那两只扇风的大耳朵，歪倒在地上，等着你去揉它向你敞开的大肚皮。

从江边回去以后，朱亚很沮丧地发现，这些细碎的悦动，在梁东加入了之后，都变得不那么起眼。她没有注意到那只拉布拉多今天什么时候路过的，也没有注意到江水的水位是否涨起来了。也许快乐换了一种方式，朱亚收集着脑海里还记得的快乐碎片，都是关于梁东的。穿着套头卫衣夜跑的老头在路的尽头跑远，她靠在他的肩上，看着江面。

我们可以买两根鱼竿，在这里夜钓。

没有禁渔期吗？

那我们找一个瓶子，来抓蝌蚪。

……没有禁抓蝌蚪期吗？

……

……有禁说蠢话期。

朱亚想着刚才和他的对话，一股江风迎面向她吹来。

你之前当过老师？

艺考老师，给他们讲艺术史，讲电影史。

那你是不是很擅长讲故事？给你的学生听。

他们喜欢我，所以我讲什么，他们都爱听。

那你给我讲点什么，我也爱听。

好……那就讲，在山岬的深处，有个老爷爷，他有一块地，可以种花，有一个农场，有一条大黄狗，还有好多好多马。然后有牛啊羊啊，他可以自己挤奶喝，马吃草，就是，像麦子的那种草。农场里还有条小溪，溪水贯穿过去，小溪很浅，里面有许多大大小小的鹅卵石，会有鱼啦螃蟹啦还有泥鳅，如果有人想要害他，在溪里投毒的话，他呀，马呀，牛呀，羊呀，狗呀，都会死掉的。

……你不会死掉的。

是的，老爷爷不会死掉的，因为他有一个农场……我想要一个农场……住在一个小木屋里，旁边都是我种的花。但是我很懒，我不会去喂马喂牛，农场里都是草，它们会自己找吃的。小亚，你还想要有什么？

……我还想要一间房子，如果有院子就好了，这样或许可以再买一条狗，或是一只猫。然后白天去上班，晚上回来遛狗，周末去做新鲜的事情，比如说看日落看日出啦，爬山什么的。放很多天假呢，就去旅游，也许有一天能去芬兰看极光……我们周末出去玩好不好？

……好。

六

周末是个大晴天，朱亚起床后拉开窗帘，任由阳光打在她的脸上，真刺眼，她闭上了眼睛，不断地搜寻着每个地点的画面，植物园，今天很适合去植物园。

植物园门口，绣球花穿过低矮的栅栏，伸出紫色的花瓣，独属于夏季的花，大半个月以后就会凋谢。植物馆的夏花开了不少，金丝桃开在从园内流向园外的小河边，躲在三角形叶片中，11路公交车驶过，花叶溅上了流动的水露。朱亚下了车，在南方红豆杉的镰刀小叶下等着，一段时间以后，梁东撑着伞，出现在她面前。

"久等了，我们走吧。"梁东递给她一瓶水，有些不好意思，"今天很晒，我带了伞。"朱亚接过水，和他一起站在伞下，梁东的手臂上套着冰袖，从大臂一直到手背，遮得严严实实，他的防晒衫拉得很高，挡住了半张脸。

朱亚买了两张门票，计划好从东广场进入，逛完以后从西广场出去。这个季节的月季很好看，卷成一只只小海螺，尖叶四照花开得很盛，朱亚把大拇指和中指环成一个圈，轻轻地弹了一下趴在上面的青色斑点瓢虫，瓢虫没有跳开。她走回月季花丛中间，深深地嗅了两口，是夏天的味道。

东广场的向日葵没开几朵，零星点缀在绿芽枝秆间，日光打在香蕉黄花叶上，吸引了朱亚的视线。"向日葵还没开几朵呢，还得再等一个月。"她拿起手机拍照，顺便对梁东嘟囔了两句，又抬起头四处张望着，看到了一片粉红色的花田。

"大花马齿苋开了。"朱亚有些惊喜，她扯了扯梁东的衣角，"我们过去看看吧，是太阳花哦，遇见阳光才开放的。"

"小亚。"朱亚前行的脚步停滞了，她被拉了回来。

"我有点不舒服，你可以一个人逛吗？"她抬起头看梁东，他看起来很难受，露出的上半张脸涨得通红，几滴汗水从他的脸上滑落，滴在朱亚的手臂上。

朱亚被吓住了。"你怎么了，要不要去医院？"

"没事，有点热。"梁东把她的手松开，推着她去阴凉的地方，那里有一个凉椅，"先休息一会儿。"

"哪里不舒服？我陪你去医院。"

他把朱亚拉到凉椅上坐着，点开手机上的打车软件，撑着伞对她说："不用，我一会儿就回来，你先自己逛，好不好？"他的脸越来越红，忍不住要去挠，"可能中暑了。"

朱亚侧过脸，看向粉红的大花马齿苋花田，迟疑了一下，点点头："好，那我等你。"

梁东摸了摸她的头，撑着伞向植物园东广场的大门走去。

朱亚坐了坐，继续沿着小路朝着西广场方向走，这边的花都开得蔫蔫的，没什么劲儿。她想起了梁东的白皮肤，一看就是很少晒太阳的，但她没想到他会中暑。不应该在大热天让他出来玩的，朱亚心里堵堵的，她从西广场的大门离开，径直回了家。

朱亚给他发了好几条讯息，没有回，打了几通电话，他也没有接，一直到晚上，梁东都没有回拨。她的心率逐渐加快，不好的预想出现在她的猜测中，电话终于接通了，他的声音没有白天见面时清亮，听起来有些浑浊。

"怎么了，小亚？"梁东似乎才睡醒。

"没事，发消息你没有回。"朱亚不知道该说些什么，"出什么事了吗？"

"没有，别担心，我只是突然有点不舒服。"梁东停顿了一会儿，"去医院拿了一点药，然后睡了一觉。"

朱亚觉得有一丝念头闪过自己的大脑，她还没来得及将它抓住，那丝念头就溜走了，一切都显得很平静，但她觉得梁东有些异样。

"我熬了绿豆汤，可以消暑。"电话那边很久都没有回音，朱亚放缓了呼吸，"可以来看看你吗？有点担心。"她静静地等着梁东的回答。

过了很久，他同意了。"好。"梁东轻轻地叹了口气，说了他的地址，朱亚感觉他似乎要对她说些什么，最终也没有说出口。"注意安全。"然后他挂断了电话。

　　一个小时以后，朱亚站在门前，对着他的门牌盯了很久。确定是这里了，她敲了敲门，她听见自己心跳的声音比敲门的声音还大。梁东打开门的时候，脸上还没有消肿，红肿的，一粒一粒的，凸起的痘痘，两条小红痕，似乎是挠的，他的额头、脸颊、脖颈，就像第一次见面那样，贸然闯进她的视线，只是这次，失去了均匀平滑的光泽。

　　"没吓到你吧。"梁东抱歉地笑了一笑，侧身给朱亚让出进门的路，他有意无意地遮挡着脸，将它藏进背光的阴影中。

　　朱亚看着他还没有完全遮挡的半张脸，大脑有些反应不过来。"过敏了吗？"朱亚感到自责，她伸出手，想摆正他的脸，他的症状看起来很严重。

　　"别碰，上了药。"梁东下意识挡住她的手，停滞了一下，轻轻地握住，"会感染的。"

　　"怎么会这么严重啊！你皮肤好像很敏感。"朱亚端详着他脸上的丘疹，几乎看不出平常白皙的皮肤。

　　"紫外线过敏，不能晒太阳。"

　　紫外线过敏，朱亚想起了他白天的装备。"你不是打了伞、穿了防晒衣吗？怎么还这么严重？"她从包里拿出一个饭盒，递给梁东。"我熬的绿豆汤，可以解暑。"

　　他没有说话，只是捏住了朱亚的手，然后抿了抿嘴。"不是中暑，是一点太阳也不能晒。"他松开朱亚的手，等着她的反应。"白天我基本不出门，地面反射的紫外线，也会让我过敏。"

朱亚以为他拿稳了饭盒，没来得及抓住，装满绿豆汤的饭盒掉在地上，洒了一地汤汁。紫外线过敏，不能晒太阳，白天不出门，朱亚张了张嘴，说不出安慰的话，她想起了还是学生的时候，她的第一任男友。第一次和他约会的时候，他们路过了一块无人的艺术街区，从这一头直到那一头，长墙画满了夸张的涂鸦，地面也被绘画装饰成不同的风格。

朱亚和他并排走着，没有说话，似乎为了打破沉默，他主动地牵起了她的手，这是他们第一次牵手，但令她感到遗憾的是，这种感觉并不好。他比朱亚矮，但他的手臂很长，上半身和下半身呈六四等分，和她牵手的时候，要被他的手腕带着向下，这会让她的手臂直愣愣地被拉扯，这就意味着，十指相扣的时候，她没办法和他手心贴手心，而是隔着一个鸡蛋的距离，形成镂空的掌心。身高带给她的不适感，第一次超过了他带给她的快乐，而这居然来自牵手的动作，在这之前，朱亚从没意识到自己会介意。

走到漫画区间的时候，地面被涂上了大小均等的一个个菱形块状，每个菱形块状里都画着不同的漫画角色，在每一块中间，都有一颗黑色的五角星。朱亚有些难为情，她放开他的手，只是扯住了他手肘处的衣角。没有意识到她的细微变化，他走到前面不远的地方，转过头邀请她。"走吧，我们来跳格子。"

朱亚努力地抛却她的想法，回应了他一个笑容。她踩着一颗黑色的五角星，向前跳到另一颗五角星上，先单脚跳，然后再双脚跳，再单脚跳，跳到尽头以后，再转过身来，单脚，双脚，最后跳回第一颗黑色的五角星上。

轮到他跳了，先单脚跳，再双脚跳，再单脚跳。朱亚没办法再看下去了，她崩溃地蹲在地上，几乎要哭出来。他每一步都没办法跳到前一颗五角星上，差一半，又差一半，转过身来的最后一步，他没有跳，而是选择大跨步踩上去，左脚一趔趄，差点摔倒。

"还是没有你厉害。"隔着几个块状，他在那边大笑。朱亚埋下头系鞋带，她不知道该怎么办，只能假装看不见他是多么地开心。这让她找回了爸爸在院子里修剪柚子树的记忆，爸爸从偏房里抱来一架梯子，像飞猴儿一样蹿了上去，妈妈站在树下，帮他固定梯子的位置。他站在梯子的最高一层，一只脚踏在树干上，一只手伸到树枝的最高处，咔嚓一下剪断了细得挂不住果子的枝干。

朱亚从大坝里走进院子，顺着妈妈的示意看向站在树上的爸爸，她一脸得意。"瞧瞧你爸，长得高就是好啊。"是啊，长得高是多么好啊，朱亚跟着点头，吞咽下这份观念。跳格子的男友站在五角星上，不停地移动着位置，等着她过去，这一刻，朱亚觉得偏见从四周朝她涌来，几乎要把她席卷一空。他知道她有这样的想法吗？她感到羞恼，或者说是可悲，纷繁的情绪堆叠起来，让她不知道该怎么办。朱亚只能丢下他一个人，头也不回地逃离了那片街区。

朱亚的脸涨得通红，记忆中的羞耻感弥漫进她的脑子，让她感到极度沮丧，她已经控制不了自己的抑郁情绪了，只能呆呆地靠在门边，任由痛苦来回窜动，感受它们对大脑的冲击。植物园，太阳花，看日出看日落，防晒衫，白皮肤，朱亚串联起她的记忆，但始终没办法想象晒不到太阳的世界。

她无措地站在那里，很久都没有挪动，梁东把她拉进屋里，紧紧地抱住了她。"没事的，不要担心了。"他拍着朱亚的背，轻声安慰她。朱亚趴在他的怀里，小声啜泣着，她的脸侧埋在梁东的怀里，过了很久，她睁开眼睛，透过泪帘，看到屋内朦胧的灯影。

一室一厅的布局，窗帘拉着，客厅里只有一张单人沙发，外加一个投影仪架。卧室的门开着，从这个视角看过去，只有一张床摆在里面，厨房的门半开着，案台上放着一口斜歪着的锅，墙上挂着一只瓷碗和一个玻璃杯，杯子里插着刀具和筷子。朱亚从梁东的怀里把脸抬起来，她似乎想让这一切变得更糟糕。"我想搬过来，和你一起住。"

七

和梁东同居以后，朱亚才知道，一个见不了太阳的人是怎么生活下去的。

屋里的一切都是暗沉的，厕所里的潮湿味一直蔓延到卧室和客厅，夹杂着一股霉味和酸臭的味道。朱亚第一次闻到的时候，几乎要呕出来。

"厕所是不通风的吗？"

"厕所里没有窗子，平时可以打开门散散味。"

朱亚看向厕所的方向，她感受到霉味在空气中窜来窜去，穿梭在她身边，长久不通风不见光，这里就像是地下室一样。

起初，朱亚并不适应两个人完全相反的生活习惯，不过她和梁东一样，会去迎合自己喜欢的人，她尽量调整自己的生活方式来配合他。长久地待在室内，她好像再也没闻到令人作呕的潮湿味。

朱亚常常在大晴天里晒衣服晒被子，这样衣服会有一股暖烘烘的太阳味，可是梁东家里的阳台上没有晾衣服的线和杆子，他不晾衣服，因为有一台烘干机。一开始，朱亚担心没办法彻底把衣服烘干，想要在阳台上拉一根长线，在用了一两次以后，她妥协了，急用的衣服，清洗加上烘干，花一两个小时就能再次穿上，不再需要太阳晒了。

朱亚每天都要早起吃早饭，他们都不会做饭，为了配合梁东的作息，朱亚开始买现成的面包吐司，一箱一箱地堆在客厅。她吃早饭的时间从七点，逐渐移到十点，有时候和他一起熬夜看电影，醒了之后已经是下午，太阳落山以后，她和梁东才开始吃午饭。

朱亚隐隐地觉得这样是不对的，她要求梁东在白天出门，但不到半天，他的脸上、胳膊上都会大片地冒出密密麻麻、红肿的疹子。每到这个时候，她就会冒出放弃这段关系的念头，可当他乖乖地喝下她熬的绿豆汤，向她抬起头露出小鹿一样可怜的表情时，她还是心软了，这是没办法改变的，她应该适应。

八

在白天有自然光的时候，梁东通常不出门露面，在家里睡觉，他开始入睡的时间，和朱亚以往起床上班的时间几乎一致。太阳下山以后，他出门买东西，或者开始一天的工作。梁东的上司知道他的情况，并不要求他朝九晚五地上班，只要每天的工作量能够完成，在家里工作也行。

在实习结束没找到新工作之前，朱亚渐渐和他达成了一致的作息频率，她白天和梁东一起睡觉，到了晚上，梁东偶尔会去公司拿资料，朱亚也会跟着出去，买好必需的生活用品。如果梁东在家，朱亚就陪着他坐在客厅里，梁东戴上耳机开始剪辑视频，她靠在沙发上打开投影仪，一部一部地翻着电影看，茶几上堆着各种味道的薯片，都是她爱吃的。

凌晨五六点的时候，她在冰箱里找些食材，简单地煮一碗面，当作他们的晚饭，吃完以后，梁东负责洗碗，一天的时间以朱亚往常早上上班的闹钟结束，她关掉投影仪，梁东关掉电脑，两人准备睡觉。逐渐地，朱亚开始白天不出门，把晚上当作一天的起点。

穿一件长衫外加一件厚外套，朱亚还觉得冷的时候，她才意识到冬天已经到了，冬季的衣服在毕业的这个夏天，全都寄回了老家，她需要添置新的毛衣和羽绒服了。朱亚一晚上没睡着，梁东去公司了，一个人独处的时候，她才能感知到自己的蹉跎。等到街上渐渐有了车流的声音，朱亚穿上衣服走出去，早上六点钟，她已经很久没有在这个时候出门了。

她在包子铺前站了很久，上班高峰期，前面的人很多，围成一堆，并没有按照顺序排队。赶着乘公交车的人挤到她的前面，一手付钱，一手提一屉包子外加一杯豆浆，匆匆走掉。朱亚看着赶时间的人一个一个挤到她的前面，突然产生了一种巨大的恐惧感。

她不知道怎么开口买包子，很久没有和除梁东以外的人交流了，是应该先询问价格，还是先说要买点什么，要不要问老板，包子能不能一个一个地卖，还是只能一屉一屉地卖呢？她站在那里，神色有些恍惚，卖饭团和鸡蛋饼的小推车从马路牙子边摇过去，她被推搡到一旁，朱亚搞不清楚这个时间点，他们是在卖早餐还是卖夜宵。

朱亚坐在公交站台的金属长凳上，等着一拨又一拨的人从她身边走过，直到包子铺前没有了人，她才移过去，局促地买了一屉，包子的热量让她感受到身上的凉意，她拉上衣服的拉链，才觉得暖和一点。太阳慢慢升起，发出没有温度的光，她又坐回长凳上，慢慢地吃着包子。

"先去喇嘛寺，然后再去虫虫脚瀑布，那前面有个木骡子营地，在那边等他们。"四五个女生走过来，其中一个短发的女生咋咋唬唬的，连手带脚地给她的朋友比画着。

"要我说，还是得徒步，跟团多没意思，又不是没体力。"她穿着长款的黑色羽绒服，穿了一双扎眼的粉色运动鞋，挥着拳头，坐在了朱亚的旁边。

"什么味儿啊？"站着的一个女生吸了几下鼻子。

"一股馊味，什么东西发霉了吧？"

"我也闻到了，别站这里了。"

短发女生看了一眼朱亚手上的包子。"别说这么恶心啊，还有人在吃饭呢。"公交车从远处转弯的地方驶过来，她迅速站起来，起身的时候旅行包撞在了朱亚的手臂上，打落了她手里的半个包子，里面的肉馅洒在牛仔裤上，包子皮滚落到鞋边。

"对不起，对不起。"挥拳的女生转过身来，看到了地上的包子，不停地向她道歉，朱亚一动也没动，直勾勾地盯着那块被踩得稀碎的包子皮。

女生看她没有反应，朝四周张望着，看到公交站后的包子铺时，她迅速跑了过去，重新要了两屉。朱亚拍了拍身上的肉渣，没有想任何事情，她看着面前走过的人，目光没有在他们身上停留。

穿粉色运动鞋的女生重新坐回到长凳上，她买了一杯豆浆，把吸管插进塑料封膜里，和包子一起递给了朱亚。

女生坐在朱亚旁边，隔了一个人的距离。"有哪里不舒服吗？需不需要我送你回去？"

朱亚摇了摇头，向她示意自己没事。

公交车进站台了，她的朋友招呼着她上车。

女生咬了咬嘴皮，站起来把包背好。"真的对不起，我不是故意的，我的车来了，拜拜。"

朱亚终于说话了："旅途愉快。"她挥了挥手。

女生挤进赶车的人堆里，又从人堆里挤出来，给了朱亚一个大大的拥抱。她的短发错落地打在朱亚的脸上，让她忍不住想打喷嚏。她松开了朱亚，又挤进了人堆里。

九

朱亚站起来，慢慢地往回走，那个女生抱她的时候，不知道有没有再次闻到那种味道，一股发霉的味道，一股馊味，潮湿的不通风的臭味。

朱亚回到家里，靠在沙发上，喇嘛寺、虫虫脚瀑布、木骡子营地，应该是在四姑娘山那边，她想起了梁东给他讲的故事，他们畅想的生活，朱亚等着窗帘缝里的日光一点一点地在脸上消失，陷入了回忆。

在山岬的深处，有个老爷爷，他有一块地，可以种花，有一个农场，有一条大黄狗，还有好多好多马，然后有牛啊羊啊……

　　如果有人想要害他，在溪里投毒的话，他呀，马呀，牛呀，羊呀，狗呀，都会死掉的。

　　朱亚发现了一处漏洞，如果有人要害他的话，给他一块地就可以了，因为无论如何，他都需要在白日里出门。

　　我还想要一间房子，如果有院子就好了……白天去上班，晚上回来遛狗……周末去做新鲜的事情，比如说看日落看日出啦，爬山什么的。放很多天假呢，就去旅游，也许有一天能去芬兰看极光……

　　极光……看极光的时候，他会过敏吗？上班，朱亚很久没有想过这个问题了，她已经有三个月没工作了，是从什么时候开始，她不想再上班的呢？朱亚把记忆翻回到实习的那段时间，往后翻，来到认识梁东的时间，再往后，他们在一起了……肚子叫了两声，想不出来，她从回忆里抽离出来，在时钟的透明外壳中，看到了黄色沙发的投影。

　　是在什么时候不想再工作的呢？她想起来了，是在进入这个房间的这一刻。歪斜的锅，单只的瓷碗，昏影里的沙发，白色的投影仪架，一间她很满意且不用缴纳房租的房子，她想照顾他，想依赖他，想任由自己沉溺，想要不劳而获。朱亚拼凑着记忆碎片，就算他和普通人不一样，那又怎样！他们都是理想化的，是相似的，磁场契合的，这就足够了。那时她还没有意识到，横亘在他们之间的，不是疾病，是生活模式的散乱狼藉。

　　她需要一份工作，她需要一间能照进太阳的房子。

晚上十点，梁东回到家，他的胡茬又长出了不少，他放下手里的提袋，走到朱亚面前，跨坐在她身上，紧紧地抱了她一下，然后任由双手耷落。他把下巴搁在朱亚的肩上，头发贴在她的耳朵边，轻轻地说："昨天好累啊，我在公司里补了一觉，抱抱我。"他的声音很轻，带着撒娇的语气，朱亚却只想关注他话里的抱怨，她不想在这个时候心软。

"我们分开吧。"

"为什么啊，怎么突然说起这个？"

朱亚没有回答，她又说了一遍："我要和你分开。"

梁东看着她，没有说话，重重的鼻息打在她的脸上，隔了一会儿，他抬手摸了摸朱亚憋得通红的脸。

"好。"

朱亚以为他没有听清楚，她加重了语调，表明自己现在很严肃："我的意思是，我要和你分手。"

"我答应了，你不要哭。"梁东看着她。

梁东的反应让她感觉到委屈，她忍不住抽搭了几下，然后崩溃大哭，好一会儿，她小声地抽泣："我真的要和你分手。"

梁东拍了拍她的背，缓和着她的急促抽噎。"可以告诉我为什么吗？"

朱亚抬起头，怔怔地盯着他的脸，他背着灯光，脸上显出均匀而平滑的白光，朱亚想起了第一次在碎纸机旁边见到梁东的样子，他也是这样，高高的，背着光，把她藏进阴影里，那时候她还不知道，这是真正见不得太阳的阴影。

"我感觉，我们不合适。"

"哪里不合适，性格吗？"梁东伸手想把她揽在怀里，又迟疑了。

"不是的。"朱亚说不出口，她只是有这种感觉，"你不觉得我们不合适吗？"

"是我哪里没做好吗？"

"你很好。"朱亚摇了摇头，转过头去看着紧闭的窗帘，"但是我想出去晒晒太阳。"

梁东沉默了，他猜到了朱亚想说什么。"好啊，你可以晒太阳呀。"

"不是的，不是这样的。是我必须得晒太阳。"她情绪有些激动。

"我需要每天都能晒太阳，冬天要晒，夏天要晒，每天都要，就算下雨，没有太阳，我也要看见白天的亮光。"

朱亚几乎要叫出来，她知道这样的话会有多伤人，但是实在忍不住了，她不想骗他，但朱亚快受不了了，他们的生活偏差实在太大。她想要在夜里睡觉，在白天醒着，想要规律健康的生活。她也不想要不劳而获，她厌恶拥有这种想法的自己。

"可以的。"梁东看起来很平静，"我没有让你不去晒太阳。"

朱亚听不明白他是什么意思，她不停地哭，完全听不见梁东在说什么，控制不了自己的沉沦，她只能选择逃离，逃离他，逃离这间房子。讲出这些话，朱亚只觉得疲惫，她沉浸在自己的情绪之中，哭得停不下来，拉过了被子把自己埋进去。不知道哭了多久，她睡着了，再次醒来以后，已经是凌晨四点，外面窸窸窣窣下起了大雨，梁东没有在房间里，朱亚拨通了他的电话。

"你去哪儿了？"

"我在公司里，不用担心。"

"快睡吧，晚安。"在此之前，梁东从未对她说过这个词。对早上和晚上节点的定义，他们的理解几乎相差十二个小时，完整的一天被分割开，形成了朱亚和梁东，两块不同的生活时区。

"我明天就搬走，你回来住吧。"

十

朱亚整理着桌上的小物件，外面洒进来一丝光亮，照在桌沿边，将桌面分隔开，晦暗的剪影留在空荡荡的空间里。下了一晚上的雨，纱帘的一角被风吹拂过桌面，扫落一片插在松散泥土盆栽里的青绿色多肉叶瓣，叶瓣栽得很浅。

阴冷的日光在冬日里照了进来，朱亚忽然想起夏日里买的那株南洋杉，前几日已经枯死，准备挂在上面的新年彩球扔到哪里去了？被外面的光晃得出神，她回忆着那株杉木，思考着自己要搬去哪里。抽屉柜里还留着一些散落的便笺纸，朱亚一沓沓地拿出来，掉落了几颗回形针，纸上写满了字，有使用过的折痕，她一张张地翻看便笺上的留言。

　　锅里温了绿豆汤，醒了记得喝一碗。

　　这一张是从抽油烟机上撕下来的便笺，摸上去有些黏腻，朱亚搓了搓手指，不确定便笺有没有沾上绿豆汤的汁水。绿豆汤，朱亚总是在熬绿豆汤，这是她最喜欢的汤饮。每个季节她都会囤些绿豆，不需要加蜜枣、南瓜或是白糖，她不喜欢太甜的东西，就只有绿豆，熬成浑浊绵密的一小碗，和藕粉的黏稠不一样，可以感受到一颗一颗的绿豆粒，朱亚咂了咂嘴，好想喝一碗。

　　和吃下去的药一样，梁东一碗碗地把绿豆汤喝下去，他从来都不喜欢这东西，区别只是药是医生开的，汤是朱亚熬的。她看了一眼便笺上的文字，把它扔在桌面上，她决定再也不给别人熬绿豆汤了。

　　屋子里太闷了，我开一个窗子通风，冷了你再关上，做个好梦，等我回来。

　　房间里的窗户和帘子一直是关着的，朱亚抬起头，盯着从外面透进来的那丝光，将纱帘粗鲁地扯开，帘子上的圆环打在墙面上弹回来，窗帘又关上了。朱亚走到窗户边，先把帘子全部卷在手上,再慢慢地用力往左边扯,拉扯到底后,她把手伸到高一点的地方,朝着靠墙那面再扯动几下,尽量让更多的光线透进来,她厌恶整天整天的遮挡。天还没有完全放晴,日光打在身上冷冷的,朱亚很享受地深吸一口,不算暖和,但她喜欢这种亮光。

买了一株南洋杉,老板说是喜阴绿植,不用担心养不活哦,醒来后去看一看。

南洋杉,对啊,八月买的那株南洋杉幼苗。朱亚在花鸟市场一眼就看中了它,准备养上几个月,在它宽长的枝条上挂新年彩球,老板告诉她这是南洋杉,幼苗喜阴。但老板忘记告诉她一件事,南洋杉在冬季,需要大量的阳光,才能活下来,这是她后来才知道的,它没有挨过冬天,枯死在十二月。

我上班去了,有事打电话给我。
我上班去了,有事打电话给我。

便笺条里好几张都是一样的留言,朱亚已经记不清到底有没有发生什么事情,但她知道,如果还想抽离出来,就应该立刻停止回忆。朱亚失去了翻看的兴致,她随意地翻着,心情变得有些糟糕,把看过的便笺纸随意丢在桌上,直接去看最后一张留言。

告诉你一个生气时的小指南哦。

先别急着抛出你的原谅，忍住，直到你的怒火湮灭，他被推搡到你面前，周遭的歉意涌过来堆在他的后面，忍住，直到他鼻头发红，一个字也吐露不出的时候，我的小指南可以起作用了，不要再等了，张开双臂贴近他的身体，小心翼翼地轻触一下，他一定被吓坏了，所以，只要轻轻的一下。当指尖上细细软软的毛绒触及他的脆弱皮肤时，你会被爱的静电闪触，好了，不能再等了，环绕他，紧紧地抱住他，不要再看他憋出红血丝的脸蛋，包裹着泪的下眼睑，吹皱了的眉头，抱住他，紧紧地抱住他，用你的脸去贴他的脸，热乎乎，软塌塌的，闭上你的眼睛，不要让心思被别人发现，收好了，你的心软指南。——东

朱亚扫了一眼，又仔仔细细地看了一遍，再看时，还是没能忍住心动，但再也不会心软了。她把这张便笺折了几折，然后把它展开，揉成了一个小团，对着墙角比了一下位置，把它扔进了垃圾桶。

朱亚伸手向抽屉最里端摸，毛茸茸的，是两颗为新年准备的小毛球，原来丢在了这里，红色的球，其中一颗涂了笑脸。要搬去哪里呢？她把从盆栽掉落到桌面的多肉叶瓣轻轻地放进土里，拿起小球，放在手心里转了转，也放在盆栽里。

房间里的东西收拾得差不多了，梁东还没有回来，朱亚不

想再等了，如果现在不走，她担心自己会不舍得离开。她看了看空荡荡的房间，她的东西很少，收拾完以后，几乎找不出她在这里短暂停留过的痕迹。

一切都结束了，朱亚提上自己的行李箱，打开门，门把手上挂着一张小便笺，被她一扭，轻飘飘地落在了地毯上，朱亚捡起来，看到了上面的留言：

希望你永远做你自己。另外，如果你需要我，我会永远属于你。

她把便笺用手抚平，贴在胸口，又展开对着纸条默念了一遍，然后装进了口袋里。她走出门，突然想起了什么，放下箱子，又走了进来。她快速地走到窗台边，转动盆栽里的小毛球，把涂好的笑脸对着窗外的太阳，然后捡起土里的另一颗红色的小球，装进口袋里。她已经想好了，就搬去一间能照进太阳的房子。

(作于 2023 年 5 月)